Martina Borger
Maria Elisabeth Straub

Im Gehege

Roman

Diogenes

Die Erstausgabe
erschien 2004 im Diogenes Verlag
Umschlagfoto von Konrad Wothe
(Ausschnitt)

Veröffentlicht als Diogenes Taschenbuch, 2006

www.diogenes.ch
250/06/52/1
ISBN 3 257 23505 4

I

Vier vor halb, zum ersten Mal war er der letzte. Der Parkplatz war voll. Erst ganz hinten, neben der Bank unter der großen Kastanie, fand Jon noch einen Platz neben Kowalskis senfgelbem Passat-Kombi, dessen Heck schräg aus der Reihe herausragte. Nicht einmal anständig einparken konnte das dumme Schwein.

Ich aber schrieb das elfte Gebot, sagte Robert Gernhardt. Jon zog den Zündschlüssel ab und stieg aus. Seitdem er die Lesung auf CD hatte, gehörte Gernhardts Imitation der göttlichen Stimme zu seinen Favoriten. *Du sollst nicht lärmen* zum Gebot zu erklären, sprach ihm aus der Seele.

Kowalski stand vor dem Haupteingang und rauchte. Sein Bauch zeichnete sich unter dem labberigen lila Polohemd ab. Und so einer war Sportlehrer. Gerade mal fünfundvierzig und konnte keine drei Treppen steigen, ohne aus der Puste zu kommen. Die Schüler hatten Jon erzählt, daß er sich beim Sportunterricht darauf beschränkte, mit seiner Pfeife zu trillern. Beim alljährlichen Fußballturnier der Lehrer gegen die Abiturienten stand er nur noch im Tor und brüllte, seinem Spitznamen »Krawallski« machte er alle Ehre. Seinetwegen hatten sie beim letzten Mal acht Tore kassiert, die Hälfte davon völlig unnötig. Und diese Null durfte in ein paar Wochen mit ihr verreisen, ganze fünf Tage lang.

Während er auf den Kollegen zuging, musterte Jon zufrieden seine eigene Gestalt, die sich neben dem Fettwanst im Türglas spiegelte. »Wahnsinn, diese Ähnlichkeit mit Paul Newman«, hatte Vera bei ihrer ersten Begegnung in der Thalia-Buchhandlung in der Alten-Post-Passage gesagt, »besonders wenn Sie lachen.« Er hatte diesen Vergleich schon oft gehört und wie immer abgewehrt und auf seine dunkleren Haare und seine grünen Augen verwiesen, außerdem schätzte er den Schauspieler mindestens einen Kopf kleiner ein. Insgeheim hatte er sich gefreut, es gab schlimmere Vergleiche.

»Hi.« Kowalski nahm einen letzten Zug und drückte den Stummel in dem stinkenden Blechaschenbecher aus. »Schöne Scheiße, was? Der ganze Freitagnachmittag im Eimer. Heike ist stinksauer, wollte mit mir zu Ikea.« Er zerrte am Bund seiner abgewetzten Cordhose, konnte sich nicht entscheiden, ob sie oberhalb oder unterhalb seines Bauches sitzen sollte, und entschied sich schließlich für unterhalb. »Und hinten raus kommt doch sowieso nichts«, sagte er.

Jon sagte nur: »Na, mal sehen«, und betrat das Gebäude. Sich auf eine Unterhaltung mit Kowalski einzulassen war immer ein Fehler. Seine Tiraden über Heike und die übrige Welt waren beim gesamten Kollegium des Wilhelm-Busch-Gymnasiums gefürchtet.

In der Eingangshalle war es kühl. Das süßliche Aroma von Desinfektionsmitteln mischte sich mit dem üblichen Geruch nach Kreide und altem Papier, im Gang vor der Physikabteilung feudelten zwei Reinmachefrauen den Boden. Auf der Treppe zum ersten Stock konnte Jon das vielstimmige Murmeln aus dem Konferenzraum hören und den

Kaffee riechen. Er nahm zwei Stufen auf einmal. Bestimmt war sie schon da.

Vor der offenen Tür stand Achim Wilde und redete auf die Geschonnek ein, wobei er nervös an seinem Backenbart zupfte. Auch so ein Schwaller, vor allem, wenn er Gelegenheit hatte, sich als Liberaler zu profilieren; er hielt am Busch eisern die Stellung der GEW.

Jon blieb stehen und ließ seinen Blick schweifen. Die Clique um Uli Koch und Philipp Schröder hatte sich um die Kaffeemaschine in der Ecke versammelt, Schröder wie immer der Wortführer. In der anderen Ecke brabbelte Bio-Meier auf den Schulleiter ein, das Frettchen, wie von Sell unter der Hand genannt wurde. Vermutlich ging es wieder um die dringend benötigten neuen Mikroskope, für die von der Schulbehörde kein Geld bewilligt worden war, Bio-Meier kannte seit Monaten kein anderes Thema. Daneben Per Strunz und Kerstin Schmidt-Weidenfeld, die Köpfe dicht nebeneinander, guckten sie in eine Zeitung. Jon nannte sie im stillen die Zwillinge. Sie waren gleichzeitig ans Busch gekommen und vom ersten Tag an unzertrennlich, jeder im Kollegium war sich sicher gewesen, daß sie ein Verhältnis miteinander hatten. Aber dann hatten sie kurz nacheinander geheiratet, die Familien waren eng befreundet und teilten sich seit vergangenem Jahr ein Doppelhaus in Stellingen, gleich hinter Hagenbecks Tierpark. Am Konferenztisch saß bislang nur der englische Meier, stoisch korrigierte er einen Stapel blau eingebundener Hefte.

Sie war nicht da.

Damit hatte Jon nicht gerechnet. Auf der Fahrt hatte er sich einen Einstieg für ein Gespräch zurechtgelegt, er wollte an ihre letzte Unterhaltung anknüpfen und nach ihrer Schwester fragen, wie es auf Sylt gewesen war. Sie sollte merken, daß er ein aufmerksamer Zuhörer war, eine seltene Eigenschaft bei den meisten Männern nicht nur seines Alters. »Und? Wie war es an der Nordsee, Frau Schwertfeger?«

In seinen Gedanken nannte er sie längst Julie. Er liebte ihren Namen, er war wie sie, jung, leuchtend, vielversprechend und irgendwo dahinter auch ein bißchen fremdartig. Und er hatte den Vorteil, daß er sich gefahrlos in jedes Gespräch einflechten ließ, ob in der Schule oder zu Hause. Im Juli begannen die großen Ferien, im Juli mußten die Fenster des Wintergartens geputzt werden, im Juli hatte Robert Geburtstag. Jon machte sich mittlerweile einen Sport daraus, ihren Namen so oft wie möglich in Gegenwart anderer auszusprechen, auch und gerade vor Charlotte. Sie hatten längst aufgehört, über die Schule zu reden, nie fragte sie nach neuen Kollegen oder gar deren Namen, sein Beruf interessierte sie nicht mehr. Falls er sie überhaupt je interessiert hatte. Es hatte keinen Grund gegeben, ihr ausgerechnet von dieser neuen Kollegin zu erzählen, von Julie Schwertfeger, die am dritten Februar ans Busch gekommen war. An seinem Geburtstag.

In der ersten großen Pause hatte das Frettchen ihm im Lehrerzimmer mit warmen Worten eine bibliophile Horaz-Ausgabe überreicht. Jon hatte sich herzlich bedankt und nicht erwähnt, daß er das Buch bereits besaß, er würde es gelegentlich ins Antiquariat bringen. Der englische Meier hatte ihm für einen kurzen Moment die Hand an den Oberarm gelegt, und Kowalski hatte wie üblich etwas von einer

Sektflasche gefaselt, die er leider zu Hause vergessen hatte. Und dann war die Schulsekretärin Frau Sonnich ins Lehrerzimmer gekommen, und mit ihr die neue Kollegin.

Das erste, was ihm an ihr auffiel, waren ihre dunklen Locken, die sich wild um ihr Gesicht ringelten. Er verspürte sofort Lust, in diese Fülle zu greifen, ihren Geruch einzuatmen. Die Brauen auffallend kräftig und gerade, Augen und Lippen ungeschminkt. Eine weite schwarze Hose aus seidig glänzendem Stoff, ein schwarzer Pullover mit V-Ausschnitt. Einziger Farbtupfer ihre Schuhe: knallrote geschnürte Stiefel, wie bei Boxern oder Formel-1-Piloten.

Das Frettchen stellte sie vor, sie unterrichtete Kunst, war ein halbes Jahr am Auguste-Hirsig-Gymnasium gewesen, auf Angestelltenbasis, und sollte auch am Busch nur bis zum Ende des Schuljahres bleiben, nach den Sommerferien würde Frau Kampradt aus dem Mutterschutz zurückkehren. Während das Frettchen sprach, sah sie mit einem eigenartig intensiven Blick in die Runde. Kowalski zog den Bauch ein. Schröder, der kürzlich eine brünette gegen eine rothaarige Referendarin ausgetauscht hatte, Sport gegen Ethik, pfiff leise durch die Zähne. Und die Geschonnek murmelte: »Eine Selbstbewußte, *gratias agimus tibi.*« Koch stieß Strunz an und flüsterte: »Die hab ich schon mal gesehen, auf einer Fete. Irgendwas war da, irgendwelche Männergeschichten.« Strunz sagte nur: »Wenn man so aussieht?«

An der Seite des Frettchens ging sie von einem Kollegen zum anderen und wechselte mit jedem ein paar Worte. Sie sprach knapp und artikuliert, ein einziges Mal hörte Jon sie lachen, Bio-Meier ließ wahrscheinlich einen seiner abgestandenen Scherze los. Ihr Lachen war kein Kichern, wie man es vom weiblichen Zwilling kannte, sondern eine akkurate Vierer-Tonfolge. Der letzte Ton hell und hoch über seinen drei dunklen Vorläufern.

In diesem Augenblick wußte Jon, daß es um ihn geschehen war. Dennoch zögerte er den Moment ihrer Begegnung möglichst weit hinaus, ging zur Kaffeemaschine und füllte sich einen Becher, den er stehenließ, ohne getrunken zu haben. Er sprach Schröder auf die Pläne für die Reise mit den zehnten Klassen im Juni an und lachte, wahrscheinlich zu laut, als Schröder die bevorzugten Ziele der Schüler nannte: London, New York, Los Angeles. Dabei behielt er sie ständig im Auge.

Als es zum Pausenende klingelte und der allgemeine Aufbruch stattfand, kam von Sell mit ihr zu ihm herüber. Jon fühlte sich, als sollte er zum ersten Mal in seinem Leben vom Zehnmeterbrett springen. »Und last not least eine unserer Säulen, liebe Frau Schwertfeger«, sagte von Sell. »Oberstudienrat Ewermann, seit elf Jahren am Busch, Deutsch und Latein. Er hat übrigens heute Geburtstag.«

»Oh«, sagte sie, »ich wünsche Ihnen alles Gute.« Ihr Händedruck war energisch.

»Danke«, sagte er. »Herzlich willkommen.«

Das Frettchen stellte sich auf die Zehenspitzen, erhob seine Patschhände und legte jeweils eine auf Julies und Jons Schulter. »Tut mir leid, ich muß. Aber der Kollege Ewermann wird Ihnen in allem beistehen. Viel Glück bei uns im Busch.«

Sie sah dem Schulleiter nach, in ihrem Lächeln ein Hauch von Spott. Jon konnte einen Moment lang ungestört ihr Gesicht betrachten, ihren ziemlich großen Mund, die Oberlippe ebenso ausgeprägt wie die Unterlippe, die dichten dunklen Wimpern. Dann schaute sie ihn wieder an, zog eine kleine Grimasse und sagte: »Sie sind also eine Säule. Ionisch, dorisch, korinthisch?«

»Das überlasse ich Ihnen«, sagte er. »Sie sind die Expertin.«

Wieder dieses Lächeln, wieder dieser Hauch von Spott. »So auf Anhieb? Vielleicht doch komposit. Ein Mix.« Sie klemmte eine Lockensträhne hinter ihr Ohr und wandte sich der Schmidt-Weidenfeld zu, die sie auf eine Schulbegehung mitnehmen wollte.

Er kam zu spät zum Unterricht, und am Ende der Stunde wußte er nicht mehr, welchen Stoff er durchgenommen hatte. Am Abend ließ er seine Geburtstagsfeier über sich ergehen, Charlotte fiel seine innere Abwesenheit nicht auf. Am Tag darauf traf er sich mit Vera und beendete ihre drei Wochen alte Affäre. Er behauptete, seine Frau sei dahintergekommen.

Seit jener ersten Begegnung im Lehrerzimmer hatte er jeden Tag auf die Gelegenheit zu einem Gespräch mit Julie gewartet. Aber wenn sie sich trafen, auf den Korridoren, im Lehrerzimmer oder auf dem Pausenhof, waren entweder Kollegen dabei oder sie war von Schülern umlagert, sie war auf Anhieb beliebt. Sie hatten einander angelächelt, sich manchmal auch einen Gruß zugerufen. Zwei Tage vor den Frühjahrsferien waren sie auf der Treppe aneinander vorbeigelaufen, nach dem Klingeln zur Stunde, er auf dem Weg in seine Klasse, sie mit Arbeitshandschuhen und irgendwelchen Glasscheiben. Sie waren beide nach ein paar Stufen stehengeblieben, er unten, sie oben, und hatten sich umgewandt, gleichzeitig. Hatten sich einen Moment lang in die Augen gesehen und nichts gesagt. Und während er noch nach Worten gesucht hatte, war am Fuß der Treppe eine lärmende Schülergruppe mit Sporttaschen aufgetaucht und nach oben getrampelt. Über ihr Gesicht war ein Lächeln geflogen, sie hatte kaum merklich ihre Schultern gehoben und war weitergegangen. Und er hatte ihr so lange wie möglich nachgesehen. Sie hatte wieder diese roten Stiefel angehabt.

Die zwei Ferienwochen waren ihm quälend lang vorgekommen. Erst am zweiten Schultag sprachen sie wieder miteinander, vorvorgestern. Sie kam ihm aus der Lehrerbibliothek entgegen und rief »Ganz bestimmt nicht, Philipp« über ihre Schulter, es versetzte ihm einen Stich, daß sie Schröder duzte. Um ein Haar prallte sie gegen ihn, er konnte einen Hauch von Parfum wahrnehmen, etwas Frisches, Zitroniges. Sie wich erst einen Schritt zurück, trat dann an ihm vorbei in den Flur. »Das war jetzt knapp.« Sie lachte. Ihre Haut war gebräunt, und sie hatte sich die Haare abschneiden lassen, sie reichten ihr jetzt nur noch bis zum Kinn. Im Ausschnitt ihres hellen Pullovers ein glänzend roter Träger.

Jon zog die Tür zu. »Waren Sie verreist? Sie sehen erholt aus.« Er hatte die Erfahrung gemacht, daß solche banalen Sätze für einen Gesprächseinstieg besser geeignet waren als verkrampft witzige Bemerkungen, mit denen andere Männer Eindruck zu schinden versuchten. Er stapelte am Anfang lieber tief.

»Das täuscht«, sagte sie. »Ich hatte eigentlich nur Streß, ich bin umgezogen.«

Er verriet ihr nicht, daß er das schon wußte, die korrigierte Telefonliste hatte in seinem Fach gelegen. »Sie sehen eher nach zwei Wochen Karibik aus.«

Sie lachte wieder und legte kurz ihre Hand an ihr Gesicht. »Deshalb? Nur drei Tage Sylt.«

Hoffentlich nicht mit Schröder, dachte er.

Und sie, als hätte sie seine Gedanken erraten: »Mit meiner Schwester. Falls Sie das interessiert.« Dabei sah sie ihn mit einem forschenden Blick an.

Jon hatte das Gefühl, als wenn ihr Blick ihm unter die Haut fuhr und sich in Wellen heller heißer Energie in seinem ganzen Körper ausbreitete. Bis unter die Schädeldecke. Bis in die Kniekehlen. »Natürlich«, sagte er.

»Bitte?«

»Es interessiert mich. Erzählen Sie.«

»Von Sylt? Oder von meiner Schwester.«

»Alles.«

Er hatte ihr ein Treffen vorschlagen, sie zum Essen einladen wollen. Er hatte gespürt, daß sie darauf wartete. Aber ausgerechnet in diesem Moment waren Kira Przybilla, Luca della Mura und Timo Voss aus der 10 a dazugekommen, alle drei hatten zum zweiten Mal die Rückgabe der letzten Lateinarbeit versäumt und fadenscheinige Entschuldigungen vorgebracht. Julie war mit einem bedauernden Lächeln weitergegangen, und Jon hatte die Schüler extrem kurz abgefertigt: Sollte er die Arbeiten auch am nächsten Tag nicht vorliegen haben, würde er den Eltern eine entsprechende Mitteilung schicken.

Das war vor drei Tagen gewesen. Seitdem fühlte er sich wie ein Hindernisläufer in den Startlöchern.

Uli Koch winkte ihm zu und hob seinen Becher: »Kaffee, Jon?« Auch er war braungebrannt, er war mit seinem Lebensgefährten in Spanien gewesen, oder war es Griechenland?

Jon winkte ab. Er hatte keine Lust auf eine Unterhaltung, obwohl Koch ihm einer der liebsten Kollegen war, er hatte einen hintergründigen Witz, der Jon gefiel. Er setzte sich neben den englischen Meier, der einen dreiteiligen Anzug trug, hellgrau, mit blütenweißem Hemd und Krawatte, nie hatte Jon ihn anders gekleidet gesehen. Von Kowalski einmal auf seine »piekfeine Montur« angesprochen, hatte der englische Meier die Stirn gerunzelt und erwidert, es müsse ja nicht jeder auch ihm gleich den Lehrer von weitem ansehen.

Jon lehnte sich zurück, streckte die Beine aus und beobachtete Meiers Rotstift, der in gleichmäßiger Bewegung die Zeilen entlangfuhr, kurz innehielt, sich senkte, einen Fehler anstrich. Zweifach, im Wort selbst und am Rand der Seite. Sich weiter bewegte. Ob sie noch kommen würde? Oder hatte sie sich entschuldigt? Dann mußte sie einen triftigen Grund haben. Gestern hatte er im Vorbeigehen gehört, wie sie der Geschonnek etwas von einem Ausstellungsbesuch mit ihrem Leistungskurs erzählte. War der ausgerechnet für heute geplant?

»Können wir dann?« Das Frettchen nahm umständlich am Kopf des Tisches Platz. Gleichzeitig drängte sich eine Gruppe von Kollegen, darunter Wilde, die Geschonnek und Kowalski, durch die Tür herein, die Kowalski zu laut hinter sich schloß. Unsensibler Trottel. Ein heftiges Stühlerükken, Papierrascheln und Räuspern hob an, der englische Meier setzte die Kappe auf seinen Rotstift, klappte das vor ihm liegende Heft zu und legte es ordentlich zuoberst auf den Stapel, dann schaltete er sein Handy aus.

Von Sell wartete, bis Ruhe eingekehrt war, dann vollzog er den üblichen Girlandenblick von einem Kollegen zum anderen. Er hatte sich in den Ferien neue Zähne verpassen lassen, zu groß und zu weiß. »Die Tagesordnung liegt Ihnen vor. Punkt eins: die Projektwoche...«

Wie immer schleppte sich die Sitzung zäh dahin. Nachdem Jon nach sechs Jahren nicht mehr kandidiert hatte, war neben der Geschonnek jetzt Wilde der zweite Vertrauenslehrer. Langatmig referierte er über das Ergebnis der letzten Schülerratssitzung. Es folgte das Dauerthema Raucherzimmer, Bio-Meier hielt wieder mal seinen Vortrag über die Gefahren des Nikotins, und wieder mal wurde die Entscheidung vertagt. Der Hausmeister, Herr Gmelin, hatte erneut das mangelnde Aufstuhlen nach Unterrichtsende moniert, auch das ein Dauerbrenner. Der weibliche Zwilling schlug die Anschaffung eines neuen Physikbuchs vor und geriet sich mit Schröder in die Haare, das Frettchen mußte schlichten.

Sie waren bei Punkt sechs angekommen, der Planung des Schulfestes, als sich die Tür öffnete. Jon schreckte aus seinen Gedanken auf und wandte den Kopf. Da stand sie, im Gegenlicht, von Staubpartikelchen umtanzt. Ihr Gesicht gerötet, die Locken ein wilder Bausch. Sagte etwas von ihrem Auto, nicht angesprungen, Batterie. Setzte sich schnell auf den nächsten freien Stuhl und schob sich die Haare aus der Stirn. Dann sah sie zu ihm herüber und lächelte ihn an. Ihr Blick war so intensiv und leuchtend, daß er den Atem anhielt.

2

Eine halbe Stunde später waren sie durch. Als erster verließ der englische Meier fluchtartig den Konferenzraum, gefolgt von Wilde und der GEW-Fraktion. Bio-Meier stürzte sich auf das Frettchen, wahrscheinlich wieder die Mikroskope. Die Schröder-Clique verabredete sich für den Abend in einem portugiesischen Restaurant in St. Georg. Jon lehnte Kochs Aufforderung ab; er hatte Julie zu Schröder sagen hören, sie hätte schon eine Verabredung.

Als er zur Tür ging, unterhielt sie sich mit Strunz. Er überlegte einen Moment, ob er sich dazustellen sollte, aber ihm fiel kein Vorwand ein, sein Kopf war mit einemmal wie leergefegt. Er ging dennoch hinüber, seine Beine fühlten sich an wie Betonmasten.

»Ich klär das gleich morgen ab, ich geb dir auf jeden Fall am Montag Bescheid«, hörte er Strunz zu ihr sagen. Auch mit ihm war sie also schon per du, aber unter Fachkollegen wohl nicht verwunderlich. Erleichtert sah er, daß Strunz seinem Zwilling zuwinkte und sich von Julie verabschiedete: »Schönes Wochenende. Dir auch, Jon.«

»Dito.« Jon wartete, bis Strunz mit der Schmidt-Weidenfeld hinausgegangen war. Dann sah er Julie an. »Wie geht's?« Er kam sich vor wie ein Pennäler bei seiner ersten Verabredung.

»Ganz gut«, sagte sie. »Bis auf diese idiotische Verspätung, ziemlich peinlich.«

Unter ihrer Lederjacke trug sie ein weißes T-Shirt, an ihrem Schlüsselbein blitzte etwas. Ein kleiner Stern? In Griechenland hatte er vor Jahren das Meeresleuchten erlebt, Charlotte und er waren nachts schwimmen gegangen, das Wasser auf ihrer Haut hatte golden geschimmert. Vielleicht war Julie über und über mit Sternen besät, unter ihrer Kleidung. Ihr die Lederjacke abnehmen, das Hemd und die Jeans herunterstreifen … »Machen Sie sich darüber keine Gedanken«, sagte er. »Soll ich Sie nach Hause fahren?«

»Wenn Sie Zeit haben?«

Und ob er Zeit hatte. Zeit war alles, was er hatte. Oder auch nicht, je nachdem.

Nebeneinander gingen sie durch den Korridor. Sie hatte die gleiche Schrittlänge wie er, obwohl sie um einiges kleiner war. Es kostete ihn Mühe, Abstand zu halten.

Vor einem der Fenster stand Kowalski und drehte sich eine Zigarette. »Gehst du noch mit einen trinken, Jon? Doch sowieso gelaufen, der Nachmittag.«

Für dich vielleicht, dachte Jon. Und sagte: »Keine Zeit, Harald, andermal.« Wie viele andermal hatte es schon gegeben? Kowalski kapierte es einfach nicht.

Am Ende des Korridors schauten sie wie auf Verabredung beide im gleichen Moment zurück: Kowalski fing die Geschonnek ab, sie hob reflexartig beide Hände.

»Armer Teufel«, sagte Julie.

»Im Schnitt schleppt jede Schule mindestens vier bis fünf untragbare Kollegen durch«, sagte Jon. »Jeder weiß das, aber wehe, man spricht das Thema an.«

Sie lachte auf, nur zwei dunkle Töne. »Wenn man das mal zusammenzählt. Was ein einziger inkompetenter Lehrer im Lauf seiner Tätigkeit verkorksen kann. Selbst bei nur dreißig Dienstjahren kommen Tausende von Schülern zusammen, die im schlimmsten Fall für das Fach versaut sind bis an ihr Lebensende.«

»Ein Wunder, daß so viele überleben«, sagte Jon.

»Schüler? Oder Lehrer.« Wieder lachte sie auf und fügte unvermittelt hinzu: »Wie groß sind Sie eigentlich?«

»Einsfünfundneunzig«, sagte Jon, »einundachtzig Kilo, zweiundfünfzig Jahre, Nichtraucher. Und Sie?«

»Einsachtundsiebzig. Gelegenheitsraucherin. Und dreiunddreißig. Jahre natürlich, nicht Gewicht. Das verrate ich nicht.«

»Darf ich Sie noch etwas fragen?«

»Klar.« Sie durchquerten die frisch gewischte Eingangshalle, Julie setzte ihre Füße in den schwarzen Turnschuhen genau in die Fußspuren, die Koch und seine Clique hinterlassen hatten.

»Haben Sie gar nichts Rotes an heute?«

Sie blieb stehen. »Das ist Ihnen aufgefallen?«

»Natürlich. Ihre Stiefel. Ihre Jacke. Gestern die Kette. Aber heute?«

Sie zog den Reißverschluß ihrer Lederjacke auf und hob das weiße T-Shirt. Durch die Schlaufen ihrer Jeans war ein roter Gürtel mit silberner Schnalle gezogen.

Für einen kurzen Moment konnte er einen schmalen Streifen gebräunter Haut sehen. »Ich bin beruhigt«, sagte er. Das Gegenteil war der Fall.

»Ein Tick«, sagte sie, »aber irgendeine Macke muß man

ja schließlich haben.« Sie ging so dicht vor ihm durch die Tür, daß ihre Locken ihn streiften.

Draußen blieb sie stehen und blinzelte in die Sonne. Über der Turnhalle stand eine einsame Wolke am emailleblauen Himmel. Hinter ihnen verließ Conzelmann das Gebäude, einer dieser farblosen Referendare mit randloser Brille und Kurzhaarschnitt. »Du rufst mich an?« fragte er im Vorbeigehen. Offensichtlich war sie mit allen per Du, nur nicht mit ihm.

»Mach ich. Ciao, Markus.« Sie sah Conzelmann nach, er ging zu den Fahrradständern hinüber.

Wieso durfte dieser Milchbubi mit ihr telefonieren. »Noch ein Verehrer?« Jon hoffte, daß seine Frage leicht und amüsiert klang.

»Ach, der braucht nur eine Klagemauer«, sagte sie und zog den Reißverschluß wieder hoch, am Zeigefinger der linken Hand hatte sie ein angegrautes Pflaster. »Er hat ziemliche Schwierigkeiten mit der 9 a.«

Die 9 a war in diesem Schuljahr die bei den Lehrern am meisten gefürchtete Klasse. Jon unterrichtete sie nicht, aber er kannte die Schüler, ein Haufen verzogener und neurotischer Rüpel, darunter ein paar verschüchterte magersüchtige Mädchen. Die Hälfte von ihnen absolvierte die Klasse zum zweitenmal, dennoch war das Leistungsniveau unterirdisch. Kurz nach Beginn des Schuljahrs hatte eine Deutschreferendarin nach einer katastrophalen Unterrichtsstunde einen hysterischen Anfall erlitten und sich wochenlang krank schreiben lassen. Jon hatte nur am Rande mitbekommen, was passiert war, angeblich war sie mit Gegenständen beworfen worden. Flaschen? Bücher? Pausenbrote? Schuhe? Einer der wenigen, die mit der Klasse keine Probleme hatten, war der englische Meier, der sie an die kurze Leine genommen hatte, gleich von der ersten Stunde an. Vor ihm hatten sie Schiß, vor seinem verletzenden Sarkasmus kuschten sie wie ein atavistisches Rudel vor seinem Alphatier. Lehrer wie Kowalski, die es mit kumpelhafter Anbiederei versuchten, waren dem Widerstand und der Verachtung preisgegeben. Angeblich schrie Kowalski hilflos herum und drohte permanent drakonische Strafen an, die er dann nie in die Tat umsetzte. Koch, der in der benachbarten 9 b Geschichte unterrichtete, hatte ihn einmal nachgemacht, in großer Runde. Es war sehr komisch gewesen, wenn auch weniger für Kowalski.

»Wundert mich nicht«, sagte Jon. »Doch klar, daß die so einen Milchbubi fertigmachen.« Sie gingen über den Parkplatz. Schröder fuhr an ihnen vorbei und winkte, die rothaarige Referendarin saß neben ihm.

»Also ich finde die 9 a ganz okay«, sagte Julie. »Bei mir sind die total zahm. Ja, ich weiß, was Sie jetzt sagen wollen. Daß es am Fach liegt, weil es da weniger um Zensuren und Leistung geht. Ich muß keinen Druck ausüben.« Sie blieb neben ihm vor seinem A6 stehen. »Schöner Wagen.«

»Haben Sie was für Autos übrig?«

»Klar«, sagte sie. »Leider hab ich ein Faible für Luxus. Und das bei meinem Gehalt.« Sie schnitt wieder diese kleine Grimasse, bei der sich die Haut auf ihrer Nase in winzige Falten legte und die Oberlippe etwas anhob. Ihre Zähne glänzten. »Ich muß übrigens ins Schanzenviertel. Schäferstraße. Sicher, daß Ihnen das nicht zu weit ist?«

»Hundert Prozent sicher«, sagte er. »Wenn Sie wollen,

kann ich Sie aber auch gleich zu Ihrer Verabredung fahren.«

»Welche Verabredung?«

Er öffnete den Wagen und hielt ihr die Tür auf. »Haben Sie nicht so was gesagt? Als Sie vorhin mit Schröder gesprochen haben? Ich hab's zufällig mitgekriegt.«

»Ach das. Nee, ich wollte ihn nur loswerden. Der kann nämlich ziemlich hartnäckig sein.« Sie ließ sich auf den Sitz gleiten, zog die langen Beine nach.

»Und hat damit Erfolg.«

»Nicht bei mir«, sagte sie und schlug wie zur Bekräftigung die Autotür zu.

3

Von der Niendorfer Marktkirche schlug es vier. Er wartete den letzten Ton ab, dann drehte er den Zündschlüssel um, und Robert Gernhardt sagte: *Als nun der Herr herabgefahren war.* Julie lachte. Jon wollte den CD-Player abschalten, aber sie machte eine abwehrende Handbewegung. »Lassen Sie doch.«

Er fuhr los, und sie hörte zu, lachte laut und ausgelassen, immer wieder alle vier Töne komplett, drei dunkle, ein heller. Am meisten freute sie sich über die Vorschrift *Du sollst nicht tönen.*

Er schaltete den Player ab, bevor das nächste Stück begann. Sosehr er Gernhardt auch liebte, die Zeit mit ihr war zu kostbar. »Wenn Sie wollen, brenn ich Ihnen eine Kopie«, sagte er.

»Das wär klasse. Danke.« Sie sah auf ihre Uhr, dann lehnte sie den Kopf zurück.

Vor ihnen staute sich der Verkehr. Freitags um diese Zeit mit dem Auto unterwegs zu sein war Schwachsinn. »Mit der U-Bahn wären Sie schneller zu Hause gewesen«, sagte er.

»Ich hab's nicht eilig«, sagte sie.

Ihre Finger lagen entspannt auf ihren Oberschenkeln, lang, kräftig. Kein Ring. Jons Blick wanderte immer wieder zu dem ausgefransten Pflaster. »Und wo haben Sie vorher gewohnt?« fragte er.

»Hinterm Hauptbahnhof, Lange Reihe. Ich mußte raus wegen Eigenbedarf. Jetzt bin ich bei einem Freund untergekommen, erst mal für ein halbes Jahr. Er ist in den USA.«

»Und dann?«

»Keine Ahnung. Mal sehen. Wer weiß, ob ich überhaupt eine neue Stelle kriege, nach den Sommerferien. Und wo.«

»Stell ich mir anstrengend vor, diesen ständigen Wechsel«, sagte er.

»Ach, hat auch seine Vorteile.« Sie faßte mit beiden Händen in ihre Haare und schob sie zurück. Wieder roch er einen Hauch ihres Parfums. »Mir gefällt es eigentlich«, sagte sie. »Immer wieder neue Kollegen, neue Schüler. Man rostet nicht ein. Haben Sie es eigentlich wirklich nicht eilig?«

»Wieso?«

»Naja, da steht so ein Ungetüm von Schrank in der Wohnung. Ich würde ihn gerne umstellen, er nimmt zuviel Licht weg, aber allein schaff ich es nicht. Dauert vielleicht drei Minuten.«

Er lockerte seinen Griff um das Lenkrad. »Kein Problem«, sagte er.

Als er direkt vor ihrem Haus in der Schäferstraße einen Parkplatz fand, sagte sie: »*Veni, vidi, vici,* wenn ich mich richtig erinnere. Wissen Sie, wo mein Golf steht? Drei Straßen weiter.«

Sie wohnte im dritten Stock. Als er hinter ihr die Treppe hinaufstieg, war er versucht, seine Hand auf ihren Po in den engen Jeans zu legen. Auf dem Türschild stand »Ben Milton«.

»Milton? Wir mußten damals die ersten fünfzig Zeilen von *Paradise Lost* auswendig lernen. Mal sehen, ob ich's noch kann«, sagte er. *»Of man's first disobedience, and the fruit of that forbidden tree, whose mortal taste brought death into the world.«*

Sie schloß die Tür auf und sagte: »Bravo, Herr Oberstudienrat. Du sollst nicht tönen.«

Er mußte lachen. »Verzeihung. Amerikaner, Ihr Milton?«

»Engländer. Er hat hier an der Kunsthochschule unterrichtet. Da haben wir uns kennengelernt.« Sie warf ihre Lederjacke über eine Trittleiter. Bis auf die Leiter war der Flur leer, kein Spiegel, keine Garderobe, kein Regal, an der Wand nur ein paar Fotos, mit Reißzwecken befestigt. Die Tür zur Küche stand offen, einem großen, nur mit dem Nötigsten ausgestatteten Raum. Spüle, Herd, Kühlschrank, ein Tisch und zwei Stühle, ein Regal mit Geschirr und Vorräten. »Ich biete Ihnen jetzt keinen Kaffee an«, sagte sie.

»Um Gottes willen«, sagte er. »Wir stellen den Schrank um, und schon bin ich wieder weg.«

Die nächste Tür war nur halb geöffnet, auf dem Fußboden eine breite Matratze mit hellblau zerwühltem Bettzeug, daneben ein Stapel Bücher, ein Wecker, eine kleine Lampe. Neben dem Fenster ein Kleiderständer auf Rollen.

»Hier lang«, sagte sie, »aber nicht so genau hingucken.« Sie führte ihn durch ein Zimmer, das leer war bis auf einen riesigen Tisch, übersät mit Papierbögen, Stiften, Flaschen und Tuben, Pinseln und Schneidewerkzeugen. Es roch nach

Terpentin. An den Wänden Keilrahmen und Leinwände in verschiedenen Größen. Eine Staffelei.

»Ihr Arbeitszimmer?«

»Sie sind ein scharfer Beobachter. Und nein, Sie dürfen nichts ansehen.«

Auch der nächste Raum war mit einem Sofa, einem kleinen Fernseher und einem tragbaren CD-Player nur sparsam möbliert. Der Schrank stand zwischen den beiden Fenstern zur Straße. Auf dem Fußboden Bücherstapel, zwei Becher mit eingetrockneter Flüssigkeit, Kaffee wahrscheinlich. Und an der Wand neben dem Sofa ein gerahmter Druck, den Jon nur zu gut kannte. »Dieser Rauschenberg«, sagte er. »Die *Wild Strawberry Eclipse.* Ihrer?«

Sie nickte. »Hab ich schon ewig. Ich mag das Bild immer noch. Es hat was Wildes, finde ich. Aufbruch ins Exotische oder so ähnlich.«

Er sah ihr in die Augen. »Es hängt seit Jahren in meinem Arbeitszimmer.«

Sie erwiderte seinen Blick, sagte aber nichts.

Sein Mund wurde trocken. »Wo soll der Schrank hin?«

Sie wies über seine Schulter hinweg zur Wand gegenüber den Fenstern. Er drehte sich um und erschrak fast. Wieso hatte er das Foto bis jetzt übersehen? Schwarzweiß, in etwa doppelter Lebensgröße. Ihr Kopf zurückgeworfen, ihr großer Mund, ihre Augen geschlossen. An den langen Wimpern Wassertropfen. Die Locken naß, wie Schlangengewirr. Der Ausdruck ihres Gesichts zugleich verloren und ekstatisch. Die nackte Schulter angeschnitten, Tropfen liefen herunter.

»Das kommt natürlich weg, Moment.« Sie ging hinüber

und nahm das schwarz gerahmte Foto von der Wand. »Ben hat es gemacht. In Spanien, vor zwei Jahren.« Sie trug es zum Sofa, lehnte es dagegen.

Jon starrte auf die Stelle zwischen den Schlüsselbeinen, auf den glitzernden Tropfen, der sich in der kleinen Mulde gefangen hatte. Die bloße, nasse Schulter. Dieser Ben hatte einen Ausschnitt gewählt, der kaum zu ertragen war. »Ist er Fotograf?« fragte er.

»Ziemlich bekannt sogar in der Branche. Und schwul, ganz nebenbei. Weil Sie so gucken.« Mit einem ähnlichen Lächeln hatte sie das Frettchen bedacht, bei ihrer ersten Begegnung.

»Ich gucke überhaupt nicht«, sagte er und wandte sich dem Schrank zu. »Haben Sie eine Fußmatte? Dann können wir ihn schieben.«

Sie lief aus dem Zimmer, dabei streifte sie ihn mit ihrem nackten Arm. Er durfte das Foto nicht noch einmal ansehen. Er ging zum Fenster. Durch die kahlen Zweige der Birken konnte er die gegenüberliegenden Häuser sehen, auf einem Balkon hob ein alter Mann mit Schirmmütze einen Vogelkäfig von der Brüstung und trug ihn ins Zimmer. Zwanzig Jahre weiter, und er würde auch so ein Greis sein, verhutzelt, steif, auf einen Piepmatz im Käfig angewiesen.

»Wissen Sie, daß Sie der erste spannende Lateinlehrer meines Lebens sind?« Sie kam wieder herein und warf eine blaue Badematte und ein großes rotes Handtuch auf das Sofa. »Ich hab schon gedacht, so was existiert gar nicht. Wenn ich an meine Schulzeit denke.« Sie ging zum Schrank, zog mit Zahlen und einzelnen Buchstaben beschriftete Kartons aus den Fächern und stellte sie auf den Fußboden. »Ich hab Latein gehaßt. Caesar, mein Gott. Ewig diese militärischen Almauftriebe, diese Winterlager und Kohorten.«

»Es gibt jede Menge großartige Literatur«, sagte er und wartete darauf, daß sie sich wieder bückte. Ihr Po war unwiderstehlich. »Auch ausgesprochen komische. Terenz zum Beispiel. Eine seiner Komödien lese ich gerade mit meinem Leistungskurs. Soll ich helfen?«

»Nee«, sagte sie, »nachher bringen Sie noch Unordnung in den Kram hier. Ist nämlich nicht meiner. Unterhalten Sie mich lieber ein bißchen. Von Terenz hab ich keine Ahnung, ich weiß nur, daß es Dürer-Illustrationen zu diesen Komödien gibt. Holzschnitte. Ziemlich pfiffige sogar.«

»Ich weiß.«

Sie schaute nur kurz über ihre Schulter.

Er mußte aufpassen, er durfte auf keinen Fall neunmalklug daherkommen. »Also in aller Kürze«, sagte er. »Punische Kriege. Karthago, okay? Hundertfünfundachtzig vor Christus von den Römern besiegt.«

»Hannibal und Hasdrubal.« Sie nahm sich das nächste Fach vor. »Und wo bleibt Ihr Terenz?«

»Sekunde. Das besiegte Nordafrika liefert jede Menge Sklaven nach Rom, und ein gewisser Senator Terentius kauft sich einen hübschen Jungen.«

»Verstehe.«

»Nicht dafür«, sagte Jon. »Er hat diesen Publius hochkarätig erzogen und ausgebildet und schließlich sogar freigelassen. Woraufhin der Junge den Namen seines ehemaligen Herrn annahm und als Dichter Karriere machte.«

Sie knallte den letzten Karton mit Schwung auf den Stapel und wischte sich die Hände an den Jeans ab. »Erzählen Sie weiter.«

»Weil er aus Afrika kam, hat man ihm noch ein *afer* an den Namen gehängt«, sagte Jon, während sie gemeinsam das schwere Möbelstück ein paar Zentimeter von der Wand zerrten. »Also Publius Terentius Afer. Die Schüler machen natürlich *After* daraus. Sein genaues Geburtsdatum ist nicht bekannt, vielleicht war er noch nicht mal dreißig, als er starb, im Jahr hundertneunundfünfzig. Er ist ertrunken.«

»Wieso ertrunken?« Sie warf die Badematte und das Handtuch vor den Schrank und kniete sich hin. »Wollen wir?«

»Er hat eine Studienreise nach Kleinasien gemacht, mit dem Schiff. Anschließend wollte er nach Griechenland, um nach verschollenen Theaterstücken zu suchen. Sagt Ihnen Menander etwas?«

»Null. Sie heben, ich schieb drunter, okay?«

Jon stemmte die Vorderseite des Schranks hoch. Sie schob die Matte links darunter, das Handtuch rechts. Ihre Schulter berührte seinen Oberschenkel.

»Vier von den sechs erhaltenen Terenz-Komödien lehnen sich dicht an Stücke von Menander an«, sagte er.

Sie hob ihr Gesicht zu ihm auf: »Runter.«

Er ließ den Schrank herab und ging neben ihr in die Hocke. »Man nimmt an, daß ein Sturm aufgekommen ist«, sagte er. »Schiffbruch in der Ägäis, so was war ja damals an der Tagesordnung. Von Terenz, beziehungsweise einer seiner Figuren, stammt übrigens der inzwischen ziemlich platte Satz…« Er hielt inne. Der Stern an ihrem Schlüsselbein war nicht mehr da.

»Satz?« fragte sie.

Er legte seine Fingerspitzen auf ihr Schlüsselbein. »Vorhin hatten Sie da einen kleinen Stern.«

Sie neigte ihr Gesicht, ihre Locken kitzelten seinen Handrücken. »Die fallen immer wieder ab.« Ihre Worte waren kaum zu verstehen, ihr Kinn berührte seine Finger. »Also welcher platte Satz?«

»Homo sum, humani nil a me alienum puto.«

»Ich hab nur mit aller Gewalt das kleine Latinum geschafft«, flüsterte sie.

»Ich bin ein Mensch, nichts Menschliches ist mir fremd. Er ist wirklich banal, ich kann nichts dafür«, sagte er und schob seinen Daumen zwischen ihre Lippen. Als er spürte, daß sich ihre Schneidezähne in seine Fingerkuppe gruben, schob er seinen kleinen Finger zwischen ihre Brüste.

4

Fünf nach sieben bog er in den Bansgraben ein. Früher hatte er schon auf den ersten Blick sehen können, ob Charlotte zu Hause war, selbst bei Eis und Schnee hatte sie ihren Wagen immer auf der Straße geparkt. Aber seit Dezember stand ihre schwarze A-Klasse in der Garage. Kurz vor Weihnachten war sie bei einer Routinekontrolle mit einem Promille erwischt worden, sie hatten ihr für ein Jahr den Führerschein abgenommen. Eine vierschrötige maskuline Person mit durchdringender Stimme, deren Namen Jon sich nicht merken wollte, holte sie seither morgens ab und brachte sie abends nach Hause, wozu hatte sie neun Angestellte. Jon hatte den Verdacht, daß sie diese Situation dazu ausnutzte, schon im Betrieb zu trinken, und das nicht nur während der letzten Arbeitsstunde, wenn sie die ausgehende Post durchsah, ihre Mails und die Bestellungen checkte.

Er schloß die Haustür auf. »Charlotte?«

In der Diele roch es nach grüner Seife, Emine, ihre türkische Putzfrau, kam schon seit Jahren dienstags und freitags. Auf dem roten Sessel lag Columbus und schlief. Jon strich ihm im Vorbeigehen über das fuchsfarbene Fell und ging hinauf in sein Arbeitszimmer. Der Anrufbeantworter zeigte zwei Nachrichten an. Frau Voss hatte seinen Brief erhalten; Timo hatte die fragliche Lateinarbeit leider nicht finden können, nun hatte sie selber gesucht und war tatsächlich erfolgreich gewesen. Sie wollte veranlassen, daß ihr Sohn noch heute, spätestens aber morgen die Arbeit bei Jon zu Hause abgab. Sie hoffte, er wäre nicht allzu verärgert, dankte für sein Verständnis und wünschte ihm noch einen schönen Tag.

Jon stoppte den Apparat und wählte die angegebene Nummer, um Frau Voss zu sagen, daß Timo die Arbeit gefälligst am Montag in der Lateinstunde zurückgeben sollte. Daß Schüler bei ihm zu Hause antanzten, war das Letzte, was er sich wünschte, sechs Unterrichtsstunden täglich reichten. Im übrigen würde er ihr den Rat geben, sich in Zukunft aus den schulischen Angelegenheiten ihres Sohnes herauszuhalten. Timo war fast achtzehn, weiß Gott alt genug. Im Moment wiederholte er die zehnte, nachdem er schon in der siebten hängengeblieben war. Dabei war er nicht dumm, nur abgrundtief faul, die Hausaufgaben machte er grundsätzlich nicht, in der kommenden Woche sollte er deshalb zu einer Nacharbeit antreten.

Er ließ es zehnmal klingeln, niemand nahm ab, wahrscheinlich war Frau Voss noch bei der Arbeit. Die Familie besaß acht Schlachterei-Filialen in ganz Hamburg, eine davon am Niendorfer Marktplatz im Tibarg-Center, Charlotte kaufte dort ein. Er würde im Lauf des Abends noch einmal anrufen müssen.

Die zweite Nachricht war von Robert, der seine Verspätung ankündigte. Offenbar war für den Abend ein gemeinsames Essen geplant, von dem Jon nichts wußte. Oder er hatte es vergessen. Roberts Besuch warf seine Pläne über den Haufen, aber vielleicht war es ohnehin besser, das Gespräch mit Charlotte auf morgen zu verschieben. Wenn sie nüchtern war.

Einen Moment lang betrachtete er den Rauschenberg-Druck über dem Schreibtisch. Die Abendsonne warf schräge Lichtbahnen durch die Sprossenfenster und ließ das tiefe Rot in der linken Bildhälfte aufglühen. Auf dem leuchtendgelben Rechteck daneben war ein amerikanischer Straßenkreuzer abgebildet, er hatte schon oft vergeblich versucht, die Automarke zu identifizieren. Darüber war eine Art Wellblechhütte, auf ihrem Dach eine Gruppe dunkelhäutiger junger Männer. Sie strahlten den Betrachter an, Jon lächelte zurück. Bis heute hätte er nicht in Worte fassen können, warum er ausgerechnet dieses Bild so liebte, jetzt wußte er es. Wie so vieles andere war auch der Rauschenberg ein Omen.

Er zog sein Handy aus der Hosentasche und wählte. Während er auf Antwort wartete, ging er zum Sofa. Beinahe wäre er über den Handwerkskasten gestolpert, seit Tagen wollte er den Wackelkontakt in der Schreibtischlampe reparieren. Den Kasten hatte er seinerzeit von Charlottes Vater übernommen, ein Teil der Schrauben- und Nägelsammlung stammte bestimmt noch aus Vorkriegszeiten. Wie oft hatte er sich schon vorgenommen, den ganzen Krempel mal auszumisten. Dieses Vorhaben konnte er jetzt von der Liste streichen, er würde das Fossil bestimmt nicht mitnehmen.

»Hallo?«

Im Hintergrund laute Musik, ein dröhnender monotoner Rhythmus, er konnte ihre Stimme kaum verstehen. »Julie?

Ich bin's.« Er legte die Füße hoch und schaute hinüber in das erleuchtete Rot.

»Jon! Moment.«

Die Musik wurde leiser gestellt, war aber für seine Begriffe immer noch zu laut. Ein schneller Sprechgesang legte sich über den wummernden Baß. »Was hörst du da?«

»Ach... Rap«, sagte sie.

»So was magst du?«

»Manchmal. Bist du schon zu Hause?«

»Seit fünf Minuten. Ich wollte dir nur schnell sagen, daß ich sehr glücklich bin.« Der Sprechgesang steigerte sich, wurde schärfer, aggressiver. »Bist du noch da?«

»Ja.« Sie klang sehr weit entfernt.

»Geht's dir gut?«

Sie zögerte. »Ich weiß nicht.«

»Falls du dir Gedanken machst wegen meiner Frau«, sagte er, »wir trennen uns.«

»Nein, Jon, warte...«

»Bitte hör mir zu. Du bist nicht der Grund. Unsere Ehe ist am Ende, schon lange. Es war nur eine Frage der Zeit.«

»Aber ich will das nicht«, sagte sie. »Du sollst nicht meinetwegen...«

»Es hat nichts mit dir zu tun, glaub mir. Egal, wie es mit uns weitergeht, mit dir und mir, meine ich. Zwischen meiner Frau und mir ist es vorbei.« Durch die Musik konnte er ein Klirren hören. »Was war das?«

»Nur ein Glas.«

»Bist du in der Küche?«

»Ich komm gerade aus der Dusche. Ich muß mich anziehen, Jon, mir ist kalt.«

Er schloß die Augen und sah die blauen Laken, ihren zurückgeworfenen Kopf, die Schweißperlen an ihrem Hals, die aufgerichteten Brustwarzen. »Wann seh ich dich wieder?« Auf der Straße hielt ein Auto, er stand auf und ging mit dem Telefon ans Fenster. Charlotte stieg aus dem Lieferwagen der Gärtnerei Pustowka.

»Montag«, sagte Julie. »Im Busch. Ich fahr übers Wochenende nach Kiel. Zu einer Freundin.«

Charlotte warf die Wagentür zu, ging auf das Haus zu. »Viel Spaß«, sagte er. »Und vergiß mich nicht.«

»Wie könnte ich. Mach's gut.« Sie legte auf.

Unten knallte die Eingangstür, dann schepperten Schlüssel. Charlotte pflegte ihren Bund auf den Dielentisch zu werfen, manchmal rutschte er über die ganze Tischplatte und fiel zu Boden. Früher hatte er das lustig gefunden.

»Jon?«

»Oben«, rief er. Er legte das Handy auf den Schreibtisch, ging ins Bad und wusch sich die Hände. Im Spiegel betrachtete er sein Gesicht. Konnte man ihm ansehen, was in den letzten Stunden geschehen war? Er schwor sich, keinen Streit anzufangen. Er würde besonders zuvorkommend zu Charlotte sein, zum letzten Mal.

Sie stand am Kühlschrank und schenkte Gin in ein Wasserglas. »Du auch?« Sie hatte die Gummistiefel ausgezogen, trug aber noch ihre Arbeitskluft für die Gewächshäuser, einen verschossenen Overall mit hochgekrempelten Beinen, der unvorteilhaft ihren in die Breite gegangenen Hintern betonte.

»Nicht vor Sonnenuntergang, weißt du doch«, sagte er.

Auf dem Tisch lag die noch ungeöffnete Post vom Morgen. Daneben ein Zettel in Emines Krakelschrift: »Bite füya Dinstak Boytel füya Sauge und Soyg füya Glasputse.«

»Ich hatte einen mörderischen Tag«, sagte Charlotte. »Wie war eure Sitzung?« Sie stellte die Ginflasche zurück, griff nach dem Tonicwasser und gab einen Fingerhut voll ins Glas.

»Langweilig. Wie immer.« Er ging zum Schrank, an dessen Seitenwand der Block mit der Einkaufsliste hing, und schrieb »Staubsaugerbeutel« und »Glasreiniger« auf.

»Ich muß unters Wasser, Robert kommt gleich.« Sie machte die Kühlschranktür mit dem Ellbogen zu und griff nach ihrem Glas. Diese Gier, mit der sie den ersten Schluck nahm. Ihr Konsum steigerte sich seit Monaten, seit Jahren genaugenommen. Aber erst vor kurzem war ihm aufgefallen, daß sich ihr Aussehen verändert hatte. Ihre Pupillen waren trübe, die Haut unter ihren Augen war aufgeschwemmt.

»Du kannst dir Zeit lassen«, sagte er. »Er kommt erst gegen halb neun, er hat angerufen. Er bringt alles mit, wir sollen nichts vorbereiten.«

Sie stellte das leere Glas so dicht an den Rand des Spülbeckens, daß es klirrend hineinfiel. »Um so besser. Hast du Columbus gefüttert?«

»Mach ich gleich.«

»Und stell schon mal Wein kalt.« Sie ging durch die Diele zur Treppe, ihre Bewegungen waren träge. Sie war müde oder schon betrunken.

Er füllte Columbus' Napf, ging in den Wintergarten, legte sich auf den Deckchair und schaute hinaus. Der Himmel war hellblau und rosa gestreift, in der Höhe waren die Farben klar begrenzt, weiter unten gingen sie ineinander über und vermischten sich zu einem perlmuttartig leuchtenden Grau. Er wäre gerne liegengeblieben, bis der ganze Himmel von diesem Ton überzogen war, der sämtliche Farben des Spektrums zu enthalten schien. Er hätte auch gerne noch den ersten Stern gesehen. Aber Charlotte rief ihn nach drinnen.

Robert kam mit dem Taxi, drei vollen Plastiktüten und einer Kiste St. Emilion. Sofort krempelte er die Ärmel hoch und begann zu kochen. Es sollte eine Consommé, frische Bandnudeln mit Jakobsmuscheln in Champagner-Sahnesoße und Lachs mit Sauerampfer geben.

Vor zwanzig Jahren, unter dem Einfluß seiner dritten und letzten Frau, hatte er sich zu einem ambitionierten Hobbykoch entwickelt. Barbara hatte ihn zu sündhaft teuren Kursen im ›Landhaus Scherrer‹ geschleppt und die Küche in Roberts Eigentumswohnung in Eppendorf komplett umbauen und mit Profigeräten ausstatten lassen. Ihr größter Stolz war der Einbau einer gigantischen Kühlkammer gewesen, in deren Regalen sie ihre mühevoll zubereiteten Fonds gelagert hatten. Unter Glasglocken waren Rohmilchkäse herangereift, an speziellen Edelstahlhaken hatten ganze Schinken gehangen. Bei jedem Essen war endlos über die Zubereitung der Speisen, die besten Einkaufsmöglichkeiten und interessante neue Restaurants palavert worden. Und in jedem Herbst waren die beiden ins Piemont gefahren, um sich eine Woche lang an Trüffeln satt zu essen und kistenweise Wein zu kaufen, den sie vorher bei den Winzern ausgiebig getestet hatten.

Jon war dieses Haute-Cuisine-Getue schon bald auf die

Nerven gegangen, mehr noch als die zickige und humorlose Barbara. Nach der Scheidung hatte Robert seine Kochorgien eingestellt und sich in die Arbeit gestürzt, eine erholsame Phase. Vor zwei Jahren aber hatte er seine Steuerkanzlei verkauft und sein Hobby wiederaufgenommen. Seitdem gefiel er sich in der Pose des golfspielenden Lebemannes und Connaisseurs.

Noch während sie Robert am Herd assistierte, öffnete Charlotte die erste Weißweinflasche. Beim Lachs folgte die zweite. Danach ging es dem St. Emilion an den Kragen.

»La douce France«, sagte sie und hielt ihr Glas vor die Lampe. Unter ihren Fingernägeln hielt sich immer ein Rest Schmutz, so hartnäckig sie auch ihre Hände schrubbte. Sie arbeitete nicht gern mit Handschuhen. »Da waren wir ewig nicht«, sagte sie. »Dieses Hotel bei Orange damals. Ein Traum. Wann waren wir dort, Jon? Doch mindestens zehn Jahre her.«

»Weiß ich nicht mehr. Ihr auch einen Espresso?« Er stellte das Geschirr zusammen. Auf Charlottes Teller lag ein matschiges Häufchen Wildreis mit Soße, bei jedem Essen ließ sie Reste übrig.

»Ich könnte sofort die Koffer packen«, sagte sie. »Seit Monaten bin ich urlaubsreif. Aber mein lieber Mann hat ja zuviel Arbeit. Nicht mal eine klitzekleine Woche kann er sich freinehmen.«

Für die Frühjahrsferien hatten sie acht Tage in der Toskana gebucht, aber Jon hatte die Reise wenige Tage nach seinem Geburtstag gecancelt. »Du hättest ja fahren können«, sagte er. »Mit einer deiner Freundinnen. Ich hab es dir mehrmals vorgeschlagen.«

»Aber ich will mit dir dahin.« Sie wälzte ihren Schluck Wein im Mund hin und her, kaute, belüftete, schluckte. Eine Unart, die sie sich von Robert abgeguckt hatte.

»Das hatten wir jetzt schon hundertmal, Charlotte. Okay? Sorry, Robert. Also keinen Espresso für euch?«

»Doch«, rief Robert ihm nach, »einen doppelten. Und Wasser.«

Jon ließ sich Zeit mit dem Kaffee. Nach der Absage der Toskana-Reise hatte Charlotte ihn eine Woche lang beleidigt angeschwiegen. Er hatte keine Lust, die Geschichte noch einmal aufzuwärmen. Wenn er Glück hatte, brachte Robert das Gespräch inzwischen auf ein anderes Thema.

Aber als er ins Eßzimmer zurückkehrte, sprachen sie immer noch über Orange. Bisher hatte Charlotte in den kommenden Sommerferien nach Schottland fahren wollen, jetzt schwenkte sie um auf Südfrankreich. Sie versuchte, Robert zum Mitkommen zu bewegen. »Obwohl es da fürchterlich heiß sein kann«, sagte sie und nahm eine der beiden Espressotassen vom Tablett. »Im Juli.«

Jon hätte ihr am liebsten die Tasse aus der Hand gerissen und den Inhalt über den Kopf gekippt. Zum Glück klingelte in diesem Moment das Telefon, er konnte sich abwenden und sein Gesicht unter Kontrolle bringen. Eine von Charlottes Freundinnen war am Apparat. Er würgte ihre Konversationsversuche nach zwei, drei Sätzen ab und übergab an Charlotte. Sie verschwand mit dem Apparat nach oben in ihr Zimmer. Ihr Glas nahm sie mit, vorher füllte sie es auf bis knapp unter den Rand.

Robert zündete sich die erste Zigarette an, er rauchte nur abends nach dem Essen. »Habt ihr mal wieder Streß?«

»Wie kommst du darauf.«

Robert war sein bester Freund, sein einziger eigentlich, alle anderen waren gute Bekannte, Kollegen. Aber selbst ihm würde er sich nicht anvertrauen. Ein Mann, der drei gescheiterte Ehen hinter sich hatte, konnte von der Liebe nichts verstehen. Außerdem kannte Robert Charlotte fast so lange wie Jon, er hatte sie immer gemocht, sie waren so vertraut wie Geschwister. Aus Solidarität mit dem schwächeren Teil würde er automatisch ihre Partei ergreifen.

Robert blies einen perfekten Rauchring. »Naja«, meinte er dann. »Ziemlich flaue Stimmung, würde ich sagen.«

Flau war ihre ganze Ehe, schon seit langem. Eine absurde Vorstellung, den Rest seines Lebens mit Charlotte zu verbringen. Daß sie Robert ohne jede Hemmung von ihrem Leben mit Jon erzählte, vor allem wenn sie getrunken hatte, war ein besonderes Ärgernis. Sogar über seine Affären war Robert bis ins Detail informiert. Zumindest über die, von denen sie wußte. »Hat sie sich mal wieder beklagt?«

»Nicht nötig«, sagte Robert. »Ich hab doch Augen im Kopf. Und Ohren. Was ist los?«

»Nichts. Sie trinkt zuviel. Aber das ist ja nichts Neues.«

»Und du? Ärger in der Schule? Oder mal wieder...«

»Hör schon auf«, sagte Jon. »Ich hatte eine anstrengende Woche, ich bin müde, das ist alles. Wollen wir uns mal wieder Harald Schmidt reinpfeifen?«

Sie machten noch eine Flasche auf und setzten sich vor den Fernseher. Die Show hatte schon begonnen, Schmidt stellte mit Playmobil-Männchen die Geschichte des Ödipus nach. Der Kontrast zwischen der ernsthaften Wiedergabe der

Sage und den bunten Spielfiguren war komisch, sie lachten beide.

Nach zehn Minuten kam Charlotte dazu. Sie verzog erst das Gesicht, sie mochte die Sendung nicht, aber dann mußte auch sie lachen beim Anblick des Leoparden, der die Sphinx darstellte. Sie setzte sich vor Jon auf den Kelim und lehnte sich an seine Beine. Er sah hinunter auf ihren Kopf, sie mußte dringend zum Friseur, ihre kurzgeschnittenen blondierten Haare wuchsen grau nach. Das Gewicht ihres Körpers war ihm lästig, aber er hielt still. Es war das letzte Mal, daß er sie ertragen mußte.

5

Auch ohne Wecker erwachte er am Samstag kurz vor halb sieben, seine innere Uhr funktionierte auf die Minute. Er blieb noch einen Moment liegen und sah durch das offene Fenster in die zarten Wolkenschleier am Himmel. In den kahlen Bäumen probten die Vögel ihre Balzrufe. Es würde ein schöner Tag werden.

Er zog die Joggingsachen an und lief seine übliche Runde durchs Niendorfer Gehege. Er kannte das Areal wie seine Westentasche, jahrelang war er so gut wie täglich dort gelaufen, kein Weg, keine Lichtung, keine Abkürzung durch den Wald, die er nicht im Kopf hatte. Ursprünglich war hier ein Park gewesen, Teile der alten Strukturen waren noch vorhanden, Wiesenflächen, Teiche und Alleen. Uralte Eichen bildeten einen großen Teil des Baumbestandes, sie waren immer die letzten im Jahr, die ihre Blätter zeigten. Wenn die Eichen belaubt waren, kam der Sommer.

Im Birkenwäldchen an der Kollau hüpfte eine schwarze Kröte über den Weg, direkt vor seinen Füßen. Charlotte konnte diese Tiere anfassen, ohne sich zu ekeln, er hatte sie immer dafür bewundert. In ihrem ersten Niendorfer Sommer waren sie hier oft zusammen spazierengegangen. Damals studierte sie noch, aber es zeichnete sich schon ab, daß sie der ewigen Quengelei ihrer Eltern nachgeben und eine

Gärtnerausbildung machen würde. Er hatte versucht, ihr den Rücken zu stärken, er war davon überzeugt gewesen, daß sie eine hervorragende Grundschullehrerin sein würde, und schließlich hatte sie dieses Ziel ja auch selber gehabt. Als er sie kennenlernte, wohnte sie in einer Bruchbude in der Amandastraße, in einem Hinterhaus, das einsturzgefährdet war und offiziell nicht bewohnt werden durfte, das Treppenhaus voller Eisenträger, ihre winzige Küche nicht beheizbar. Und sie voller Energie, beflügelt von dem Vorsatz, alles anders zu machen als ihre spießigen Eltern. Jon war von ihrem Kampfgeist fasziniert gewesen. Und es hatte ihm besonders gefallen, daß sie aus ihrer Hochzeit auf keinen Fall einen Staatsakt machen wollte, sie waren aufs Standesamt gegangen und hinterher nach Övelgönne, Fisch essen mit Robert und Annemie, ihren Trauzeugen. Die alten Pustowkas wurden erst Tage danach vor vollendete Tatsachen gestellt. Im Jahr darauf kam dann der Alte mit dem Haus im Bansgraben an, und Charlottes Widerstand fiel im Lauf weniger Monate in sich zusammen.

Vor den Blockhütten auf dem Abenteuerspielplatz mußten sie gestern gefeiert haben, angekokelte Holzstücke lagen auf der Feuerstelle, daneben ein Turnschuh, in dem eine Zigarettenschachtel steckte, Bierdosen. Früher hatte er manchmal den Abfall der Jugendlichen zum Mülleimer gebracht, aber er hatte es längst wieder aufgegeben. Es reichte ihm, im Busch ständig auf Ordnung achten zu müssen, aber selbst dort blieb er meist gelassen, wenn die Schüler ihre Umgebung einsauten. Es gab genug Kollegen, die sich darüber aufregten.

Als er das Wildgehege erreichte, kam die Sonne heraus.

Zwei Rehe standen dicht nebeneinander vor der Futterstelle, er mußte an Julies lange Beine denken, die zarte Haut an den Innenseiten ihrer Oberschenkel. Ihren Mund.

Da mi basia mille, deinde centum,
dein mille altera, dein secunda centum,
deinde usque altera mille, deinde centum...

Im Rhythmus seiner Schritte sagte er Catulls Verse vor sich her. Immer wieder, wie ein pubertärer Irrer. Er hörte erst damit auf, als ihm bei der Marktkirche zwei Frauen mit ihren Hunden entgegenkamen.

Kurz nach acht war er wieder im Bansgraben. Er rasierte sich und ging unter die Dusche. Als er sich abtrocknete, fiel ihm ein, daß er vergessen hatte, Frau Voss anzurufen. Er würde das Telefonat am späten Vormittag nachholen, bei Timo bestand kaum Gefahr, daß er am Wochenende früh aufstand.

Er zog Jeans und einen schwarzen Pullover an, ging hinunter in die Küche und machte sich Kaffee. An manchen Wochenenden brachte er Charlotte morgens ihren Tee ans Bett, aber heute besser nicht. Es war spät geworden gestern, sie sollte sich ausschlafen, damit sie bei ihrem Gespräch ausgeruht war. Und überhaupt widerstrebte es ihm, ihr Schlafzimmer zu betreten.

Er überflog die Schlagzeilen auf dem *Hamburger Abendblatt*, räumte den Geschirrspüler aus und trug das Altglas hinaus, fünf Weinflaschen und die Ginflasche, die er hinter der Kaffeedose im Regal entdeckt hatte, bis auf den letzten Tropfen geleert. Die feuersichere Metalltür zwischen dem hinteren Windfang und der Garage klemmte, seit Wochen wollte er die Scharniere an allen Fenstern und Türen ölen, auch dazu würde er jetzt nicht mehr kommen. Er holte die Gernhardt-CDs aus dem Auto; wenn Charlotte beim Einkaufen war, würde er Kopien für Julie brennen.

Als er die CDs auf den Mahagonitisch legte, kam sie die Treppe herunter, barfuß, im Bademantel. »Willst du weg?« fragte sie.

»Morgen. Nein. Wieso?«

»Du siehst so aus. Neuer Pullover?«

Er hatte ihn Anfang der Woche am Jungfernstieg entdeckt, eigentlich hatte er nur ein paar T-Shirts kaufen wollen. Die weiche schwarze Wolle hatte ihn an Julies Pullover erinnert, den sie am ersten Tag angehabt hatte. Ohne lange zu überlegen, hatte er ihn genommen, trotz des horrenden Preises von beinah fünfhundert Euro. »Kennst du den noch nicht?«

Sie schüttelte den Kopf und faßte einen Ärmel an. »Kaschmir?«

»Ja. Wie hast du geschlafen?« Ihre Berührung war ihm unangenehm.

Sie tappte hinter ihm her in die Küche, sank auf einen Stuhl, räkelte sich und gähnte. »Zu kurz. Bist du so lieb und machst mir Tee? Wieso siehst du schon so wach aus.« Ihr Gesicht war verquollen, die Haare standen nach allen Seiten ab.

»Ich hab schon meine Runde hinter mir«, sagte er und schaltete den Wasserkocher ein.

»Daß du das kannst, nach so einer Nacht. Versteh ich nicht. Ich fühl mich wie gerädert.« Sie zog ein zerknülltes

Papiertaschentuch aus der Brusttasche ihres Schlafanzugs, zerrte es auf der Suche nach einer unbenutzten Stelle auseinander und schnaubte hinein.

Jon wandte den Blick ab und stellte eine Tasse vor sie hin. »Gehst du einkaufen?« fragte er.

Sie stopfte den durchfeuchteten Knüll zurück in ihre Brusttasche. »Nachher. Nachmittags muß ich auf jeden Fall in den Betrieb, Bürokram, vielleicht kannst du mich fahren. Hübsch übrigens, der Pullover.«

Bestimmt lächelte sie jetzt, er sah nicht hin. »Du solltest lieber zu Fuß gehen«, sagte er, »es wird schön heute. Du bewegst dich zu wenig.« Das Wasser kochte. Er goß den Tee auf.

»Na hör mal, ich rappel die ganze Woche im Betrieb rum«, sagte sie, »am Wochenende will ich ausruhen. Aber ich könnte mich anderweitig sportlich betätigen.«

Er sah sie verblüfft an. Charlotte und Sport?

»Du siehst nämlich ziemlich appetitlich aus heute morgen«, sagte sie. »Und bevor wir total vergessen, wie es geht? Ich meine, mit uns beiden?«

Ihm wurde übel, als er kapierte, was sie meinte. Er hatte gewußt, daß sie über kurz oder lang davon anfangen würde. Aber diese dämliche Umschreibung hatte sie noch nie benutzt. Er trug die Teekanne zum Tisch und schenkte ihr ein. »Ich muß dringend an den Schreibtisch«, sagte er. Das letzte Mal hatten sie irgendwann im Januar miteinander geschlafen, jedenfalls lange vor seinem Geburtstag. Vor Julie.

»Dafür hast du doch noch den ganzen Tag Zeit«, sagte sie. »Und morgen. Früher hast du nicht soviel am Schreibtisch gehockt.«

Er ging zurück zur Spüle, öffnete den Unterschrank, löste den Müllbeutel aus seiner Befestigung und knotete die Tüte zu. »Ehrlich gesagt, mir ist nicht danach«, sagte er.

»Natürlich. Hätt ich mir denken können.« Sie griff nach der Zuckerdose. »Sag mal, soll das jetzt bis in alle Ewigkeit so weitergehen?«

»Was meinst du?«

»Das weißt du genau«, sagte sie. »Ich bin es ja gewohnt, daß du dich entziehst. Aber diese Eiseskälte seit Monaten, die ist neu. Was ist los?«

Wortlos, den zugeknoteten Müllbeutel in der Hand, sah er zu, wie sie drei Löffel Zucker in ihre Tasse gab. Wie sie umrührte, wie der Tee über den Rand der Tasse schwappte. Wie sie mit dem Fuß nach einem Stuhl angelte, ihn heranzog und ihre Beine darauf legte. »Gärtnerquanten« hatte er ihre Füße früher genannt, in liebevollem Spott. Jede einzelne Zehe hatte er geküßt. *Tempora mutantur.*

»Verdammt noch mal, rede mit mir«, sagte sie.

Er registrierte einen flehenden Unterton in ihrer Stimme. Es wäre ein leichtes gewesen, sofort anzufangen, das Thema lag praktisch auf dem Tisch. Er brauchte nur den entscheidenden Satz zu sagen. Aber er wollte ihr die Wahrheit nicht vor die Füße knallen, solange sie halb nackt war. »Ich bring mal den Müll raus«, sagte er.

Sie griff nach seinem Hosenbein. »Erst sagst du mir, was los ist. Das Übliche, vermute ich mal. Hab ich recht? Ist es mal wieder soweit?«

Er machte sich los. »Hör schon auf.«

»Ist das alles, was du zu sagen hast?«

»Im Moment ja. Laß uns reden, wenn du wieder bei Verstand bist.« Das war ungeschickt, natürlich war sie jetzt verletzt. Sie würde aggressiv werden. Am besten, er ließ sie sich erst mal wieder beruhigen.

»Ich bin nicht betrunken, falls du das meinst«, sagte sie. »Herrgott, es ist früher Morgen, ich trinke hier beschissenen Tee. Also stell mich bitte nicht als unzurechnungsfähige Säuferin hin.«

Er ging mit dem Müllbeutel hinaus in die Diele. Als er die Haustür öffnete, drängte sich mit anklagendem Schrei Columbus ins Haus. Sie hatten gestern abend vergessen, ihn wieder hereinzulassen, sein Fell war feucht. Jon sah dem Kater nach, er wanderte zielstrebig in die Küche, drehte kurz vor seinem Freßnapf ab und sprang auf Charlottes Schoß. Sie zog ihn an sich und girrte so laut, daß Jon es mitbekommen mußte: »Na komm her, mein lieber Schatz, komm zu Frauchen.«

Er hätte kotzen können.

Er setzte sich an den Schreibtisch, korrigierte die Haushefte der 8 b und stellte die Vokabeln für einen Test in der Montagsstunde zusammen. Er hörte die Tür von Charlottes Zimmer klappen, sie verkroch sich wohl noch mal im Bett. Um halb elf ging sie ins Bad. Eine halbe Stunde später, er war schon bei der Vorbereitung für den Deutschunterricht am Montag, klopfte sie an seine Tür. »Jon? Ich geh einkaufen. Tschüs, bis gleich.« Sie klang ausgeglichen und freundlich. Die kleine Szene in der Küche schien sie vergessen zu haben.

Kurz nach zwölf sah er sie zurückkommen. Er stand am Fenster seines Arbeitszimmers und blätterte auf der Suche nach einer geeigneten Stelle für die nächste Klausur seines Leistungskurses in Senecas *De brevitate vitae.* Wie er an den Tüten in ihrem Fahrradkorb sah, war sie im Tibarg-Center gewesen. Vor der Gartenpforte wurde sie von Verena Glissmann aufgehalten, sie wechselten ein paar Sätze. Als er sah, daß sie sich verabschiedeten, steckte er die beiden für Julie kopierten CDs in seine Mappe.

Sämtliche für die nächsten Tage notwendigen Arbeitsunterlagen und Bücher hatte er schon auf dem Tisch zusammengepackt, um sie später im Auto zu verstauen. In seinem Schlafzimmer stand ein Koffer mit Waschzeug und Kleidung bereit, genug für zwei Wochen. Bis dahin würde Charlotte sich so weit beruhigt haben, daß er den Rest seiner Sachen abholen konnte. Für den Anfang würde er sich ein Zimmer nehmen, in einem Hotel oder in einer Pension.

Unten schepperten die Schlüssel über den Mahagonitisch. »Bin wieder da!« Sie klang ausgesprochen aufgeräumt.

Als er nach unten kam, packte sie, noch in der Jacke, ihre Tüten aus. »Du warst lange weg«, sagte er. »War viel los?«

»Ging so«, sagte sie. »Ich hab uns Rinderfilet mitgebracht. Ich dachte, wir machen mal wieder ein Fleischfondue. Wenn du mich jetzt gleich in den Betrieb fährst, bin ich gegen sechs zurück, und wir können um sieben essen.«

Bei der Vorstellung, abends mit ihr vor dem Fonduetopf zu sitzen und in das brodelnde Fett zu starren, grauste es ihm. Um sieben würde er längst weg sein, er durfte nicht vergessen, das Notebook und den Drucker mitzunehmen. Und die Sportsachen, Laufschuhe, Squash- und Tennisschläger. Der Kofferraum würde voll werden. »Ich muß mit dir reden«, sagte er.

»Heute abend, ja? Beim Fondue.«

»Jetzt. Es ist wichtig.« Er griff nach ihrer Jacke, um ihr herauszuhelfen. »Komm, ich häng dich auf«, sagte er. Diese Formulierung stammte aus ihren besseren Zeiten, sie hatten sie von Robert übernommen. »Hängt euch auf, und macht es euch bequem«, hatte er immer gesagt, wenn sie in atemlosem Wettlauf die fünf Treppen zu seiner Dachwohnung in Ottensen hinaufgesprungen waren, jung verheiratet. Und glücklich, Charlottes Eltern für einen Abend entronnen zu sein.

Sie machte sich los, streifte die Jacke ab und warf sie auf einen Stuhl. »Na gut«, sagte sie, »bringen wir es hinter uns. Wie heißt sie? Wie alt ist sie? Höchstens Ende Dreißig, richtig?«

»Willst du jetzt ein Quiz veranstalten?«

»Also noch jünger. Wolltest du ihretwegen nicht mit mir verreisen?« Sie ging zum Schrank und holte ein Glas heraus. Mit dem Fuß stieß sie eine der auf dem Fußboden liegenden Tüten zur Seite, eine Orange kullerte unter den Tisch. Die Cinzanoflasche, die sie aus dem Kühlschrank holte, mußte sie aus dem Tibarg-Center mitgebracht haben. Sie goß das Glas randvoll, ihre Finger zitterten.

»Ich hab mich verliebt«, sagte er. »Ich hab es nicht gewollt, es ist einfach passiert.«

»Kenn ich irgendwoher, den Spruch.« Ein Tropfen lief aus ihrem Mundwinkel und blieb an ihrem Kinn hängen, sie wischte ihn fahrig weg. »Ich tippe auf eine Kollegin, das hatten wir lange nicht. Kenn ich sie?«

Auf keinen Fall würde er Julies Namen preisgeben. Charlotte war imstande, ihr eine Szene zu machen, sogar in der Schule, vor den Kollegen. Zu Susanne war sie damals ins Büro gegangen. »Nein«, sagte er.

»Eine Neue also. Und diesmal die ganz große Liebe, nehm ich an.« Sie kippte den Cinzano hinunter und goß das Glas wieder voll. »Und was willst du von mir? Die Scheidung? Kannst du haben.«

Das ging schneller, als er erwartet hatte. »Es tut mir leid«, sagte er.

Sie trank, füllte wieder nach, umklammerte das Glas mit beiden Händen. »Was du nicht sagst. Und? Wer ist sie also?«

»Das spielt doch keine Rolle.«

»Für mich schon. Hast du sie auch hier im Haus gevögelt? Während ich mich abschufte, damit du dir neue Pullover kaufen kannst? Kaschmir, ja?«

Es war das erste Mal im Lauf ihrer Ehe, daß sie das Thema Geld als Munition benutzte. Jons Gehalt als Oberstudienrat hätte für ein bequemes Leben zu zweit gereicht, nicht aber für Extravaganzen. Ihre vielen Reisen, die teuren Hotels, die Essen in Spitzenrestaurants hatte immer Charlotte bezahlt, ebenso wie die Umbauten und Erweiterungen des Hauses. Allein der Anbau des Wintergartens mußte ein kleines Vermögen gekostet haben, sie hatte ihm die Rechnung nie gezeigt. »Ich verstehe, daß du gekränkt bist«, sagte Jon. »Aber laß uns doch bitte auf einem anderen Niveau...«

»Niveau! Auf Lateinisch oder was. Weißt du, was du bist? Ein ganz mieser kleiner Betrüger.« Sie holte aus und kippte ihm den Inhalt ihres Glases ins Gesicht.

Die klebrige Flüssigkeit brannte in seinen Augen. Während er wie blind zur Spüle tappte, hörte er sie nach oben laufen. »Glaub ja nicht, daß du noch einen Cent von mir siehst«, schrie sie. »Und dieses Haus gehört mir, also mach dich vom Acker.«

Hab ich sowieso vor, dachte er, spülte sein Gesicht ab und zog den Pullover über den Kopf. Hoffentlich war er nicht ruiniert. Auch sein T-Shirt war feucht geworden, er würde sich umziehen müssen. Nur mit halbem Ohr hörte er auf Charlottes Gekeife. Daß sie auf ihre Eltern hätte hören sollen, damals, vor vierundzwanzig Jahren. Daß sie schon bei der ersten seiner Affären die Konsequenzen hätte ziehen sollen. Daß Jon ein verlogener Hund sei. Daß sie sich selber ohrfeigen könnte, ihm auch noch einen Fick anzubieten.

Nur in Momenten größter Leidenschaft, vor langer Zeit, hatte er Charlotte dieses Wort aussprechen hören. Die drei Gläser Cinzano hatten schnell gewirkt. Er hörte sie von Zimmer zu Zimmer laufen, Türen flogen, Dinge polterten. Es würde nicht lange dauern, er kannte den Ablauf. Als sie die Sache mit Evelyn rausgekriegt hatte, war sie eine gute halbe Stunde lang ausgeflippt und dann schluchzend zusammengebrochen, die Versöhnung war Routine gewesen. Heute war die Situation anders. Er wollte keine Versöhnung, sondern sachliche Vereinbarungen, damit er so schnell wie möglich gehen konnte. Sie mußten nicht einmal ihr gemeinsames Eigentum auseinandersortieren, er würde auf alles verzichten außer auf ein paar persönliche Sachen.

Auf der Treppe lagen Bücher und Papiere, das Blatt mit dem Vokabeltest war in Fetzen gerissen. Daneben sein Handy, die Schale hatte sich vom unteren Teil gelöst und war zerbrochen. »Bist du verrückt!« rief er und stürzte die Treppe hinauf. Fast wäre er auf *Leonce und Lena* ausgerutscht, er konnte sich gerade noch am Geländer festhalten.

Oben im Flur ein Chaos. Sie hatte alles, was auf seinem Schreibtisch gelegen hatte, aus dem Zimmer geworfen. Als er die letzte Stufe erreichte, flog ihm sein Drucker entgegen, er zog den Kopf ein. Krachend schlug der Apparat gegen die Wand, dann auf die Dielenbretter, im Putz entstand ein häßliches Loch. Sie hatte sein Notebook in den Händen, sie hatte es ihm erst zu Weihnachten geschenkt.

»Stop!« schrie Jon. »Was soll denn das!«

»Siehst du doch. Ich mach klar Schiff.« Sie schmiß ihm das Notebook vor die Füße, ein Knall, Splitter flogen durch den Raum.

Er packte sie an den Armen: »Jetzt reiß dich zusammen, Herrgottnochmal!«

»Ich war nie so klar wie jetzt.« Sie stierte ihn an, ihre Augäpfel waren von Äderchen durchzogen. »Ich hab über vieles hinweggesehen, immer wieder. Deine ständigen Affären. Daß du dich nie bemüht hast, mit meinen Eltern auszukommen. Und daß die Schule dir wichtiger ist als ich. Was ich tue, hat dich doch nie interessiert.«

Diese Vorwürfe hingen ihm zum Hals raus. »Hör schon auf«, sagte er und ließ sie los.

»Wir wollten zusammen alt werden. Und jetzt willst du dich plötzlich scheiden lassen.« Sie schlug die Hände vors Gesicht und sank aufs Sofa.

Es war soweit.

»Wir haben es doch immer wieder hingekriegt«, sagte sie. »Sogar deine Evelyn. Und Susanne und wie sie alle hießen. Wir hatten es doch gut miteinander. Hast du das alles vergessen?«

Er betrachtete die Trümmer seines Arbeitsplatzes. Seine

Mappe offen unter dem Fenster, sämtliche Unterlagen auf dem Boden verstreut, auch Julies CDs, die Hülle zerbrochen. Sie hatte die Bücher aus den Regalen gefegt und sogar seinen Baselitz-Adler von der Wand gerissen. Wenigstens hatte sie die *Wild Strawberry Eclipse* verschont. Sonst war kaum ein Gegenstand heil geblieben. Bis auf ihre Cinzanoflasche. Sie stand auf der Fensterbank, der Inhalt hatte einen deutlich niedrigeren Pegel als vorhin in der Küche.

»Ich war lange Zeit glücklich mit dir«, sagte er. »Das stimmt.« Die ersten zehn Jahre vielleicht, bevor ihre Ehe zur faden Gewohnheit geworden war.

»Und warum jetzt nicht mehr?« Sie schluchzte einmal auf, es hörte sich an wie ein Schluckauf.

Bevor er sich eine passende Antwort überlegen konnte, sagte sie: »Spar es dir, ich weiß es ja. Du brauchst wieder mal etwas Neues, Knackiges. Wie alt ist sie?«

Den Teufel würde er tun und ihr von den neunzehn Jahren Altersunterschied erzählen. »Irrelevant«, sagte er.

»Das glaubst du doch selber nicht. Aber es wird nicht lange halten, das ist dir ja wohl klar.«

»Selbst wenn. Mir egal. Es ist keine Laune, Charlotte. Ich kann nicht anders.«

»Drei unbewiesene Behauptungen«, sagte sie und stemmte sich von ihrem Platz hoch. »Bla bla.« Auf unsicheren Beinen ging sie zum Fenster und ergriff ihre Flasche.

»Hör auf zu trinken«, sagte er.

»Geht dich einen Scheiß an.« Ohne ihn eines Blickes zu würdigen, balancierte sie mit übertrieben ausholenden Schritten und ausgebreiteten Armen zur Tür, umschiffte den Handwerkskasten, stieg über das zerschmetterte Notebook. Die Flasche in ihrer Hand blieb perfekt in der Senkrechten. »Wann ziehst du aus?«

»Heute noch.«

»Zu deiner Neuen?«

»In ein Hotel.« Er konnte kaum glauben, daß es schon vorbei sein sollte. »Es tut mir wirklich leid, Charlotte. Aber dir hätte es auch passieren können.«

Sie blieb in der Tür stehen, sie hatte ihm den Rücken zugewandt. »Ist mir schon passiert.« Mit der Fußspitze stieß sie seinen Terminkalender beiseite. »Glaub bloß nicht, ich hätte nicht auch meine Geschichten gehabt. Deswegen hab ich dir aber noch lange nicht das Messer an die Kehle gesetzt.« Sie drehte sich um und sah ihm in die Augen. »Mit Robert zum Beispiel.«

»Das ist nicht wahr.«

Sie verschwand im Flur. »Frag ihn doch.«

Während er versuchte, sich Charlotte und Robert vorzustellen, nackt, ineinander verschlungen, hörte er, wie sie »Scheiße« sagte. Dann ein dumpfes Poltern, das Geräusch von rutschenden Dingen und einer kollernden Flasche, einen ächzenden Jammerton, ein schweres Aufschlagen. Dann war es still.

6

Höchstens drei Sekunden später war er unten. In einer merkwürdigen Haltung der Demut lag sie auf dem Fliesenboden. Ihre linke Hand mit dem Ehering, noch auf der dritten Treppenstufe, berührte fast den Seneca. Ihr anderer Arm unter dem gekrümmten Leib verborgen. Die Beine seitlich angewinkelt, als habe sie auf den Knien gehockt und sei einfach nur umgekippt. Der Kopf war zur Seite verdreht, die Stirn berührte den Fußboden. Der Mund stand offen. Ein Speichelfaden hing heraus und riß ab, als Jon versuchte, ihren Kopf in eine bequemere Stellung zu bringen.

»Charlotte! Charlotte, hörst du mich!« Er legte seine Finger an ihren Hals, konnte die Schlagader aber nicht finden. Er stand auf und blieb neben ihr stehen, er wußte nicht, was zu tun war.

Das Telefon. Er stürzte ins Wohnzimmer. Bei ihrem Hausarzt brauchte er es heute gar nicht zu versuchen, er würde einen Notarzt rufen müssen. Das Telefon stand nicht auf der Basis. Er überlegte fieberhaft, wo Charlotte es gestern abend nach ihrem Gespräch hingelegt haben konnte. Vermutlich oben in ihrem Zimmer. Um auf die Treppe zu kommen, mußte er über sie hinwegsteigen, dabei rutschte ihre Hand mit dem Ehering auf die zweite Stufe herunter.

Er bückte sich und berührte ihre Wange: »Ich ruf einen Arzt, ich bin gleich wieder da.«

Als er sich aufrichtete, nahm er eine Bewegung am Fenster neben der Haustür wahr, einen Schatten. Einen Augenblick lang war er verwirrt. Hatte er den Arzt schon gerufen? Er lief zur Tür, riß sie auf.

»Tag«, sagte Timo Voss. Die Kopfhörer seines MD-Players über die Ohren gestülpt, hielt er Jon ein DIN-A4-Blatt hin, mehr rot als schwarz. Die dreimal vergessene Lateinarbeit. »Wollte ich nur abgeben«, sagte er.

»Hast du dein Handy dabei?«

»Wieso?«

»Ein Unfall. Die 110, schnell.« Jon ließ ihn stehen und lief zurück zu Charlotte. Er konnte nicht feststellen, ob sie sich inzwischen bewegt hatte. »Der Arzt kommt gleich, alles wird gut«, flüsterte er. Hinter sich hörte er das leise Klicken der Handytastatur.

»Und was soll ich sagen?« fragte Timo.

»Sie ist gestürzt«, sagte Jon, »die Treppe runter, siehst du doch. Frag sie, was ich tun soll in der Zwischenzeit. Oder gib mal her. Na mach schon.« Er streckte ungeduldig seine Hand aus.

Timo legte erst seine Lateinarbeit neben dem *Hamburger Abendblatt* auf den Mahagonitisch, dann reichte er Jon das Handy.

In der Polizeizentrale versprach man, umgehend den Notarzt zu schicken. Bis dahin sollte er die verunfallte Person auf keinen Fall unsachgemäß behandeln. Falls das Rückgrat verletzt war, könnte jede falsche Bewegung tödlich sein.

Timo steckte das Handy wieder ein, den Blick auf Charlotte gerichtet. »Ja, also... ich geh dann mal wieder«, sagte er.

Was war das kleinere Übel: Mit Charlotte allein zu bleiben oder diesen Schnösel dabeizuhaben? »Könntest du noch einen Moment bleiben?« fragte er. »Bis der Arzt kommt?«

»Wenn Sie wollen.«

Daß von all seinen Schülern ausgerechnet dieser Junge Zeuge der Katastrophe sein mußte. Seit langem stand er auf Jons Shit-Liste ganz oben, seine arrogant zur Schau getragene Gleichgültigkeit reizte ihn. In allen anderen Fächern war er mittelmäßig, in Latein aber hatte er ein Abonnement auf eine Fünf, in der siebten hatte er eine glatte Sechs gehabt und war deshalb durchgefallen. Gelernt hatte er nichts daraus, bei der Vokabelabfrage, mit der Jon jede Stunde begann, wußte er so gut wie nie eine Antwort. Er machte sich nicht einmal die Mühe, sich von seinem Spezi Luca della Mura vorsagen zu lassen. Gelangweilt pflegte er Jon anzustarren und mit den Schultern zu zucken. Jon rächte sich, indem er ihn öfter aufrief als die anderen.

Schweigend ließ Timo seinen Blick über die mit Büchern und Papieren besäte Treppe wandern. Er hatte auffallend dunkle Augen, dazu helles Haar, ein Erbteil seiner Mutter. Charlotte hatte einmal behauptet, das Blond von Frau Voss wäre eindeutig falsch, bei so dunkelbraunen Augen käme diese Farbe auf natürlichem Weg nicht vor. Eine dieser Bemerkungen, mit denen sie alle attraktiven Frauen in seiner Umgebung geradezu automatisch bedacht hatte. Sie mußte tatsächlich in der ständigen Furcht gelebt haben, daß er sie betrog. Hätte sie sich nicht an ihren Fingern abzählen können, daß ihre Ängste ihn genau dorthin trieben, wo sie ihn nicht haben wollte? Zu Evelyn und so weiter?

Timo zog die Unterlippe zwischen die Zähne, sein Blick blieb an Jons kaputtem Handy hängen.

»Meine Frau hat sich aufgeregt«, sagte Jon. »Und so einiges aus meinem Arbeitszimmer entfernt, wie du siehst. Dabei ist sie gestolpert. Sie wollte nach unten gehen und ist über irgend etwas gestolpert, was sie da selber hingeworfen hat.« Er sah auf seine Uhr, wo blieb der verdammte Notarzt.

Er ließ den Jungen stehen und wanderte unruhig in die Küche, wieder durch die Diele, dann ins Wohnzimmer. Sah hinaus in den Garten. In der Wärme der letzten Tage waren die Schneeglöckchen und Märzenbecher aufgeblüht, ein weißer Flor zog sich vor der Hecke entlang bis zu den Obstbäumen, deren Astwerk sich vor dem strahlendblauen Himmel abzeichnete. Wenn sie nun querschnittgelähmt war, an einen Rollstuhl gefesselt, auf Hilfe angewiesen bis ans Ende ihrer Tage. Nicht in der Lage zu sprechen, alleine zu essen oder ihre Verdauung zu kontrollieren. Er würde sie nicht verlassen können. Aber vielleicht waren ihre Verletzungen nicht so schwerwiegend, vielleicht hatte er Glück, und sie wurde wieder gesund. Dann konnte er gehen. Nicht sofort, aber in absehbarer Zeit.

»Ich glaub, sie kommen.« Timos Stimme riß ihn aus seinen Gedanken. »Ich hol sie mal rein.«

Jon wartete, bis Timo draußen war, dann ging er zur Treppe und hob vorsichtig, ohne Charlottes Kopf aus den Augen zu lassen, den aufgeklappt auf dem Bauch liegenden

Seneca auf. Der Titel mußte nicht unbedingt neben ihr zu sehen sein. »Charlotte?« flüsterte er.

Sie rührte sich nicht.

Er trug das Buch in den Wintergarten, sein Blick fiel auf die beiden Seiten, die sich beim Fallen aufgeschlagen hatten. *Exigua pars est vitae quae vivimus. Ceterum quidem omne spatium non vitae sed tempus est.* Nur während eines kleinen Teils des Lebens leben wir wirklich. Die ganze übrige Spanne allerdings ist kein Leben, sondern einfach nur Zeit.

Wie genau diese Worte seine Situation beschrieben. Bisher war in seinem Leben nur Zeit vergangen, pure, nichtsnutzige Zeit. Erst am dritten Februar hatte sein eigentliches Leben begonnen. Mit Julie. An seinem Geburtstag.

Als er hörte, wie der Arzt »Genickbruch« murmelte und einer der beiden Polizisten daraufhin halblaut »also Exitus« sagte, drängten sich die Stammformen von *exire* in seinen Kopf, *exeo, exii, exitum,* er hatte sie erst gestern in der 8 b abgefragt. Es waren lauter unwichtige Kleinigkeiten, die ihm auffielen: Die weißlichen Gummihandschuhe des Arztes, der ausgerissene Saum an seiner Jacke. Die Herpesbläschen an der Oberlippe eines Sanitäters. Das Scharnier der Klapptrage, die sie neben dem Mahagonitisch aufgebaut hatten.

Der Arzt, ein extrem leise sprechender Mittvierziger mit rötlichem Pferdeschwanz und zahllosen Sommersprossen im blassen Gesicht, flüsterte auf den Polizisten ein, der sich als Polizeihauptmeister Stahl vorgestellt hatte. Stahl war groß und breitschultrig, trug die grauen Haare kurz geschnitten und eine Hornbrille. Seine Dienstmütze in den

Händen drehend, kam er zu Jon herüber. »Herr Ewermann? Mein Beileid. Ich verständige dann mal die Kollegen von der Kripo.«

»Kriminalpolizei?« fragte Jon. »Wieso denn das?«

»Vorschrift bei Unfällen mit Todesfolge«, sagte Stahl. »Aber wir bleiben auf jeden Fall bei Ihnen, bis die Kollegen eintreffen.«

Die Sanitäter klappten die Trage wieder zusammen und trugen sie aus dem Haus. Der Arzt schloß seine Tasche und reichte Jon die Hand. »Soll ich Ihnen was dalassen?« fragte er kaum hörbar. »Zur Beruhigung?«

Jon schüttelte den Kopf. Von der Haustür aus sah er zu, wie der Arzt in den Wagen stieg, wie die Sanitäter die Trage hineinschoben und die Türen schlossen. Wie sie davonfuhren, ohne Blaulicht und Sirene. Eile war nicht mehr nötig.

Als er die Tür schließen wollte, kam Timo zu ihm. »Tut mir echt leid mit Ihrer Frau«, sagte er und warf einen Blick zurück in die Küche, wo die beiden Polizisten am Tisch saßen und irgendwelche Papiere ausfüllten. »Die Typen haben mich gefragt, was ich mitgekriegt hab. Ich hab gesagt, nichts. Stimmt ja auch. Sie hat da ja schon gelegen, als ich gekommen bin.« Er bückte sich zu Columbus, der um seine Beine strich, und fuhr ihm übers rote Fell. »Kann ich noch irgendwas tun?«

»Nein«, sagte Jon. »Und danke.«

»Schon okay.« Er schien noch etwas sagen zu wollen, aber dann hob er nur kurz die Hand und verließ das Haus.

Auch Kriminaloberkommissar Matthiesen, ein korpulenter Mensch in Jons Alter, sprach sein Beileid aus. Von seiner Begleitung, einer spillerigen Person mit Spitzmausgesicht, die ihren Namen nur unverständlich gelispelt hatte, kam nichts dergleichen. Sie setzten sich in den Wintergarten, die Spitzmaus hockte sich auf Charlottes Lieblingsstuhl und schrieb mit, linkshändig. Jon mußte noch einmal den Hergang des Unfalls schildern.

»Der Arzt hat angegeben, Ihre Frau ist alkoholisiert gewesen«, sagte Matthiesen.

»Das stimmt.«

»War sie Alkoholikerin?«

Jon ließ einen Moment verstreichen, dann sagte er: »Ich weiß nicht, wie Sie das definieren. Sie hat jedenfalls jeden Tag getrunken. Wie viele Menschen in diesem Land.«

Die Spitzmaus schaute von ihrem Block auf. Jon konnte ihr ansehen, daß sie ihm die Schuld an Charlottes Sauferei gab. Er erwiderte ihren Blick. »Heute hat sie besonders früh angefangen«, sagte er. »Cinzano. Die Flasche muß noch irgendwo in der Diele liegen. Sie hatte sie in der Hand, als sie…«

Matthiesen stand auf. »Dann zeigen Sie uns mal, wo genau sie gestürzt ist. Schaffen Sie das?«

»Ich würde nur gern eben mal meine Hände waschen«, sagte Jon.

Er benutzte unten das Gäste-WC, um nicht an Charlotte vorbeigehen zu müssen. Er musterte sich aufmerksam im Spiegel. Er sah aus wie immer.

Als er die Toilette verließ, waren sie in die Diele gegangen. Über Charlotte gebeugt, sprach Matthiesen gedämpft mit der Spitzmaus. »Keine Anzeichen«, mehr konnte Jon nicht verstehen. Nacheinander stiegen sie an Charlotte vorbei nach oben. Als erster Matthiesen, die Spitzmaus hinter Jon. Er konnte ihre mißgünstigen Blicke fast fühlen.

Beim Anblick des verwüsteten Arbeitszimmers verzog Matthiesen das breite Gesicht und murmelte: »Wahnsinn.«

»Worum ist es denn gegangen bei Ihrem Streit?« fragte die Spitzmaus, sie sagte S-treit. Es war das erste Mal, daß sie Jon direkt ansprach, ihre Stimme war die eines quengelnden Kindes.

»Sie hat sich aufgeregt, weil ich zuviel arbeite. Ihrer Meinung nach.«

»Sie sind Lehrer?«

Sie wußte es längst, aber bitteschön. »Deutsch und Latein. Am Wilhelm-Busch-Gymnasium.«

»Bestimmt auch kein leichter Job, heutzutage«, sagte Matthiesen nett, mit Betonung auf dem auch. »Wenn ich da an meine Enkel denke... Also ein ganz normaler Ehekrach?«

»Aber deswegen gleich so ein Aufs-tand?« Die Spitzmaus war hartnäckig, typisch zweite Garnitur. Mußte sich wohl vor ihrem Chef profilieren.

»Sind Sie verheiratet?« fragte Jon.

Sie schnappte sofort zurück. »Diese Frage s-teht Ihnen nicht zu.«

»Wenn Sie es wären, könnten Sie sich vielleicht vorstellen, daß es nach vierundzwanzig Ehejahren Themen gibt, die emotional befrachtet sind«, sagte er kühl.

Sie verzog das Gesicht und wandte sich ab.

»Tja, der Alkohol.« Matthiesen warf einen bedauernden

Blick auf das zerstörte Notebook. »Da werden Weiber zu Hydranten. 'tschuldigung. Aber was glauben Sie, was wir auf dem Gebiet zu sehen kriegen, tagtäglich.«

Auf dem Weg nach unten erzählte er, daß in Hamburg momentan der Teufel los sei, ein dreijähriges Mädchen im Kanal ertrunken, eine Rentnerin von einem dieser verbotenen Kampfhunde angefallen, ein altes Ehepaar bei einem Schwelbrand erstickt, eine Messerstecherei mit drei Toten auf St. Pauli und so weiter. Jon hatte den Eindruck, daß Matthiesen ihn trösten wollte.

Vom Wohnzimmer aus sah er zu, wie sie Charlotte in einen Blechsarg legten. »Wo kommt sie jetzt hin?« fragte er.

»Institut für Rechtsmedizin«, sagte Matthiesen. »Tut mir leid für Sie, aber um eine Obduktion kommen wir nicht herum. Das ist Routine in solchen Fällen.«

»Obduktion? Heißt das etwa, Sie glauben...«

»Wir glauben gar nichts«, unterbrach Matthiesen. »Wir befolgen nur unsere Vorschriften. Und die besagen nun mal, daß definitiv festgestellt werden muß, ob Fremdeinwirkung vorliegt oder nicht. Kein Grund zur Aufregung.«

Die Spitzmaus kniff ihren Mund zusammen, sie war sichtlich anderer Meinung.

»Und wie lange dauert so was?« fragte Jon. »Ich muß mich ja um die Formalitäten kümmern. Die Beerdigung.«

Matthiesen setzte seine Mütze auf. »Mit zwei bis drei Tagen müssen Sie schon rechnen, Sie bekommen dann Bescheid. Haben Sie jemanden, der jetzt zu Ihnen kommen kann? Familie? Irgendwelche Freunde? Sie sollten nicht alleine sein.«

»Wird schon gehen«, sagte Jon. »Danke.«

Dann waren sie weg. Er stand vor der Treppe, auf der immer noch seine Sachen lagen, und versuchte zu begreifen, daß nichts mehr war wie noch vor ein paar Stunden. Daß Charlotte nie wieder diese Treppe herunterkommen, nie wieder nach ihm rufen würde, Meingottjonwosteckstduwieder. Daß sie nie wieder ihre Schlüssel auf den Mahagonitisch schmeißen würde. Daß er nicht mit ihr zu streiten brauchte, um dieses Haus für immer zu verlassen. Daß er frei war, frei wie ein Vogel in der Luft. Wie hieß es noch bei Wilhelm Busch? *»Heißa!« rufet Sauerbrot. »Heißa! Meine Frau ist tot!!«*

7

Zehn Minuten später holte er aus der Garage einen der extrastarken großen Plastiksäcke, die dort seit Urzeiten lagerten. Dabei fiel sein Blick auf die Flaschen vom vergangenen Abend. Das Gelage mit Charlotte und Robert war noch nicht einmal vierundzwanzig Stunden her. Er mußte Robert benachrichtigen. Aber noch nicht jetzt. Nicht, bevor er Ordnung gemacht hatte.

Er arbeitete sich von der untersten Stufe der Treppe nach oben vor. Das Handy war Schrott, er würde ein neues kaufen müssen. Den Vokabeltest konnte er noch verwenden, er sammelte die Fetzen sorgfältig zusammen. Ansonsten waren die Bücher und Papiere unversehrt. Er nutzte die Gelegenheit und warf einen Stapel vergilbter Fotokopien in den Abfallsack.

Zwischen den Geländerstangen baumelte die dunkelbraune Strickjacke, die seit über einem Jahr ungetragen am Haken neben der Tür seines Arbeitszimmers gehangen hatte. Er warf sie weg. Charlotte hatte sie ihm zum Einundfünfzigsten geschenkt, die Farbe stand ihm nicht, außerdem mochte er grundsätzlich keine Strickjacken. Charlotte hatte das sehr wohl gewußt. Nur auf den ersten Blick war ihr Geschenk ein argloser Fehlgriff gewesen, in Wahrheit ein deutlicher Hinweis auf die Rolle, die er ihrer Meinung nach zu spielen hatte: die eines gesetzten alternden Mannes, der nicht mehr fremdging. Die Geschichte mit Evelyn lag damals nur ein paar Monate zurück. Er hatte die Jacke umtauschen wollen, sie war teuer gewesen, aber Charlotte hatte behauptet, sie hätte den Kassenbon verloren.

Er trug den Sack nach oben und räumte den Flur auf. Sein Drucker war nicht mehr zu reparieren, ebenso die Schreibtischlampe. Er würde der Versicherung die Kosten für den Ersatz der Geräte aufhalsen, er mußte es nur geschickt anstellen.

In der Tür zum Arbeitszimmer blieb er stehen, betrachtete das Chaos und fragte sich, wann er ausziehen konnte, ohne daß es pietätlos aussah. Er hatte das Haus nie gemocht, Charlottes säbelbeiniger Vater, diktatorischer Eigentümer des Gartenbaubetriebs Pustowka, hatte es als Überraschung gekauft, weder Charlotte noch Jon hatte er vorher nach ihrer Meinung gefragt. Eines Maisonntags hatten er und seine Trudi sie aus ihrer damaligen Wohnung in Altona abgeholt, hatten sie hergefahren und ihnen das Haus vorgeführt. »Für mein Enkelkind, das sich hoffentlich bald mal anmeldet«, hatte er zu Charlotte gesagt. Und zu Jon: »Mit deinem Gehalt als Steißtrommler kommt ihr ja nie aus dem Pißpott raus.« Jon hatte eine zornige Antwort auf der Zunge gelegen, aber Charlotte hatte verstohlen seine Hand gedrückt, schluck's runter, sollte das heißen, mir zuliebe, du kennst ihn doch.

Ihr Vorwurf, daß er nie versucht hätte, mit ihren Eltern auszukommen, war ungerecht. Er hatte sich damals mehr als höflich bei seinem Schwiegervater bedankt, obwohl er den Alten lieber erwürgt hätte. Für das gleiche Geld hätte es sehr viel schönere Häuser gegeben, modernere, großzügigere, vor allem mit einer angenehmeren Nachbarschaft.

Die vom alten Pustowka engagierten Handwerker waren noch zugange gewesen, die Küche war zur Hälfte gefliest, in einem bräunlichen Gelb. »Sahara«, hatte Trudi stolz gesagt, »ihr seid doch so fürs Exotische.« Kackfarbe, hatte Jon gedacht, und Charlotte hatte ihm wieder einen ihrer warnenden Blicke zugeworfen.

Er hatte das Haus immer als Übergangslösung angesehen, in dem sie nur so lange bleiben würden, bis seine Schwiegereltern tot waren. Er hatte oft mit Charlotte über ein neues Haus gesprochen und geglaubt, sie wären sich darin einig. Aber als Trudi Pustowka 1987 starb, zwei Jahre nach ihrem Adolf, wollte Charlotte nichts mehr von einem Auszug wissen. Sie führte ausschließlich sentimentale Gründe ins Feld, der Schmerz über den Tod ihrer Eltern wäre noch zu frisch, außerdem hinge sie inzwischen am Bansgraben. Um nicht herzlos zu erscheinen, war ihm nichts anderes übriggeblieben, als sich abzufinden. Immerhin ließ Charlotte die Fliesenleger kommen und bestellte eine komplett neue Kücheneinrichtung. Und ließ sein Arbeitszimmer renovieren. Wenigstens in diesem Raum, den sie kaum jemals betrat, hatte er sich immer wohl gefühlt.

Er würde dem Haus keine Träne nachweinen. Auch die Erinnerung an seine Schwiegereltern würde er zu den Akten legen können, die beiden Alten, die Charlotte nicht aus ihren Klauen lassen konnten. Ihr eigenes Haus und der Betrieb waren nur einen Fußweg von fünfzehn Minuten entfernt, anfangs kam Trudi täglich angetrabt, meistens schon am Vormittag. Mit ihrem eigenen Schlüssel ließ sie sich herein und bereitete das Mittagessen zu, damit »die Kinder« wenigstens einmal am Tag etwas Warmes in den Bauch bekamen. Jon hatte es schon in der Schule beim Gedanken an Trudis Mehlschwitzen, Speckstippen und viel zu süße, mit glasigen Sagokügelchen angereicherte Obstsuppen gegraust.

Schlimmer noch als die Mahlzeiten war, was dann folgte, wenn Charlotte wieder in den Betrieb zurückgegangen war und er sich in sein Arbeitszimmer verzog. Spätestens nach fünf Minuten riß Trudi die Tür auf: »Möchtest du einen Kaffee? Du solltest nicht soviel sitzen. Der Wasserhahn im Keller tropft. Ihr braucht neues Waschpulver.«

Charlotte zuliebe hatte er diese Qualen lange ausgehalten. Erst als er eines Tages feststellte, daß er zehn Kilo mehr auf die Waage brachte als beim Einzug in das geschenkte Haus, sprach er ein Machtwort. Mit vielen Ausflüchten und Entschuldigungen bat Charlotte ihre Mutter, mittags nicht mehr zu kochen und auch den Schlüssel zurückzugeben. Trudi war wochenlang gekränkt. Gleichzeitig begann Jon damit, täglich gleich nach der Schule durchs Gehege zu joggen, bei jedem Wetter. Daß er heute so fit war und sogar Robert, der in ihrer Schulzeit immer der bessere Sportler gewesen war, beim Tennis und beim Squash regelmäßig schlug, hatte er Trudi zu verdanken.

Er hob das zerstörte Notebook auf und wunderte sich, daß er hier aufräumen konnte, als wäre nicht mehr geschehen als ein kleines banales Mißgeschick. Daß Charlotte tot war, schien von seinem Gehirn noch nicht registriert worden zu sein, er mußte es sich immer wieder in die Erinnerung rufen. Und als es klingelte, war sein spontaner Gedanke: Sie hat mal wieder ihren Schlüssel vergessen.

Vor der Tür stand Verena Glissmann. »Ich komm gerade vom Einkaufen«, sagte sie, »die Lütte sagt, bei euch war der Notarzt? Und Polizei?«

Jon hätte ihr am liebsten kommentarlos die Tür vor der Nase zugeschlagen. Verena war mit Abstand die penetranteste Klatschbase im Bansgraben. Seit sie im Januar ihren Job in einem Kosmetiksalon verloren hatte, konnte sie sich den ganzen Tag lang ihrem einzigen Hobby widmen, der Bespitzelung ihrer Nachbarschaft. Bis an ihr Lebensende würde sie sich grämen, daß sie Charlottes Tod nicht live mitgekriegt hatte. Auf keinen Fall würde er diese Tratschtante ins Haus lassen. »Gut beobachtet«, sagte er.

»Ist was mit Charlotte?« Verenas Nasenflügel zuckten, sie hatte Witterung aufgenommen.

»Sie ist tot.«

»Um Gottes willen.« Verena schlug beide Hände vor ihre Brust, ihre getuschten Wimpern flatterten. »Was ist denn passiert? Wir haben doch noch vorhin, auf der Straße...«

»Sie ist die Treppe runtergefallen. Hat sich das Genick gebrochen.« Die Worte kamen so leicht über seine Lippen, als würde er sagen: Sie ist zur Gartenbauausstellung gefahren. Sie liegt in der Badewanne, es paßt gerade nicht. »Sie war sofort tot.«

»Aber das ist ja die absolute Katastrophe. Warum bist du nicht gleich rübergekommen!«

Der Gedanke, ausgerechnet bei Verena und ihrem Manni Trost zu suchen, war so abwegig, daß Jon fast gelacht hätte. Manni, ein muskulöser Rotschopf, betrieb eine kleine Installationsfirma, »Gas, Wasser, Scheiße«, wie er selber gerne sagte. Seine freie Zeit verbrachte er zumeist außer

Haus, er spielte Baß in einer Band, *The Cockroaches.* Auf Hochzeiten und Geburtstagen im Bekanntenkreis lärmten sie die Oldies der Sechziger und Siebziger rauf und runter, manchmal auch bei Tanzveranstaltungen auf dem Land. Zum Glück probten sie nicht im Glissmannschen Keller, sondern in der Garage des Schlagzeugers irgendwo in Barmbek.

»Mensch, Jon! Tut mir so wahnsinnig leid.« Ehe er zurückweichen konnte, fiel Verena ihm um den Hals. Sie neigte zu übertriebenen Sympathiebekundungen.

»Ich weiß. Danke«, sagte er und machte sich nach einer Anstandssekunde los. Sie hatte zuviel von einem Parfum aufgetragen, das auch Charlotte früher mal benutzt hatte.

»Gestürzt, sagst du?« Sie riß ihre Augen so weit auf, daß rund um die Pupillen das Weiße zu sehen war. »Aber wieso denn. War sie etwa?«

»Etwa was?«

»Na, du weißt schon.« Sie wackelte mit ihrer Hand vor seiner Nase herum, wobei sie die Kuppen von Daumen und Mittelfinger zusammenlegte und den kleinen Finger abspreizte. Ihre Nägel waren dunkelgrün angemalt.

In Jon stieg Zorn auf. »Ja«, sagte er. »Obwohl es dich bei Gott nichts angeht.«

Sie schien seinen Zorn nicht zu bemerken. »Du bist völlig fertig jetzt, klar«, sagte sie. »Der Schock. Kann ich irgendwas für dich tun?«

»Im Moment möchte ich nur allein sein.«

»Versteh ich, Jon. Aber bißchen was essen vielleicht? Manni hat doch morgen Geburtstag, wir feiern rein. Soll ich dir paar Würstchen bringen? Oder Hähnchenkeulen?

Du weißt doch, essen und trinken hält Leib und Seele zusammen.«

Diese Frau war eine Fundgrube für Platitüden aller Art. »Nein, danke.«

»Hat dir den Appetit verschlagen, was? Meinst du, ich soll die Party lieber absagen? Wegen Charlotte?«

»Laß nur. Das hätte sie bestimmt nicht gewollt.«

»Stimmt.« Verena nickte mit tragischer Miene. »Aber wahrscheinlich sind wir sowieso nicht in Stimmung. Wenn ich das der Lütten erzähl. Die flippt mir doch aus.«

Jon konnte sich nicht vorstellen, daß »die Lütte«, eine verpickelte Dreizehnjährige mit Zahnspange und strähnigem Zottelhaar, über Charlottes Tod traurig sein würde. Sie grüßte so gut wie nie, nuschelte Unverständliches, wenn man sie ansprach, und roch meist durchdringend nach Mist. Das einzige Thema, bei dem sie auftaute, war Stella, der Gaul, um den sie sich täglich kümmerte. Er stand im Ponyhof im Niendorfer Gehege, beim Joggen kam Jon dort regelmäßig vorbei. »Ich melde mich, wenn ich Hilfe brauche«, sagte er und zog die Tür ein Stück weiter zu.

Automatisch rückte Verena einen Schritt vor und legte ihre Hand auf seinen Arm. Über jeden der grünen Fingernägel zog sich ein diagonaler Silberstreifen, sie mußte Ewigkeiten daran gearbeitet haben. »Aber versprochen, ja?« sagte sie. »Wenn du dich einsam fühlst? Du kannst gern auch heute abend vorbeikommen, vielleicht ganz gut für dich, bißchen Gesellschaft und Musik.«

Das Klingeln des Telefons rettete ihn. Vielleicht Julie? Er schob Verena von der Schwelle, sagte: »Entschuldige«, und schloß eilig die Tür. Das Telefon, das er mittags so verzweifelt gesucht hatte, fand sich auf dem Mahagonitisch an, neben Timos Klassenarbeit, unter dem *Hamburger Abendblatt.* Charlotte mußte die Zeitung darauf geworfen haben. Er zögerte eine Sekunde, bevor er die Verbindung herstellte. Wenn es Julie war, was sollte er ihr sagen? Vor vierundzwanzig Stunden hatten sie vor ihrem Schrank gekniet, er hatte seinen Daumen in ihren Mund geschoben. Er sehnte sich danach, ihre Stimme zu hören, gleichzeitig hatte er Angst davor, mit ihr zu sprechen. Nach dem siebten Klingeln drückte er die Taste.

»Ich bin's«, sagte Robert. »Sag mal, hast du Lust auf Squash heute? Hab ich gestern ganz vergessen zu fragen.«

Jon wollte antworten, aber plötzlich hatte er das Gefühl, daß seine Zunge anschwoll. Er mußte schlucken.

»Bist du noch dran?«

»Ja«, sagte Jon.

»Also was ist jetzt. Ich könnte für achtzehn Uhr noch einen Platz kriegen, aber wir müßten uns schnell entscheiden. Morgen ist alles voll.«

Jon setzte sich neben Columbus auf die Kante des roten Sessels. Der Kater schlief ungerührt weiter, er schnarchte leise. »Hör zu, Robert«, sagte er und schloß für einen Moment seine Augen. »Es ist was passiert.« Sein Fuß stieß an etwas, das unter dem Sessel lag. Er bückte sich.

»Erzähl.«

Jon zog die Cinzanoflasche unter dem Sessel hervor und starrte auf das Etikett. »Charlotte ist gestorben«, sagte er.

8

Robert brauchte keine halbe Stunde, er hatte sich sofort ins Auto gesetzt. Noch einmal mußte Jon den Ablauf schildern. Er begann bei Charlottes Rückkehr vom Einkaufen, die Szene am Morgen in der Küche ließ er weg.

Wortlos betrachtete Robert das verwüstete Arbeitszimmer. Dann stieg er über die Papierhaufen und Schreibmaterialien und stolperte um ein Haar über Pustowkas alten Handwerkskasten, Jon schob ihn mit dem Fuß beiseite. Am Fenster blieb Robert stehen, preßte seine Hände auf die Fensterbank und holte hörbar Luft. Er sah eine Weile in den Garten hinaus und sagte schließlich: »Worum ging's denn bei eurem Zoff?«

Die Frage erinnerte Jon ungut an die spitzmäusige Polizistin. Worum war es gegangen. Um nichts. Um alles. »Du weißt doch, wie sie war, wenn sie getrunken hatte«, sagte er.

Unverwandt sah Robert hinaus, seine Haltung war verkrampft. »Sie hat gedacht, du hast wieder mal was laufen«, sagte er. »Hat sie mir jedenfalls erzählt, letzten Samstag. Als du in der Stadt warst.«

Am letzten Samstag hatte er den Kaschmirpullover gekauft. Hatte davon geträumt, Julies Haut zu berühren. »Absoluter Quatsch«, sagte er. »Und was heißt wieder mal, du tust so, als wäre ich der Rammler vom Dienst.«

Zehn Jahre lang war er Charlotte treu gewesen, es war ihm leichtgefallen. Aber dann hatte ihre Veränderung begonnen, vielleicht aufgrund ihrer Enttäuschung über ihre Kinderlosigkeit. Jedenfalls war sie mehr und mehr zu einer Mischung aus ihren Eltern geworden. Von Adolf hatte sie das herrische Wesen übernommen, von Trudi das ständige Gejammer, über zuviel Arbeit, körperliche Leiden, das Wetter und natürlich über ihn: Er war ihr gegenüber nicht aufmerksam genug, vernachlässigte sie, redete zuwenig mit ihr, interessierte sich nicht für ihre Bedürfnisse. Verkroch sich zu oft hinterm Schreibtisch.

Sechs Affären hatte er im Lauf der letzten vierzehn Jahre gehabt. Andere Männer trieben es viel schlimmer. Auch Robert war während seiner diversen Ehen nicht gerade ein Musterbeispiel an Treue gewesen.

»Sie hat das gesagt, nicht ich«, sagte Robert. »Nach deinem letzten Ausrutscher war sie doch ständig in Panik.«

Er spielte auf Evelyn an. Sie hatte ihm damals in den Ohren gelegen, sich endlich von Charlotte zu trennen, am Anfang hatte er auch ernsthaft darüber nachgedacht. Aber je mehr Evelyn ihn bedrängt hatte, desto weniger verlockend war die Vorstellung gewesen, ihretwegen sein gewohntes und im Grunde angenehmes Leben aufzugeben. Hatte er damals eigentlich wirklich geglaubt, Evelyn zu lieben? Er konnte sich kaum noch erinnern. Nach ihr hatte es nur noch Vera gegeben, ihr kühles Auftreten hatte ihn gereizt, sie zu knacken wie eine Nuß. Aber von ihr konnte Robert nichts wissen. »Meinst du, ich brauche einen Anwalt?« fragte er.

Robert wandte sich um und sah ihn mißtrauisch an. »Wieso das denn?«

»Weil die Kripo eingeschaltet ist.«

»Ich denke, das ist Routine«, sagte Robert, ohne Jon aus den Augen zu lassen.

Sein Blick erinnerte Jon an Charlotte. Wie sie ihn angesehen hatte, heute morgen in der Küche: Erst sagst du mir, was los ist. »Haben die gesagt, ja. Aber ich will auf keinen Fall irgendeinen Fehler machen.«

»Ist irgendwas nicht ganz sauber?«

»Willst du damit andeuten, ich hätte...? Du bist ja verrückt«, sagte Jon. Das einzige, was er sich vorwerfen konnte, war der Wunsch, von Charlotte befreit zu sein. Aber das würde er Robert nicht auf die Nase binden.

»Dann wüßte ich nicht, wozu du einen Anwalt brauchst.« Robert verzog sein Gesicht auf eine Art, die Jon nicht kannte. Wie ein Grinsen sah es nicht aus, eher so, als würde er gleich losheulen.

Es war Jon klar, daß Robert ihm zumindest indirekt einen Teil der Schuld an Charlottes Tod zuweisen würde, wenn er die näheren Umstände kannte. Hätte er nicht von Scheidung gesprochen, hätte sie sich nicht am hellichten Tag betrunken, diesen simplen kausalen Zusammenhang würde er herstellen.

»Hast du schon einen Bestatter verständigt?« fragte Robert.

»Ich wollte damit auf dich warten«, sagte Jon. »Ich krieg das Ganze irgendwie noch nicht in meinen Kopf.« Und er dachte daran, wie er nach dem Telefonat mit Robert im roten Sessel sitzen geblieben war, Columbus auf seinen Schoß gehoben und auf die Stelle gestarrt hatte, wo Charlotte gelegen hatte. Wie sich Julie in seine Gedanken gedrängt hatte, wie sie auf dem blauen Laken gelegen und den Kopf von einer Seite auf die andere geworfen hatte. Wie gut es gewesen war, an sie zu denken. Das Läuten der Türglocke hatte ihn aus einem wundervollen Traum gerissen.

Robert setzte sich im Wohnzimmer an Charlottes Sekretär und rief den Beerdigungsunternehmer an, der im vergangenen Jahr das Begräbnis seiner Mutter organisiert hatte. Pölchau war bereit, am nächsten Vormittag in den Bansgraben zu kommen und alle Formalitäten mit Jon zu besprechen. Er wollte sich auch umgehend mit der Polizei in Verbindung setzen, um zu erfahren, wann die Beerdigung stattfinden konnte. Nach seiner Erfahrung müßte die Leiche Mitte der kommenden Woche freigegeben werden.

Draußen schien die Sonne, ein leichter Wind ließ die nackten Zweige beben. Im Apfelbaum hing immer noch das Futterhäuschen, im vergangenen Winter hatte es niemand gefüllt. Jon stand am Fenster und hörte nur mit halbem Ohr zu, wie Robert die Einzelheiten der Trauerfeier besprach; er war die Zuverlässigkeit in Person, er würde alles regeln. Jon nickte ihm zu und ging nach oben.

Die Tür zu Charlottes Schlafzimmer stand offen. Das Bettzeug war zerwühlt, neben dem Kopfkissen lag ein zerknülltes Taschentuch. Hatte sie geweint, als sie nach ihrem Streit noch einmal ins Bett gekrochen war? Weil sie schon ahnte, was kommen würde? Und später, als sie gefallen war: Was hatte sie gedacht in ihrem alkoholvernebelten Hirn? Ob ihr letzter Gedanke ihm gegolten hatte? Hatte sie ihn verflucht?

Er machte die Tür zu, ging ins Bad, zog das T-Shirt aus

und wusch seinen Oberkörper. In seinem Zimmer zögerte er vor dem Wäscheschrank, dann entschied er sich für ein schwarzes Hemd.

Er ging wieder hinunter in die Küche und füllte den Freßnapf, Columbus wartete schon auf seine Mahlzeit. Er machte nicht den Eindruck, Charlotte zu vermissen.

Robert kam herein. Er streckte seinen Rücken, seit seiner Jugend hatte er Probleme mit den Bandscheiben. »Wir sollten eine Liste machen«, sagte er, »wer verständigt werden muß. Dein Direktor zum Beispiel. Deine Schwester. Und Charlottes Kusine, wie hieß sie noch?«

»Annemie«, sagte Jon. »Hat das nicht Zeit bis morgen? Und Jutta laß bitte außen vor, ich hab keine Lust auf ihre Krokodilstränen. Sie hat Charlotte nie gemocht, das weißt du.«

»Habt ihr überhaupt keinen Kontakt mehr?«

»Ich wüßte nicht, wozu.« Jon fiel ein, daß Robert vor Urzeiten mal für seine Schwester geschwärmt hatte, mit sechzehn oder siebzehn, Jutta ein gutes Jahr jünger. Robert war so blöd gewesen, sein Taschengeld zu sparen, um ihr zum Geburtstag eine Langspielplatte zu schenken, Mireille Mathieu. Ewig hatte sie diese durchdringenden Chansons abgedudelt, eine Zeitlang hatte sie sogar die Haare so getragen wie ihre Lieblingssängerin. Sie hätte sie auch gerne schwarz gefärbt, aber das hatten ihre Eltern nicht erlaubt.

»Wie du meinst«, sagte Robert. »Schickst du ihr eben nur eine Anzeige. Und dein Direktor?«

»Mach ich gleich.« Bis zur Beerdigung würde er nicht in die Schule gehen und Julie nicht sehen können. Drei endlose Tage. Wenn nicht noch länger.

»Soll ich uns etwas kochen?« fragte Robert. »Paar Nudeln vielleicht?«

Jon merkte, wie hungrig er war. Seit einer Banane und einem Joghurt nach dem Laufen am Morgen hatte er nichts gegessen. »Im Kühlschrank muß Rinderfilet sein«, sagte er. »Sie wollte ein Fondue machen heute abend.« Seine Stimme war rauh, er mußte sich an der Spüle festhalten, die Knie wurden ihm weich vor Hunger.

Robert kam zu ihm und legte ihm seine Hand auf die Schulter. »Schon okay«, sagte er. »Laß es raus, Jon. Vor mir mußt du dich nicht zusammenreißen.«

Während Robert kochte, rief Jon von Sell an. Das Frettchen war erschüttert. »Ach, mein lieber Herr Ewermann«, sagte er mehrfach mit leiser Stimme. »Wie entsetzlich. Wie unendlich leid mir das tut.« Im Gegensatz zu den meisten Kollegen hatte er Charlotte ehrlich geschätzt. Bei einem Abiball vor vielen Jahren hatte er ausdauernd mit ihr Foxtrott getanzt, damals hatte sie noch nicht ständig getrunken und war ausnahmsweise in Feierlaune gewesen. Seitdem hatte er bei jeder Gelegenheit herzliche Grüße an sie ausrichten lassen. »Ich kann Ihnen jetzt nur sehr viel Kraft wünschen«, sagte er zum Abschied mit bebender Stimme. »Ach Gott, wie ist das schrecklich. Mein lieber Herr Ewermann. Ich denke an Sie.«

Robert öffnete einen St. Emilion, zwei Flaschen waren von gestern noch übrig. »Hättest du was dagegen, wenn ich heute nacht hierbleibe?« fragte er. »Ich kann natürlich den Benz auch stehenlassen und ein Taxi nehmen. Aber vielleicht möchtest du ja, daß ich dabei bin, wenn Pölchau morgen früh kommt.« Als er Jons Zögern bemerkte, sagte er: »Das Sofa im Wohnzimmer wäre völlig okay.«

»Gute Idee«, sagte Jon und versuchte, das Bild von Charlottes unordentlichem Bett zu verscheuchen.

Er aß zwei Steaks mit Salat, er hätte auch noch ein drittes geschafft. Er hätte auch gern die Reste des Fleischsaftes mit Brot aufgetunkt, ließ es aber, um vor Robert nicht zu gierig zu erscheinen. Die ganze Zeit über ging ihm Charlottes letzte Bemerkung durch den Kopf. Frag ihn doch, hatte sie gesagt. »Wie nahe wart ihr euch eigentlich«, sagte er. »Charlotte und du?«

Robert sah ihn erstaunt an, schob seinen Teller von sich und zündete sich die erste Zigarette an.

»Sie hat so etwas Merkwürdiges gesagt. Kurz vorher.«

»Bevor sie...?«

Jon nickte.

»Und was?«

Plötzlich wollte Jon die Antwort nicht mehr hören. Was immer Charlotte getan hatte oder auch nicht, es spielte keine Rolle mehr. Vermutlich war ihre Behauptung sowieso nur eine billige Retourkutsche gewesen. »Vergiß es«, sagte er. »Ich hab es wahrscheinlich falsch verstanden, sie hat nicht mehr besonders deutlich gesprochen.«

Sie schwiegen. Robert sah seinen Rauchringen nach, Jon lauschte auf das Ticken der Standuhr. Jede Sekunde war verlorene Zeit.

»Nach Südfrankreich fahren wir jetzt wohl nicht mehr.« Robert hielt sein Glas gegen das Licht, so wie Charlotte gestern. »Ach, verdammt, Jon.« Ohne getrunken zu haben, stellte er das Glas ab, legte die Zigarette in den Aschenbecher, stützte die Arme auf den Tisch und verbarg sein Gesicht in den Händen. Jon wußte nicht, wie er reagieren sollte. Bei Glissmanns drüben lärmten die Gäste vorm Haus, er war froh, aufstehen zu können, um überall im Haus die Fenster zu schließen.

Kurz nach elf gingen sie schlafen. Um Mitternacht wurde bei Glissmanns »Happy Birthday« gegrölt. Jon lag noch lange wach. Er hatte seine Tür angelehnt gelassen und hörte Robert unten auf die Toilette gehen, auch er schien nicht einschlafen zu können. Ob Julie schon schlief, bei ihrer Freundin in Kiel? Am Montag im Busch würde sie es erfahren, noch vor Unterrichtsbeginn würde von Sell vor dem Kollegium eine getragene Ansprache halten und von dem schrecklichen Unglück des Kollegen Ewermann berichten. Was würde sie denken?

Er hörte leises Tapsen auf der Treppe. Columbus hatte immer in Charlottes Bett gedurft, auch damals, als sie noch ein gemeinsames Schlafzimmer gehabt hatten. Sie hatten oft darüber gestritten. Nach ein paar Minuten kam er in Jons Zimmer und maunzte. »Schon gut«, flüsterte Jon, rückte beiseite und klopfte auf die Stelle neben seinem Kopfkissen. »Ausnahmsweise.«

9

Auch am Sonntag wachte er zur gewohnten Zeit auf, seine innere Uhr ließ sich nicht abstellen. Er lief seine übliche Runde durchs regennasse Gehege, holte in der Bäkkerei am Tibarg frische Brötchen und deckte den Frühstückstisch. Robert wollte nichts essen. Auf Jons Frage, wie er geschlafen hatte, winkte er nur ab.

Pölchau erschien pünktlich um elf. Jon wählte den teuersten Sarg im Sortiment aus, Eiche, mit weißem Satin ausgeschlagen. Um den Blumenschmuck sollten sich Charlottes Angestellte kümmern. Zu dritt entwarfen sie die Anzeigen fürs *Hamburger Abendblatt* und zum Verschicken, den Termin für die Beerdigung würde Pölchau einfügen, sobald er ihn wußte. Auch die Einkleidung der Verstorbenen wollte er übernehmen. Robert schlug vor, ihm Charlottes Lieblingskleid mitzugeben, aber Jon schüttelte den Kopf. Er hätte sowieso nicht gewußt, welches ihr Lieblingskleid war.

Nachmittags, nach der Besprechung mit dem Pastor, gingen sie über den Friedhof zum Familiengrab der Pustowkas. Der Himmel war bedeckt, es war kühl, ein heftiger Wind trieb grauschwarze Wolken über den Himmel. Eine Weile standen sie stumm vor dem protzigen Stein aus poliertem weißen Marmor, den Trudi nach Adolfs Tod ausgewählt hatte. Über Adolfs Namen stand in goldenen Lettern »Unvergessen«.

»Ich kann es immer noch nicht glauben«, sagte Robert und zog sein Taschentuch heraus.

Jon wartete, bis er sich die Nase geputzt hatte. »Ich doch auch nicht«, sagte er dann. »Dauert wahrscheinlich einfach eine Weile.«

Robert nickte. Er sah jämmerlich aus.

»Du solltest nach Hause fahren«, sagte Jon, er wäre gern wieder allein gewesen. »Ausschlafen, in deinem eigenen Bett. Du siehst ziemlich fertig aus.«

»Nee, laß mal«, sagte Robert leise. »Ich schlaf ganz gut auf euerm Sofa.«

Erst am Montagmorgen fuhr er zurück in seine Wohnung, kündigte aber an, am Nachmittag wiederzukommen. Jon rief im Computerladen an und bestellte ein neues Notebook samt Drucker, noch im Lauf des Tages sollten die Geräte geliefert werden. Dann machte er sich ans Aufräumen seines Arbeitszimmers.

Später überbrachte ein Fleurop-Bote einen riesigen Blumenstrauß von den Busch-Kollegen, die beiliegende Karte hatten alle unterschrieben. Jon betrachtete lange Julies zierliche, leicht nach links geneigte Unterschrift und versuchte sich vorzustellen, was sie empfunden hatte, als ihr die Karte vorgelegt wurde. Wieder war er versucht, sie anzurufen, aber er fürchtete, nicht die richtigen Worte zu finden.

Robert kam dazu, als Jon gerade an der Haustür Notebook und Drucker in Empfang nahm. Er zog die Augenbrauen hoch, als er die Geräte sah. Jon ärgerte sich über diese wortlose Kritik. »Ich muß arbeiten können«, sagte er. »Ab Donnerstag unterrichte ich wieder.«

»Hab ich was gesagt?«

Als sie abends zusammen im Wintergarten saßen und die Umschläge für die Anzeigen adressierten, rief Pölchau an. Die Verstorbene, wie er Charlotte penetrant bezeichnete, sollte morgen nachmittag freigegeben werden. Die Beerdigung also wie geplant am Mittwoch um vierzehn Uhr. Und ob Jon sie morgen abend, wenn sie hergerichtet war, noch einmal sehen wollte.

»Ich möchte sie lieber lebendig in Erinnerung behalten«, sagte Jon.

»Hast du was dagegen, wenn ich gehe?« fragte Robert.

»Wenn du willst.« Jon griff nach dem nächsten Umschlag und schrieb Juttas Namen darauf, die Anschrift mußte er in seinem Adreßbuch nachschlagen.

»Ich möchte mich gern von ihr verabschieden.« Robert zündete sich eine Zigarette an, schon die fünfte. »In aller Ruhe. Und damit ich es endlich begreifen kann, verstehst du?«

»Natürlich«, sagte Jon.

Am nächsten Morgen erschien Emine, Jon hatte vergessen, sie abzubestellen. Als er ihr in möglichst einfachen Worten von Charlottes Tod erzählte, sank sie auf den Küchenstuhl und brach in lautes Weinen aus. Mit beiden Händen bedeckte sie ihr tränenüberströmtes Gesicht und wiegte sich vor und zurück wie ein hospitalisiertes Kind. Noch lange später, als Jon oben die Software auf seinem neuen Notebook installierte, konnte er ihr Wehklagen hören, aus der Küche, aus der Diele, aus dem Badezimmer, wo sie auf seine Bitte hin den Kaschmirpullover wusch. Er wußte nicht, ob es echter Kummer war, der ihr anhaltendes Schluchzen bewirkte, oder ob sie einem Ritual folgte, das in ihrer anatolischen Heimat üblich war. Beim Abschied mittags, als er ihr die fünfzig Euro gab, die bisher immer Charlotte auf den Küchentisch gelegt hatte, waren ihre Augen geschwollen. Er bat sie, auch weiterhin dienstags und freitags bei ihm sauberzumachen. Sie nickte und schniefte und schlich mit hängenden Schultern davon.

Robert kam am Abend direkt vom Bestattungsinstitut. Er sah noch schlechter aus als am Vortag, die Haut um seine Augen war gerötet. Ob er an Charlottes Sarg geweint hatte?

»Wie hat sie ausgesehen?« fragte Jon.

Mit zusammengepreßten Lippen schüttelte Robert den Kopf. Er hatte seinen eigenen Laptop dabei und stellte ihn auf Charlottes Sekretär. »Ich hätte nicht hingehen sollen. Du hast schon recht gehabt.« Mehr wollte er nicht sagen.

Er hatte die Sterbeurkunden mitgebracht und machte sich an den Papierkram, die persönlichen Unterlagen hatten sie schon zusammen herausgesucht. Robert hatte eine Liste mit den anstehenden Benachrichtigungen und Kündigungen angelegt, allein acht Versicherungen mußten angeschrieben werden.

»Soll ich das nicht machen?« fragte Jon.

»Ich bin doch froh, wenn ich etwas zu tun habe.« Robert schaltete seinen Laptop ein. »Einverstanden, wenn ich gleich auch den Erbschein beantrage?«

Sie hatten bei Charlottes Papieren die Kopie ihres handschriftlichen Testaments gefunden, das Original lag beim Nachlaßgericht. Jon war Alleinerbe. Robert hatte ihm ihre Vermögensverhältnisse dargelegt: ihr Haus im Bansgraben, das Haus ihrer Eltern, das seit deren Tod vermietet war, der Gartenbaubetrieb, zwei Lebensversicherungen sowie ein gut gefülltes Wertpapierdepot bei der Hamburger Sparkasse. Von den Kleinigkeiten wie der erst ein Jahr alten A-Klasse ganz abgesehen. »Soll das heißen, daß ich reich bin?« hatte Jon in hilflosem Spott gefragt, und Robert hatte geantwortet: »Sagen wir mal: wohlhabend.«

Am Tag der Beerdigung fiel ein unangenehmer Dauerregen. Jon wunderte sich, daß die Kirche trotz des schlechten Wetters so voll war. Als er neben Robert nach vorne ging, sah er diverse Nachbarn aus dem Bansgraben in den Bänken sitzen und natürlich Verena Glissmann, auch die Lütte war da. Emine. Drei Freundinnen von Charlotte, alle ihre Angestellten mit Gärtnermeister Köhn, ihrer rechten Hand. Ihr Zahnarzt Dr. Breitling. Viele Bekannte und Freunde, auch solche, die sie seit Jahren nicht mehr getroffen hatten. Die Czernys, bei denen hatten sie früher immer Silvester gefeiert. Die Rümanns, hatten die sich nicht scheiden lassen wollen? Bodo Frohwein, ein Sandkastenfreund von Charlotte, mit dem ihre Eltern sie nur zu gerne verkuppelt hätten, er hatte eine Krankengymnastin geheiratet, die inzwischen seit Jahren an MS litt.

Von Sell hatte seine rundliche Frau mitgebracht, neben ihr der englische Meier, in der Reihe dahinter die Zwillinge, die wie immer die Köpfe zusammensteckten. Die Geschonnek ganz in dunklem Lila, Wilde, Kowalski, Schröder und Koch, sogar Conzelmann war gekommen. Es tat ihm weh, daß er Julie nicht entdecken konnte, obwohl er nicht mit ihrem Erscheinen gerechnet hatte.

Von der Trauerfeier bekam er nichts mit. Er fixierte einen der vielen Kränze, die um den Sarg herum aufgebaut waren. Auf der Schleife stand: »In Liebe und Dankbarkeit. Kurt und Uschi.« Er zerbrach sich den Kopf, wer Kurt und Uschi waren. Er kam zu keinem Ergebnis.

Endlich intonierte der Organist einen Bach-Choral. An Roberts Seite folgte er dem üppig geschmückten Sarg, die Träger mit ihren weißen Halskrausen sahen idiotisch aus. Vor der Tür mußten sie einen Moment stehenbleiben, ein Flügel schien zu klemmen. Und da sah er sie. Sie stand in der letzten Bankreihe, am äußersten Ende. Sein Herz setzte einen Schlag aus. Die Stiele der Rosen in seinen Händen, von Robert besorgt, fühlten sich glitschig an.

Er suchte vergeblich ihren Blick. Mit gesenkten Lidern schaute sie vor sich hin, die schwarze Cabanjacke war ihr zu groß, die Ärmel reichten ihr über die Hände. Ihre Locken ein nasses Gewirr.

Nachdem der Sarg in die Erde gesenkt worden war und er die drei obligaten Schaufeln Sand hinterhergeworfen hatte, mußte er stehenbleiben und sich kondolieren lassen. Es nieselte, Robert gab ihm seinen Schirm.

Sie stand fast am Ende der Schlange, die sich langsam an ihm vorbeibewegte. Er sah, wie sie den Kragen der Jacke aufstellte. Hinter ihr nur noch Köhn und das Team aus Charlottes Betrieb. Verena Glissmann nahm ihn in ihre Arme, die Lütte ging blicklos an ihm vorbei, von Sell hatte

Tränen in den Augen. Die Geschonnek murmelte *stat sua cuique dies*, ihr Zitatenschatz war unerschöpflich, sie konnte angeblich die komplette *Aeneis* auswendig. Kowalski erklärte ihm, warum Heike nicht mitgekommen war, sie hatten die Handwerker im Haus, »aber ganz liebe Grüße, und du sollst mal zum Essen kommen, wenn wir mit dem Umbau durch sind«. Der weibliche Zwilling küßte Jon auf die Wange und wischte danach den Lippenstift von seiner Haut. Jon drückte eine Hand nach der anderen. »Danke«, sagte er immer wieder. »Ja, schrecklich. So unerwartet. Danke.«

Endlich stand sie vor ihm. Ohne etwas zu sagen, reichte sie ihm ihre Hand, ihre Finger waren kalt.

»Sehen wir uns noch«, sagte er. »Zum Kaffee. Gleich gegenüber im Café.«

Sie schüttelte den Kopf, zog ihre Hand weg, drehte sich um und ging davon.

Er fertigte nur noch Köhn kurz ab, dann lief er ihr nach. Sollten Charlottes Angestellte doch denken, was sie wollten.

Er erwischte sie auf dem Parkplatz neben der Kirche. Neben ihrem Golf krempelte sie die zu langen Jackenärmel auf. »Ich muß mit dir reden«, sagte er. »Es ist wichtig. Können wir uns nachher irgendwo treffen?«

Wieder schüttelte sie den Kopf und schloß die Wagentür auf. Sie trug ein rotes Uhrenarmband. »Ich wollte eigentlich gar nicht kommen«, sagte sie. »Aber von Sell hat mich gedrängt.« Klare Tropfen hingen an den Spitzen ihrer Locken.

»Bitte laß uns reden«, sagte er und hielt seinen Schirm über sie.

»Ach Jon.«

Sie klang traurig, er konnte es kaum ertragen. »Ich brauche dich«, sagte er. »Bist du heute abend zu Hause? Ich muß dir so vieles erklären.«

Sie sah ihn zögernd an. »Aber nicht vor acht«, sagte sie dann.

Als sie den Golf rückwärts aus der Parklücke rangierte, trat Robert neben ihn. »Wer war das denn?«

»Eine Kollegin. Frau Schwertfeger.«

»Auch Latein?«

»Kunst.«

Robert zog seine Zigaretten aus der Tasche. »Schon lange bei euch?«

»Paar Monate. Seit wann rauchst du tagsüber?«

Robert inhalierte den ersten Zug, stieß ihn mit einem Seufzer wieder aus. »Ich brauch das jetzt.« Er sah Julies Golf nach. Sie hatte einen Moment in der Einfahrt gestanden und auf eine Lücke im Verkehr gewartet, jetzt bog sie in die Kollaustraße ein. »Kommt sie nicht mit ins Café?«

»Sie wollte nicht«, sagte Jon. »Wie lange wird dieses Kaffeetrinken dauern? Du hast doch Erfahrung. Ehrlich gesagt, bin ich ziemlich fertig.«

»Du bist zu nichts verpflichtet«, sagte Robert. »Aber die erwarten natürlich alle, daß sie mit dir über Charlotte reden können. Sie wollen dich auch trösten, das mußt du verstehen.«

»Halbe Stunde«, sagte Jon. »Höchstens.«

»Dann bringen wir es mal hinter uns.« Robert warf die Zigarette weg. Es zischte kurz, als sie in eine Pfütze fiel. »Und zwar mit Anstand«, sagte er. »Das sind wir Charlotte schuldig.«

10

Er hielt fast zwei Stunden durch. Als sie das Café verließen, waren die meisten schon gegangen. Es hatte aufgehört zu regnen, aber der Himmel war immer noch dunkelgrau. Die vorbeifahrenden Autos spritzten das Wasser aus den Pfützen auf den Bürgersteig. Es war kälter geworden.

»Soll ich dich fahren?« fragte Robert.

Jon knöpfte seinen schwarzen Mantel zu. Er brannte darauf, frische Luft zu atmen, seit Sonntag war er nicht mehr gelaufen. »Ich brauch dringend Bewegung«, sagte er. »Und ich glaube, ich muß jetzt auch mal wieder ein bißchen allein sein.«

»Ich dachte, wir gehen später noch irgendwo was essen.«

»Mir ist nicht danach, Robert. Verstehst du das?«

»Doch doch«, sagte Robert.

Jon merkte, wie enttäuscht sein Freund war. »Danke noch mal«, sagte er, »für alles, was du in den letzten Tagen für mich getan hast.«

Robert winkte ab. »Doch selbstverständlich.« Er zündete sich wieder eine Zigarette an, seit der Beisetzung hatte er fast pausenlos geraucht. »Wenn irgendwas ist, ich bin den ganzen Abend zu Hause«, sagte er. »Und morgen komm ich vorbei und bring dir den fertigen Papierkram, du mußt dann nur noch unterschreiben. Sagen wir um fünf?«

»Gern«, sagte Jon. »Und am Wochenende spielen wir endlich mal wieder Squash, okay? Falls du Zeit hast.«

Als er sich, schon im Tibarg, noch einmal umdrehte, stand Robert immer noch vor dem Café und rauchte. Er hatte den Kopf in den Nacken gelegt und schaute hinauf in den trüben Himmel.

Zu Hause wechselte Jon sofort die Kleidung und absolvierte seine Runde durchs Gehege. Er schlug von Anfang an ein schnelles Tempo an und übertraf seinen eigenen Rekord um drei Minuten. Er genoß das Laufen, er hatte das Gefühl, daß mit jedem Schritt ein Stück Ballast von ihm abfiel und in den Boden getreten wurde.

Er duschte, rasierte sich noch einmal und zog sich an, der von Emine gewaschene Kaschmirpullover war schon trokken. Bevor er das Haus verließ, fütterte er Columbus. Der Kater stürzte sich auf seinen Napf, als habe er tagelang nichts bekommen.

Auch Julie hatte sich umgezogen, sie trug Jeans und ein blaues Sweatshirt, das ihr, wie vorhin die schwarze Cabanjacke, viel zu groß war. Nach einem bedeckten »Hallo« ging sie ihm voraus durch den Flur. Jon hätte gern einen Blick ins Schlafzimmer geworfen, aber die Tür war geschlossen. Im großen Zimmer stand der Schrank mittlerweile an der vorgesehenen Stelle.

»Kann ich dir etwas anbieten? Kaffee? Ein Glas Wein?«

»Wer hat dir mit dem Schrank geholfen?« fragte er. »Hast du einen starken Nachbarn gefunden?«

»Ja. Also was möchtest du?«

»Wasser«, sagte er. »Einfach aus der Leitung.« Ihre Förmlichkeit verunsicherte ihn.

Während sie in der Küche war, sah er sich nach dem großen Foto um. Er erkannte es schnell am Format und am schwarzen Rahmen, es lehnte umgedreht an der Wand. Er hätte gern einen Blick auf ihr ekstatisches Gesicht geworfen, aber er wollte nicht, daß sie ihn dabei überraschte. Statt dessen sah er sich die CDs an, die neben dem tragbaren Player lagen. Eine seltsame Mischung: Frank Zappa, die *Nocturnes* von Chopin und zwei offensichtlich selbstgebrannte, in flusigen Druckbuchstaben beschriftet. »FOX« stand auf der ersten. Er legte sie beiseite, als Julie mit einer Karaffe und zwei Gläsern zurückkam.

Sie wartete, bis er sich auf das Sofa gesetzt hatte. Dann ließ sie sich ihm gegenüber im Schneidersitz auf dem Fußboden nieder. Sie sah auf ihr Glas, am linken Zeigefinger trug sie ein frisches Pflaster. Sie wartete offenbar, daß er anfing. Aber obwohl er sich unterwegs alles zurechtgelegt hatte, wußte er nicht mehr, was er sagen sollte.

»Du weißt wahrscheinlich längst Bescheid«, sagte er schließlich. »Ich nehme an, daß im Busch reichlich geklatscht wird.«

Sie trank einen Schluck. »Nur daß deine Frau einen Unfall hatte«, sagte sie dann. »Daß sie die Treppe runtergefallen ist. Und gleich tot war.«

»Und daß sie betrunken war, weißt du sicher auch.«

Sie antwortete nicht. Also hatte Timo Voss doch gequatscht, er hatte es nicht anders erwartet. »Wir hatten einen kleinen Streit«, sagte er.

»Meinetwegen?«

»Du warst der Auslöser, aber nicht der Grund. Ich habe es dir schon mal gesagt, Julie, ich hätte mich auf jeden Fall von ihr getrennt. Unsere Ehe war am Ende, schon lange vor dir. Sonst hätte ich mich nicht in dich verliebt.«

Sie rührte sich nicht, ihr Blick war auf ihr Glas konzentriert, als wäre im Wasser etwas, das ihre ganze Aufmerksamkeit verlangte.

»Sag was«, sagte er.

Sie holte tief Luft. »Was soll ich sagen.«

»Was du denkst.«

Sie stellte das Glas neben sich und hob den Kopf. »Ich frage mich die ganze Zeit, ob sie noch am Leben wäre, wenn wir am Freitag nicht zusammengewesen wären.«

»Kann sein. Vielleicht auch nicht. Vermutlich hätten wir über etwas anderes gestritten.«

»Machst du dir Vorwürfe?«

»Nein«, sagte er. »Ich will dir nichts vormachen. Ich könnte dir jetzt den gebrochenen Witwer vorspielen, aber das bin ich nicht.«

Sie sah ihn nachdenklich an, dann wandte sie ihren Blick zum dunklen Fenster. Der Regen trommelte gegen die Scheiben. Sie seufzte, hob ihre Arme und drehte ihre Lokken am Hinterkopf zusammen. Das rote Uhrenarmband um ihr Handgelenk sah aus wie eine Blutspur.

»Ich hätte ihr ein langes Leben gewünscht«, sagte Jon. »Ich hab nie gewollt, daß sie stirbt. Aber ich bin jetzt nicht krank vor Trauer, verstehst du? Hast du dich verletzt?«

Ein rosa Kratzer zog sich von ihrem Ohr bis zum Schlüsselbein. Sie legte flüchtig ihre Hand auf die Stelle. »Was?

Ach das. Die Katze. Bei meiner Freundin.« Sie ließ die Lokken wieder fallen und sagte: »Du klingst so unbeteiligt. Deine Frau stirbt, und du sprichst darüber wie übers Wetter. Wie lange wart ihr verheiratet?«

»Vierundzwanzig Jahre.«

»Ein halbes Leben«, sagte sie. »Eine Ewigkeit. Du mußt doch irgendwas fühlen. Fehlt sie dir überhaupt nicht?«

Er zögerte, jedes Wort war jetzt wichtig. »Ich weiß, es ist schwer zu verstehen. Aber unsere Ehe war nicht so.«

»Und wie war sie?«

»Willst du es wirklich wissen?«

»Natürlich«, sagte sie. »Wie soll ich dich sonst verstehen können. Im Moment bist du mir furchtbar fremd.«

»Okay. Dann frag mich. Ich sag dir alles, was du wissen willst.«

Sie zogen um in die Küche, Julie stellte Brot, Käse und Obst auf den Tisch und machte eine Flasche Wein auf. Jon wollte nur ein halbes Glas, »ich muß ja noch fahren«. Sie widersprach nicht.

Er erzählte bewußt freundlich und liebevoll von Charlotte, Julie sollte ihm nicht wieder vorwerfen können, er wäre gefühllos. »Natürlich habe ich sie mal geliebt«, sagte er. »Sonst hätte ich sie nicht geheiratet. Und viele Jahre ist es gutgegangen. Ich kann dir nicht sagen, wieso allmählich alles den Bach runtergegangen ist zwischen uns. Es war bestimmt auch meine Schuld. Daß sie angefangen hat zu trinken zum Beispiel. Sie hat sich wohl von mir vernachlässigt gefühlt. Sie hat mehr erwartet, als ich ihr geben konnte. Wir haben uns einfach voneinander entfernt, ganz allmählich, so daß ich es erst gar nicht gemerkt habe. Und irgendwann war es zu spät. Wir konnten nicht mehr miteinander reden. Wir haben es versucht, aber wir haben nie die richtigen Worte gefunden, die den anderen erreicht hätten. Am Schluß haben wir nur noch über Banalitäten gesprochen. Wann wir essen. Wer den Kater zum Tierarzt bringt. Wer den Installateur anruft.« Er griff nach dem Käsemesser und schnitt hauchdünne Scheiben vom Parmesan ab.

Julie zog die Füße auf die Stuhlkante, schlang die Arme um die Knie und legte den Kopf darauf. Sie schaute an ihm vorbei.

»Wir haben einfach so nebeneinanderher gelebt«, sagte er. »Sie hat sich um ihren Betrieb gekümmert und ich mich um meinen Job. Es hat irgendwie funktioniert, ich weiß auch nicht, wie. Wir sind sogar zusammen verreist, mindestens zweimal im Jahr.«

»Habt ihr noch miteinander geschlafen?«

»Ab und zu. Immer seltener. Um genau zu sein: das letzte Mal im Januar. Ziemlich lange bevor ich dich kennengelernt habe.« Von Evelyn, Kristina, Susanne und den anderen würde er ihr nichts erzählen. Außer sie fragte ihn, dann würde er nicht lügen. »Bevor ich mich in dich verliebt habe«, fügte er hinzu.

Sie sah ihn immer noch nicht an. »Was heißt das schon«, sagte sie. »Sich verlieben, meine ich. Es hält ja doch nicht. Irgendwann endet es immer wie bei euch.«

Jon schüttelte den Kopf. »Was ich für dich empfinde, ist etwas ganz anderes als meine Gefühle damals für Charlotte. Mehr. Größer. Umfassender, ich kann es nicht besser beschreiben. Ich hab nicht gewußt, daß es so was gibt, bevor ich dich getroffen habe. Ich hab das noch nie erlebt vorher.«

Sie saß reglos da. Er sah einen Moment zu, wie sich ihre Brust unter dem Sweatshirt langsam hob und senkte. »Die Römer haben es *fatum* genannt«, sagte er dann. »Schicksal, aber in einer tieferen Bedeutung. Eine übernatürliche Macht, gegen die sich aufzulehnen sinnlos wäre. Eine Art Götterspruch, dem man nicht entgehen kann.«

»Ich weiß, was du meinst.«

Ihre Stimme klang so trostlos, daß er am liebsten aufgestanden wäre und sie in die Arme genommen hätte. Er wußte, daß er das jetzt noch nicht durfte. »Für dich ist diese Situation furchtbar«, sagte er. »Vielleicht willst du mich nie wiedersehen. Außer im Busch, meine ich.« Er wartete auf ihre Antwort, aber sie sagte nichts. Er bekam Angst. »Julie?«

Sie fuhr zusammen. »Ich weiß nicht«, sagte sie. »Im Moment weiß ich gar nichts.« Irgendwo in der Wohnung klingelte ihr Handy.

»Geh ruhig ran«, sagte er.

»Ich hab die Mailbox eingeschaltet«, sagte sie, zog ihre Knie an die Brust und legte ihre Stirn darauf. Sie wartete, bis das Klingeln aufgehört hatte, dann hob sie den Kopf. »Ich kann dir jetzt nichts sagen, Jon. Ich brauch einfach Zeit. Und du auch. Sie ist erst vier Tage tot.«

»Natürlich. Du hast recht.« Er wartete noch einen Augenblick, aber sie schwieg. »Dann geh ich jetzt mal«, sagte er. »Du bist müde.«

Sie nickte nur.

An der Wohnungstür wußte er nicht, wie er sich verabschieden sollte. »Gute Nacht«, sagte er.

Sie stellte sich auf die Zehenspitzen und küßte ihn auf

seine linke Wange, auf die rechte legte sie ihre Hand. Ihre Finger waren jetzt warm. Er spürte die Berührung noch, als er die Treppe hinunterging.

Auf der Fahrt in den Bansgraben überlegte er, ob er sich richtig verhalten hatte. Ob er ihr seine Liebe nicht deutlicher hätte erklären müssen, um ihr die Ängste und Bedenken zu nehmen. Aber was hatte sie gesagt, als er vom *fatum* sprach? »Ich weiß, was du meinst.« Sie hatte ihn verstanden. Er mußte ihr nur Zeit lassen.

11

Am Donnerstagmorgen wurde Jon im Lehrerzimmer mit auffallender Wärme empfangen. Der englische Meier klopfte ihm auf die Schulter, Kerstin Schmidt-Weidenfeld brachte ihm einen Becher Kaffee. Wilde lud ihn für den kommenden Sonntagnachmittag zu sich nach Hause ein, Jon lehnte freundlich ab, er bekäme Besuch. In seinem Fach fand er eine Trauerkarte vom Schülerrat, auf der sie ihr Beileid im Namen der gesamten Schülerschaft ausdrückten, bestimmt hatten sie endlos an den Formulierungen herumgefeilt. Er durfte nicht vergessen, sich bei nächster Gelegenheit bei ihnen zu bedanken.

Julie erschien erst kurz vor acht. Sie war abgehetzt, ihr Golf war wieder mal nicht angesprungen, erzählte sie Koch beim Hereinkommen. Im Vorübergehen lächelte sie Jon zu, er nickte nur zurück, obwohl er gern mit ihr gesprochen hätte, aber in Kochs Gegenwart mußten sie aufpassen, er hatte einen sechsten Sinn für zwischenmenschliche Beziehungen.

Die Schulstunden gingen erstaunlich schnell vorüber. Selten hatte Jon seine Schüler so konzentriert und ruhig erlebt. Allerdings wichen sie seinem Blick verlegen aus, sobald er sie direkt anschaute. Nur Timo Voss sah ihm gelassen ins Gesicht wie immer.

Nach Unterrichtsende ging Jon noch einmal zum Lehrerzimmer, er hoffte, Julie dort zu treffen. Sie stand im Gang und sprach mit einem Schüler, schon von weitem sah er ihre roten Stiefel. »Haben Sie einen Moment Zeit, Frau Schwertfeger?«

»Natürlich«, sagte sie, und zu dem Schüler: »Laß uns morgen noch mal darüber reden. Prinzipiell finde ich die Idee aber gut.« Sie wartete, bis der Junge zur Treppe geschlurft war, dann wandte sie sich Jon zu. »Wie geht's dir? Wie war dein Tag?«

»Alle wie die Lämmchen heute. Und du?«

»Alles okay. Ich bin nur gleich mit Per Strunz verabredet.«

Jon sah am Ende des Flurs Kowalski in seinem labberigen grauen Trainingsanzug auftauchen, um seinen Hals baumelten Stoppuhr und Trillerpfeife, sein Gesicht war krebsrot und glänzte. »Kann ich dich nachher anrufen? Bist du zu Hause?«

»Ich weiß noch nicht, wie lange das hier dauert«, sagte sie. »Besser, ich melde mich bei dir.« Sie verschwand im Lehrerzimmer, bevor Kowalski sie erreichen konnte.

Jon versuchte vergeblich, über die Treppe zu entkommen. Schnaufend verfolgte Kowalski ihn bis auf den Parkplatz, um ihn zur Teilnahme am heutigen Lehrerstammtisch zu überreden. Jon hatte den Stammtisch zu Beginn seiner Zeit am Busch mitgegründet, mittlerweile hatte er sich fast aufgelöst, nur noch Bio-Meier und Wilde trafen sich regelmäßig, und Kowalski natürlich. Er benutzte Charlottes Tod als Ausrede.

Zu Hause im Bansgraben aß er einen Apfel und entsorgte den Hackbraten, den Verena Glissmann ihm vor zwei Tagen aufgedrängt hatte. Dann lief er seine Runde durchs Gehege, duschte und setzte sich an seine Unterrichtsvorbereitungen.

Zwanzig vor fünf kam Robert, Jon war gerade fertig geworden. »Du bist früh dran«, sagte er.

»Ich bin mit dem Taxi gekommen.« Robert streifte seinen Trenchcoat ab, sein Anzug sah aus, als hätte er in ihm geschlafen. »Ging schneller, als ich erwartet habe um diese Zeit«, sagte er.

»Ist was mit dem Benz?«

»Klopft irgendwie im zweiten Gang. Nächste Woche bring ich ihn in die Werkstatt. Wie sieht's bei dir aus?« Sein Blick wanderte durch die Diele und blieb am Fuß der Treppe hängen.

»Wie soll es aussehen«, sagte Jon. »Magst du einen Kaffee?«

Robert folgte ihm in die Küche. »Hast du einen Saft? Irgendwas mit Vitaminen? Bißchen spät geworden bei mir gestern. Bei dir aber auch.« Er lehnte sich gegen die Spüle und rieb sich die Augen.

»Wieso?« Jon öffnete den Kühlschrank, für Emine stand immer eine Flasche Hohes C bereit.

»Weil du nicht hier warst«, sagte Robert. »Ich bin noch mal vorbeigefahren, so kurz vor neun.«

Angelockt durch das Geräusch der Kühlschranktür, kam Columbus in die Küche und strich mit steilem Schwanz um Jons Füße. »Trotz des Klopfens?« Jon versuchte, scherzhaft zu klingen.

Robert warf ihm einen schnellen Blick zu. »Ja. Trotz des Klopfens. Die Glissmann hat gesagt, du wärst eine Stunde vorher weggefahren. Schick in Schale.«

»Was die so schick in Schale nennt.« Diese elende Tratsche. Hing Tag und Nacht hinter der Gardine und spionierte ihm nach. Er mußte so bald wie möglich hier ausziehen. »Ich bin nur ein bißchen rumgefahren«, sagte er. »Ich war irgendwie unruhig.« Er füllte ein Glas und reichte es Robert.

»Wo warst du?«

»Überall und nirgends. Rumgefahren eben.«

»So lange? Ich hab um halb zwölf das letzte Mal bei dir angerufen.«

Jon merkte, wie Ärger in ihm hochkam. »Glaubst du mir nicht, oder was soll die Fragerei?«

Robert trank das Glas halb leer, bevor er antwortete. »Ich hab mich nur gewundert. Weil du gesagt hattest, du wolltest nach Hause. Allein sein.«

»War ich auch. Aber dann hab ich es hier nicht ausgehalten. Fertig mit der Inquisition?«

»Wieso bist du denn so empfindlich?«

»Bin ich nicht. Aber ich muß mich doch wohl nicht rechtfertigen. Vor dir. Oder vor einer Verena Glissmann.« Jon nahm das Trockenfutter aus dem Schrank und füllte Columbus' Freßnapf. Die Packung war fast leer, er mußte dringend neues besorgen.

»Wieso rechtfertigen«, sagte Robert. »Das klingt ja fast, als hättest du ein schlechtes Gewissen.«

»Es reicht, Robert, okay?« Er füllte auch den Wassernapf.

»Entschuldige«, sagte Robert. »Wir sind im Moment

wohl beide ein bißchen dünn besaitet. Ich mach mich dann mal an den Schreibkram, mir fehlt noch eine Versicherungspolice. Den Antrag auf den Erbschein kannst du gleich unterschreiben.«

Robert hatte sich gerade im Wohnzimmer an Charlottes Sekretär gesetzt, als das Telefon klingelte. Jon nahm ab und sagte seinen Namen.

»Bist du allein?«

Wie jedesmal, wenn er ihre Stimme hörte, breitete sich dieses besondere Gefühl in seinem ganzen Körper aus, bis in die Kniekehlen. »Im Moment nicht«, sagte er und ging mit dem Apparat in die Diele. Er sah, daß Robert ihm nachschaute und ging bewußt langsam.

»Soll ich lieber später?«

»Nein nein. Alles okay. Sekunde.« Sobald er aus Roberts Sichtweite war, sprang er die Treppe hinauf. Er ging in sein Arbeitszimmer und schloß die Tür. »Jetzt. Schön, daß du dich meldest. Bist du zu Hause?« Obwohl Robert ihn unmöglich hören konnte, sprach er so leise wie möglich.

»Gerade zur Tür rein. Ich hab ewig nach einem Parkplatz gesucht.«

»Können wir uns noch sehen?«

»Heute nicht, Jon. Ich muß dringend mal früh ins Bett.«

»Kannst du doch. Aber ich würde dich gern zum Essen einladen.«

»Essen«, stöhnte sie. »Ich muß einkaufen, mein Kühlschrank ist leer, und außer einem Sandwich heute mittag hab ich nichts gehabt.«

»Um so besser. Dann hol ich dich um acht ab. Was magst du am liebsten?«

»Italienisch«, sagte sie. »Pizza, Spaghetti, Risotto, o Gott, ich darf gar nicht daran denken.«

»Ich bestell einen Tisch irgendwo bei dir in der Nähe. Damit du früh wieder zu Hause bist. Einverstanden?«

»Überredet«, sagte sie. »Aber mach dich darauf gefaßt, daß ich dir die Haare vom Kopf fresse.«

»Ich hab genug davon.«

»Angeber.« Sie lachte und legte auf.

Er rief bei ›Mamma Leone‹ im Eppendorfer Weg an und hatte Glück, man reservierte ihm den letzten freien Tisch.

Unten kämpfte sich Robert durch den Ordner mit den Versicherungspolicen. Jon brachte ihm die Flasche Hohes C und das Glas an den Schreibtisch. »Tut mir leid, daß ich vorhin so gereizt war«, sagte er.

Robert hob den Blick nicht von den Papieren. »Doch kein Wunder, daß du angeschlagen bist. Hast du Lust, nachher mit zu mir zu kommen? Ich hab Perlhühner gekauft.«

»Im Prinzip gern«, sagte Jon, »aber ich hab mich gerade mit Kollegen verabredet. Wie wär's mit morgen? Nach dem Squash?« Er war froh, daß ihm diese Verabredung wieder einfiel. Er durfte ihre Gewohnheiten auf keinen Fall aufgeben, Robert konnte sonst mißtrauisch werden. Mindestens ein paar Wochen lang mußte seine Beziehung zu Julie verdeckt bleiben.

»Mal sehen«, sagte Robert. »Bloß kein Streß. Ich bin ja froh, daß du Gesellschaft hast.«

Als Jon oben seine Mappe für morgen packte, klang ihm diese letzte Bemerkung immer noch in den Ohren. War darin eine Spur von Sarkasmus versteckt? Oder bildete er sich das nur ein?

12

Robert verabschiedete sich um sieben. Er nahm die von Jon unterschriebenen Briefe an die Versicherungen und Behörden und das Nachlaßgericht mit, auf dem Heimweg wollte er sie einwerfen. Die restlichen Schreiben wollte er zu Hause fertigstellen und am nächsten Tag vorbeibringen. »Paßt es dir wieder so gegen fünf?« fragte er in der Haustür.

Dieses Mal war der Unterton nicht zu überhören. »Wann immer du willst«, antwortete Jon. Er hatte angeboten, ihn nach Hause zu fahren, aber Robert hatte abgelehnt; das Taxi stand seit einer Viertelstunde vor dem Haus. »Und dann zum Squash?« fragte er. »Dann müßte ich nur einen Platz bestellen.«

»Laß mal«, sagte Robert. »Ich denke, wir setzen ein bißchen aus.«

»Und warum?«

Robert rieb seine Nase. »Natürlich kann man sagen, das Leben geht weiter«, sagte er müde. »Aber ich brauch Zeit, ich kann nicht einfach zur Tagesordnung übergehen. Ich weiß nicht, wie es dir damit geht. Ich hab irgendwie den Eindruck, daß du …« Mit einer hilflosen Handbewegung brach er den Satz ab.

»Du denkst, daß ich nicht genug trauere«, sagte Jon.

»Aber jeder hat seine eigene Methode, mit dem Schmerz umzugehen. Ich mach einfach weiter, damit komm ich am besten klar. Vielleicht hat es mir auch geholfen, daß ich da drinnen den ganzen Schrott beseitigen mußte, den sie...«

»Entschuldige, aber der Schrott, wie du sagst, wäre nicht entstanden, wenn du sie anders behandelt hättest«, unterbrach ihn Robert.

»Was heißt denn das jetzt? Wie hab ich sie denn behandelt, deiner Meinung nach? Willst du mir jetzt etwa die Schuld an ihrer verdammten Sauferei geben?« Seine Stimme wurde zu laut, er mußte aufpassen.

»Du weißt genau, daß ich das nicht meine«, sagte Robert. »Aber ich mach mir Vorwürfe, Jon. Ich hätte mich einmischen sollen. Statt immer auszugleichen, hätte ich mal Tacheles mit euch reden sollen. In letzter Zeit habt ihr euch doch nur noch gehackt.«

»Wir hatten eine schlechte Phase, okay. Kommt immer mal wieder vor, das müßtest du doch am besten wissen.«

Roberts drei Ehen hatten allesamt im Fiasko geendet. Am schlimmsten war es mit Barbara gewesen, seiner letzten Frau. Während die Scheidung schon lief, hatten sie sich einen regelrechten Krieg geliefert. Obwohl die Wohnung im Woldsenweg Robert gehörte, hatte Barbara sich geweigert auszuziehen, sie hatte die Hälfte beansprucht. In ihrer Abwesenheit hatte Robert eines Tages einen Maurer kommen und eine Wand quer durch den Flur ziehen lassen, die die Wohnung in zwei unbewohnbare Hälften teilte. Zentimetergenau hatte er die Position der Mauer ausgerechnet. Nach einem Wutausbruch hatte Barbara die Flinte ins Korn geworfen, und Robert hatte die Mauer umgehend wieder einreißen lassen. Barbara hatte ihn danach nur noch »den Neandertaler« genannt.

»Es war nicht nur eine Phase«, sagte Robert. »Irgendwas hat bei euch doch ganz generell nicht gestimmt.«

»Willst du hier nachträglich den Eheberater spielen oder was?«

Robert warf ihm einen langen Blick zu, dann wandte er sich ab. »Nicht zwischen Tür und Angel. Laß uns ein andermal darüber reden.«

Sein duldsamer Tonfall machte Jon wütend. »Na gut«, sagte er. »Aber dann werde ich dich bei der Gelegenheit auch fragen, ob es stimmt, daß du mit ihr gevögelt hast. Das hat sie nämlich behauptet.«

Robert kehrte ihm sein Gesicht zu. Im Licht der Straßenbeleuchtung sah es fast grün aus. »Nicht jetzt«, sagte er leise. »Mach's gut.«

Jon sah ihm nach, wie er mit gesenktem Kopf zum Taxi ging. Roberts Reaktion ließ nur den Schluß zu, daß sie es tatsächlich miteinander getrieben hatten, seine Frau und sein bester Freund. Erstaunlicherweise fühlte er nichts bei dem Gedanken, weder Wut noch Enttäuschung noch Eifersucht. Es ließ ihn absolut kalt. Er hätte die Angelegenheit gar nicht erwähnen sollen, jetzt würde er sich Erklärungen anhören müssen, Rechtfertigungen, Details einer Affäre, von der er nichts wissen wollte. Sein einziges Interesse war, Robert als Freund zu behalten. Er mußte ihm klarmachen, daß sich nichts verändert hatte zwischen ihnen, daß es das beste war, die Geschichte zu vergessen, als wäre sie nie passiert.

Als die Schlußlichter des Taxis um die Ecke verschwunden waren, bewegte sich drüben bei Glissmanns die Gardine. Verena natürlich, die mal wieder nichts Besseres zu tun hatte, als die Nachbarn zu kontrollieren, damit sie Robert morgen wieder brühwarm berichten konnte, wann und wie er das Haus verlassen hatte. Aber sollte sie doch, wenn es ihr Spaß machte. Er würde sich weder von ihr noch von Robert vorschreiben lassen, was er zu tun und zu lassen hatte.

Er rief Columbus ins Haus und gab ihm den Rest Trokkenfutter. Als er die Stehlampe neben Charlottes Sekretär ausschaltete, fiel sein Blick auf den Stapel von Kondolenzschreiben, die während der letzten Tage mit der Post gekommen waren. Mußte er das ganze Zeug etwa lesen? Und auch noch Danksagungen drucken lassen und verschicken?

Obwohl er pünktlich in der Schäferstraße war, wartete sie schon vor dem Haus. Sicherheitshalber hatte er den Wagen am Kaiser-Friedrich-Ufer geparkt, weit genug entfernt von ihrer Wohnung. Man konnte nie wissen, wer dort zufällig vorbeikam. »Was hat dich denn schon auf die Straße getrieben?« fragte er. »Der Hunger? Oder etwa Sehnsucht nach mir?«

Sie ließ ihr Viertonlachen hören. Am liebsten hätte er sie in die Arme gerissen. Oder wenigstens ihre Hand genommen, aber sie hatte beide Hände in die Taschen gesteckt. Sie trug wieder ihre übliche braune Lederjacke. Wahrscheinlich hatte sie sich die zu große schwarze, die sie bei der Beerdigung angehabt hatte, extra irgendwo ausgeliehen. Der Gedanke rührte ihn nachträglich.

Im ›Mamma Leone‹ wurden sie zu einem Tisch in der

hintersten Ecke geführt. Julie setzte sich Jon gegenüber und vertiefte sich sofort in die Speisekarte. Jon sah sich um. Zum Glück keine Bekannten, aber er konstatierte, daß immer wieder jemand zu ihnen herübersah, vor allem Männer, die interessierte Blicke auf Julie warfen. Unter der Lederjacke trug sie ein tief ausgeschnittenes schwarzes T-Shirt.

Sie klappte die Karte zu und strahlte ihn an. »Ich nehm das Carpaccio mit Rucola. Und danach die venezianische Leber.«

»Mein Gott, bist du schnell.« Charlotte hatte in Restaurants endlos herumgezögert, bevor sie sich entscheiden konnte, und hatte sich dann, ohne zu fragen, von Jons Essen bedient, mit ihrem eigenen war sie nie zufrieden gewesen. »Und was trinkst du?« fragte er.

Sie machte sich schon über das Brot her, das auf dem Tisch stand. »Rotwein«, sagte sie mit vollem Mund. »Such du einen aus, ich trink alles.«

Jon bestellte das Essen und einen 1996er Brunello. Der Kellner zündete die Kerze an und lächelte Julie verschmitzt zu. Was er wohl von ihnen dachte? Und die Leute, die immer wieder zu ihnen herübersahen. Ob sie für Vater und Tochter gehalten wurden? »Der Altersunterschied«, sagte er, »stört er dich eigentlich?«

»Was?« Sie hielt im Kauen inne und sah ihn so entgeistert an, daß er lachen mußte.

»Ich bin nun mal neunzehn Jahre älter als du. Ich könnte dein Vater sein.«

»Und?«

»Nichts und. Ich wollte nur wissen, wie du darüber denkst.«

»Was willst du jetzt hören«, sagte sie. »Daß du klasse aussiehst? Höchstens wie Anfang Vierzig?«

Er grinste.

»Ich mag das nicht«, sagte sie und wischte sich die Hände an der Serviette ab. »Dieses fishing for compliments. Spielt doch keine Rolle, wie alt man ist.«

»Genau das wollte ich hören«, sagte er.

Sie nahm noch ein Stück Brot, brach es auseinander und reichte ihm eine Hälfte. »Was ich dich übrigens fragen wollte: Ich geh doch zum ersten Mal mit auf Klassenreise, mit den beiden Zehnten, im Juni. Ist es wirklich so schlimm, wie Philipp immer sagt? Hast du ein paar Tips auf Lager?«

»Wieso hast du dich überhaupt breitschlagen lassen?«

»Fünf Tage mit Krawallski?« Sie zog ihre komische kleine Grimasse. »Das laß ich mir doch nicht entgehen.«

»Ich wette, Schröder hat dich weich geklopft«, sagte Jon. »Und dir gesagt, daß alles nur halb so schlimm ist, wenn du dabei bist. Ich weiß, wie er es macht. Du solltest nicht so nachgiebig sein.«

»Ach«, sagte sie und lächelte. »Nicht?«

»Doch«, sagte Jon.

Nach dem Dessert lehnte sie sich zurück und seufzte zufrieden. »Jetzt eine Zigarette. Macht dir doch nichts aus, oder? Und einen Espresso.«

Jon bestellte und sah zu, wie sie rauchte. Sie genoß die Zigarette mit der gleichen Intensität, mit der sie aß, trank, sprach, überhaupt alles tat.

»Angenehm hier«, sagte sie und sah sich im Restaurant um. »Bißchen viel falsches Weinlaub, aber klasse Essen.«

»Wir können Stammgäste werden«, sagte Jon.

»Klar«, sagte sie und pustete ein bißchen Rauch in sein Gesicht. »Und in einem Jahr bist du ruiniert, bei meinem Appetit. Und den Preisen hier.«

»Die Preise sind nicht das Problem«, sagte er. »Sondern eher, ob du dir das gleiche wünschst wie ich mir.«

»Und das wäre?«

»Daß wir zusammen sind. Für immer. Auch wenn das jetzt pathetisch klingt.«

Sie senkte den Kopf und schob mit dem Zigarettenstummel die Asche zu einem Häufchen zusammen. »Du bist zu schnell«, sagte sie, »ich hab's dir schon mal gesagt.«

»Natürlich. Ich wollte auch nur...«

Sie beugte sich vor und legte ihre Finger auf seinen Mund, sie rochen nach Rauch. »Laß uns doch einfach den Moment genießen. Das Jetzt und das Hier. Du würdest natürlich sagen, das *hic et nunc.*«

Er hielt ihre Hand fest und küßte sie. Im gleichen Moment sah er Robert das Restaurant betreten; eine zusammengerollte Zeitung unterm Arm, blieb er ein paar Schritte vom Eingang entfernt stehen und sah sich um. Jon wandte sich hastig ab und ließ Julies Hand los. »Hör zu«, sagte er, »kann sein, daß wir gleich gestört werden. Wir sind dann im Aufbruch, okay? Dreh dich nicht um, bitte.«

»Jemand aus dem Busch?«

»Mein Freund. Robert Bohn.« Jon warf einen schnellen Blick hinüber, Robert hatte sich abgewandt.

»Er weiß nichts von mir, oder?«

Jon schüttelte den Kopf. Robert ging wieder zur Tür, ein Kellner öffnete sie für ihn. »Er hat dich bei der Beerdigung gesehen. Auf dem Parkplatz. Eine Kollegin, hab ich gesagt. Aber jetzt ist er wieder weg.«

»Hat er uns gesehen?«

»Ich weiß nicht. Wahrscheinlich. Aber egal. Vergiß ihn.«

»Würde er dir Schwierigkeiten machen?«

»Ach was«, sagte Jon. »Robert ist mein Freund. Nicht mein Kindermädchen.«

Er begleitete sie zurück in die Schäferstraße. Wieder küßte sie ihn auf die Wange. »Schlaf gut, Jon. Und danke für das tolle Essen. Bis morgen. Und nicht über die Zukunft grübeln, das ist sinnlos. Versprich mir das.«

»Mach ich«, sagte er.

Er wartete, bis sie im Haus verschwunden war, dann schlenderte er langsam zum Kaiser-Friedrich-Ufer. Er fühlte sich angenehm entspannt, es war ein perfekter Abend gewesen. Bis auf Roberts Auftauchen. Falls er sie bemerkt hatte, würde er Jon morgen zur Rede stellen. Dann mußte er die Wahrheit sagen, keine schöne Aussicht. Aber auch keine, vor der er sich fürchten mußte. Aber vielleicht hatte Robert sie überhaupt nicht wahrgenommen. Vielleicht hatte er wieder einmal Glück gehabt.

13

Am nächsten Morgen traf er Julie noch vor Unterrichtsbeginn auf dem Lehrerparkplatz, sie hievte einen Karton aus ihrem Golf. Er nahm ihn ihr ab, der Karton war mit Baumrindestücken und bizarr geformten Teilen morscher Äste gefüllt. Zum Zeichnen, für die Elfte.

»Wo hast du das her?« fragte Jon. Eins der Holzstücke sah aus wie ein Gesicht, aus aufgerissenem Mund ein lautloser Schrei in Todesnot.

»Gleich hier drüben gesammelt«, sagte sie, »im Niendorfer Gehege. Gestern nachmittag, nach meinem Termin mit Per Strunz. Schöner Wald.«

Er hätte ihr gern erzählt, daß er so gut wie jeden Tag seine Runde dort lief, aber ein paar Meter weiter stieg Kowalski aus seinem schmuddeligen Passat. Sie beschleunigten ihre Schritte. »Was machst du heute abend?« fragte er.

»Fitnesstraining. Kerstin holt mich ab. Und du?«

»Mein Freund kommt.«

»Der von gestern? Willst du ihm von uns erzählen?«

»Kommt drauf an, ob er uns gesehen hat. Wieso?«

»Mir wär's lieber, du würdest nichts sagen. Oder zumindest nicht alles.«

Er lachte. »Daß wir miteinander geschlafen haben, meinst du?«

Sie nickte. Um den Hals trug sie die Kette mit dem quadratischen silbergefaßten roten Stein, die er schon einmal an ihr gesehen hatte. »Das geht nur dich und mich was an«, sagte sie. »Ich will nicht, daß man sich das Maul über uns zerreißt, du weißt schon.« Sie winkte Conzelmann zu, der von den Fahrradständern herüberkam und Klammern von seinen Hosenbeinen zog. Er mußte sie von seinem Urgroßvater geerbt haben.

»Ich werde so diskret sein wie möglich«, sagte Jon. »Hast du schon was fürs Wochenende geplant?«

»Ich weiß noch nicht. Laß uns telefonieren, ja?« Sie hielt ihm die Tür auf, nahm ihm dann den Karton ab, sagte »dank dir« und steuerte Per Strunz an, der in der Eingangshalle schon auf sie wartete.

In der zweiten kleinen Pause sah Jon sie wieder, sie ging vor ihm zum Lehrerzimmer. Er holte sie ein und legte, obwohl Schröder und die Geschonnek ihnen entgegenkamen, ganz kurz seine Hand an ihren Po. Sie zeigte keine Reaktion, nur ihre Schulterblätter zogen sich für eine Sekunde zusammen.

Die flüchtige Berührung ging ihm so nach, daß er sich in der nächsten Stunde kaum konzentrieren konnte. Mit seinem Deutsch-Leistungskurs nahm er das Bachmann-Gedicht »Nebelland« durch.

... Treulos ist meine Geliebte,
ich weiß, sie schwebt manchmal
auf hohen Schuh'n nach der Stadt,
sie küßt in den Bars mit dem Strohhalm
die Gläser tief in den Mund...

Seine Schüler machten sich über die Verse lustig, nannten sie kitschig und verstaubt. Er ließ sie reden und dachte an Julie.

Nach der Schule fuhr er beim Supermarkt im Tibarg-Center vorbei und besorgte Katzenfutter. In der Filiale der Schlachterei Voss überlegte er lange, was er Robert am Abend vorsetzen sollte. Er nahm schließlich Lammkoteletts.

Danach fuhr er zu Charlottes Betrieb. Gärtnermeister Köhn beaufsichtigte in der Kühlhalle die Reparatur der defekten Elektrik. Als Jon ihn um ein kurzes Gespräch bat, stapfte er schweigend mit ihm ins Büro. Jon konnte sehen, daß er sich inzwischen an Charlottes Platz eingerichtet hatte, auf dem Schreibtisch stand ein Gartenzwerg aus Plastik.

Köhn räumte für Jon einen Stuhl frei und offerierte ihm einen Kaffee, der kalt und dünn war. Dann setzte er sich hinter den Gartenzwerg und fing an, über Charlotte zu reden. Er vermißte sie, sie fehlte an allen Ecken und Enden, sie war immer ein fabelhafter Chef gewesen. Jon glaubte ihm kein Wort. Köhn warf ihm einen scharfen Blick zu, räusperte sich und machte die Einschränkung, daß sie natürlich diese kleine Schwäche gehabt hatte und manchmal grundlos ausgerastet war. Aber jedesmal hatte sie sich am nächsten Tag entschuldigt. Und immer zu Weihnachten eine großzügige Gratifikation ausgeteilt, über das dreizehnte Gehalt hinaus, wohlgemerkt. »Ein Jammer, daß sie so früh gehen mußte.«

»Ja. Ein Jammer«, sagte Jon. »Aber ich bin sicher, Sie führen die Geschäfte ganz im Sinn meiner Frau weiter. Falls es irgendwelche Probleme gibt, bei denen ich helfen kann, rufen Sie mich an.«

»Läuft soweit alles anstandslos«, sagte Köhn, »auch mit den Angestellten, den Gehältern und so weiter. Wenn ich nicht Prokura hätte, hätten Sie jetzt den Schwarzen Peter.« Er lachte meckernd auf.

Jon lächelte höflich zurück und sah verstohlen auf seine Uhr. Er hatte sich noch nie besonders gern in Charlottes Büro aufgehalten.

»Ich hab Ihre Frau ja auch schon früher oft vertreten«, sagte Köhn. »Sie war immer zufrieden, mit mir jedenfalls. Haben Sie eigentlich schon mal überlegt, was aus dem Betrieb werden soll, auf die Dauer?«

»Warum fragen Sie?«

»Also falls Sie verpachten wollen, wär ich nicht uninteressiert.« Köhn kratzte sich am Kopf und betrachtete dann angelegentlich seine Fingernägel.

Jon wurde aufmerksam. Er hatte bisher kaum über die Zukunft des Betriebes nachgedacht. Hier zeichnete sich ohne sein Zutun eine Lösung ab, die ihm nur recht sein konnte.

»Eventuell würde ich auch kaufen«, sagte Köhn. »Käme natürlich auf den Preis an. Aber bei mir wäre das Geschäft in guten Händen.«

»Weiß ich doch, Herr Köhn«, sagte Jon. Er hätte die Verhandlungen am liebsten sofort begonnen, er war gespannt auf Köhns Angebot. Aber es wäre ungeschickt, zu schnell zu großes Interesse zu zeigen. »Ich laß mir das in Ruhe durch den Kopf gehen«, sagte er und erhob sich. »Ich möchte mich da auch erst mit Herrn Bohn besprechen, Sie kennen ihn ja. Er hat meine Frau häufig in geschäftlichen Dingen beraten. Ich geh das mit ihm durch, und dann meldet er sich bei Ihnen. In Ordnung? Mir steht im Moment der Sinn nicht so nach Geschäften, das verstehen Sie sicher.« Den Kaffee ließ er stehen.

Im Verkaufsraum entdeckte er die vierschrötige Person mit der durchdringenden Stimme, die Charlotte immer chauffiert hatte. Jon bat sie, alle Fresien, die er in einem der Kübel sah, in die Schäferstraße zu schicken. Es waren bestimmt hundertfünfzig Blütenstengel. Als Empfänger gab er vorsichtshalber Familie Schwertfeger an, eine Begleitkarte sei nicht nötig.

Nach seiner Runde durchs Gehege rieb er die Lammkoteletts mit einer Kräutermischung und gepreßtem Knoblauch ein. Zu seinen Füßen hoffte Columbus geduldig auf ein Stück Fleisch. Das Telefon klingelte. »Na?« sagte Jon. »Wollen wir wetten, daß sie das ist? Um ein Kotelett?«

»Bist du wahnsinnig«, sagte sie ohne Einleitung. »In meinem ganzen Leben hab ich noch nicht so einen Strauß bekommen.«

»Das will ich doch hoffen«, sagte er. »Gefallen sie dir?«

»Die ganze Wohnung duftet. Aber du hättest eine Vase mitschicken sollen. Oder noch besser einen Eimer, Ben hat so was Großes gar nicht.«

»Du kriegst Vasen in jeder Größe. Ich werde dich mit Vasen überschütten, bis an mein Lebensende.«

»Klingt gefährlich.«

»Ich bin gefährlich«, sagte er. »Gefährlich und verrückt nach dir. Weißt du eigentlich, daß du einen neuen Menschen aus mir gemacht hast?« Eine Weile lauschte er ihrem Atem.

»So was gibt's nicht«, sagte sie schließlich. »Man bleibt, wer man ist. Prinzipiell jedenfalls.«

»Ehe wir uns hier in philosophischen Diskussionen verstricken«, sagte Jon. »Falls du Zeit hast, würde ich gern am Wochenende mit dir rausfahren. Ich suche eine schöne Gegend, wo ich mir ein Haus kaufen könnte.«

»Du hast doch eins.«

»Ich will hier nicht bleiben, Julie. Ganz bestimmt nicht.«

»Willst du es verkaufen?«

»Erst mal vermieten, denk ich. Also hast du Lust? Sonntag vielleicht?«

»Geht leider nicht«, sagte sie. »Ben kommt heute abend.«

»Dein Freund, dieser Fotograf?«

»Er hat hier einen Termin, mit einem Verleger.«

»Aber du mußt doch nicht das ganze Wochenende mit ihm verbringen, oder?« Im Hintergrund hörte er ihre Türklingel.

»Wir haben uns ewig nicht gesehen«, sagte sie. »Und es gibt doch noch mehr Wochenenden als dieses. Jon, Kerstin ist da, ich muß zum Fitnesstraining. Noch mal danke für die Fresien.«

Er warf ein ganzes Lammkotelett auf den Küchenboden und sah zu, wie der Kater sich mit dem viel zu großen Brocken abmühte. In Julies Wohnung gab es nur das eine Schlafzimmer mit der Matratze auf dem Fußboden. Wo würde dieser Ben Milton schlafen, auf dem Sofa im Wohnzimmer? Oder würden sie zusammen auf der Matratze liegen? Julie und dieser schwule Fotograf?

Robert kam auf die Minute pünktlich. Er hatte sich mit dem Taxi zum Friedhof fahren lassen, war am Grab gewesen und dann zu Fuß in den Bansgraben gegangen. Er trug denselben Anzug wie gestern, immer noch zerknittert, obwohl er sonst immer größten Wert auf sein Äußeres legte.

Jon hatte erwartet, daß er ihn sofort auf ihre Begegnung im ›Mamma Leone‹ ansprechen würde, aber er sagte kein Wort darüber. Hervorragend. Also hatte er sie nicht gesehen.

An Charlottes Sekretär stellten sie die letzten Briefe an die Behörden und Versicherungen fertig. Robert deponierte sie auf dem Mahagonitisch in der Diele, er wollte sie nachher mitnehmen und einwerfen.

»Tausend Dank noch mal«, sagte Jon und ging zur Treppe. »Du weißt gar nicht, was für eine Hilfe du bist. Ich hol nur schnell Briefmarken, dann mach ich uns ein paar Lammkoteletts, ich würde nämlich gern in Ruhe mit dir reden. Auch, was mit dem Betrieb passieren soll, Köhn hat mir heute einen Vorschlag gemacht.«

»So so. Köhn«, sagte Robert. »Will er pachten?«

Jon blieb stehen. »Woher weißt du das?«

»Charlotte hat mal so was angedeutet. Als sie überlegt hat, sich aus dem Geschäft zurückzuziehen. Aber ich nehme an, davon weißt du gar nichts.«

Charlotte hatte den Betrieb aufgeben wollen? Jon hatte immer den Eindruck gehabt, daß sie ohne ihre Arbeit nicht leben konnte. »Und was hatte sie vor?«

»Mehr Zeit mit dir zu verbringen. Weil sie Angst hatte, dich zu verlieren«, sagte Robert. »Verdammt, Jon, hast du dir eigentlich nie Gedanken über sie gemacht?«

»Moment«, sagte Jon, »ganz langsam. Ich hab mit ihr zusammengelebt, ich hab sie Tag und Nacht um mich gehabt, vierundzwanzig Jahre lang. Klar hab ich über sie nachgedacht. Was soll das jetzt?«

Robert sah ihn einen Moment schweigend an. »Du wolltest Briefmarken holen«, sagte er dann.

Auf dem Sofa im Arbeitszimmer hielt Columbus seinen Verdauungsschlaf. Als Jon an ihm vorbeiging, öffnete er blinzelnd seine goldenen Augen, gähnte und streckte seine weißbestrumpften Vorderpfoten von sich.

»Na, du Fettwanst«, sagte Jon. »Laß dich nicht stören, ich bin gleich wieder weg.«

Er schaute sich um und überlegte, wo er beim Aufräumen das Kästchen mit den Briefmarken hingetan hatte, es fiel ihm nicht ein. Roberts Vorwurf hatte ihn getroffen, der aggressive Tonfall war ungewöhnlich für ihn. Er hörte Roberts Schritte auf der Treppe.

»Was ist jetzt mit den Marken?« Als Robert ins Zimmer kam, sprang Columbus vom Sofa und trottete hinaus.

»Ich such noch«, sagte Jon ungeduldig und stellte den Werkzeugkasten ins Regal, bevor Robert wieder stolperte.

»Sieht hier ja wieder aus wie geleckt«, sagte Robert, klopfte aber ein paar imaginäre Katzenhaare vom Sofa, bevor er sich setzte und ein Bein übers andere schlug. Dann fragte er mit ruhiger Stimme: »Und, wie ißt man so im ›Mamma Leone‹?«

Jon atmete tief durch. Jetzt mußte er sich jedes Wort überlegen. »Sehr gut«, sagte er und sah Robert fest in die Augen. »Bloß die Weinauswahl ist nicht gerade berauschend. Warum bist du eigentlich nicht an unseren Tisch gekommen?«

»Ich wollte nicht stören. Bei deiner Verabredung. Mit

deinen Kollegen.« In diesem ironischen Ton hatte er wahrscheinlich früher mit den Sachbearbeitern im Finanzamt gesprochen. Garantiert auch mit Barbara in der Zeit des Mauerbaus im Woldsenweg.

»Okay«, sagte Jon, »ich wollte sowieso mit dir darüber reden.«

»Sie hat also recht gehabt.« Robert sprach plötzlich schleppend, seine Stimme klang müde. »Charlotte, meine ich. Mit ihrer Vermutung, daß du wieder was laufen hast. Und ich Idiot sag ihr noch, daß sie sich alles nur einbildet.«

Jon ging zum Fenster. Über den Bäumen am Ende des Grundstücks zog sich ein zartgelber Streifen quer über den dunkelnden Himmel. Auf dem Wipfel der Douglastanne saß ein Vogel, er sah künstlich aus. Ihm fiel ein, daß Robert am Abend nach Charlottes Tod genau an dieser Stelle gestanden hatte, in der gleichen Haltung. Er drehte sich um und setzte sich auf die Fensterbank. »Hör zu«, sagte er. »Und unterbrich mich nicht, gib mir drei Minuten. Die Frau, mit der du mich gesehen hast... Charlotte hat von ihr gewußt.«

»Weiter«, murmelte Robert. Sein Kopf lag an der Rükkenlehne des Sofas, seine Augen waren geschlossen.

»Wir wollten uns scheiden lassen. Sie war einverstanden damit. Und ich wollte ausziehen, an dem Tag, an dem Charlotte... als sie gefallen ist.«

»Weiter«, sagte Robert, ohne die Augen zu öffnen. »Zwei Minuten hast du noch.«

»Es war ein unglückseliges Zusammentreffen. Ich meine, daß sie ausgerechnet gestorben ist, als ich wegwollte.«

»Anderthalb«, sagte Robert.

Zwischen Jons Schulterblättern wurde es kalt. »Rede gefälligst anständig mit mir«, sagte er, »wir sind hier nicht im Boxring.«

»Kommt bißchen spät, deine Ehrlichkeit.« Immer noch dieser schleppende Tonfall. »Ich hab dich gefragt, ob es da eine Neue gibt, oder etwa nicht? Vor ein paar Tagen erst. Und was hast du geantwortet?«

»Ich geb es zu, ich war feige. Ich hätte es dir gleich sagen sollen. Aber meine Situation ist verdammt kompliziert, im Moment müssen wir Versteck spielen, Julie und ich. Du kennst das doch auch, oder? Du hast es doch auch schon in aller Heimlichkeit getrieben.«

Einen Moment lang war es still im Zimmer. Robert öffnete seine Augen und streckte beide Arme auf der Rückenlehne des Sofas aus. »Als ich euch gesehen habe, gestern, dich und deine Neue, da ist bei mir der Groschen gefallen«, sagte er. »Du hast Charlotte umgebracht.«

Jon stieß sich von der Fensterbank ab. »Du weißt nicht, was du redest.« Er ging zum Regal und kramte herum, vielleicht hatte er das Kästchen mit den Briefmarken dorthin gestellt.

»Paßt doch alles bestens zusammen«, sagte Robert. »Du verknallst dich mal wieder, und sie kriegt es raus. Ihr streitet euch, sie hat was getrunken und pöbelt dich an, und du hast die Schnauze gestrichen voll von ihr. Kenn ich alles.« Er fuhr mit den Händen durch die Luft wie der Papst beim *urbi et orbi.*

»Hör schon auf«, sagte Jon zornig, »du warst nicht dabei. Oder?«

»Nicht nötig«, sagte Robert und stemmte sich aus dem Sofa hoch. »Ich habe nur ein bißchen nachgedacht. In gewisser Weise kann ich dich sogar verstehen.« Er kam herüber, lehnte sich gegen das Regal und klopfte mit seinem Zeigefinger leicht auf Jons Brust. »Die Sache ist nur die, daß ich sie tatsächlich geliebt habe. Immer. Sogar wenn sie besoffen war.«

»Wie edel«, sagte Jon. »Aber du warst ja immer schon der bessere Mensch von uns beiden. Wie lange ist das eigentlich gelaufen mit euch? Seit wann. Und wie oft habt ihr es getrieben. Jahre? Jahrzehnte?«

»Lenk nicht ab jetzt.«

»Wer im Glashaus sitzt, soll nicht mit Steinen schmeißen. Du bescheißt mich mit meiner Frau und willst mir Moral predigen?«

»Es ist nur passiert, weil du dich nie um sie gekümmert hast. Dich ständig rumgetrieben mit irgendwelchen Weibern. Sie hat Trost gesucht bei mir, nichts weiter.«

Niemals hatte es in den fünfundvierzig Jahren ihrer Freundschaft größere Differenzen zwischen ihnen gegeben, höchstens mal kleine Reibereien, die gleich wieder aus der Welt geräumt wurden. Das hier war neu. »Trost«, sagte Jon. »Wird ja immer schöner. Dann müßte ich mich eigentlich bei dir bedanken, was?«

Das Kästchen mit den Briefmarken klemmte gleich neben dem Werkzeugkasten zwischen einem Bücherstapel und einem Diskettenbehälter. Er zog einen Streifen 55-Cent-Marken heraus, er konnte seine Hände nicht ruhig halten.

»Laß deine beschissenen Manöver«, sagte Robert. »Ich will wissen, was passiert ist. Ich stell es mir so vor: Ihr streitet, ja nichts Neues. Und dann hast du intelligenter Mensch einen Geistesblitz. Angeschickert, wie sie ist, läßt sie sich ohne weiteres die Treppe runterstoßen. Du brauchst sie nur ein bißchen anzutippen.« Wieder setzte er seinen Zeigefinger auf Jons Brust.

Die Berührung machte Jon rasend. Er schlug den Finger weg. »Es reicht, Robert, okay? Ich hab ihr nichts getan. Ich hab sie nicht mal angerührt.«

»Hast du der Kripo auch erzählt, was? Und die haben dir geglaubt. Klar, du hast ja auch keine Spuren hinterlassen. Du bist ja intelligent, wie gesagt. Aber ich könnte denen ja mal einen Tip geben. Wie die Situation wirklich war.« Er trat noch dichter heran, sein Atem strich über Jons Gesicht. »Ist doch die perfekte Lösung für dich«, sagte er. »Du bist deine Frau los, kriegst auch noch ihr Geld und kannst ungestört deine neue Schlunze ficken.«

»Halt die Fresse, verdammt noch mal!«

»Ich sage, was ich will. Was ist denn das für eine, hm? Die sich nicht schämt, in aller Öffentlichkeit mit dir rumzumachen. Paar Tage nach Charlottes Tod.«

»Laß Julie aus dem Spiel!«

»Den Teufel werde ich. Was bist du eigentlich für ein mieses Subjekt, Jon. Was für ein ekelhaftes Schwein!« Robert brüllte den letzten Satz, zugleich holte er aus und donnerte seine Faust auf Jons Solarplexus.

Jon knickte zusammen und rang nach Luft, vor seinen Augen tanzten rote Schleier, seine Hand suchte nach einem Halt. Irgend etwas krachte scheppernd herunter, ein scharfer Schmerz durchzuckte seinen Fuß. Seine Finger fühlten einen Gegenstand, der auf dem Boden lag, krallten sich darum, Metall, glatt, schwer. Er bäumte sich auf und schlug blindlings zu.

14

Minutenlang saß er auf dem Sofa. Er hatte sich rücklings darauf fallen lassen, als der Bolzenschneider seiner Hand entglitten und zu Boden gekracht war. Er hielt die Augen fest geschlossen und zwang sich, gleichmäßig zu atmen, durch die Nase ein, durch den Mund aus, dazwischen bis drei zählen.

Nach einer Weile flaute die Übelkeit ab, das Rauschen in seinen Ohren wurde leiser. Er öffnete die Augen und starrte auf die Wand gegenüber. Die *Wild Strawberry Eclipse.* Julies Bild. Dieses grelle Rot. Erneut hob sich sein Magen.

Er kniff die Augen wieder zu, stand auf und tastete sich blind bis zur Tür vor. Zog sie hinter sich zu. Am Waschbecken im Badezimmer drehte er den Kaltwasserhahn auf und hielt die Handgelenke unter den Strahl. Im Spiegel entdeckte er Flecken auf seinem grauen Sweatshirt, kleine rote Spritzer. Er zog den Pullover über den Kopf und ließ ihn auf den Fußboden fallen. Sein weißes T-Shirt war sauber.

Er ging zum Fenster, öffnete beide Flügel und lehnte sich hinaus. Die Kälte schmerzte in seiner Lunge, es würde wieder Nachtfrost geben.

»Hallo, Jon!« Unten gingen Verena und Manni untergehakt den Gehweg entlang, hinter ihnen zockelte die Lütte. Verena winkte Jon zu, drehte sich nach ihrer Tochter um und tippte demonstrativ auf ihre Armbanduhr. Jeden Freitagabend gingen Glissmanns zum Italiener am Tibarg, ein unumstößliches Ritual.

Als sie im König-Heinrich-Weg verschwunden waren, schloß Jon das Fenster und setzte sich auf den Hocker neben der Badewanne. Die kalte Luft hatte ihm gutgetan, er konnte sich wieder konzentrieren. *Quidquid agis, prudenter agas, et respice finem.* Er hatte diesen Satz immer geschätzt.

Robert war tot, das war der Status quo. Er hatte das Geräusch splitternder Knochen noch im Ohr, die Wut über das »ekelhafte Schwein« hatte ihn heftiger zuschlagen lassen, als er beabsichtigt hatte. Dennoch war es eindeutig Notwehr gewesen, das mußte er der Polizei erklären.

Die Frage war allerdings, ob sie ihm glauben würden, Oberkommissar Matthiesen und die Spitzmaus. Oder andere von ihrer Sorte. Er hatte keinen Beweis für Roberts Angriff, er konnte keine Verletzung vorweisen. Er stand auf, hob sein T-Shirt und schaute in den Spiegel. Die Haut unter seinen Rippen, wo Roberts Faust ihn getroffen hatte, war nicht einmal gerötet. Was würden sie denken, wenn er innerhalb einer Woche den zweiten Todesfall in seinem Haus meldete. Sie konnten nur mißtrauisch werden und ihn verdächtigen, Robert vorsätzlich getötet zu haben.

Er sank wieder auf den Hocker. Vor seinem inneren Auge lief im Zeitraffer ein Film ab. Polizisten, die sein Arbeitszimmer zerlegten und ihn mitnahmen aufs Revier. Verhöre, immer wieder die gleichen Fragen, ein aufsehenerregender Prozeß, Schlagzeilen, »Lehrer als kaltblütiger Mörder«. Sämtliche Details seines Lebens vor der Öffentlichkeit ausgebreitet. Zeugenbefragungen bei Nachbarn, Bekannten, Kollegen. Und natürlich würde Charlottes Tod zur Sprache kommen, ihr Geld, seine Affären, er war nicht immer diskret gewesen. Selbst nach einem Freispruch würde der Makel an ihm kleben bis in alle Ewigkeit, *semper aliquid haeret.* Julies Reaktion durfte er sich gar nicht erst ausmalen.

Er zuckte zusammen, als langsam und lautlos die Badezimmertür aufschwang. Für den Bruchteil einer Sekunde rechnete er damit, daß Robert blutüberströmt auf ihn zutaumeln würde. Aber es war nur Columbus, der über den Fliesenboden tappte und auf seinen Schoß sprang. Jon legte die Hände auf die Flanken des Katers, durch das Fell fühlte er den gleichmäßigen Pulsschlag.

Er mußte die Leiche verschwinden lassen, es gab keine andere Lösung. Aber wie? Und wohin. Konzentration, befahl er sich, keinen Fehler jetzt, *prudenter agas. Et respice finem.*

Wer würde Robert vermissen? Seit der Scheidung von Barbara lebte er allein, von seiner letzten Freundin Britta, einer hysterischen Moderedakteurin, hatte er sich kurz vor Weihnachten getrennt. Er hatte keine Familie mehr, und die Kontakte zu seinem großen Bekanntenkreis waren locker, ebenso wie zu seinen Nachbarn im Woldsenweg. Eine engere Beziehung hatte er nur zu einem älteren Ehepaar im zweiten Stock, das aber viel auf Reisen war, die beiden besuchten oft die Familien ihrer drei Kinder. Blieb seine Putzhilfe, eine Studentin. Zur Zeit saß sie an ihrer Diplomarbeit, hatte Robert kürzlich erzählt. Jon erinnerte sich, daß sie in Ohlsdorf wohnte und wie eine Käsesorte hieß, Edamer,

Gouda, Brie, so etwas in der Art. Seit etwa einem Jahr kam sie jeden Mittwoch und brachte Roberts Wohnung auf Vordermann, blieben also fünf Tage, bis ihr seine Abwesenheit auffallen konnte.

Er selber war der einzige, der sich im Moment offiziell Sorgen machen mußte. Er war Roberts bester Freund, und nicht nur Glissmanns wußten, daß sie in letzter Zeit täglich zusammengewesen waren. Er würde Robert als vermißt melden müssen. Was die Polizei in so einem Fall tat, wußte er nicht, aber unwahrscheinlich, daß sie sofort eine große Suchaktion starten würden. Jedenfalls nicht, solange es keinen Anhaltspunkt für seinen Tod gab.

Der nächste Punkt: Wer wußte, daß Robert heute abend zu ihm gekommen war? Mit dem Taxi war er nur bis zum Friedhof gefahren, von daher drohte keine Gefahr. Gut möglich, sogar wahrscheinlich, daß Verena Glissmann sein Kommen beobachtet hatte. Aber bis die Glissmanns vom Italiener zurück waren, konnte Robert längst wieder gegangen sein.

Columbus sprang von seinem Schoß, tappte bis zur Tür, blieb stehen und sah sich nach ihm um. Er maunzte auffordernd.

»Schon gut«, sagte Jon, »du hast Hunger, ich weiß.«

Er folgte dem Kater hinunter in die Küche und nahm eine angebrochene Dose Katzenfutter aus dem Kühlschrank. Der Geruch der marinierten Lammkoteletts stieg ihm in die Nase, wieder mußte er dagegen ankämpfen, daß ihm übel wurde.

Er holte seinen Autoschlüssel, ging in die Garage und legte den Kofferraum des A6 mit den extrastarken Plastiksäcken aus. Er zog einen weiteren Sack aus der Rolle. Als er damit in die Diele kam, begann das Telefon zu läuten. Er hätte es am liebsten ignoriert, aber alles mußte so normal ablaufen wie immer.

Es war Uli Koch. Er hatte Konzertkarten für die Große Musikhalle, aber sein Lebensgefährte hatte sich eine dicke Erkältung eingefangen. Ob Jon Lust hätte, ihn zu begleiten, ein interessantes Programm, Mahler, Brahms, Debussy.

»Furchtbar gerne«, sagte Jon, »aber ich sitze hier mit Besuch. Wirklich schade.«

Koch wollte es schnell bei Per Strunz versuchen und wünschte Jon einen schönen Abend.

»Gleichfalls«, sagte Jon, »und danke, daß du an mich gedacht hast.«

Aus der Küche holte er ein Paar von Emines Gummihandschuhen und ging mit dem Plastiksack hinauf ins Arbeitszimmer. Mit angehaltenem Atem kniete er sich neben Robert. Abgesehen von dem vielen Blut hatte er sich den Anblick schlimmer vorgestellt, aber er vermied es, den Kopf anzusehen. Er rollte den Sack auf und zerrte ihn mit zusammengekniffenen Augen von oben nach unten über den Körper. Wie ein überdimensionales Präservativ, Zentimeter für Zentimeter, mühsam, schweißtreibend. Nicht denken. Schnell Atem holen nur dann, wenn es unbedingt nötig war. Als endlich auch die Füße im Sack verstaut waren, verschloß er die Öffnung mit breitem Paketband.

Er zerrte den Sack aus dem Zimmer. Über den Flur und die Treppe hinunter. Bei jeder Stufe ein widerliches Geräusch. Wenn der Kopf aufschlug. Als er die quietschende Tür zum hinteren Windfang öffnete, kam Columbus dazu.

schnupperte am Sack. Er scheuchte ihn in die Küche zurück und schloß ihn ein.

Den Sack in den Kofferraum zu hieven und seinen Inhalt so zusammenzustauchen, daß er hineinpaßte, ging fast über seine Kräfte. Er spürte ein Ziehen am unteren Rückgrat, als würden seine Wirbel einzeln herausgepreßt. Danach schmerzte sein ganzer Leib, seine Arme waren taub.

Zurück in der Küche, zog er die Gummihandschuhe aus und warf sie in den Mülleimer. Er nahm die Lammkoteletts aus dem Kühlschrank und wickelte das tropfende Fleisch in Zeitungspapier. Er holte die Gummihandschuhe wieder aus dem Mülleimer, wickelte das Fleischpaket wieder auseinander, legte die Handschuhe mit hinein und beförderte das Ganze in den Abfall.

Er mußte etwas essen, es würde eine lange Nacht werden. Er machte sich einen großen Espresso und zwei Käsebrote, dabei fiel ihm der Name von Roberts Putzhilfe wieder ein. Esrom hieß sie. Er war froh, daß sein Gedächtnis wieder funktionierte.

Kurz nach elf kamen Glissmanns zurück. Schon von weitem war Manni zu hören, lauthals sang er »Hound Dog«. Jon beobachtete vom Badezimmerfenster aus, wie im Nachbarhaus die Lichter angingen. Noch eine Stunde vielleicht, an einem Werktag gingen Glissmanns selten nach Mitternacht schlafen.

Er nahm den Bolzenschneider aus der rötlichen Einweichlauge im Waschbecken, hielt ihn unter laufendes Wasser und trocknete ihn mit Klopapier ab. Dann füllte er an der Badewanne zum vierten Mal den Putzeimer, um den

Fußboden und die Möbel im Arbeitszimmer abzuwischen, vor allem das Regal, die Bücherrücken, die Werkzeuge, die mit dem Kasten aus dem Regal gefallen waren. Auf keinen Fall durfte er vergessen, am kommenden Dienstag einen Zettel für Emine hinzulegen, damit sie sein Zimmer nicht betrat. Morgen mußte er den Raum noch einmal bei Tageslicht unter die Lupe nehmen, das Blut konnte weit gespritzt sein. Das graue Sweatshirt mußte er entsorgen, auch wenn die kleinen Flecken vielleicht leicht zu entfernen waren. Überhaupt war es am besten, alle Kleidungsstücke, die er trug, wegzuwerfen. Auch die Turnschuhe. Und Roberts Trenchcoat natürlich, er hing noch an der Garderobe, in der Tasche steckten vermutlich sein Handy und sein Schlüsselbund.

Kurz vor Mitternacht wurde bei Glissmanns auch das Schlafzimmerfenster dunkel. Jon wartete zur Sicherheit noch eine weitere Stunde; seitdem Verena ihren Job los war, hatte sie hin und wieder über Schlafstörungen geklagt.

Er ging noch einmal unter die Dusche und zog sich warme Sachen an, dann trug er den Müllbeutel und die Tüte mit seiner Kleidung zum Auto. Der Bolzenschneider, dick in Plastikfolie verpackt, lag schon unter dem Beifahrersitz. Roberts Schlüsselbund und sein Handy steckte er in seine Hosentasche, die SIM-Karte hatte er herausgenommen und zum Abfall getan.

Bevor er losfuhr, dachte er noch einmal intensiv nach. Hatte er an alles gedacht? Die Hanteln, die Schnur, genug Geld, falls er tanken mußte, Personalausweis und Führerschein, Taschenlampe, Spaten, Bolzenschneider.

Der Bansgraben und die Nachbarstraßen waren wie ausgestorben. Erst als er in den Garstedter Weg einbog, sah er Autos. Der Schweiß lief ihm den Rücken hinunter, seine Hände waren naß. Er hatte die Heizung auf volle Leistung gestellt, um die Leichenstarre zu verzögern, er erinnerte sich an den *rigor mortis* aus Charlottes Fernsehkrimis. Er schaltete das Radio ein und suchte den N3-Sender. Eine Tschaikowski-Sinfonie ging gerade zu Ende. Als er in Schnelsen auf die A 7 fuhr, begann das Klavierkonzert Nr. 23 von Mozart, gespielt von Maurizio Pollini.

Er hielt sich präzise an die wechselnden Tempovorschriften, er durfte nicht zu schnell, aber auch nicht zu langsam fahren, um keinen Verdacht zu erregen. Auf einem unbeleuchteten Parkplatz hinter Bad Bramstedt hielt er an, niemand war zu sehen. Er zog seine dicke Jacke aus, auch den Pullover. Als er den Deckel des Abfallcontainers öffnete, schlug ihm ein ekelhafter Gestank entgegen, wieder mußte er einen Brechreiz unterdrücken. Er warf den Müllbeutel und die Tüte mit seiner Kleidung hinein.

Um halb vier erreichte er das erste Schild mit dem Hinweis auf den Wanderweg um den Uklei-See. Im Sommer vor zwei Jahren war er hiergewesen, mit Charlotte. Sie hatten am Tag zuvor in Eutin Annemies Silberhochzeit hinter sich gebracht, jemand hatte von den zahllosen ostholsteinischen Seen geschwärmt, der tiefste und geheimnisvollste der sagenumwobene Uklei. Auf der Rückfahrt nach Hamburg hatten sie einen Schlenker gemacht, waren durch den Wald um das Gewässer gelaufen, hatten nicht ein einziges Gebäude gesehen, nur einen Bootssteg, der einem Angelverein gehörte. Er hoffte, daß auch jetzt Boote dort lagen, andernfalls mußte er schwimmen, auch darauf war er vorbereitet. In seiner Sporttasche hatte er Kleidung zum Wechseln, zur Tarnung hatte er die Squash-Ausrüstung dazugepackt.

Er bog auf eine schmale Teerstraße ein, das Licht der Scheinwerfer streifte kahle schwarze Stämme. Links führte ein Forstweg in den Wald. Davor eine Schranke, an die er sich nicht erinnern konnte. Er stieg aus. Er merkte, daß er zitterte. Die Schranke war nicht verschlossen, er konnte sie mit Leichtigkeit hochklappen. Sein Zittern ließ nicht nach.

Auf dem Forstweg gelangte er nach ein paar hundert Metern direkt zum Bootssteg, der Zugang war mit einem Gatter gesichert, zwei Ruderboote lagen im Wasser. Er fuhr dicht an das Gatter heran, schaltete Motor und Scheinwerfer ab und stieg aus. Kein Licht weit und breit, kein Laut außer dem Rauschen des Windes in den Bäumen, der See schimmerte im schwachen Licht des zunehmenden Mondes. Er zog seine warmen Sachen wieder an, nahm Roberts Handy und Schlüsselbund aus der Hosentasche und warf beides weit hinaus ins Wasser.

Der Inhalt des Sacks war nicht steifer als vorhin in der Garage. Wieder mußte er seine ganze Kraft anwenden, um ihn aus dem Kofferraum zu bugsieren. Und wieder war er sofort schweißüberströmt, obwohl die Luft kalt war. Sein Hemd klebte wie ein kalter Umschlag an seinem Körper. Er stieß das Gatter auf, zog den Sack über den Steg und ließ ihn in das erste der beiden Boote fallen. Er lief zurück zum Wagen, holte Hanteln, Schnur, Taschenlampe, Spaten und Bolzenschneider, trennte die Kette durch, mit der das

Boot festgemacht war, stieg ein und stieß sich mit dem Spaten ab, bevor er zu rudern begann. Der Spaten war ein schlechter Ersatz, er mußte ständig die Seiten wechseln und brachte das Boot nur langsam und in schlingerndem Kurs voran.

Als er meinte, etwa fünfzig Meter vom Ufer entfernt zu sein, zog er den Spaten ein, band die beiden Fünf-Kilo-Hanteln um den Sack und verknotete die Schnur mit einem doppelten Palstek. Die Taschenlampe brauchte er nicht, seine Augen hatten sich an die Dunkelheit gewöhnt. Dann versuchte er, den Sack über Bord zu kippen. Er zerrte das Fußende über die Reling. Das Boot neigte sich zur Seite und drohte zu kentern. Er mußte sich mit seinem ganzen Gewicht über die andere Seite legen und mit den Füßen den Sack von sich wegschieben, über die Kante, Millimeter um Millimeter. Der Schweiß lief ihm in die Augen. Dann sperrte sich der Sack, irgend etwas klemmte, nichts ging vorwärts, so fest er auch trat. Er kämpfte mit verzweifelter Kraft, das Boot schwankte, jeden Moment konnte es umkippen. Der Sack bewegte sich nicht von der Stelle. Vor Erschöpfung aufschluchzend, spannte er in einer letzten großen Anstrengung seine Beinmuskeln an und trat mit aller Gewalt zu. Mit einem Ruck rutschte der Sack vorwärts. Eine Hantel klatschte ins Wasser und zog die zweite nach sich. Als auch das Kopfende über die Kante rutschte, machte das Boot nicht die leiseste Bewegung, es lag so schräge, daß Wasser hereinlief. Dann ein Plumpsen, Wasser spritzte auf, das Boot begann, wie verrückt zu schaukeln.

Er blieb wie ohnmächtig auf dem Boden des Kahns liegen. Seine Hose war naß bis zu den Oberschenkeln, sein

Gesicht fühlte sich an, als hätte man ihn stundenlang geohrfeigt. Seine Kehle tat weh. Er starrte hinauf in den schwarzen Himmel und fixierte einen Lichtpunkt. Er war unvorstellbar weit entfernt.

15

Im Radio wurde die erste Meldung der Sieben-Uhr-Nachrichten verlesen, als er in die Garage fuhr und den Motor abstellte.

Noch einmal untersuchte er den leeren Kofferraum, leuchtete mit der Taschenlampe jeden Zentimeter ab. Auf einem menschenleeren Parkplatz hinter Neumünster hatte er die Müllsäcke entsorgt, den Bolzenschneider hatte er vom Ufer aus Robert nachgeworfen. Er nahm die Sporttasche und die Bäckertüte vom Beifahrersitz, am Tibarg hatte er Brötchen gekauft, um eine plausible Erklärung zu haben, warum er zu dieser frühen Stunde unterwegs war. Es war schon oft vorgekommen, daß ihm Schüler oder deren Eltern zu den absurdesten Zeiten über den Weg gelaufen waren, heute hatte er keinen Bekannten getroffen. Alle lagen wohl noch in ihren Betten.

Als er die Diele betrat, überfiel ihn eine lähmende Müdigkeit. Columbus hatte auf dem roten Sessel geschlafen, er stellte sich auf und machte einen Buckel. Jon ließ die Sporttasche an der Garderobe fallen, legte das *Hamburger Abendblatt* auf den Mahagonitisch, schleppte sich in die Küche und gab Columbus Futter. Obwohl ihm fast die Augen zufielen, inspizierte er oben in seinem Arbeitszimmer noch einmal die Regale und die Stelle auf dem Fußboden, wo der Kopf gelegen haben mußte, die genaue Position konnte er nur noch vermuten. Die Dielen glänzten fleckenlos, kein Tropfen schien ins Holz eingedrungen zu sein. Gut, daß Charlotte erst vor einem Jahr sämtliche Böden hatte neu versiegeln lassen. Kriminalisten würden bei genauer Untersuchung dennoch Spuren finden, auch nach vielen Jahren konnten sie anhand mikroskopisch kleiner Haut- oder Blutreste mit Hilfe ihrer DNS-Analysen Opfer und Täter identifizieren. Aber in ein paar Wochen würde es hier ganz anders aussehen. Bevor er auszog, würde er das ganze Haus renovieren, alle Wände streichen, alle Dielenböden erneut abschleifen und versiegeln lassen.

Er ging in sein Schlafzimmer, zog sich bis auf T-Shirt und Shorts aus und legte die Kleider auf einen Haufen, um sie später wegzuwerfen. Als er die Vorhänge zuzog, sah er Tautropfen auf dem Rasen glitzern. Es würde ein sonniger Tag werden.

Er kroch ins Bett, wickelte sich in die Decke ein und schloß die Augen. Auch auf der Rückfahrt hatte er die Heizung bis zum Anschlag aufgedreht, aber immer noch spürte er die Kälte, die sich durch seine Knochen gefressen hatte, bis ins Mark.

Nach ein paar Minuten stand er auf und griff sich einen der ungelesenen Romane aus dem Regal im Flur. Wieder im Bett, schaute er auf den Titel, *Der menschliche Makel* von Philip Roth. Er versuchte zu lesen, aber er konnte sich weder auf den Text konzentrieren, noch wurde er schläfrig. Er versuchte es mit bewußter Entspannung, schließlich sogar mit Schäfchenzählen. Nichts half. Ungeordnet wirbelten Gedanken und Assoziationen durch seinen Kopf, Julie, das

Haus, der Vokabeltest, Robert, der Betrieb, Charlotte, das schwarze Wasser.

Um zehn kapitulierte er. Er duschte, zog sich an, kochte Kaffee und aß drei von den Brötchen. Er hatte sich gerade das Feuilleton im *Abendblatt* vorgenommen, als Verena Glissmann klingelte. Sie war auf dem Weg ins Tibarg-Center. »Ich wollte nur schnell fragen, ob ich dir was mitbringen soll.«

Seine Stimme spielte nicht mit, er mußte sich umständlich die Kehle freiräuspern.

»Erkältet?« fragte sie.

Er schüttelte den Kopf und sagte: »Nett von dir, aber ich bin versorgt.« Die nachbarschaftliche Höflichkeit fiel ihm so schwer wie noch nie.

»Wie geht's dir denn so mittlerweile? Kommst du klar, so ganz allein?«

»Muß ich ja.«

»Wenigstens hast du oft Gesellschaft. Deinen Freund seh ich ja jeden Tag. Echt eine treue Seele. Kommt er heute wieder?«

»Er hat zu tun. Bei mir ist auch viel liegengeblieben während der letzten Tage.« Er hätte ihr den Hals umdrehen mögen.

»Verstehe«, sagte sie. »Dann will ich auch gar nicht länger stören. Aber wenn du dich einsam fühlst? Heute abend kommen zwei Kumpels aus Mannis Band und meine Schwester und ihre Familie. Setz dich doch einfach bißchen dazu.«

Jon mußte sich beherrschen, um nicht das Gesicht zu verziehen. Verglichen mit Verenas Schwester war seine eigene ein Ausbund an Witz und Einfühlungsvermögen.

Am Schreibtisch korrigierte er den Vokabeltest. Er war gut ausgefallen, der Durchschnitt lag bei zwei Komma drei. Die Schüler hatten sich ausnahmsweise vorbereitet, vielleicht hatten sie ihm nach dem Tod seiner Frau eine Freude machen wollen.

Er überlegte, ob er noch einmal versuchen sollte zu schlafen, aber er war inzwischen hellwach, der starke Kaffee. Aber immer noch hungrig. Vielleicht war Julie zu Hause und hatte Zeit für ein gemeinsames Mittagessen im ›Mamma Leone‹.

Es klingelte fünfmal, bevor sich der Anrufbeantworter einschaltete: »Hier ist der Anschluß von Ben Milton. Bitte hinterlassen Sie Ihre Nachrichten nach dem Pfeifton. Please leave a message after the beep. Thank you.«

Jon wartete den Piepser ab und lauschte einen Moment auf das leise Knistern des Bands, bevor er auflegte. Die Stimme hatte entschieden geklungen, tief und männlich, mit der Andeutung eines Akzents. Was für ein Typ war das eigentlich, dieser Freund von Julie? Der ihr seine Wohnung überließ. Mit dem sie das ganze Wochenende verbrachte. Der sie nackt fotografiert hatte.

Er schaltete sein Notebook ein und klickte sich ins Internet. Nach Julies Erzählungen konnte dieser Milton nicht ganz unbekannt sein, außerdem war im Netz heutzutage jeder Idiot aufgeführt, sogar er selber stand darin, auf der Homepage des Busch. Er gab den Namen in die Suchmaschine ein. Siebenundzwanzig Einträge wurden angezeigt. Jon klickte sie der Reihe nach an, las Berichte über Ausstellungen, Rezensionen über einen Bildband mit Porträts von Schauspielern, eine Reportage über eine Preisverleihung.

Auf der Seite einer Kunsthochschule in London wurde Ben Milton als Dozent aufgeführt.

Dann stieß er auf eine Biographie mit einem Foto, das er lange betrachtete. Milton sah aus wie eine jüngere Ausgabe von Helmut Newton, mit zerzaustem dunklen Haar und Drei-Tage-Bart grinste er schräg in die Kamera. Ein attraktiver Mann. Und fünf Jahre jünger als er selbst. Unter dem Foto die Stationen seiner Karriere, Schulbesuch, Fotografenausbildung in Norwich, erste Ausstellung, Lehraufträge, unter anderem in Hamburg, Stipendien, Preise. Dann ein lakonischer Satz: »Ben Milton lebt mit seiner Frau Moira und den beiden Söhnen Jason und Christopher in London und auf der Isle of Man.«

Jons erster Gedanke war, daß er dem falschen Mann auf der Spur war, es mußte noch einen anderen Fotografen mit demselben Namen geben. Dieser Ben Milton konnte nicht Julies Freund sein, er war schwul, hatte sie gesagt, kein Wort von einer Frau und zwei Söhnen. Aber dann sah er weiter unten auf der Seite einige Fotos, darunter auch das Porträt einer Schauspielerin, das er in der Wohnung in der Schäferstraße gesehen hatte, mit Reißzwecken an der Wand im Flur befestigt, direkt gegenüber der Schlafzimmertür.

Jon loggte sich aus, schaltete das Notebook ab und stand vom Schreibtisch auf. Vom Fenster aus sah er hinunter in den Garten. Columbus streunte über den Rasen, sein Pelz leuchtete in der Sonne. Warum hatte Julie ihm nicht die Wahrheit gesagt? Um ihn in Sicherheit zu wiegen? Dafür konnte es bei genauer Überlegung nur einen Grund geben, nämlich daß sie ein Verhältnis mit diesem Fotografen gehabt hatte. Oder, er mußte sich zu diesem Gedanken zwingen, sogar noch hatte. Es war denkbar, daß sie in diesem Moment mit Ben Milton im Bett lag.

Mit seinen Gedanken in der Schäferstraße, sah Jon, wie der Kater stehenblieb und sich duckte. Einen Moment lang verharrte er reglos, dann schnellte er mit einer eleganten Bewegung nach vorne ins Staudenbeet und packte etwas. Jon sah dunkle Flügel zucken. Er öffnete das Fenster und lehnte sich hinaus. »Columbus! Aus!«

Mit seiner Beute im Maul schaute der Kater kurz in Jons Richtung und verschwand dann eilig zwischen den Obstbäumen. Jon knallte das Fenster zu und lief die Treppe hinunter, jede Sekunde zählte. Er sprintete durch die Küche, riß die Hintertür auf und lief in den Garten. Drüben leerte Verena ihren Komposteimer aus, Manni setzte sich seine bescheuerte Baseballmütze auf und ging zum Carport. Columbus spielte unter dem Apfelbaum mit dem Vogel, es war eine Amsel. Er hielt sie zwischen den Zähnen, ließ sie los, beobachtete mit angespannten Muskeln und zuckendem Schwanz ihr hilfloses Flattern, schlug ihr die Tatze über den Rücken.

»Hör auf!« schrie Jon und rannte auf ihn zu. Erschrocken hielt Columbus inne, sah wieder zu Jon herüber und drehte dann irritiert seinen Kopf in die andere Richtung, wo Manni seinen Jeep aufheulen ließ. Bevor er sich den Vogel wieder schnappen konnte, packte Jon ihn am Nacken und riß ihn hoch. Der Kater fauchte wütend und ruderte mit den Beinen. Die Amsel machte ein paar wacklige Hüpfer, schlug mit den Flügeln, flog hoch und verschwand hinter der Hecke.

»Keine Vögel, verdammt noch mal. Wie oft soll ich dir

das noch sagen.« Jon schüttelte den Kater und ließ ihn auf den Boden fallen. Columbus zischte Richtung Haus davon.

»Mann, Jon, jetzt sei doch nicht so streng mit ihm.« Verena schaute über die Hecke, sie hatte das Schauspiel garantiert mit größter Anteilnahme beobachtet. Wenn sie wenigstens nicht immer ihren Senf dazugeben würde. »Liegt ihm nun mal im Blut, das Jagen«, sagte sie.

Jon zählte innerlich bis fünf, bevor er antwortete. »Er weiß genau, was er darf und was nicht.«

»Ach du lieber Gott«, sagte sie. »Was versteht die Kreatur schon davon. Laß ihm doch das bißchen Spaß. Der vermißt Charlotte doch auch.«

Jon setzte zu einer schneidenden Antwort an, aber bevor er auch nur den Mund öffnen konnte, hörte er ein Geräusch, das ihn erstarren ließ. Das Quietschen von Autoreifen bei einer Vollbremsung.

Manni und Verena folgten ihm in die Küche, wo er das rote Fellbündel auf den Tisch legte.

»Ich kann echt nix dafür«, sagte Manni. »Der ist mir wie Sau vors Auto gerast, ich konnte nicht mal hupen.«

»Wozu gibt's eigentlich Bremsen, mein Gott«, zischelte Verena.

»Mann, ich war doch noch gar nicht schnell, höchstens zwanzig, dreißig.« Mannis Schuldbewußtsein klang deutlich durch.

»Schon gut«, sagte Jon. »So was kann passieren.« Er nahm die Hände von dem kleinen warmen Körper. Am Daumen seiner rechten Hand war Blut, es kam ihm heller vor als das von gestern. Auch sein Hemd war blutig geworden.

Es war nicht einfach, die Glissmanns loszuwerden. Immer wieder betonte Verena, wie schmerzlich der Verlust für Jon sein mußte, wobei sie auf ihre dämliche Art das Gegenteil behauptete. »Sei nicht zu traurig«, sagte sie, »war doch schon ziemlich alt, das Tier. Früher ist er permanent die Bäume rauf und runter gebrettert, weißt du noch, Manni? Macht er doch schon lange nicht mehr. Ehrlich gesagt, hab ich ihn in letzter Zeit auch bißchen zu fett gefunden, sein Bauch hat doch richtig auf dem Boden geschleift. Wer weiß, was ihm erspart geblieben ist.«

Jon hätte ihr den Mund stopfen mögen, womit auch immer. Aber er nickte nur und wartete ab, bis sie endlich die Tür hinter sich zugezogen hatten. Dann setzte er sich auf den Stuhl vor dem Küchentisch und nahm Columbus ein letztes Mal auf den Schoß. Er legte die Arme um den weichen Körper und senkte sein Gesicht in das Fell. Es roch nach Sonne. Nur ein Tier, sagte er sich, ein alter, zu fetter Kater, der sowieso bald das Ende seines Lebens erreicht hätte, dreizehn Jahre lang hatte er es gut gehabt. Und bestimmt hatte er in seinen letzten Minuten nicht leiden müssen, Mannis Jeep hatte ganze Arbeit geleistet.

Lange blieb er so sitzen. Als er irgendwann auf die Uhr sah, waren zwei Stunden vergangen. Er wußte nicht, wo sie geblieben waren.

Er wickelte den Kadaver in ein Bettuch und trug ihn in den Garten. Bei jedem Schritt schien das tote Tier in seinen Armen schwerer zu werden. Er holte den Spaten aus der Garage, der hölzerne Stiel und der Griff waren noch feucht. Unter dem Fliederbusch, wo Columbus an heißen Tagen gerne gelegen hatte, hob er eine Grube aus und legte das

Bündel behutsam hinein. Dann schaufelte er, so schnell er konnte, das Grab wieder zu.

Er ließ den Spaten draußen stehen, ging ins Haus, wusch sich die Hände und scheuerte den Küchentisch. Er zog das blutbefleckte Hemd aus. In der Schublade von Charlottes Kosmetikschrank fand er ein Röhrchen mit Schlaftabletten. Er schluckte drei davon, legte sich ins Bett und schlug den *Menschlichen Makel* auf, er würde lesen, bis ihm die Augen zufielen. Auf keinen Fall durfte er anfangen zu grübeln. Wenn er seinen Gedanken freien Lauf ließ, würde er nie zur Ruhe kommen.

Die Tabletten wirkten schnell. Er fühlte eine Leere im Kopf, die sich von hinten nach vorne ausbreitete wie eine Flüssigkeit. Die Buchstaben verschwammen vor seinen Augen. Über die Seiten des Buches legte sich ein zarter Schleier, fuchsrot und leuchtend, wie Columbus' Fell im Sonnenlicht.

16

Um acht wurde er vom Telefon geweckt. Er zählte mit, es läutete elfmal, bevor das Klingeln abbrach. Nur ein einziger Mensch fiel ihm ein, der es wagen würde, ihm an einem Sonntagmorgen mit derartiger Penetranz auf die Nerven zu gehen. Früher hatte ihn seine Schwiegermutter damit zur Weißglut gebracht, jahrelang hatte Trudi sonntags zwischen acht und neun Uhr angerufen. Wenn dann er oder Charlotte verschlafen den Hörer abnahmen, hatte sie mit ihrer klagenden Stimme gesagt: Hab ich euch etwa geweckt? Dann will ich nicht stören. Und hatte aufgelegt. Irgendwann war ihm der Kragen geplatzt, und er hatte sie aufgefordert, ihr Wochenende zu respektieren. Charlotte hatte sich nicht getraut. Trudi war beleidigt gewesen, hatte aber gehorcht.

Er dämmerte wieder weg. Er war fast eingeschlafen, als das Klingeln erneut einsetzte. Mit einem lauten Fluch stand er auf, ging ins Arbeitszimmer und warf einen Blick auf das Display. Er hatte recht gehabt. »Morgen, Jutta«, sagte er.

»Endlich«, sagte seine Schwester. »Ich versuche es seit gestern abend. Wo warst du?«

»Ich bin früh ins Bett gegangen. Bist du nie müde?« Er nahm das Telefon mit und kroch wieder unter die Decke, dabei hielt er den Hörer ein Stück von seinem Ohr weg.

Jutta schrie immer so, als traute sie der Kommunikationstechnik nicht. Wie immer redete sie ohne Punkt und Komma und absolut unstrukturiert. Sie war mit ihrem Hans-Jürgen gestern abend von einer Reise zurückgekommen, eine Woche Wien, die beiden Kinder hatte Hans-Jürgens Mutter so lange betreut, eine phantastische Stadt, und im Briefkasten hatte sie die Todesanzeige vorgefunden. Was denn um Gottes willen passiert sei.

Jon lieferte ihr eine Kürzestversion.

»Und wieso hast du nicht sofort angerufen? Hans-Jürgen hatte das Handy dabei, du hast doch die Nummer.«

»Ich wollte euch nicht den Urlaub verderben«, sagte Jon und hoffte, sie würde nicht nachfragen, woher er von ihrer Reise wußte.

»Ich bitte dich«, sagte sie. »Ich bin deine einzige Schwester. Ich wäre doch sofort gekommen.«

Eben, hätte er fast gesagt. Einen Moment lang schwiegen sie sich an.

»Ich weiß gar nicht, was ich sagen soll«, sagte sie schließlich. »Ich bin völlig am Boden.«

Jon sah hinauf an die Decke, über ihm hingen Spinnweben. Er mußte Emine daran erinnern, wieder einmal die Wände abzufegen. »Wieso eigentlich«, sagte er. »Du hast Charlotte doch nie gemocht, wenn du ehrlich bist.«

»Also das stimmt doch überhaupt nicht!« Die Empörung ließ ihre Stimme noch schriller werden. »Sie hat mich nicht leiden können. Weil ich einmal was gesagt habe, wegen ihres Alkoholkonsums. Ich wollte ihr helfen. Aber statt dessen…«

»Ich kenne die Geschichte«, sagte er. »Spielt jetzt doch

keine Rolle mehr.« Er wollte nicht an die unschöne Szene denken, die sich bei einem Besuch von Jutta vor drei oder vier Jahren abgespielt hatte, Charlotte außer sich, Jutta in Tränen. Sein Arm wurde kalt, er hatte über Nacht das Fenster offengelassen, bestimmt hatte es wieder gefroren.

»Soll ich kommen?« fragte sie. »Ich kann mich in zwei Stunden in den Zug setzen. Hans-Jürgens Mutter nimmt die Kinder bestimmt gern noch eine Woche.«

»Tu mir das bitte nicht an«, sagte er.

Sie lachte nervös auf. »Du wirst dich wohl nie ändern, Jon. Aber wenigstens hast du Robert, er ist bestimmt phantastisch in so einer Situation.«

»Stimmt.« Die Unterhaltung strengte ihn an, außerdem befürchtete er, die Vokabel »phantastisch« noch einmal hören zu müssen. »Ich muß Schluß machen. Ich bin auf dem Sprung.«

»Wohin willst du?«

»In die Kirche.« Etwas anderes fiel ihm so schnell nicht ein.

»So früh?«

»Vorher noch auf den Friedhof.«

»Oh«, sagte sie. »Natürlich. Sag nur noch schnell, wie es Columbus geht. Leidet er sehr?« Jutta hatte den Kater immer besonders gern gehabt, sie selbst konnte wegen ihrer Allergie keine Tiere halten.

»Es geht ihm gut.« Vielleicht würde er ihr irgendwann einmal von seinem Tod erzählen, im Moment fühlte er sich den Tränen, die unweigerlich fließen würden, nicht gewachsen. Mit weinenden Frauen hatte er noch nie gut umgehen können.

Er schlief weiter bis halb zwölf. Dann duschte er, zog sich an, frankierte endlich die von Robert geschriebenen Briefe, fuhr zum Niendorfer Markt und warf sie ein. In der Bäckerei, die auch sonntags geöffnet hatte, holte er frisches Brot und die Wochenendausgabe der *FAZ*.

In der Küche deckte er den Tisch, Schinken, Käse, ein weiches Ei, Orangensaft. Mit Charlotte hatte er nie gefrühstückt, auch am Wochenende nicht, es war ihnen zuviel Aufwand gewesen. Sie hatte ihren Tee getrunken, er seinen Kaffee, das war's. Während die Espressomaschine aufheizte, ging er ins Wohnzimmer, legte die Oscar-Peterson-CD ein und stellte sie laut. Dann saß er am Tisch über der Zeitung, aß und trank und sang mit. *There is no greater love.* Charlotte hatte diese Musik nie gemocht, jetzt würde er sie damit nicht mehr stören. Er konnte sämtliche Türen offen und alle Lampen brennen lassen. Er konnte seine Füße auf den Stuhl legen und die Zeitung zerfleddern. Es gab niemanden mehr, der ihn kritisierte, mach doch leiser, muß das sein, kannst du nicht ein bißchen Rücksicht nehmen, sag was, hör mir zu, laß das sein. Nach vierundzwanzig Ehejahren endlich Erlösung.

Als er später die Küche aufräumte, warf er die fast volle Packung Trockenfutter und ein halbes Dutzend Dosen weg, auch die Näpfe tat er in den Müll. Nie wieder würde er ein Haustier haben. Erstaunt stellte er fest, daß er nichts vermißte, weder das Tappen der Pfoten noch das Miauen. Sein Kummer über Columbus' Tod hatte sich über Nacht in ein unerhebliches Bedauern verwandelt. Auch das würde er in ein paar Tagen vergessen haben.

Auf Charlottes Sekretär lag noch die gesammelte Kondolenzpost. Er nahm die Karte aus dem obersten Umschlag und überflog sie. Einer von Charlottes Angestellten schrieb von seiner Erschütterung über den grausamen Verlust, den Jon erlitten hatte. Er würde Charlotte in ehrender Erinnerung behalten und wünschte Jon viel Kraft. Ähnliche Platitüden standen vermutlich auf jeder Karte, in jedem Brief. Ohne langes Nachdenken nahm er den ganzen Stapel und warf ihn in die Papiertonne. Er würde seine Zeit nicht damit verschwenden, sich durch diese Ergüsse zu arbeiten oder gar zu antworten, auch wenn das von ihm erwartet wurde. Er hatte niemanden um Beileidsschreiben gebeten.

Er setzte sich in den Wintergarten und erledigte das gesamte Pensum für die kommende Woche, einschließlich der Vorbereitung der Klassenarbeit in der 10 a am nächsten Freitag. Danach listete er auf, was in den nächsten Tagen zu erledigen war. Friseur. Zahnarzt, das halbe Jahr war mal wieder um. Er mußte einen Makler kontaktieren wegen der Vermietung des Hauses. Vielleicht konnte er bei der Gelegenheit in Erfahrung bringen, was ihm der Verkauf in etwa einbringen würde, in ein paar Monaten, wenn er den Erbschein hatte. Und um den Betrieb mußte er sich Gedanken machen, Köhns Angebot. Als letzten Punkt setzte er Charlottes Auto auf die Liste. Der Wagen wurde nicht besser, wenn er in der Garage herumstand. Schon mehrmals hatte er daran gedacht, ihn Julie anzubieten, er war so gut wie neu und ihr Golf praktisch schrottreif. Aber sie könnte diese Geste leicht mißverstehen. »Bist du übergeschnappt«, hörte er sie sagen, »ich nehm doch nichts von deiner Frau.« Auf keinen Fall wollte er ihren Stolz verletzen; durch ein so kostspieliges Geschenk könnte sie sich ihm verpflichtet fühlen. Er kannte ihr Bedürfnis nach Unabhängigkeit, sie war kein Mensch, der leicht etwas annahm; in dieser Beziehung waren sie sich ähnlich. Er verschob das Thema auf einen späteren Zeitpunkt.

Obwohl er den ganzen Nachmittag über das Verlangen hatte, sie anzurufen, hielt er sich zurück. Sie hatte ihm deutlich zu verstehen gegeben, daß sie das Wochenende über beschäftigt war, er durfte sie nicht bedrängen. Sie würde auch nicht ungestört reden können, solange ihr Freund in der Nähe war, dieser ominöse Ben Milton.

Bis kurz nach sieben hielt er durch, dann wählte er ihre Nummer. Er hatte damit gerechnet, wieder nur den Anrufbeantworter zu erreichen, aber sie meldete sich nach dem dritten Läuten.

»Ich bin's«, sagte er.

»Jon.« Sie atmete schnell. »Hallo.«

»Stör ich dich? Du klingst abgehetzt.«

»Ich komm gerade zur Tür rein, ich hab Ben zum Flughafen gebracht.«

»Habt ihr ein schönes Wochenende gehabt?«

»Ja. Nur furchtbar müde bin ich, wir sind erst um drei ins Bett gekommen.«

»Wo hat er eigentlich geschlafen?« Die Frage rutschte ihm heraus, er hatte es geschickter anfangen wollen.

»Na, hier. Ist doch seine Wohnung.« Er hörte ein Poltern, wahrscheinlich kickte sie ihre Stiefel in die Gegend.

»Aber du hast nur ein Bett.«

»Na und? Ich hab dir doch gesagt, Ben ist schwul.«

»Er ist verheiratet. Und hat zwei Kinder.«

»Woher weißt du das?« In ihrer Stimme war ein metallischer Unterton.

»Aus dem Internet. Ich hab ein bißchen rumgesurft, und da bin ich zufällig...«

Sie fiel ihm ins Wort. »Kontrollierst du mich, oder was? Glaubst du mir nicht?« Ihre Wut war nicht zu überhören.

»Hör mal, Julie...«

Wieder unterbrach sie ihn. »Nein, du hörst mir zu. Wenn ich eins hasse, dann ist es Eifersucht. Falls du also vorhast, den Othello zu spielen, kannst du es vergessen. Daß ich dich mag, heißt noch lange nicht, daß du mir nachspionieren kannst.«

»Entschuldige mal, das hab ich nicht eine Sekunde lang gewollt«, sagte er. »Ich hab mich für die Fotos deines Freundes interessiert, weil sie mir gefallen. Dabei bin ich auf seine Biographie gestoßen und hab mich nur gewundert, daß er eine Familie hat.«

»Seit wann bist du so naiv.« Jetzt klang sie wieder wie immer. »Denk mal an Thomas Mann. Wie viele Kinder hatte der? Fünf, oder?«

»Sechs.«

»Also. Und jeder weiß, daß er schwul war.«

»Richtig.« Jon verkniff sich die Bemerkung, daß Thomas Mann seine Neigung allerdings nicht ausgelebt hatte, wie es immer so schön hieß. Dies war nicht der Moment für Spitzfindigkeiten. »Tut mir leid, daß ich gefragt habe«, sagte er. »Selbstverständlich vertraue ich dir. In allem.«

»Okay«, sagte sie. »Ich hab da einfach schlechte Erfahrungen gemacht.«

»Mit eifersüchtigen Männern?«

»Ja. Aber ich mag nicht darüber reden, vielleicht verstehst du das.«

»Natürlich«, sagte er. Plötzlich wollte er dieses Gespräch so schnell wie möglich beenden. Nach dem verunglückten Anfang würden sie nicht zu ihrer üblichen Unbefangenheit zurückfinden können. »Wir sehen uns dann morgen.«

»Gut«, sagte sie. »Bis dann. Gute Nacht, Jon.«

»Schlaf gut.« Er legte auf, bevor sie es tun konnte.

Während er später vor der Tagesschau saß, überlegte er, warum er nicht selber auf die Erklärung gekommen war, die sie ihm für Ben Milton und dessen Privatleben gegeben hatte. Natürlich gab es jede Menge Homosexuelle, die eine Familie hatten. Die einen aus Gründen der Tarnung, die anderen, weil sie ihre sexuelle Orientierung spät entdeckten. Und in Künstlerkreisen war es schon gar nichts Besonderes. Wieso hatte er diese Möglichkeit nicht in Betracht gezogen, wieso witterte er überall Verrat.

Schuld daran waren natürlich Robert und Charlotte, ihr Betrug hatte ihn verunsichert. Aber er durfte das nicht zulassen, er mußte aufpassen. Wenn er Julie mit Charlotte in einen Topf warf, vergiftete er die Vergangenheit, die Gegenwart und die Zukunft, und Charlotte würde triumphieren, über ihren Tod hinaus. Julie hatte vollkommen recht gehabt, als sie sich seine indiskreten Fragen verbeten hatte. Er würde sich morgen bei ihr entschuldigen.

17

Sie hatte einen rotbestiefelten Fuß auf den Kotflügel ihres Golfs gestellt und band den Schnürsenkel zu, als er eine Viertelstunde vor Schulbeginn auf den Parkplatz fuhr. Sie winkte und strahlte, als sie ihn sah. All seine Ängste lösten sich auf. Sie kam herüber zu seinem Wagen, die Hände in den Taschen ihrer Lederjacke vergraben, die viel zu dünn war für das Wetter. Im Bansgraben und in den wenig befahrenen Nachbarstraßen war die Fahrbahn überfroren gewesen, es wehte ein scharfer Ostwind. »Ich hab auf dich gewartet«, sagte sie. Ihr Gesicht war von der Kälte gerötet, der Wind wehte ihr die Locken ins Gesicht.

»Daran könnte ich mich gewöhnen.« Er nahm seine Mappe vom Rücksitz und warf die Tür zu. »Und? Gut geschlafen?«

»Wie ein totes Schwein im Sack. Aber vorher hab ich nachgedacht. Ich möchte mich entschuldigen, Jon.«

»Genau dasselbe wollte ich auch«, sagte er und verscheuchte die Gedanken an Schwein und Sack und Uklei-See. »Ich war ein Idiot.«

»Quatsch, ich war ein Idiot. Ich hab falsch reagiert. Wenn ich besonders müde bin, kann das leider mal passieren.«

»Na gut«, sagte er. »Wir entschuldigen uns beide, und dann vergessen wir's. In Ordnung?«

Langsam gingen sie nebeneinander zum Schulgebäude. Jon wünschte sich, es gäbe eine Bombendrohung oder etwas Ähnliches, und der Unterricht würde ausfallen.

»Hast du heute abend Zeit für mich?« fragte sie.

Schlagartig breitete sich in ihm das Spezialgefühl aus, bis in die Kniekehlen. »Wollen wir wieder ins ›Mamma Leone‹?«

»Eigentlich würde ich lieber mal mit dir allein sein«, sagte sie. »Ohne Publikum, mein ich.«

»Dann bei dir?«

Sie verzog ihren Mund. »Da sieht es grauenvoll aus, Ben hat jede Menge Zeug dagelassen. Und ich komm bestimmt nicht mehr zum Aufräumen.«

»Stört mich nicht.«

»Aber mich.« Sie nickte dem englischen Meier zu, der sie mit schnellen kleinen Schritten und durchgedrücktem Rükken überholte, einen Stapel Hefte unterm Arm.

Jon wartete, bis der Kollege außer Hörweite war. »Du kannst natürlich auch zu mir kommen.«

Sie warf ihm einen ihrer undeutbaren Blicke zu.

»Nur ein Vorschlag«, sagte er. »Wenn es dir unangenehm ist, versteh ich das.«

Sie zog die Schultern hoch und ließ sie wieder fallen. »Okay.« Es klang nicht begeistert.

»Du mußt nicht, Julie.«

»Weiß ich. Aber ich würde wirklich ganz gerne mal sehen, wie du lebst.«

»Na wunderbar. Und wann? Halb acht?«

»Perfekt.« Sie lächelte ihm zu, blieb stehen und wartete auf Kerstin Schmidt-Weidenfeld.

Die Vorfreude auf den Abend trug Jon durch die ersten drei Stunden. Seine gute Laune wirkte ansteckend, die 7 c war so kooperativ wie noch nie. Er erließ ihnen dafür ausnahmsweise die Hausaufgaben für morgen. *Do, ut des.* Auch in der Schule erhielten kleine Geschenke die Freundschaft.

In der vierten hatte er Deutsch in der 9 b. Sie hatten eine neue Lektüre begonnen, Zweigs *Schachnovelle.* Bis heute sollten die Schüler die ersten elf Seiten gelesen haben. Jon rief Kaspar Mehdorn auf. Er hatte in der Pause beobachtet, wie dieser Dödel in dem schmalen Buch geblättert und die Seiten überflogen hatte. Jon bat um eine knappe Zusammenfassung des bisher Gelesenen.

Wie neunzig Prozent aller Schüler begann auch Kaspar seine Antwort mit dem meistbenutzten Füllwort der deutschen Sprache. »Also. Die Geschichte spielt auf einem Schiff, auf der Fahrt zwischen New York und Buenos Aires.« Er verstummte und rutschte unbehaglich auf seinem Stuhl herum. Er war mit seiner Pausenlektüre natürlich nicht über die ersten Sätze hinausgekommen.

»Weiter.«

Kaspar verdrehte hilfesuchend die Augen in Richtung seines Banknachbarn, der das Buch unter der Bank aufgeschlagen auf den Knien hielt und hinunterschielte.

»Ich geb dir mal einen kleinen Tip«, sagte Jon freundlich. »Das Buch heißt *Schachnovelle.*«

Die beiden Mädchen am vordersten Tisch stießen sich an. Kaspar hob erleichtert seinen Kopf. »Also auf dem Schiff ist ein Typ, der ist Weltmeister«, sagte er. »Schachweltmeister. Aber in Wirklichkeit ist er total bescheuert. Kann nicht mal richtig schreiben und so. Voll beschränkt.«

Das letzte Wort wurde von einem Poltern begleitet, das aus dem Nebenraum kam. Jon tippte auf einen umgestürzten Stuhl in der 9 a. Dem Poltern folgte ein gedämpfter Schrei.

»Wir lassen uns nicht stören«, sagte er. »Mach weiter, Kaspar.«

»Mehr steht da, glaub ich, nicht«, murmelte Kaspar.

»Eigenartig«, sagte Jon. »Haben wir beide das gleiche Buch? Kann jemand weiterhelfen?«

In diesem Moment setzte drüben ein Gebrüll ein. Kowalski, eindeutig. Nur er war imstande, seine Stimme in diese Diskanthöhen zu schrauben. Die Klasse wurde unruhig. »Krawallski macht Randale«, feixte Max Lohner.

Jon wies eins der Mädchen an, das gekippte Fenster zu schließen, aber das Gebrüll war auch danach noch zu hören. So ging das nicht. »Augenblick«, sagte er, »ich bin gleich wieder da. Überlegt euch in der Zwischenzeit bitte eine vernünftige Inhaltsangabe.«

Er verließ das Klassenzimmer und schloß die Tür hinter sich. Vor der Tür der 9 a stand Schröder, hinter der Tür schrie Kowalski: »Raus! Auf der Stelle!«

»Man müßte mal ein Tonband mitlaufen lassen«, sagte Schröder. »Doch echt langsam untragbar, der Mann.« Er wollte anklopfen, im gleichen Moment flog die Tür auf. Mit hochrotem Gesicht stieß Kowalski einen Schüler vor sich her in den Flur. »Ich sorge dafür, daß du hier rausfliegst!« schrie er, packte den Jungen an der Kapuze seines Sweatshirts und schüttelte ihn hin und her.

»Harald. Hör auf!« sagte Jon.

Kowalskis Hände waren in der Kapuze verkrallt, aber

sein Schütteln wurde schwächer. Jon erkannte in dem Schüler Mirko von Eickberg, einen der notorischen Störenfriede der 9 a. Mit ein paar Schritten war er bei Kowalski. »Drehst du jetzt durch?« sagte er. »Laß ihn los!«

Kowalski ließ die Hände fallen und taumelte zurück an die Wand. Mit einer wütenden Bewegung zerrte Mirko seinen hochgerutschten Pullover runter. »Er hat mich angefaßt«, keifte er. »Ich zeig Sie an, meine Mutter ist Anwältin, die macht Sie zur Sau.«

»Spiel dich nicht so auf«, sagte Jon scharf. »Geh zurück in die Klasse. Und Tür zu.«

Mirko öffnete den Mund, um etwas zu sagen, dann drehte er sich auf dem Absatz um, verschwand im Klassenzimmer und donnerte die Tür hinter sich zu.

Jon wandte sich wieder an Kowalski. »Verdammt noch mal«, sagte er, »was ist denn in dich gefahren!«

Kowalski stierte ihn an. Dann glitt sein Blick an Jon vorbei und seine Beine knickten ein. Langsam rutschte er an der Wand hinunter, seine Hose schabte über den Putz. Auf dem Fußboden sackte er zusammen, sein Kopf fiel zur Seite, die Augen klappten zu.

Schröder rannte ins Sekretariat, um einen Notarzt zu rufen. Jon kniete sich neben Kowalski und rief leise seinen Namen. Er wußte nicht, was er tun sollte. Er wollte ihn auf keinen Fall anfassen, die nikotingelben Wurstfinger, die Pickel am Hals, der schlaffe Bauch, der ganze Kerl war ihm zuwider. Er war froh, als Schröder mit von Sell zurückkam und er wieder in seine Klasse gehen konnte. Er hatte ein für allemal genug von Unglücksfällen.

Nach der sechsten Stunde traf sich das Kollegium zu einer Besprechung im Lehrerzimmer. Zu Jons Überraschung setzte sich Julie wie selbstverständlich zwischen ihn und den weiblichen Zwilling. Bio-Meier, der den Krankentransport ins Klinikum Nord begleitet hatte, referierte in extenso über Kowalskis Gesundheitszustand, er war sichtlich in seinem Element. Kowalski hatte, laienhaft ausgedrückt, wie Bio-Meier sagte, einen Herzinfarkt erlitten, der vergleichsweise glimpflich verlaufen war. Zumindest war der Kollege außer Lebensgefahr.

Das Frettchen lauschte den Ausführungen mit schräggelegtem Kopf, seine Stirn war sorgenvoll gerunzelt, die Patschhände hatte er gefaltet, als hätte Kowalski bereits das Zeitliche gesegnet. »Immer diese 9 a«, sagte er trübe. »Nichts als Ärger mit den Kadetten.« Während der sechsten Stunde hatte er die Klasse eingehend nach dem Grund für Kowalskis Ausraster befragt. Der Streit war um ein Handy gegangen, mit dem Mirko während des Unterrichts telefoniert hatte. Kowalski hatte es ihm abnehmen wollen und war dabei wohl etwas rüde vorgegangen. Mirkos Mutter hatte sich bereits telefonisch gemeldet und juristische Schritte angedroht. »Leider gibt es vierundzwanzig Zeugen für diesen tätlichen Angriff«, sagte das Frettchen, »außerordentlich peinlich für unser Busch, dieses Vorkommnis. Ich hoffe nur, daß wir uns elegant aus der Schlinge ziehen können. Mit Frau von Eickberg ist nicht zu spaßen.«

Der englische Meier erkundigte sich, wie von Sell mit Mirko verfahren wolle, der Kowalski doch garantiert auf flegelhafteste Art und Weise provoziert habe. Bei allen Vorfällen in der 9 a sei Mirko einer der Anführer, präpotent und faul, »die Kombination lieben wir«. Er plädierte dafür, dem Jungen einen verschärften Verweis zu erteilen, verdient hätte der Nichtsnutz es seit langem.

»Dagegen muß ich doch entschieden protestieren«, rief Wilde und fummelte aufgeregt an seinem Bart herum. »Hier ohne Not ein Exempel zu statuieren. Die Disziplin in einer Klasse ist nach meiner Ansicht immer noch Sache des Lehrers. Ich persönlich habe mit der 9 a keinerlei Probleme.«

»Wer's glaubt«, murmelte die Schmidt-Weidenfeld.

Jon hielt sich aus der aufbrandenden Diskussion heraus. Wenn sie in einer halben Stunde fertig waren, konnte er nach dem Friseur noch für den Abend mit Julie einkaufen und schaffte vielleicht sogar seine Runde durchs Gehege. Ihm fehlten die regelmäßigen Tennis- und Squashspiele mit Robert, er mußte sich dringend einen neuen Partner suchen. Er könnte Schröder fragen, vielleicht war er ein halbwegs passabler Gegner.

Nach einem verbalen Schlagabtausch zwischen Wilde und dem englischen Meier wurden Kowalskis Unterrichtsstunden auf das Kollegium verteilt. Auf einen Aushilfslehrer war nicht zu hoffen, ein Teil der Stunden mußte ersatzlos ausfallen. Kowalskis Erdkundeunterricht in der 9 a wurde einer der Referendarinnen zugeteilt, einer langhaarigen Person mit auffallend kurzen und dicken Beinen, der die Panik ins Gesicht geschrieben stand.

»Dann wäre da noch etwas.« Das Frettchen sah nicht von seinem Block hoch, auf dem er sich in seiner winzigen Krakelschrift Notizen machte, also würde etwas Unangenehmes auf sie zukommen. »Die Klassenreise, für die der Kollege Kowalski eingeteilt war, mit der 10 a und der 10 b. Die, Moment, in der Woche vor Pfingsten stattfinden soll.«

Einen Augenblick war es still. Dann schwappte eine Welle der Unruhe durch das Kollegium, Gemurmel setzte ein. Klassenreisen waren allgemein unbeliebt, besonders mit der Mittelstufe. Es gab kaum einen, der sich freiwillig zur Verfügung stellte, abgesehen von Bio-Meier und natürlich Wilde, der übereifrig jede Gelegenheit zu »sozialem Miteinander« nutzte. »Der nackte Horror«, hatte Schröder gestöhnt, als er im vergangenen Jahr übernächtigt aus Prag zurückgekehrt war. Jeden Abend hatten sich die Schüler mit dem spottbilligen Bier vollaufen lassen, einer war schon am zweiten Tag mit einer Alkoholvergiftung im Krankenhaus gelandet, und auf der Rückfahrt hatten sie stundenlang bei brütender Hitze an der Grenze ausharren müssen, weil sich mehrere Pässe nicht finden ließen.

Das Frettchen schlug einen munteren Ton an. »Es fahren die Kollegen Schröder, Schwertfeger und Conzelmann. Wer möchte sich anschließen? Freiwillige vor.«

Im Prinzip war Jon aus dem Schneider. Seit acht Jahren fuhr er nach den mündlichen Abiturprüfungen Ende Juni mit seinem Latein-Leistungskurs und der Geschonnek nach Rom. Eva und er waren ein eingespieltes Team, sie hatten ihr bewährtes Besichtigungsprogramm, von dem die Geschonnek den Löwenanteil übernahm. Die Führungen über Forum Romanum und Kapitol waren ihre Leidenschaft und bei den Ehemaligen legendär.

»Ich kann nicht, leider.« Wilde natürlich. »Ich bin mit den anderen Zehnten an der Ostsee, in derselben Woche.«

»Ebenfalls«, sagte Bio-Meier, »ich wäre sonst wirklich

gerne eingesprungen.« Er reiste für sein Leben gern und organisierte seit Urzeiten den Schüleraustausch mit England und Frankreich.

Danach herrschte gequältes Schweigen. Der englische Meier musterte das Ende seiner Krawatte. Koch rieb sich das Ohr. Die langhaarige Erdkundereferendarin mit den Beinen blätterte in ihrem Lehrerkalender. Jon zwang sich, noch eine halbe Minute zu warten.

»Die Fahrt geht ins Weserbergland«, lockte das Frettchen, »in eine sehr schöne Jugendherberge in Hameln.«

Jon räusperte sich, streckte den Rücken und verzog das Gesicht zu einem hoffentlich gepeinigten Ausdruck. »Falls sich wirklich kein anderer findet«, sagte er, »dann würde ich notfalls ...«

»Herr Ewermann, wie schön.« Das Frettchen präsentierte erleichtert seine zu weißen und zu großen Zähne. »Das paßt ja wunderbar, da Sie doch in beiden Klassen unterrichten. Dann darf ich das festhalten?«

Jon nickte mit gottergebener Miene. Fünf Tage, die er ununterbrochen mit Julie verbringen konnte, ganz offiziell, mit Dank und Segen von höchster Stelle. Und vorher waren ausführliche Besprechungen der teilnehmenden Kollegen nötig, schließlich wollte so eine Reise sorgfältig geplant werden.

Zum ersten Mal in seinem Leben dachte er mit Zuneigung an Kowalski. Er nahm sich vor, ihn so bald wie möglich in der Klinik zu besuchen.

18

Sie kam fünf Minuten zu früh. Vom Wintergarten aus beobachtete Jon, wie sie direkt vor der Gartenpforte hielt und aus ihrem Golf stieg. Sie blieb neben dem Auto stehen und ließ ihren Blick über die Fassade schweifen, als wollte sie sich jede Einzelheit einprägen. Ihrem Gesichtsausdruck konnte er nicht entnehmen, ob ihr gefiel, was sie sah.

In der Diele nahm er ihr die Lederjacke ab. Sie blieb neben ihm stehen und sah sich um. Mit vorgeschobener Unterlippe betrachtete sie Charlottes Gummistiefel, die auf einer Matte neben der Garderobe standen. Jon nahm sich vor, die Stiefel so bald wie möglich wegzuwerfen, überhaupt mußte er langsam damit anfangen, Charlottes Sachen zu entfernen. Er hätte daran denken sollen, bevor Julie kam.

Auf die Treppe warf sie nur einen kurzen Blick. Er wußte, woran sie dachte. Er wollte sie gleich in den Wintergarten führen, aber sie blieb im Wohnzimmer zurück und sah sich das silbergerahmte Hochzeitsfoto auf dem Sekretär an. Er hätte sich ohrfeigen können, daß er es nicht weggenommen hatte. Aber er hatte seit Jahren keinen Blick mehr darauf geworfen und war sich nicht bewußt gewesen, daß es überhaupt noch dort stand. Auf dem Bild posierte er mit Charlotte vor dem Standesamt, sie lächelnd an ihn gelehnt. Sie trug ein helles Jackenkleid, er seinen einzigen guten Anzug mit breitem Revers, die Haare fielen ihm auf den Kragen. Das Foto hatte oft für Heiterkeit in ihrem Bekanntenkreis gesorgt, Julie aber schaute es schweigend an, zwischen ihren Augen stand eine kleine Falte. Es war ein Fehler gewesen, sie in dieses Haus einzuladen, wo Charlotte noch überall spürbar war.

Jon hatte den Tisch im Wintergarten gedeckt. Ursprünglich hatte er etwas ausgefallenes Italienisches kochen wollen. Aber als er nach dem Friseur in den Feinkostladen am Klosterstern gegangen war, hatte er das Geschäftssignet auf den Plastiktüten wiedererkannt, und ihm war klargeworden, daß Robert dort eingekauft haben mußte, für den letzten Abend zu dritt. Er hatte den Laden wieder verlassen und ein paar Straßen weiter bei einem Türken kalte Vorspeisen geholt, Käse, Obst und Wein.

Julie setzte sich aufrecht in einen der Korbsessel, sie lehnte sich nicht zurück. »Schöne Musik«, sagte sie, als er eine CD mit Fado auflegte, die ihm für diesen Abend passend vorgekommen war. Jetzt fand er, daß die Musik zu schmerzlich klang. Er hatte Julie noch nie so still erlebt, so zurückgenommen.

»Sollen wir doch lieber ins ›Mamma Leone‹?« sagte er. »Oder woandershin? Du fühlst dich nicht wohl, das merke ich doch.«

Sie drehte ihr Glas, sie trug wieder die Uhr mit dem roten Armband. »Es ist nur ein bißchen fremd alles. Irgendwie paßt diese Umgebung nicht zu dir.«

Aus Protest gegen das Haus hatte er sich um die Einrichtung nie gekümmert. Am Anfang ihrer Ehe, in der kleinen Mietwohnung in Altona, hatten Charlotte und er die Möbel, die Bilder und Gardinen gemeinsam ausgesucht, hier im Bansgraben hatte er alles Charlotte überlassen. Mehr und mehr hatte er sich in sein Arbeitszimmer zurückgezogen, den einzigen Raum, in dem er sich wirklich wohl fühlte und über dessen Einrichtung er sich Gedanken gemacht hatte. »Ich hätte mir dieses Haus auch nie ausgesucht«, sagte er. »Die Eltern meiner Frau haben es uns geschenkt. Ich werde es verkaufen.« Er schob den Brotkorb und die Platte mit den Vorspeisen zu ihr hinüber.

»Sieht gut aus«, sagte sie und nahm sich von den gefüllten Weinblättern. Sie lächelte, sie taute auf. »Und dann?«

»Dann werde ich etwas anderes finden«, sagte er. »Was besser zu mir paßt. Ich hab dich ja schon gefragt, ob du mit mir zusammen suchen willst.« Er freute sich über die Lust, mit der sie sich über das Essen hermachte.

Sie konnte nicht gleich antworten, sie mußte erst kauen und runterschlucken, die Serviette benutzen und einen Schluck Wein nehmen. Dann sagte sie: »Hast du eigentlich so was wie einen Lebenstraum? So ein goldenes Ziel? Männer wollen doch immer irgendwas erreichen.«

Er lachte. »Frauen nicht?«

»Anders«, sagte sie. »Tunnelblick und Panoramablick. Doch ein alter Hut.«

Er mußte an Charlotte denken. Hatte sie einen Panoramablick gehabt? Das Ganze gesehen, nach allen Seiten hin offen und aufmerksam? Wenn, dann nur vor ihrer Sauferei, der Alkohol hatte alles reduziert, auch ihren Blick. So, wie sie zum Schluß draufgewesen war, hätte sie nicht mal mehr den Eingang zu einem Tunnel gefunden.

Und er selbst? Natürlich hatte er ein goldenes Ziel, wie

Julie es nannte. Er wollte mit ihr zusammensein, für immer, egal wie und wo. Sie wußte es genau, warum fragte sie. Daß er ihr jetzt wieder eine Liebeserklärung machte, wollte sie bestimmt nicht.

Sie pickte einen Pilz von der Platte. »Warum sagst du nichts?«

»Lebenstraum«, sagte er gedehnt. »So was Ähnliches vielleicht, früher mal, kurz vor dem Abitur. Wir hatten die Idee, ein Jahr lang um die Welt zu segeln.«

»Kanntest du deine Frau damals schon?«

»Nein. Mein Freund und ich.« Zu spät merkte er, daß er selbst das Gespräch in eine falsche Richtung trieb. »Es ist natürlich nichts daraus geworden«, sagte er eilig. »Schmeckt es dir?«

Sie belud ihren Teller mit eingelegtem Schafskäse und Oliven und nickte. »Dieser Robert Dingsbums? Der uns neulich im ›Mamma Leone‹ gesehen hat?«

»Ja. Findest du, daß ich einen Tunnelblick habe?«

»Klar«, sagte sie, »du bist total zielbewußt. Weiß dein Freund, daß ich hier bin?«

»Nein. Ich habe seit Tagen nichts von ihm gehört. Ziemlich eigenartig.« Wenn seine Ablenkmanöver nicht funktionierten, war es am besten, den Stier bei den Hörnern zu packen.

»Habt ihr so engen Kontakt?«

»In letzter Zeit war er fast jeden Tag hier. Oder hat zumindest angerufen. Aber seit Samstag kann ich ihn nicht erreichen.«

»Das sind doch erst drei Tage. Und da machst du dir schon Sorgen? Er war doch Freitag abend noch bei dir.«

»Stimmt.«

»Hast du ihm eigentlich was gesagt? Ich meine, von uns? Du wolltest diskret sein.«

»Er hat uns im ›Mamma Leone‹ nicht gesehen«, sagte Jon und probierte eine Olive. »Ich hab ganz vorsichtig auf den Busch geklopft, aber nichts.« Die Olive war eine Spur zu salzig.

»Vielleicht ist er verreist.«

»Macht er eigentlich nie, ohne Bescheid zu geben. Ich hab schon überlegt, ob ich mal bei der Polizei nachfrage. Ob er einen Unfall hatte oder so was.«

»Bißchen übertrieben, oder? Aber wenn's dich beruhigt? Mach's doch gleich.«

Er holte das Telefonbuch an den Tisch, suchte die Nummer des Polizeipräsidiums heraus und wurde mit der Einsatzzentrale verbunden. Nach einigem Warten erhielt er die Auskunft, daß bezüglich eines Robert Bohn nichts vorlag, kein Verkehrsunfall, keine Gewalttat, kein Suizid.

»Na siehst du«, sagte Julie, als er aufgelegt hatte. »Der sitzt irgendwo rum und freut sich seines Lebens. Vielleicht will er nur mal bißchen allein sein.«

»Anzunehmen«, sagte Jon. »Wahrscheinlich albern, meine Sorgen.«

»Wo hängt eigentlich dein Rauschenberg?« fragte sie, als sie nach Obst und Käse eine Zigarette rauchte. Sie hatte in den Garten gehen wollen, aber er genoß den Geruch des Rauchs wie alles an ihr. Sie war jetzt entspannt und heiter, das Essen und der Wein hatten ihr gutgetan.

»Oben. Willst du ihn sehen?«

Als er das Licht in seinem Arbeitszimmer einschaltete, glühte das Rot der *Wild Strawberry Eclipse* auf, der einzige leuchtende Farbfleck im Raum. Die Dielenbretter glänzten fleckenlos.

Sie blieb in der Tür stehen. »Schön«, sagte sie. »Genau so habe ich es mir immer vorgestellt. Dies hier paßt zu dir. Weil es klar strukturiert ist, ohne Schnickschnack.«

Er lehnte sich neben sie an den Türrahmen. Die Haut an ihrem Hals schimmerte, zwischen den Locken blitzte ein Ohrstecker auf. Wie lang ihre Wimpern waren. Er vergrub seine Hände in den Hosentaschen. Nichts übereilen. »Du siehst mich also als schlichtes Gemüt«, sagte er.

»Genau«, sagte sie. »Total einfach gestrickt. Leicht zu durchschauen.« Sie lachte.

Beim vierten Ton legte er seine Lippen an ihren Hals, eine Locke geriet in seinen Mund, sie schmeckte bitter. »Dann kennst du auch mein goldenes Ziel«, flüsterte er.

»Natürlich«, sagte sie und schob ihre Hüfte an seine. »Ist das Sofa bequem?«

Danach lagen sie zusammen unter der Wolldecke. Sie hatte ihm den Rücken zugedreht, unter ihrem linken Schulterblatt hatte sie ein Tattoo. Beim letzten Mal war es noch nicht dagewesen. Es sah aus wie ein chinesisches Schriftzeichen, knapp fünf Zentimeter groß, rot und schwarz, der linke Teil sah aus wie eine kleine Leiter. Er fuhr vorsichtig mit dem Finger darüber, es fühlte sich heiß an. »Wann hast du das machen lassen?«

»Vor ein paar Tagen«, murmelte sie schläfrig.

»Hat's weh getan?«

Sie räkelte sich. »Überhaupt nicht.«

»Und was heißt es?«

»Hm?«

»Dein Tattoo. Oder ist es nur eine Art Ornament?«

Sie drehte sich zu ihm um und zog sich die Decke über die Schultern. »Es bedeutet langes, glückliches Leben.«

»Sieht hübsch aus«, sagte er. Erstaunlicherweise gefiel es ihm tatsächlich. Bisher hatte er Tätowierungen verabscheut, in seiner Vorstellung gehörten sie zu Matrosen und Knastinsassen. Andererseits trug heute jeder zweite Schüler ein Tattoo oder ein Piercing, in dieser Beziehung lebte er hinterm Mond.

»Mir ist ein bißchen kalt«, sagte Julie.

»Dann laß uns umziehen ins Schlafzimmer. Du bleibst doch?«

»Wenn du willst?«

Die Euphorie machte ihn unvorsichtig. »Ja, ich will«, sagte er feierlich. »Von nun an bis in alle Ewigkeit.«

»Bis daß der Tod uns scheidet, amen«, sagte sie und lachte.

19

Als er wie immer kurz vor halb sieben aufwachte, war sie schon im Bad. Er lauschte dem beruhigenden Rauschen der Dusche, fast wäre er noch einmal eingeschlafen.

In ein Handtuch gewickelt, betrat sie das Zimmer, gedankenverloren rubbelte sie sich die Haare trocken. An ihren nackten Schultern hingen Wassertropfen. Jon mußte an das Foto denken, das Ben Milton von ihr gemacht hatte. »Kaffee oder Tee?« fragte er.

Sie fuhr zusammen. »Du bist schon wach?« Sie kam zum Bett und setzte sich auf die Kante. »Kaffee«, sagte sie. »Aber den hol ich mir gleich unterwegs.«

»Wir können doch in aller Ruhe zusammen frühstücken.«

»Und dann zusammen zur Schule, damit uns auch garantiert jeder sieht«, sagte sie. »Wir treffen uns nachher im Busch und kennen uns kaum.«

Jon schob seine Finger unter das Handtuch und sagte: »Na gut. Aber wenn ich dich im Lehrerzimmer treffe oder sonstwo, werde ich mir vorstellen, wie du heute nacht geschrien hast. Daß du das nur weißt.«

»Ich hab nicht geschrien.«

»Und ob. Wie eine durchgeknallte Katze.« Er ließ seine Finger weiterwandern. »Eigentlich hätten wir noch genug Zeit.«

Sie nahm seine Hand, packte sie auf die Bettdecke und stand auf. »Nichts da«, sagte sie. »Ab sofort bin ich wieder Frau Schwertfeger für dich. Wehe, du läßt dir irgendwas anmerken, nachher im Busch. Auch kein Getatsche wie neulich auf dem Flur, okay?«

Im Bademantel brachte er sie nach unten und wartete in der Haustür, ob ihr Golf ansprang. Als sie davongefahren war, sah er hinüber zu Glissmanns. Wider Erwarten bewegte sich keine Gardine. War Verena etwa krank?

Für vierzehn Uhr hatte er die Nacharbeit angesetzt, die er wegen Charlottes Tod hatte verschieben müssen. Vier Schüler sollten antreten, Bruno Kaltenbach, Tamara Grassmann, Timo Voss und sein Spezi Luca della Mura.

Timo kam sechs Minuten zu spät. Den Rucksack über der hochgezogenen Schulter, schlurfte er ins Klassenzimmer, als Jon den fotokopierten Text austeilte.

»Auch schon da«, sagte Jon. »Welche Ehre, dich begrüßen zu dürfen.«

Kommentarlos ließ sich Timo auf den Stuhl neben Luca fallen.

Jon legte den Text vor ihn hin. »Ich habe einen Plinius-Brief herausgesucht«, sagte er, »als Vorbereitung auf die Klassenarbeit am Freitag. Ihr solltet diese Extrastunde also nicht als Strafe betrachten, sondern als eine Fördermaßnahme. Die ich euch noch dazu gratis und franko angedeihen lasse.«

Bruno und Tamara grinsten. Timo verzog keine Miene.

»Möchtest du nicht deine Jacke ausziehen?« fragte Jon.

»Ich find's arschkalt hier«, sagte Timo.

»Dann wollen wir dich doch gleich mal ein bißchen in Schwung bringen«, sagte Jon. »Fängst du bitte an?«

Mit heruntergezogenen Mundwinkeln quälte sich Timo in eine andere Position, stützte die Ellenbogen auf den Tisch und umfaßte mit beiden Händen seine Stirn. Das Blatt mit dem Text lag knapp zwanzig Zentimeter unter seiner Nase. *»Lavabatur in villa Formiana: repente eum servi circumsistunt, alius fauces invadit, alius os verberat, alius pectus et ventrem atque etiam, foedum dictu, verenda contundit...«*

»Stop«, sagte Jon, »das reicht erst mal.« Die leiernde Sprechweise ging ihm auf die Nerven. »Also?«

Timo nahm die Hände vom Kopf, verschränkte die Unterarme vor sich auf dem Tisch und starrte auf den Text. Eine blonde Strähne fiel ihm vors Gesicht, unter seinen Augen waren violette Schatten. »Also in der Villa Formiana... wurde er gewaschen.«

»Wieso ›also‹. Und wieso ›wurde er gewaschen‹?«

»Weiß ich doch nicht«, sagte Timo. »Damit seine Sklaven was zu tun hatten, nehm ich mal an.«

Jon zählte innerlich bis drei. »Schon mal was von Deponentien gehört?«

Timos leerer Blick sprach Bände.

»Kann jemand helfen«, sagte Jon. »Bruno?«

»Verben mit passiver Form und aktiver Bedeutung«, murmelte Bruno.

»Gut. Wie zum Beispiel *lavari.* Wir nehmen diesen Stoff übrigens seit Februar durch, Timo. *Lavabatur* heißt also nicht ›er wurde gewaschen‹, sondern ›er wusch sich‹. Beziehungsweise ›er badete‹. Wenn du ausnahmsweise mal im

Unterricht aufpassen oder deine Hausaufgaben machen würdest, könntest du das wissen. Weiter.«

»*Repente eum servi circumsistunt.* Sklaven... also Sklaven umstellten ihn.«

»*Repente?*« Das dämliche »also« mußte er einfach überhören, er würde es nicht ausrotten können.

Timo schwieg. Luca flüsterte ihm etwas zu, Timo drehte sich zu ihm. »Hä?« machte er nicht eben leise.

»Wenn du schon nichts weißt, solltest du zumindest gelegentlich mal deine Ohren waschen«, sagte Jon. »*Repente* ist das Adverb von *repentinus* und heißt ›plötzlich‹. Bitte den vollständigen Satz.«

»Plötzlich umstellten ihn Sklaven.«

»Richtig. Weiter.«

»*Alius fauces invadit.* ... Ein anderer...«

»Moment, sieh dir den ganzen Satz an. *Alius – alius,* das mußt du im ersten Jahr gehabt haben.«

Schweigend zog Timo die Unterlippe zwischen die Zähne.

Jon zählte nur bis zwei. »Kannst du mir wenigstens sagen, worum es in diesem Brief geht? Den du schon aus deinem letzten Jahr kennen solltest?«

Er hatte lange überlegt, welche Texte für die Zehnten interessant sein könnten, und hatte sich für den jüngeren Plinius entschieden. Seine Briefe waren kurz und, verglichen mit den endlosen und detailüberfrachteten Schlachtenbeschreibungen bei Cäsar und Livius, von großem Unterhaltungswert. In dem vorliegenden Bericht an Acilius ging es um den Mordanschlag am Praetor Larcius Macedo, einem hochnäsigen Menschen, der, wie Plinius sich ausdrückte, zu selten oder vielmehr zu oft daran gedacht hatte, daß sein Vater noch Sklave gewesen war. Er war in seiner Villa beim Baden von seinen eigenen Sklaven umzingelt worden, urplötzlich, *repente,* sie hatten ihn an der Gurgel gepackt, ins Gesicht geschlagen und in den Leib getreten, und, wie Plinius anmerkte, auch seine Geschlechtsteile übel zugerichtet. Um sich von seinem Tod zu überzeugen, hatten sie ihn schließlich auf den glühendheißen Estrich geworfen, unter dem sich die Heizung befand, der zerschundene Praetor hatte sich nicht mehr gerührt. Danach hatten sie den vermeintlichen Leichnam ins Freie getragen und behauptet, er sei in der Hitze des Baderaumes erstickt. Doch in der Kühle draußen, vielleicht auch erweckt durch das Geschrei und die Bemühungen seiner Beischläferinnen, war der Praetor wieder zu sich gekommen, wenn auch nur für kurze Zeit. Bevor er ein paar Tage später seinen Verletzungen erlegen war, konnte er noch seine ungetreuen Diener ihrer Strafe zuführen. Laut Plinius war er mit dem tröstlichen Gedanken verschieden, noch lebend so gerächt worden zu sein wie sonst nur Tote.

Als er heute während der großen Pause den Text fotokopiert und dabei noch einmal überflogen hatte, waren ihm immer wieder die unliebsamen Bilder durch den Kopf gegangen, die ihn nur in der letzten Nacht mit Julie verschont hatten: der Bolzenschneider, Roberts Gesicht, das Blut auf den Dielen, der zusammengeschnürte Sack, das schwarze Wasser. Das Geräusch, als der Sack hineinplumpste. Er hätte einen anderen Text auswählen sollen.

Timo lehnte sich zurück, stopfte seine großen Hände in die Jackentaschen, reckte das Kinn vor und sah Jon herausfordernd an. »Keine Ahnung«, sagte er. »Interessiert mich auch nicht, dieser antiquierte Scheiß.«

Es war das erste Mal, daß er so aufsässig war, bisher war sein Widerstand eher passiv gewesen. Tamara warf Jon einen erschrockenen Blick zu und hielt im Kaugummikauen inne. Luca stieß Timo in die Seite und flüsterte ihm wieder etwas zu.

»Laß ihn, Luca«, sagte Jon. »Ja nichts Neues, daß unser Freund den Lateinunterricht boykottiert. Weil er ihn für überflüssig hält.«

»Sie haben's erfaßt«, sagte Timo. »Geben Sie mir einfach meine Fünf und fertig. Und Ihr Freund bin ich nicht.«

Es wurde still im Klassenraum, Jon hörte nur seinen eigenen Atem. Die drei anderen hatten ihren Blick gesenkt, Timo sah ihn unverwandt an.

»Ich bitte um Verzeihung, falls ich dir zu nahe getreten sein sollte«, sagte Jon ruhig, von diesem Rotzlöffel würde er sich nicht provozieren lassen, er war nicht Kowalski. »Du kannst im übrigen sicher sein, daß deine Antipathie auf Gegenseitigkeit beruht. Tamara, würdest du bitte fortfahren.«

»Einer... einer würgte ihn, ein anderer... schlug ihm ins Gesicht...«

Es gelang Jon nicht, sich auf Tamaras stockende Stimme zu konzentrieren. Er hatte zwar Gelassenheit demonstriert, aber dennoch das Gefühl, eine Niederlage erlitten zu haben. Unauffällig sah er zu Timo hinüber. Er saß immer noch zurückgelehnt auf seinem Stuhl, die Hände in den Jackentaschen. Und immer noch schaute er Jon an, mit einem kaum wahrnehmbaren Lächeln. Jon hätte es ihm aus der hübschen Fresse prügeln mögen.

Er hörte es schon klingeln, als er die Haustür aufschloß. Er hoffte auf Julie, ließ die Mappe fallen, sprintete zum Telefon und sagte atemlos: »Da bin ich.«

»Schön. Tag, Herr Ewermann. Nur eine kurze Frage, ich kann Bohn nicht erreichen. Ist er verreist?«

Köhns Stimme traf Jon wie ein kalter Windstoß. »Verreist«, wiederholte er und setzte sich in den roten Sessel. »Verreist? Nicht, daß ich wüßte. Warum?«

»Na, weil Sie sich doch mit ihm beraten wollten. Und da wollte ich mich bei ihm erkundigen, wie die Aktien so stehen.«

»Ich versteh nicht recht.«

»Na ja, ob Sie verpachten wollen oder verkaufen. Ich wollte auf seinen Anrufbeantworter sprechen, aber der springt irgendwie nicht an. Ist vielleicht voll. Oder abgestellt.«

»Keine Ahnung«, sagte Jon. »Aber ich begreife ehrlich gesagt nicht, warum Sie so drängeln, Herr Köhn. Wir haben doch am Freitag erst über die Angelegenheit gesprochen, ein bißchen Zeit müssen Sie mir schon lassen.«

»Ich wollte ja auch nur mit Bohn reden. Sie hätte ich doch nie im Leben belästigt, wenn ich ihn zu fassen gekriegt hätte. Aber ich muß doch auch disponieren.«

Jon räusperte sich. »Am besten machen wir es so: Sie vergessen Herrn Bohn. Und ich melde mich selbst bei Ihnen, sobald ich eine Entscheidung getroffen habe. Sagen wir, spätestens Ende des Monats.«

»Ende? Wir haben den achten, Herr Ewermann.«

»Was erwarten Sie von mir in dieser Situation«, sagte Jon verärgert. »Meine Frau ist gerade mal zehn Tage tot.«

Köhn machte eine winzige Pause. »Ich will Sie bestimmt nicht unter Druck setzen. Tut mir leid, wenn das so rüberkommt. Ich würde nur gern wissen, was aus mir wird in Zukunft.«

»Wie gesagt, Sie hören von mir«, sagte Jon knapp. »In drei Wochen. Allerspätestens.«

Köhn war hörbar unzufrieden. »Na gut, dann warte ich eben. Und sonst? Nicht einfach, was?«

»Ganz und gar nicht«, sagte Jon.

»Wenn Sie Hilfe brauchen, im Garten, geben Sie Bescheid. Das machen wir wie immer. Schönen Tag noch, Herr Ewermann.«

»Bis dann.« Jon legte auf und blieb noch einen Moment sitzen. Daß er Robert bei Köhn angekündigt hatte, war ausgesprochen dumm gewesen, aber er hatte zum damaligen Zeitpunkt nicht wissen können, wie sich die Dinge entwickeln würden. Daß Köhn auf Roberts Abwesenheit aufmerksam geworden war, zwang ihn zum Handeln. Entweder schon heute oder spätestens morgen mußte er bei Robert anrufen, am besten mehrfach, für den Fall, daß man seine Telefonate eines Tages zurückverfolgen würde. Und er mußte zu Roberts Wohnung fahren, die Nachbarn befragen, sich mit der Reinmachefrau in Verbindung setzen, Frau Esrom. Und vor allen Dingen noch einmal bei Tageslicht das ganze Haus und die Garage und den Wagen kontrollieren. *Abyssus abyssum invocat.* Wenn er vergessen hatte, daß er Robert bei Köhn avisiert hatte, konnte er auch irgend etwas anderes übersehen haben.

20

In der ersten großen Pause am Donnerstag erreichte er endlich Roberts Putzfrau. Ihre Nummer hatte er noch am Dienstag aus dem Telefonbuch herausgesucht. In ganz Hamburg gab es nur vier Esroms, im Stadtteil Ohlsdorf nur »Esrom, G.«. Gabi, Gudrun, Gerlinde?

»Gloria Esrom?« Sie sprach ihren Namen aus wie eine freundliche Frage.

»Ewermann, guten Tag. Wir kennen uns nicht, Frau Esrom, ich bin ein Freund von Robert Bohn«, sagte Jon und hockte sich auf eine Tischkante. Er hatte sich in das Klassenzimmer der 6 a zurückgezogen, um ungestört zu sein. »Sie arbeiten doch für ihn, nicht wahr?«

»Stimmt.«

»Wissen Sie zufällig, wo er steckt? Ob er verreist ist? Telefonisch kann ich ihn nämlich nicht erreichen.« Seit Köhns Anruf am Dienstag hatte er täglich mehrmals Roberts Festnetzanschluß gewählt und es jedesmal exakt zehnmal klingeln lassen.

»Haben Sie es auch auf seinem Handy versucht?«

»Natürlich. Aber er hat es offenbar abgeschaltet«, sagte er. »Der gewünschte Gesprächspartner ist vorübergehend nicht zu erreichen, the person you have called is temporarily not available«, hatte eine Frauenstimme jedesmal geflötet. Ob diese ständigen Telefonate überhaupt notwendig waren, um seine Sorge um Robert zu dokumentieren? Registrierte die Telekom auch Verbindungen, die nicht zustande kamen? Und waren solche Versuche auch nach Monaten noch nachzuvollziehen? Denkbar war alles, der Datenschutz wurde schließlich mehr und mehr aufgeweicht.

»Von einer Reise hat er mir nichts erzählt«, sagte Frau Esrom. »Gestern hab ich ihn allerdings nicht angetroffen. Aber das ist nicht ungewöhnlich, ich seh ihn nicht jedesmal, ich habe einen Schlüssel.«

»Und in der Wohnung war alles normal?« Sie studierte Biologie, fiel ihm wieder ein, und schrieb gerade ihre Diplomarbeit. Er stellte sich eine schmale dunkelhaarige junge Frau vor, die einen roten Tropfen durch ein Mikroskop betrachtete.

»Es sah alles aus wie immer.«

»Ich hab seit Freitag nichts von ihm gehört«, sagte Jon, »da war er abends noch zum Essen bei mir. In Niendorf.«

Ihre Stimme wurde noch weicher: »Ach, Sie sind das.«

Er hielt sich das andere Ohr zu, durch die gekippten Fenster drang der Lärm vom Schulhof herein.

»Mein herzliches Beileid. Herr Bohn hat mir von...«, sie machte eine winzige Pause, »dem Unfall erzählt.«

Er erschrak. Wenn Robert mit seiner Putzfrau über Charlottes Tod gesprochen hatte: Was hatte er dann noch alles rumgetratscht? Vielleicht machte diese Studentin bei ihm nicht nur sauber, vielleicht erwies sie ihm nebenbei auch noch andere kleine Gefälligkeiten. Amouröse Dienste zum Beispiel, zwischen Staubsauger und Putzeimer. Vielleicht war sie gar nicht schmal und dunkel und mit ihrer

Wissenschaft beschäftigt, sondern blond und gierig. Vielleicht schnüffelte sie in Roberts Abwesenheit in seinen Sachen herum.

»Er war sehr traurig über den Tod Ihrer Frau«, sagte Frau Esrom.

»Ich weiß. Wir sind seit Urzeiten befreundet. Er hat mir sehr geholfen in der letzten Zeit, er war fast jeden Tag bei mir. Deshalb finde ich es ja auch so merkwürdig, daß er nichts von sich hören läßt. Sie arbeiten doch schon länger für ihn, Sie kennen doch sicher seine Gewohnheiten.«

»Naja«, sagte sie vage.

»Wenn Sie einen Schlüssel haben? Und wenn er Ihnen so private Dinge erzählt? Haben Sie keine Vorstellung, wo er sich aufhalten könnte?«

Sie zögerte einen Moment, dann sagte sie: »Vielleicht ist er für ein paar Tage zum Golfen gefahren, das macht er ja ab und zu ganz spontan.«

Zum Golfen! Die Käsefrau war da auf einen äußerst hilfreichen Gedanken gekommen. Aber wo zum Teufel bewahrte Robert seine Golfschläger auf, hoffentlich nicht so offen in seiner Wohnung, daß sie bei der nächsten Putzaktion über sie stolpern mußte. Jon erinnerte sich, sie manchmal im Kofferraum von Roberts Mercedes gesehen zu haben, vielleicht hatte er sie immer dort liegen. Aber selbst wenn die Schläger in der Wohnung gefunden wurden, konnte Robert dennoch zum Golfen gefahren sein, in ein mildes Klima geflogen, mit leichtem Gepäck. An jedem Golfplatz konnte man sich Schläger ausleihen.

»Zum Golfen, das ist überhaupt wahr«, sagte er und legte Erleichterung in seine Stimme. »Daran hab ich noch gar nicht gedacht. Könnte sogar sein, daß er so etwas erwähnt hat. Ich bin im Moment kein sehr aufmerksamer Zuhörer.«

»Das versteh ich nur zu gut«, sagte sie.

Ihre sanfte Stimme suggerierte Entspannung. Wenn sie eine engere Beziehung zu Robert hätte, müßte sie über sein Verschwinden verstört sein. »Dann bin ich jetzt halbwegs beruhigt«, sagte er, »vielen Dank.« Er gab ihr die Telefonnummer im Bansgraben und auch die seines Handys.

»Ich melde mich, wenn ich etwas höre.« Sie beendete das Gespräch mit einem freundlich auf zwei Silben gesungenen »Tschü-hüs«.

Er fragte sich, ob er ein schlechtes Gewissen haben mußte, weil er sie um ihre Einnahmequelle gebracht hatte, bestimmt brauchte sie das Geld dringend. Wie Robert sie wohl bezahlt hatte? Jedesmal bar auf den Tisch, so wie er und Charlotte es mit Emine gehalten hatten? Oder auf ihr Konto überwiesen? Wie auch immer, allzulange konnte ihr trotz all ihrer Sanftheit nicht verborgen bleiben, daß etwas nicht stimmte. Er konnte nur hoffen, daß sie keine Schwierigkeiten machen würde.

Im Lehrerzimmer sah er Julie, sie trug wieder ihre roten Stiefel, dazu grasgrüne Strümpfe, ein Fanal unter kurzem Rock. Sie unterhielt sich mit Strunz, es ging um die Verwendung der wenigen Gelder, die für dieses Schuljahr noch für den Kunstunterricht zur Verfügung standen. Im Vorbeigehen nickte er ihr flüchtig zu, im Geist zog er ihr die Strümpfe von den Beinen.

Nach einer kleinen Weile kam sie zu ihm an die Kaffeemaschine und sagte betont deutlich: »Machen Sie mir auch einen?« Dabei lächelte sie ihn auf eine Weise an, die ihm sagte, daß sie seine Gedanken kannte.

In Hörweite befand sich nur der englische Meier, der einen Stapel Papiere aus seinem Fach nahm und durchblätterte. Jon genoß es inzwischen beinahe, vor den anderen so zu tun, als sei Julie für ihn nicht mehr als eine beliebige Kollegin. »Milch? Zucker?« fragte er laut, als wüßte er nicht genau, daß sie ihren Kaffee ebenso wie er ungezuckert trank. Er schnupperte an der Milchtüte, die wieder mal oben auf dem Kühlschrank stand, seit Stunden wahrscheinlich, kaum jemand in diesem Verein machte sich die Mühe, die Tüte nach Benutzung zurückzustellen. Aus den Augenwinkeln beobachtete er den englischen Meier, der jetzt den Papierstapel in seiner Mappe verstaute, ihr einen Apfel entnahm und nach einem Blick auf seine Armbanduhr zur Tür ging.

»Wenn ich mir Ihr Gesicht so ansehe, lieber ohne Milch«, sagte sie. »Sie sollten übrigens unbedingt in die Kunsthalle gehen, in die Hammershøi-Ausstellung. Der hat permanent seine Frau gemalt, aber fast immer nur in der Rückenansicht, ganz merkwürdig. Seine Frau und seine Wohnung. Türen, immer wieder Türen. Wie besessen.«

»Weiß ich nicht, ob mich das interessiert«, sagte Jon und reichte ihr einen Kaffeebecher. Er senkte seine Stimme: »Es sei denn, sie hat einen ebenso schönen Rücken wie du, diese Frau.«

Sie schaute ihm über den Rand des Bechers hinweg in die Augen. »Sie ist im Gegensatz zu mir immer bekleidet. Du solltest sie dir trotzdem ansehen, die Bilder sind bemerkenswert.«

Er kippte den Inhalt seines Bechers in die Spüle, ohne

Milch war der Kaffee ungenießbar. »Wenn du mich begleitest?«

»Ich will noch mit meinem Leistungskurs hingehen«, sagte sie, hockte sich mit ihrem Becher auf die Fensterbank, schlug die Beine übereinander und wippte mit dem rotbestiefelten Fuß.

Jon betrachtete eine Weile schweigend ihre schönen Beine. Sie hatte ja recht, gemeinsam in die Kunsthalle zu gehen, war zu diesem Zeitpunkt nicht eben opportun. Aber es drängte ihn, sie herauszufordern. Noch nie hatte er es nötig gehabt, einer Frau nachzulaufen, in der Regel hatten sie sich eher ihm aufgedrängt, er hatte immer die Auswahl gehabt. Mit Julie war es anders, ständig vermittelte sie ihm das Gefühl, einen Schritt hinter ihr zu sein. Und er wußte genau, daß er sie jetzt lieber nicht fragen sollte, aber er konnte nicht anders.

»Wann warst du dort?«

»Gestern.«

»Du hättest mich mitnehmen sollen. Wir hätten uns vermummen können.«

Sie lächelte. »Ich dachte, du triffst dich mit deinem Makler.«

»Für dich hätte ich ihn umgelegt«, sagte er.

Sie lachte ihr Viertonlachen. »Bitte nicht. Und? Was hat er zu deinem Haus gesagt?«

»Er sieht kein Problem, es anständig zu vermieten. Am Sonntag kommt er mit den ersten Interessenten vorbei.«

»Schon?« Sie sah an ihm vorbei, hob kurz die Hand, nickte.

»Je schneller, desto besser.« Jon folgte ihrem Blick, vor

der offenen Tür standen Janina Petersen und Bilge Uzun mit Zeichenmappen. »Spätestens am ersten Juni will ich raus sein«, sagte er, »und vorher noch alles renovieren lassen. Was machst du heute abend? Sehen wir uns?«

Sie rutschte von der Fensterbank und stellte ihren Becher in die Spüle. »Tut mir leid, absolut keine Zeit. Aber wenn du in die Kunsthalle willst, die hat heute auf bis neun Uhr. Viel Spaß.« Sie ging hinaus zu den beiden wartenden Mädchen.

Er sah ihr nach, bis er merkte, daß er von Wilde beobachtet wurde, der am Tisch saß und eine Banane schälte. Jon mußte an einen Affen denken, Wilde als Gorilla, der sich mit den Fäusten auf die Brust trommelte und krummbeinig und mit flatterndem Bart durch den Urwald rannte. Die Vorstellung war so absurd, daß er lachen mußte. Wilde grinste arglos zurück.

21

Nach Unterrichtsende fuhr er vom Busch direkt nach Eppendorf. Zu seiner Erleichterung war der schwarze Benz direkt vor dem Haus im Woldsenweg geparkt. Er hatte schon befürchtet, Robert hätte den Wagen noch am Freitag zur Reparatur gebracht, dann wäre es aufgefallen, wenn er das Auto nicht zum vereinbarten Zeitpunkt wieder abgeholt hätte. Ob überhaupt schon ein Termin mit der Werkstatt vereinbart war?

Er spähte von allen Seiten hinein und entdeckte nichts, was irgendwie auffällig gewesen wäre. Bis auf einen schwarzen Schirm lag nichts herum, die Polster waren sauber, auf dem Armaturenbrett kein Stäubchen. Ein werkstattgepflegter Wagen. Unter der Abdeckplatte des Kofferraums vielleicht die Golfschläger?

Pro forma klingelte er einmal bei Robert, dann bei dem älteren Ehepaar im zweiten Stock, obwohl er gesehen hatte, daß dort die Rolläden heruntergelassen waren. Nach zwei vergeblichen Versuchen in anderen Wohnungen öffnete ihm eine etwa vierzigjährige Frau im Erdgeschoß, der Schwall einer aufdringlichen kosmetischen Essenz drang aus ihrer Wohnung in den Hausflur. »Frau Kolberg?« Er sagte seinen vorbereiteten Spruch auf.

Sie hatte ein rosa Frotteetuch um den Kopf gewickelt und

fühlte sich sichtlich gestört. »Echt keine Ahnung, wo er ist«, sagte sie, »wir haben sowieso kaum Kontakt.«

Jon erinnerte sich, daß es einmal Streit mit Kolbergs gegeben hatte, Wasser war auf ihre Terrasse getropft, als Robert auf seinem Balkon seine Küchenkräuter begossen hatte. »Jedenfalls kann er kaum weggefahren sein«, sagte er, »wenn sein Wagen hier vor der Tür steht.«

»Er kann doch auch mit der Bahn gefahren sein. Oder mit dem Flugzeug, was weiß ich.«

»Da haben Sie natürlich recht.« Trotz ihres pampigen Tonfalls blieb er höflich, Frau Kolberg sollte ihn in guter Erinnerung behalten, falls sie jemals nach ihm gefragt wurde. »Er könnte für ein paar Tage in die Sonne geflogen sein, Zeit genug hat er ja.«

»Zeit und Geld«, sagte sie und schlug die Tür zu.

Für den Nachmittag hatte er sich fest vorgenommen, zu Kowalski in die Klinik zu fahren, je eher er den lästigen Krankenbesuch hinter sich brachte, desto besser. Im Buchladen am Eppendorfer Baum kaufte er den neuesten Mankell. Auf dem Weg zur Kasse fiel sein Blick auf ein Buch über chinesische Schriftzeichen, er mußte an Julies schwarz-rotes Tattoo denken. Er blätterte in dem Band und stieß schon nach ein paar Seiten auf ihr Zeichen, dessen linker Teil an eine Leiter erinnerte. »Sehnsucht« stand darunter. Was hatte sie gesagt? »Langes, glückliches Leben«? Er würde sich bis ans Ende seiner Tage an die Situation erinnern, bis in jede Einzelheit. Sie war im Halbschlaf gewesen, nackt, in seinen Armen, auf dem Sofa in seinem Arbeitszimmer. Sie waren beide erschöpft und glücklich gewesen. Sie hatte unbewußt eine Erklärung gewählt, die ihren Wunsch ausdrückte, daß es immer so bleiben sollte wie in jenem Moment. Die Entdeckung rührte ihn. Wieder ein Zeichen, daß sie zusammengehörten. *Similis simili gaudet.*

Unterwegs nach Ochsenzoll überlegte er, was in Sachen Robert als nächstes zu tun war. Wie mußte er sich verhalten, welche Reaktionen würden am plausibelsten erscheinen? Mußte er noch weiter herumtelefonieren, die wenigen Bekannten von Robert anrufen, an die er sich namentlich erinnerte? Seine Exfreundin Britta zum Beispiel? Und wann war der richtige Moment, um zur Polizei zu gehen und Robert als vermißt zu melden. Durch zu frühes Erscheinen dort würde er sich vermutlich ebenso verdächtig machen wie durch wochenlanges Warten, am besten war es sicherlich, noch ein paar Tage verstreichen zu lassen und in der Zwischenzeit seine Alibi-Anrufe nicht zu vernachlässigen.

Kowalski war nicht in seinem Zimmer. Als Jon einen Pfleger nach ihm fragte, wurde ihm gesagt, er solle es in der Cafeteria oder, hierbei verzog der junge Mann keine Miene, im Raucherzimmer versuchen.

»Raucherzimmer? Aber er hatte vor drei Tagen einen Herzinfarkt.«

»Manche können es eben nicht lassen.«

»Und wo finde ich das Raucherzimmer?«

Der Mann machte eine Faust und senkte den Daumen. »Tiefparterre.«

Im Fahrstuhl unterhielten sich drei Frauen über die Zertrümmerung von Gallensteinen. Jon war versucht, im Erdgeschoß auszusteigen und nach Hause zu fahren. Wenn Kowalski schon wieder so gut drauf war, daß er herumlaufen konnte und sogar rauchte, würde er bald entlassen werden, der Pflichtbesuch erübrigte sich im Grunde. Aber nun hatte er schon den Mankell gekauft, den er selber nie lesen würde, Kriminalromane interessierten ihn nicht. Kowalski hingegen las, soweit Jon informiert war, wenn überhaupt kaum etwas anderes. Er würde das Buch überreichen, ein paar aufmunternde Sätze sagen und sich so bald wie möglich wieder verabschieden.

Als er die Tür zum Raucherzimmer öffnete, mußte er den Atem anhalten. Ein Dutzend Patienten in Trainingsanzügen oder Bademänteln hockten im dichten Qualm und sogen so hingebungsvoll an ihren Zigaretten, als würden sie mit dem himmlischen Manna versorgt. Niemand sprach, es wurde nur geraucht. Kowalski saß am Fenster und beleckte gerade den Klebstreifen der nächsten Selbstgedrehten. Ein Lächeln flog über sein Gesicht. »Du? Wie komm ich zu der Ehre.«

Sie nahmen die Treppe, weil Kowalski sich bewegen sollte, wie er sagte. Er schlich wie ein uralter Mann. Jon hielt Abstand, ein scharfer Geruch stieg aus Kowalskis Trainingsanzug, es war einer von denen, die er auch in der Schule trug. Sie setzten sich in die Eingangshalle. Mit ungewohnt leiser Stimme berichtete Kowalski, was die Ärzte mit ihm angestellt hatten. Thrombus, Lysetherapie, Defibrillator, Blutverdünnung, Herzkatheter. Daß er Glück gehabt hatte, weil er gleich in der Klinik gelandet war, sechs Stunden später, und sein Herzmuskel hätte sich verabschiedet. Daß sie ihm Reha-Maßnahmen nahegelegt hatten, eine Nikotin-Entziehungskur vor allem, aber darüber müßte er erst einmal nachdenken.

Jon tat, als hörte er aufmerksam zu, er dachte daran, daß

auch Julie rauchte, und fragte sich, wie er sie dazu bringen könnte, damit aufzuhören, ohne daß sie sich bedrängt fühlte. Und wie sie auf der Fensterbank gesessen hatte, heute morgen, mit dem Fuß gewippt, der Rock bis zum halben Oberschenkel hochgerutscht. Ihre nackten Schenkel neulich im Bansgraben. Ihre Lust.

»Wie geht's am Busch?«

Kowalskis Stimme riß ihn aus seinen angenehmen Gedanken. »Wir vermissen dich«, log er, was hätte er sonst sagen sollen. Daß alle bestens ohne ihn zurechtkamen? In erster Linie die Schüler? Daß das einzige Problem die Organisation der Ersatzlehrkräfte war? »Ich hab dir übrigens was mitgebracht«, sagte er und zog den noch eingeschweißten Mankell aus der Tasche.

»Wenn ich lesen könnte«, sagte Kowalski trübe, er schaute nicht einmal den Titel an.

»Das wird schon wieder«, sagte Jon. »Und ich soll dich natürlich von sämtlichen Kollegen grüßen. Und fragen, wann du wiederkommst.«

»Überhaupt nicht mehr«, sagte Kowalski.

»Wie bitte?«

»Ich geh nicht zurück ans Busch. Ich hör auf, für immer.«

»Das kann nicht dein Ernst sein.«

»Ich laß mich frühpensionieren.« Kowalski wandte wie in Zeitlupe seinen Kopf und suchte Jons Blick, das Blau seiner Augen schien sich verwässert zu haben. »Ich fang wahrscheinlich bei Wolfgang an, dem Bruder von Heike.«

»In diesem Fahrradladen?« Kowalski hatte im Kollegium häufig von seinem Schwager erzählt und üppige Prozente beim Kauf eines Zweirades in Aussicht gestellt.

Kowalski nickte. »Der macht ein zweites Geschäft auf und braucht jemanden fürs Büro, Buchhaltung und so was, davon versteh ich was, ich hab das lange für meinen Schwiegervater gemacht, nebenbei. Den Lehrer häng ich jedenfalls an den Nagel.«

Jon versuchte, sich Kowalski in einem kleinen, miefigen Büro vorzustellen, und merkte, daß diese Vorstellung blendend funktionierte. »Alles hinschmeißen?« sagte er. »Auch deine Altersversorgung? So plötzlich?«

Kowalski zog erst ein Bein, dann das andere unter den Stuhl und umklammerte den Mankell. »Ich denk schon lange darüber nach«, sagte er. »Ich komm am Busch einfach nicht mehr klar, das hast du doch auch mitgekriegt. Die Sache neulich mit Mirko hat mir nur den Rest gegeben.«

Jon mochte nicht widersprechen. »Und was sagt Heike dazu?« fragte er.

»Wir kommen schon zurecht, sie arbeitet ja wieder. Und wenn einer weiß, wie beschissen die letzten Jahre für mich waren, dann sie. Diese Angst, daß sie mich wieder fertigmachen. Hat sie doch hautnah mitgekriegt.«

»Jeder hat mal Schwierigkeiten, Harald.«

»Du doch nicht. Ich hab dich immer beneidet, um dein Selbstbewußtsein, deine Sicherheit. Ich wollte immer sein wie du, vor dir haben die Schüler nicht nur Respekt, sie mögen dich sogar. Na, und die Kollegen doch sowieso. Soll ich dir mal sagen, wie sie dich nennen? Den Platzhirsch.«

Jon lachte verblüfft auf.

»Naja, weil du auch ewig durch das Gehege rennst«, sagte Kowalski. »Aber ich weiß auch, daß ich für euch nur der Hanswurst bin. Ihr haltet mich doch alle für einen Trottel.

Den hinterletzten Pädagogen.« Er ballte eine Hand zur Faust und boxte auf den Mankell.

Jon mußte an Robert und ihr Gespräch am letzten Freitag denken, das auch urplötzlich in Aggressivität umgekippt war. »Jetzt reg dich nicht auf«, sagte er. »Sieh erst mal zu, daß du wieder auf die Beine kommst. Wenn du willst, können wir uns dann gern mal zusammensetzen und in Ruhe darüber reden, ob du wirklich aufgeben willst.«

Kowalski winkte ab, von einer Sekunde auf die andere war er wieder erschöpft. »Laß mal, ich weiß schon, was ich tun muß. Und wenn du ehrlich bist, gibst du zu, daß es richtig ist. Vergiß einmal deine verdammte Höflichkeit.«

Jon unterdrückte die Bemerkung, daß er nur aus Höflichkeit überhaupt hier saß. »Okay«, sagte er, »wenn deine Entscheidung feststeht, muß ich das akzeptieren. Und wenn du meine ehrliche Meinung hören willst, dann hör mit dem Rauchen auf.« Er stand auf und reichte Kowalski die Hand.

Kowalski hielt sie einen Moment lang fest, das helle Blau seiner Pupillen war fast durchscheinend. »Hast du eigentlich nie Zweifel?« fragte er. »An deiner ganzen Existenz, meine ich? Gerade jetzt, nach Charlottes Tod?«

»Warum sollte ich Zweifel haben«, sagte Jon und zog seine Hand zurück. »Also dann erhol dich mal gut. Wir bleiben in Kontakt, ich melde mich bei dir.«

»Glaub ich nicht«, murmelte Kowalski.

Jon tat, als habe er diese letzte Bemerkung nicht gehört, und steuerte eilig den Ausgang an. Die Vorstellung, Kowalski nie wieder begegnen zu müssen, hatte etwas Befreiendes an sich. Als er durch die große Glastür ging, sah er Heike vom Parkplatz kommen, hinter ihr trotteten die beiden Kowalski-Kinder. Um ihr nicht zu begegnen, wandte er sich ab und lief auf einem Umweg zu seinem geparkten Auto. Gott sei Dank war auch diese unangenehme Pflichtübung überstanden.

22

Schon in aller Frühe lief er am Sonntag seine Runde durchs Gehege, außer ihm war noch niemand unterwegs. Die Vögel lärmten in den Büschen, die Birken zeigten ihr junges Blättergrün. Die klare Luft drang frisch und belebend in seine Lungen. Ein Göttertag, hätte Charlotte gesagt, früher, als sie noch Freude am Wetter geäußert hatte.

Er hatte eine schlechte Nacht hinter sich. Sein Bett, sein Zimmer, das ganze Haus im Bansgraben hatten ihre Vertrautheit verloren. Er hatte sich von einer Seite auf die andere gewälzt und versucht, die Gedanken zu verscheuchen, die immer wieder darum kreisten, ob er auch alles bedacht hatte. Schließlich war er aufgestanden, hatte sich ein Bier aus dem Kühlschrank geholt und wieder eine Liste geschrieben. Mit dem Rest des Biers hatte er sich im Wohnzimmer auf das Sofa gelegt und sich durch die Fernsehprogramme gezappt, darüber war er endlich eingeschlafen und hatte von Robert geträumt. An Details hatte er sich beim Aufwachen nicht mehr erinnern können.

In flottem Tempo lief er am Ponyhof vorbei. Die Tore waren geschlossen, auf der Koppel sah er fünf oder sechs kompakte, falbe Pferde, eins von ihnen mußte Stella sein, das Pony, mit dem die Lütte immer zugange war. Mit weißlichen Mähnen und gesenkten Köpfen standen sie reglos;

wenn nicht Dampf aus ihren Nüstern geströmt wäre, hätte man sie für unecht halten können. Er mußte an Julie denken, an die warmen Stöße ihres Atems, an die Feuchtigkeit in ihrem Nacken unter den gekringelten Haaren. Noch nie hatte er sich so heftig nach einer Frau gesehnt. Mit ihr war es vom ersten Moment an etwas Besonderes gewesen, etwas Einzigartiges, sie hatte ihn süchtig gemacht.

Er überquerte den Abenteuerspielplatz, kickte im Laufen eine leere Bierdose beiseite und bog auf den Weg entlang der Kollau ein, an den Flußrändern waren winzige weiße Blumen aufgeblüht. Schade, daß er hier, nahe am Busch, nicht mit Julie spazierengehen konnte, so kurz nach Charlottes Tod durften sie sich in der Öffentlichkeit nicht zusammen zeigen. Daß sie auf seine Situation Rücksicht nahm, zeigte ihm, wie sehr sie ihn liebte; es fiel ihr bestimmt nicht leicht, ständig Theater zu spielen. Ihre Leidenschaft am letzten Montag hatte mehr ausgedrückt als alle Worte. Es war die schönste Nacht seines Lebens gewesen.

Sie mußten einfach noch ein paar Monate ins Land gehen lassen, bis Charlottes Tod im Bewußtsein der Leute nicht mehr aktuell war. Irgendwann würden sie sich ohne Bedenken zusammen zeigen können, in die Kunsthalle gehen zum Beispiel.

Er umkreiste in großem Bogen die Kleingärten und das Tiergehege mit der Futterstelle am Bondenwald. Als er über den Parkplatz vorm Betriebshof lief, der ehemaligen Forstmeisterei, schreckte er einen Fasan auf. Mit durchdringendem Kreischen stob er davon, gefolgt von drei Hennen. In niedrigem Abstand zur asphaltierten Straße flogen sie hintereinander mit schwerem Flügelschlag bestimmt hundert

Meter weit vor ihm her, als wollten sie ihm den Weg zeigen. Das Gefieder des Männchens schillerte in der Sonne. Jon beschleunigte sein Tempo, aber die Vögel hängten ihn ab und verschwanden in der nächsten Kurve zwischen den Bäumen. Die rauhen Schreie des Hahns waren noch eine Zeitlang zu hören.

Langsamer lief er am Friedhof vorbei und verließ das Gehege bei der Kirche, bei Rot überquerte er den noch unbelebten Niendorfer Marktplatz. Er nahm sich vor, bald einmal zu Charlottes Grab zu gehen, vielleicht sogar heute noch, er war seit der Beerdigung nicht dort gewesen. Als er in den Bansgraben einbog, wollte er seinen üblichen Kurzsprint einlegen, doch ihm blieb die Luft weg. Seine Beine machten nicht mit, die letzten Meter bis zur Haustür waren quälend lang. Sein Mund war ausgetrocknet, und vor seinen Augen stiegen schwarze Pünktchen auf und nieder. Er hatte für seine Strecke sieben Minuten länger als sonst gebraucht. Ihm fehlte ganz eindeutig der Schlaf.

Anstatt wie sonst sofort unter die Dusche zu gehen, blieb er in seinen durchgeschwitzten Kleidern am Küchentisch sitzen und zwang sich, einen ganzen Liter Wasser zu trinken. Auf dem Tisch lag die Liste, die er in der Nacht geschrieben hatte. Er nahm den Stift und setzte die Worte »Friedhof + Grabstein« ans Ende der Kolumne.

Dann nahm er sich den Immobilienteil des *Abendblatts* von gestern vor. Nur eines der Inserate schien das zu versprechen, was er suchte: »Mansteinstraße, fünfzig Quadratmeter, möbliert, kurzfristig, von privat.« Die Lage war ideal, von dort konnte er in zehn Minuten zu Fuß bei Julie sein. Er umrandete das Inserat, unterstrich die angegebene Telefonnummer und schrieb »Mansteinstraße« auf seine Liste. Er würde später dort anrufen, nach dem Besuch des Maklers und der Mietinteressenten, die für elf Uhr angesagt waren. Auch den Punkt »Charlottes Sachen« würde er in Angriff nehmen, am besten gleich.

Er nahm die Liste mit nach oben und legte sie auf seinen Schreibtisch. Er duschte, zog sich an und ging mit ein paar Plastiktüten in Charlottes Schlafzimmer.

Es war das erste Mal seit ihrem Todestag, daß er den Raum betrat. Er hatte sich vorgenommen, nicht lange zu überlegen, sondern zügig vorzugehen. Er öffnete die beiden Fenster und zog die Gardinen vor, obwohl man vom Glissmannschen Haus aus nicht hereinsehen konnte. Als erstes räumte er den Kleinkram ab, der auf dem Nachttisch und dem Regal herumstand, ohne nachzudenken, ob er irgend etwas davon aufbewahren sollte.

Sie hatte von jeder Reise Souvenirs mitgebracht, das bemalte Holzpferd aus Schweden, die Sandrose aus Tunesien, das tönerne Öllämpchen aus Neapel, den gläsernen Schwan aus Venedig, das Majolikaschälchen aus Lissabon, den schmiedeeisernen Leuchter aus der Provence. Ramsch, der nur für sie einen Wert gehabt hatte. Aber nun rief jedes Stück auch in ihm Erinnerungen hervor. In Lissabon hatte sie sich den Magen verdorben und zwei Tage im abgedunkelten Hotelzimmer gelegen, er war stundenlang durch die Altstadt gegangen, es war stürmisch und naß gewesen, ein ungewöhnlich kalter April, und in Hamburg hatte Susanne auf seine Anrufe gewartet. Damals hatte man noch keine Handys, er hatte es gehaßt, in den stinkenden Telefonkabinen auf die Verbindung zu warten. Als sie wieder zu Hause gewesen waren, hatte er Susanne sehr schnell dahin gebracht, daß sie Schluß machte.

In Schweden damals waren sie mit Robert und Marlene zusammengetroffen, seiner zweiten Frau, mit der er von einer Nordkaptour zurückkam. Zu viert hatten sie eine Woche in einem Holzhaus in den Schären verbracht, sie hatten viel gelacht, dauernd wurde gegessen und noch mehr getrunken. Ob damals schon etwas lief zwischen Charlotte und Robert? Gelegenheiten hatte es genug gegeben, er selber war häufig mit Marlene schwimmen gegangen oder durch die Felsen geklettert, wenn Robert und Charlotte zum Kaufmann gefahren waren oder die nächste Mahlzeit vorbereiteten. Auch er hätte durchaus die Möglichkeit gehabt, zumindest einen Flirt zu beginnen; Marlene hatte mehr als einmal ihre Bereitschaft signalisiert. Aber wie auch die beiden anderen Frauen von Robert war sie nicht sein Typ gewesen, zu blond, zuviel Busen, zu phlegmatisch in ihren Bewegungen, ihr Verhältnis war rein freundschaftlich geblieben. Warum zum Teufel hatten Robert und Charlotte die Grenzen nicht auch einhalten können?

Er nahm den provenzalischen Leuchter und schmiß ihn mit voller Wucht gegen den Kleiderschrank. Danach fühlte er sich besser und packte, während die Glocken der Marktkirche zum ersten Mal läuteten, ihre Romane und Gartenzeitschriften in Kartons, sie konnten ins Altpapier.

Vor dem geöffneten Kleiderschrank hielt er inne. Er hatte seit Jahren nicht mehr hineingeschaut und nicht gewußt, daß sie eine solche Unmenge von Kleidungsstücken besaß, offensichtlich hatte sie nie etwas aussortiert. Da hingen Hemden und Blusen dicht gedrängt in allen Farben, gemustert und uni, Röcke, an die er sich nicht erinnerte, lange Kleider, die sie seit Urzeiten nicht getragen hatte, Cordhosen, Jeans, Leinenhosen, Latzhosen, Shorts. Wann hatte er sie zuletzt in kurzen Hosen gesehen? Zwei alte Bademäntel, beide grün. Oben auf der Ablage Mützen und Hüte, Tücher, Schals, Handschuhe. Der zitronengelbe Südwester, den sie in Schweden gekauft hatte.

Richtig elend wurde ihm, als er die dritte Schranktür öffnete. Zusammengeknüllt, in die Fächer gestopft, Unterwäsche und Strümpfe, chaotisch, ohne jedes System. Aus dem obersten Fach hing ein Büstenhalter halb heraus, schaukelnd im Luftzug, durch die Öffnung der Tür verursacht. Weinrote Spitze. Für Robert?

Er schlug den Schrank zu und ging in sein Arbeitszimmer. Während die Kirchenglocken zum zweiten Geläut einsetzten, schrieb er das Wort »Müllsäcke« auf seine Liste.

23

Kaum hatte die Standuhr im Eßzimmer elf geschlagen, klingelte der Makler an der Tür und stellte Jon die vierköpfige Familie Mehring vor: Er beleibt und verbindlich, sie einen halben Kopf größer, blaßhäutig und nervös, wahrscheinlich vor ein paar Jahren noch eine Schönheit. Die beiden Kinder, ein etwa fünfjähriges Mädchen mit blaugerandeter Brille und ein stark verschnupftes Kleinkind, das mit »Butzi« angeredet wurde, drängten sich verschüchtert an ihre Mutter. Jon überließ dem Makler die Führung; er hatte keine Lust, in seinem eigenen Haus wie ein Lakai voranzugehen, die Türen zu öffnen und Erklärungen abzugeben.

Bereits am Mittwochnachmittag hatte er Butschkow, einen smarten jugendlichen Typ in Designerklamotten, durchs Haus begleitet und erfahren, daß ein Objekt dieser Größenordnung und Qualität praktisch im Handumdrehen zu vermieten war, sofern die Mietforderung sich im Rahmen hielt, Niendorf war nun mal nicht Othmarschen. Sie hatten sich schnell auf den in dieser Gegend höchstmöglichen Quadratmeterpreis geeinigt. Als Jon beim Abschied erwähnte, daß er noch den Maler durchs ganze Haus schikken und im oberen Geschoß die Fußböden abschleifen und neu versiegeln lassen wollte, hatte Butschkow gewarnt:

»Stecken Sie bloß nicht zuviel rein, das rechnet sich nicht. Ich rede prinzipiell nicht schlecht über meine Kundschaft, aber Mieter? Eine ganz prekäre Abteilung. Vor allem, wenn sie Juristen sind oder Lehrer. Glauben Sie mir, ich weiß, wovon ich rede.«

Jon hatte kein Wort über seinen Beruf verloren. »Ich verlasse mich darauf, daß Sie mir die richtigen schicken«, hatte er gesagt. »Je eher, desto besser. Ich möchte in Zukunft möglichst wenig mit diesem Haus zu tun haben.«

»Kein Problem. Wir können Ihnen alles abnehmen, die gesamte Verwaltung. Sie brauchen keinen Finger zu rühren, Sie kassieren die Mieteingänge und fertig.«

»Abzüglich der ausgesprochen geringfügigen Verwaltungskosten.« Jon hatte eine genau dosierte Portion Ironie in seine Stimme gelegt, um Butschkow wissen zu lassen, daß er in geschäftlichen Angelegenheiten keineswegs so naiv war, wie es vielleicht den Anschein hatte. Der Makler sollte gar nicht erst auf die Idee kommen, ihn über den Tisch ziehen zu können.

Die Botschaft war angekommen. »Peanuts, Herr Ewermann.« Butschkow hatte verschwörerisch gegrinst und segnende Handbewegungen gemacht, die Jon an Robert erinnerten. Mit keinem Wort hatte er gefragt, warum Jon ausziehen wollte.

Natürlich hatte Verena den Besuch des Maklers mitbekommen. Als Butschkow in seinem nagelneuen Mini, in der Modefarbe *racing green,* weggefahren war, hatte sie in getigerten Leggins an ihrer Haustür herumgeputzt. »Wird schon richtig Sommer, was?« hatte sie herübergerufen. »Zu schade, daß Charlotte das nicht mehr mitkriegt.« Jon hatte ein melancholisches Grinsen fabriziert und sich vorgenommen, demnächst hinüberzugehen und seinen Auszug anzukündigen. Er durfte nur nicht vergessen, dabei überzeugend den trauernden Witwer zu spielen.

Erfreulicherweise fuhr Frau Mehring auf das Haus und vor allem auf den Garten total ab. Während Jon im Wintergarten mit ihrem Mann und Butschkow den Mietvertrag besprach, schleppte sie ihre beiden Kinder immer wieder von einem Raum in den anderen und plante die Einrichtung. Im Erdgeschoß sollten alle Wände zartgelb gestrichen werden, oben in Jons Arbeitsraum sollte ein Spielzimmer entstehen. Der Gedanke gefiel ihm, heulende Kinder, herumfliegende Spielsachen, verschütteter Saft und zerkrümelte Kekse würden Roberts Geist für immer vertreiben.

Mehring war Geschäftsführer einer Schokoladenfabrik und sah aus, als würde er schon zum Frühstück ein halbes Pfund Pralinen verdrücken. Als Butschkow kurz in den Garten gegangen war, weil sein Handy geklingelt hatte, sagte er zu Jon: »Wir suchen seit Monaten. Mal stimmt dies nicht, mal paßt das nicht. Frauen haben da ja ihre kapriziösen Vorstellungen. Dieses Haus ist das erste, das ihr rundherum zu gefallen scheint. Würden Sie es eventuell irgendwann auch verkaufen?«

»Schon möglich«, sagte Jon.

»Irgendwann«, wiederholte Mehring. »Erst mal müssen wir abwarten, wie sie sich hier einlebt. Und ich würde dann natürlich lieber ohne Makler mit Ihnen ins Geschäft kommen. Haben Sie eine Preisvorstellung?«

»Fünfhunderttausend«, sagte Jon.

Mehring lehnte sich zurück und verschränkte die kompakten Arme vor der Brust. »Darüber müßten wir dann natürlich noch reden«, sagte er nach einer kleinen Kunstpause. »Hat das Haus irgendwelche Macken, die Sie uns verschweigen?« Er kniff ein Auge zu und versuchte, humorvoll zu sein.

»Naja.« Jon setzte sein Pokerface auf. Wenn Mehring Witze machen wollte? Kein Problem. »Manchmal geht hier einer durch, in der Nacht. Trägt seinen Kopf unterm Arm und seufzt gottserbärmlich. Aber wenn man ihm Schokolade gibt, verzieht er sich wieder.«

»Verstehe«, sagte Mehring und griente erfreut.

Beim Abschied bat Frau Mehring um die Erlaubnis, einen Sandkasten aufstellen zu dürfen. Wo denn wohl der geeignetste Platz dafür wäre. Während Mehring Butzi und seine Schwester im Auto verstaute, ging Jon mit ihr noch einmal durch den Garten und zeigte ihr die Stelle unter dem Fliederbusch, die im Sommer im Halbschatten, im Winter aber im vollen Licht lag. Man konnte nicht mehr sehen, daß er Columbus hier begraben hatte. Der Regen hatte alle Spuren weggewaschen.

»Ich glaube, wir werden uns hier sehr wohl fühlen«, sagte Frau Mehring und ließ ihre Blicke hinüber zu den beiden blühenden Forsythien rechts und links des Wintergartens schweifen. Die Büsche strahlten in der Sonne wie frisch geputztes Messing, unter ihnen hatte Charlotte tiefblaue Krokusse gepflanzt, die sich im Lauf der Jahre zu einem dichten Teppich vermehrt hatten. Jetzt waren sie kurz vorm Verblühen und zeigten noch einmal ihre ganze Pracht.

»Schön«, seufzte Frau Mehring. »Sie können hier doch nur sehr glücklich gewesen sein. Warum ziehen Sie aus?«

Es widerstrebte Jon, sie anzulügen. Aber sollte er jetzt mit Charlottes Tod hausieren gehen? »Ich will mich unabhängiger machen«, sagte er und brachte sie am Haus vorbei zur Straße. Bei Glissmanns im Obergeschoß wurde das Badezimmerfenster im ersten Stock gekippt. »Ich möchte öfter mal verreisen. So ein Haus muß ja ständig betreut werden.«

»Kannst du kurz Klopapier raufbringen, Süße?« Mannis Stimme war nicht zu überhören.

»Und wie sind die Nachbarn so?« fragte Frau Mehring höflich.

»Nett«, sagte Jon. »Ausgesprochen hilfsbereit.«

»Das ist gut zu wissen«, sagte sie. »Manchmal ist man ja auf Hilfe angewiesen.«

Sie warf ihm einen schmelzenden Blick zu, der ihn an ein Mädchen erinnerte, eine seiner Freundinnen noch vor Charlotte, Kiki Sowieso, auch so eine ätherische Schönheit, ständig hatte sie Kreislaufprobleme gehabt, war unvermittelt umgekippt, meistens nach dem Essen, er hatte ihre Füße hochhalten müssen. Bei der Trennung hatte sie mit Selbstmord gedroht.

»Es ist schön, Sie kennengelernt zu haben«, sagte Frau Mehring, als sie sich neben ihren Mann ins Auto setzte. Dabei bedachte sie Jon nochmals mit diesem Augenaufschlag.

»Das Vergnügen ist ganz auf meiner Seite«, sagte er förmlich und entschloß sich im gleichen Moment, Julie anzurufen. Der Tag war einfach zu schön, um ihn nur mit unangenehmen Pflichten zu verbringen. Er hatte Lust auf Sex.

Sie nahm sofort ab. »Ja?« Ihr Stimme klang, als wäre sie eben erst aufgewacht.

»Hab ich dich etwa geweckt?« fragte er. »Es ist high noon vorbei.«

»Nicht direkt.«

»Aber du liegst noch im Bett? Soll ich kommen?«

»Kriegst du nicht heute Besuch von dem Makler und diesen Leuten?«

»Schon abgefrühstückt. Wahrscheinlich wollen sie das Haus sogar kaufen. Ich möchte dich sehen, hast du vielleicht Lust auf einen Spaziergang?«

Sie antwortete nach einer Pause, er hörte ein leises Rascheln und das Geräusch aufeinandergestellten Geschirrs. Wahrscheinlich trank sie ihren Kaffee im Bett. »Wir können uns in Blankenese treffen«, sagte sie. »Aber nicht vor vier.«

»Soll ich dich nicht abholen?«

»Bushaltestelle Baurs Park«, sagte sie. »Ich bin um vier da. Okay?«

Die Aussicht, sie in ein paar Stunden zu treffen und vielleicht den Abend und sogar die Nacht mit ihr zu verbringen, vertrieb schlagartig alle Müdigkeit. Er telefonierte wegen der Wohnung in der Mansteinstraße und verabredete mit der Eigentümerin, einer Frau Kriechbaum, einen Termin gleich für diesen Abend. Sie versprach, die Wohnung bis dahin auf keinen Fall anderweitig zu vergeben. Er kündigte an, eventuell eine Bekannte mitzubringen.

Danach erledigte er die Unterrichtsvorbereitungen für den nächsten Tag und begann die Korrektur der Klassenarbeiten der 10 a. Wie immer begann er mit den schlechtesten Schülern, in diesem Fall also Luca della Mura und Timo

Voss. Wie vorauszusehen, würde es bei beiden höchstens zu einer Fünf reichen.

Gegen zwei ging er hinüber zu Glissmanns. An einem Hühnerbein nagend öffnete die Lütte die Tür. Sie sah Jon an, als wäre er ihr noch nie vor die Augen gekommen.

»Ich bin's«, flüsterte er. »Der Nachbar. Ich wohne da drüben. Deine lieben Eltern ganz zufällig zu Hause?«

Seine Ironie war verschwendet, er hätte es sich denken können. Sie verzog keine Miene und trottete, ohne das Hühnerbein aus den Zähnen zu lassen, ihm voraus in die Küche, wo Verena und Manni am gedeckten Tisch saßen, Verena mit Lockenwicklern, Manni im Bademantel. Verena spang auf: »Jon! Wir sind grad beim Brunch. Ißt du einen Happen mit?« Obwohl Jon abwinkte, holte sie Teller und Besteck.

»Ich hab nicht soviel Zeit«, sagte er.

»Egal«, sagte Manni und klopfte neben sich auf die Eckbank. »Setz dich hin, sonst komm ich mir vor wie auf'm Bahnhof.«

Jon verabscheute Eckbänke, sie täuschten auf piefige Weise Gemütlichkeit vor, auf ihnen zu sitzen war eine Tortur. Da er nach seiner Berechnung höchstens noch einmal in diesem Haus sein würde, nämlich beim endgültigen Abschied, überwand er sich und nahm neben Manni Platz. »Ich wollte euch nur darüber informieren, daß ich demnächst ausziehe«, sagte er. »Ich vermiete das Haus.« Ihm gegenüber zog die Lütte das angefressene Hühnerbein durch ihren mit Ketchup gefüllten Teller. Es sah ekelerregend aus, er durfte kein zweites Mal hinsehen.

»Das kannst du uns nicht antun«, sagte Verena und riß ihre Puppenaugen auf.

»Klar kann er das«, sagte Manni. »Was soll er mit dem Schuppen, kannst du mir das mal erzählen? Wenn du stirbst, bin ich hier auch raus, aber zack zack.«

»Du bist echt fies, Papa«, nuschelte die Lütte. In ihrer Zahnspange hingen Fleischfasern.

»Werden wir ja mal sehen, wer hier zuerst stirbt«, sagte Verena. »Sag mal, vorhin, waren die das schon? Deine Mieter? Erst hab ich gedacht, das ist deine Schwester mit ihrer Familie, Jutta, oder? Weil die ja nicht auf der Beerdigung war. Seid ihr irgendwie verkracht?«

Jon ließ ihre diversen Fragen im Raum stehen. »Wenn also drüben demnächst irgendwelche Leute auftauchen, die ihr nicht kennt, wundert euch nicht. Das sind dann nur die Handwerker.«

»Du hältst es nicht aus ohne sie, stimmt's?«

Er brauchte einen Moment, um zu kapieren, daß Verena nicht die Handwerker meinte, sondern Charlotte. Er nickte und senkte den Kopf. Neben ihm zerlegte Manni einen Brathering. Auch das sah nicht gut aus und erinnerte ihn an den Uklei-See. Voller Aale wahrscheinlich. Ob es stimmte, daß sie Leichen fraßen?

Verena hüpfte wie immer von einem Thema zum anderen. Sie erging sich in Erinnerungen an Charlotte, fragte nach Jons neuer Adresse, die er noch nicht angeben konnte, erkundigte sich nach seinen Mietern, bot ihre Hilfe bei seinem bevorstehenden Umzug an und bedauerte zwischendurch immer wieder, ihn als Nachbarn zu verlieren. Jon verabschiedete sich nach zehn Anstandsminuten, sie brachte ihn nach draußen. »Du siehst mitgenommen aus«, sagte sie. »Wenn ich irgendwas für dich tun kann?«

Diesen Satz hatte er in den letzten Wochen so oft gehört, daß er ihm zu den Ohren rauskam. Was in aller Welt wollten plötzlich alle für ihn tun? Als wenn Charlottes Tod ihn zu einem hilflosen Bündel gemacht hätte, das nicht mehr in der Lage war, sich selber ein Butterbrot zu schmieren. Und dann dieses entsetzliche »Ich wünsch dir viel Kraft«. Ebenso gedankenlos dahergeplappert wie das stereotype »Einen schönen Tag noch« an jeder Supermarktkasse, bei jedem Telefonat, bei jeder noch so flüchtigen Begegnung auf der Straße. Neudeutsche Höflichkeit, formelle Floskeln, zum Kotzen.

»Ich wünsch dir viel Kraft«, sagte Verena. »Und wie gesagt: Wenn ich was für dich tun kann?«

»Kannst du«, sagte Jon. »Die Leute, die bei mir einziehen, werden einen Sandkasten aufstellen, unter dem Flieder. Wenn du ihnen vielleicht nicht unbedingt erzählst, daß dort Columbus liegt.« Es konnte nicht schaden, ihr zur Strafe für ihr dummes Geplapper noch einmal Mannis Schuld am Tod des Katers ins Gedächtnis zu rufen.

24

Er hatte genug Zeit, um noch auf den Friedhof zu gehen, bevor er hinaus nach Blankenese zu seinem Treffen mit Julie fuhr. Er nahm ein Bündel weißer Narzissen aus dem Garten und eine Vase mit, die noch von den alten Pustowkas stammte. Je mehr Krempel er sofort entsorgte, desto besser.

Der Grabschmuck von der Beerdigung war verschwunden, statt dessen waren langstielige gelbe Rosen in eine Steckvase gezwängt, ein teurer, protziger Strauß. Im ersten Moment dachte er, Robert hätte die Blumen hier deponiert, am vorletzten Freitag noch, bevor er zu Fuß zu ihm in den Bansgraben gekommen war und bevor sie ein allerletztes Mal miteinander zu tun gehabt hatten. Daß er die verregneten und verwelkten Kränze und Sträuße nicht ertragen, sie zusammengerafft und eigenhändig zum Kompostsilo gebracht hatte. Daß er die häßliche Friedhofsvase in die Erde gebohrt, mit den protzigen Rosen gefüllt und anschließend in Gedanken an Charlotte noch eine Weile vor dem Grab gestanden hatte, versunken in Erinnerungen an ihre Liebesspiele.

Jon riß die Steckvase mit dem Strauß heraus und warf sie in die nächste Abfalltonne, bevor ihm klar wurde, daß die Rosen viel zu frisch waren, als daß sie seit elf Tagen hier stehen konnten, Regen, Wind und Nachtfrost hätten sie längst entblättert. Und daß die Aufräumarbeiten auf dem Grab Sache der Friedhofsgärtner war.

Er drückte die Pustowkasche Vase genau dort in den Erdboden, wo er die Steckvase herausgezogen hatte. Er zwang sich, die Narzissen sorgfältig hineinzustellen, ohne jede Eile, Stengel für Stengel. Dabei versuchte er, sich mit den Augen eines zufällig vorbeikommenden Friedhofsbesuchers zu sehen. Vielleicht jemand, der ihn kannte, die Eltern eines Schülers. Bekannte von Bekannten, die gehört hatten, daß Herr Ewermann durch einen tragischen Unglücksfall seine Frau verloren hatte, und ihn mitleidsvoll beobachteten.

Dann fiel ihm ein, daß er kein Wasser in die Vase gefüllt hatte. Am nächsten Wasserhahn fand er keine Gießkanne. So selten er früher auch mit Charlotte zum Grab ihrer Eltern gegangen war, es hatten hier doch immer Gießkannen gestanden. Mußte er jetzt etwa die Vase wieder ausbuddeln und zum Wasserhahn tragen? Die ganze Prozedur noch einmal? Er wurde ungeduldig, er wollte hier weg, den trauernden Witwer abstreifen und wieder er selber sein, Julie treffen, in ihrem Bett liegen, ihre Schenkel um seine Hüften spüren.

Aber wenn ihn nun tatsächlich jemand beobachtete? Mitbekommen hatte, daß er seiner Frau, der in ganz Niendorf bekannten Gärtnermeisterin, Blumen und sogar eine persönliche Vase gebracht hatte – aber die Vase ohne Wasser hinterließ? Er schaute sich um. Ein alter Mann kam mit einem Karton voller Stiefmütterchen den Weg herauf. Jon wartete, bis der Alte auf seiner Höhe war. »Sagen Sie, gibt es hier keine Gießkannen mehr?«

»Vorne, am Kannenbaum.« Ohne weitere Erklärungen trippelte der Alte an Jon vorbei.

Jon ging zurück zum Eingang. Die Kannen hingen festgekettet an einem Gestell, das aussah wie ein stilisierter Weihnachtsbaum. Wie bei den Einkaufswagen im Supermarkt mußte man eine 2-Euro-Münze einwerfen, um eine Kanne von der Kette zu lösen. Jon durchsuchte sein Portemonnaie, er hatte keine 2-Euro-Münze. Na gut, dann mußten die Blumen eben ohne Wasser auskommen, wenn er sich jetzt noch lange hier aufhielt, würde er zu spät in Blankenese sein.

Im Fortgehen zog er aus einem Kasten, der neben dem Kannenbaum angebracht war, einen schmalen Zettel: »Jesus ist dein Erlöser. Er löst deine Ketten, deine Nöte, Schwierigkeiten und Fragen. Vertraue Ihm restlos!« stand darauf. Er steckte den Zettel unter den Scheibenwischer eines Autos, das neben seinem A6 auf dem Kirchenparkplatz stand.

Er nahm den Weg über die Elbchaussee, vorbei an den herrschaftlichen Villen auf parkähnlichen Grundstücken. Schneeweiße Portikus, gerahmt von Oleanderbüschen, klassizistische Gartentempel, auf einem der Hausdächer zwei gigantische bronzene Adler. Der Gedanke, sich in ein paar Wochen rein theoretisch so ein Anwesen leisten zu können, wenn auch nur eins der bescheideneren, steigerte seine ohnehin blendende Laune. Er war ausgesprochen zufrieden mit sich, er hatte heute bereits viel erledigt, jetzt fuhr er bei strahlendem Wetter auf einer der schönsten Straßen dieser Welt seiner Belohnung entgegen.

Schon von weitem sah er sie. In einer roten Jeansjacke,

die er noch nicht kannte, ging sie auf der anderen Straßenseite vor der Bushaltestelle am Baurs Park auf und ab. Er hatte Glück, knapp fünfzig Meter vor der Haltestelle schloß auf dem dicht an dicht zugestellten Parkstreifen ein Mann seinen Wagen auf. Während Jon darauf wartete, daß auch die dazugehörige Familie einstieg, beobachtete er Julie. Sie hatte ihr Handy am Ohr, sprach temperamentvoll hinein, lachte zwischendurch, gestikulierte, ganz auf das Gespräch konzentriert. Obwohl sie beim Auf-und-ab-Gehen auch in seine Richtung schaute, bemerkte sie ihn nicht. Mit ihren wilden Locken, den schnellen Bewegungen und der leuchtenden Jacke kam sie ihm so verführerisch vor wie noch nie. Wenn es nicht längst passiert wäre, hätte er sich in diesem Moment heillos in sie verliebt.

Er mußte an ihr Telefonat vorhin denken, wie knapp sie gewesen war und daß er gern länger mit ihr gesprochen, ihren Atem und ihr Lachen gehört hätte. Aber müßig, sich jetzt Gedanken darüber zu machen, was vorhin hätte sein können. Gleich würde er sie in die Arme nehmen.

Mit wem sie wohl sprach? Nein, er würde sie nicht danach fragen, so gern er es wüßte. Sie hatte eindeutige Spielregeln aufgestellt, an die er sich halten würde. Im Gegensatz zu Charlotte wußte sie, daß es in jedem Menschen Bereiche gab, in die kein anderer vordringen durfte. Nie würde sie ihn so bedrängen wie Charlotte, nie von ihm verlangen, sein Innerstes nach außen zu stülpen und, im Fall seiner Verweigerung, mit Trotz und Selbstzerstörung reagieren. Ihre Unabhängigkeit war ja gerade das, was ihn so sehr an ihr reizte.

Als er die Autotür zuwarf, schaute sie herüber, sagte

noch ein paar Worte in ihr Handy und steckte es in ihre Tasche. Er mußte warten, aus beiden Richtungen kam ein Auto nach dem anderen. Wie immer bei schönem Wetter am Wochenende war ganz Hamburg entweder an der Alster oder an der Elbe unterwegs. Sie stand drüben am Kantstein und strahlte ihm entgegen, vom Fluß herauf blies ein leichter Wind und pustete ihr die Locken ins Gesicht. Selten war ihm eine Wartezeit so lang vorgekommen.

Schließlich hielt es ihn nicht mehr, und er spurtete zwischen zwei entgegenkommenden Autos hinüber. Beide Fahrer hupten. Julie rief: »Bist du verrückt!«

»Ja!« Er riß sie an sich.

»Das war haarscharf«, sagte sie und legte ihre Arme um seinen Hals.

Jon küßte sie auf den Mund. Er hatte das Gefühl zu versinken, zu fliegen, zu brennen, alles gleichzeitig. Nie würde er genug von ihr bekommen, vom Geschmack ihrer Lippen, vom Geruch ihrer Haare, von ihren Fingern in seinem Nacken.

Auch Julie schien es heute egal zu sein, ob man sie zusammen sah. Eng umschlungen gingen sie durch den Park hinunter zum Uferweg und wandten sich dort stadteinwärts, Richtung Teufelsbrück. Zahllose Menschen waren unterwegs, mit Hunden, Kinderwagen, Rollstühlen und Fahrrädern, die Sonne glitzerte auf dem Wasser, der laue Wind trieb kleine Wellen ans Ufer.

Sie war sofort einverstanden, später mit ihm in die Mansteinstraße zu gehen und die Wohnung anzuschauen. »Klar«, sagte sie, »ich hab Zeit.«

Sie hatte Zeit. Sie würden den Abend und die Nacht

miteinander verbringen. Ein paar Wochen weiter, und die Frage, ob einer von ihnen Zeit hatte, würde keine Rolle mehr spielen. Sie würden jede Nacht zusammensein.

Sie schlug ein schnelles Tempo an, kein endloses Getrödel wie bei Charlotte, die sich immer beschwert hatte: Es heißt Spazierengehen, Jon, nicht Spazierenrennen. Immer hatte er innehalten müssen, sich zurücknehmen, auf sie warten. Diese endlosen Stadtbummel, vor allem im Ausland, vor jedem Schaufenster war sie stehengeblieben und hatte die gesamte Auslage inspiziert, im schlimmsten Fall wollte sie den Laden betreten und sich »ein bißchen umsehen«, was leicht eine Stunde dauern konnte. Vor Jahren auf der Durchreise in Madrid hatten sie den Prado drangeben müssen, weil sie Ewigkeiten in einem Schuhladen hängengeblieben war, auf dem Rückweg ins Hotel hatten sie sich gestritten und während des Rückflugs am nächsten Morgen kein Wort miteinander gesprochen. Bis heute hatte er keinen Fuß in den Prado gesetzt.

Während sie immer wieder andere Spaziergänger überholten, wollte Julie wissen, was für Leute in sein Haus ziehen würden. »Alles, was du dir vornimmst, ist im Handumdrehen erledigt«, sagte sie, »finde ich toll. Aber sag mal, macht es dir gar nichts aus, da wegzuziehen? Nach so langer Zeit? Man entwickelt doch eine Beziehung zu so einem Haus.«

»Du bist meine Beziehung«, sagte Jon, griff in ihre Lokken und küßte sie auf den Hals. Daß Mehrings ihm vor allem deswegen sympathisch waren, weil sie in seinem Arbeitszimmer ein Spielzimmer einrichten wollten, erwähnte er nicht.

»Wann ziehen sie ein?« fragte sie.

»Zum ersten Juli.« Mindestens einen Monat vorher mußte er das Haus geräumt haben, wegen der Renovierungsarbeiten. Er mußte sich dringend um den Verkauf der Möbel kümmern und ein Entrümpelungsunternehmen ausfindig machen. Im Geist überflog er seine Liste. Morgen mußte er noch einmal bei Robert anrufen, in der kommenden Woche bei Frau Esrom. Ein paar Tage später vielleicht zur Polizei gehen. Und Emine rechtzeitig auf die anstehende Kündigung vorbereiten.

»Aber all deine Sachen«, sagte Julie. »Ich meine, wenn du in so eine kleine möblierte Wohnung ziehst?«

»Ich will eigentlich nur meinen Schreibtisch und den Stuhl mitnehmen«, sagte Jon. »Und einen alten Rollschrank, den hab ich mir als Student gekauft. Na, und ein paar Kleinigkeiten. Ich will Ballast abwerfen, verstehst du? Mein Leben ändern. Ich weiß, es klingt pathetisch.«

»Versteh ich gut.« Sie blieb stehen, löste ihre Hand aus seiner und balancierte über die Ufersteine zum Wasser. Eine elbabwärts tuckernde, von Möwen begleitete Barkasse spülte Wellen heran, das Wasser gluckste. »Ich kenn das«, sagte sie. »Man hat das Gefühl, man verpaßt alles mögliche, wenn man immer auf dem gleichen Gleis läuft. Wenn ich mir vorstelle, was ich alles noch nicht gesehen habe! Jetzt mal rein geographisch.« Sie lachte und breitete ihre Arme aus. »Ich war noch nicht mal in New York. Ganz zu schweigen von Peking. Oder Singapur.«

»Wir können hinfahren«, sagte Jon. »Wenn du willst, lassen wir beide die Schule sausen und gehen auf Weltreise. Ich hab demnächst Geld genug.«

»Echt?«

»Wenn ich das Haus verkaufe? Und alles andere, was meine Frau mir hinterlassen hat.«

»Hatte sie denn so viel?« Sie schützte mit einer Hand ihre Augen vor der Sonne und schaute der Barkasse nach.

»Für eine Weltreise reicht es dreimal«, sagte er. »Wenn wir wollen, können wir jahrelang unterwegs sein. Aber wir können auch nach einem Jahr zurückkommen und uns irgendwo ein Haus kaufen. Und es wird kein Pißpott sein.« Er trat dicht hinter sie und schob seine Hände unter ihre Jacke, tastete sich vor bis zur warmen, glatten Bauchhaut und blickte über ihre Schulter über den Fluß. An dieser Stelle war er besonders breit und hieß Mühlenberger Loch, auf der anderen Seite war das Alte Land in goldenem Dunst verborgen. Mit Evelyn war er von Blankenese mit der Fähre hinüber nach Cranz gefahren, als die Kirschen blühten. Er hatte sich einen Sonnenbrand geholt, und bei seiner Heimkehr hatte Charlotte ihn zur Rede gestellt, sie hatte alles gewußt. Neben Julie würde es keine anderen Frauen mehr geben, vor ihr würde er keine Heimlichkeiten haben müssen. Bis auf die Sache mit Robert natürlich.

»Hört sich verführerisch an«, sagte sie.

»Wir können losfahren, sobald ich den Erbschein bekommen und alles geregelt habe.«

»Meinst du das im Ernst?«

Er schob seine Hände hinauf zu ihren Brüsten und legte sein Kinn auf ihre Schulter. »Ich kann mir nichts Schöneres vorstellen. Und ich hab noch nie etwas so ernst gemeint.«

Sie hielt einen Moment lang still und sagte nichts. Dann

schob sie seine Hände fort, drehte sich zu ihm um und strich ihm mit ihrer flachen Hand übers Gesicht, von der Stirn zum Kinn. »Es geht nicht. Leider.« Sie ging in die Hocke und pulte an einem kleinen Stein herum, der sich zwischen den Quadern festgesetzt hatte.

»Und warum nicht?«

»Mein Gott, Jon! Ich kann doch heute noch nicht sagen, wo ich in einem Jahr sein will.«

»Dann ist doch eine Weltreise genau das richtige. Du brauchst ja nicht auf den Reiseplan zu gucken. Du wachst auf und bist in Jamaica.«

»Und mein Vertrag mit der Schulbehörde?«

»Der läuft im Sommer aus. Und ob du einen neuen bekommst, ist sehr die Frage, das weißt du selber. Sie sind dabei, eintausend Lehrer zu entlassen.«

Sie richtete sich auf und reichte ihm den Stein, er war zu einer perfekten runden Form geschliffen, naß und schwarz. »Es geht wirklich nicht«, sagte sie. »Ich kann mich nicht so festlegen. Jetzt noch nicht, verstehst du? Laß mir Zeit.«

»Könntest du dir denn überhaupt vorstellen, mit mir zusammen ...«

Sie fiel ihm ins Wort. »Natürlich. Sonst wär ich ja wohl nicht hier. Aber findest du nicht, du bist ein bißchen voreilig? Wir können doch jetzt noch nicht über irgendwelche Perspektiven reden. Du hast gerade deine Frau begraben.«

Gerade? Er mußte nachrechnen. Es war wirklich erst elf Tage her, ihm kam es vor wie ein halbes Jahr. Mindestens. »Okay«, sagte er. »Du hast recht. Aber wenn ich dich sehe, vergeß ich immer, was noch so passiert ist.«

Sie lachte und zog ihn zurück auf den Fußweg. »Das solltest du aber nicht. Sonst vergißt du das Wichtigste.«

»Und was ist das?«

»Im Moment dein Date in der Mansteinstraße«, sagte sie. »Guck mal auf die Uhr!«

25

Es war fast halb sechs, sie würden zu spät kommen. Sie rannten zurück zum Auto, Jon dank seines Trainings immer ein paar Schritte voraus, und fuhren unter Mißachtung aller Geschwindigkeitsbeschränkungen nach Eimsbüttel. Julie war ungewöhnlich schweigsam, Jon vermutete, daß sie über seinen Vorschlag mit der Weltreise nachdachte. Er ließ sie in Ruhe, er hoffte, daß sie es sich noch anders überlegen würde. Die Idee, die ihm vorhin so spontan gekommen war, faszinierte ihn: Mit Julie auf Reisen zu gehen war noch viel verlockender, als wieder so ein bürgerliches Nest einzurichten, wie er es mit Charlotte getan hatte. Unterwegs zu sein, unabhängig, frei von beruflichen Zwängen, ohne Geldsorgen, ohne lästige Nachbarn, und nebenbei auch weit weg vom Uklei-See – es wäre das Paradies. Und wenn sie keine Lust mehr zum Reisen hatten, konnten sie sich niederlassen, wo immer sie wollten. Im Tessin, in London, in New York. Er würde sie entscheiden lassen. Alles war möglich.

Sie beendete ihr Schweigen erst, als sie schon die Bismarckstraße hinauffuhren. Sie klappte die Sonnenschutzblende herunter, beleckte die Kuppe ihres Mittelfingers, säuberte die Haut unter ihren Augen und fragte: »Wolltet ihr eigentlich nie Kinder, deine Frau und du?«

Ihre Frage überraschte ihn. Er mußte daran denken, wie er vor Jahren hier ganz in der Nähe am Kaiser-Friedrich-Ufer zusammen mit Robert eine Wasserratte beobachtet hatte, die auf der Suche nach Abfällen am Ufer hin und her gerannt war. Sie hatten auf einer der schmalen, über den Kanal führenden Eisenbrücken gestanden, es war ein warmer Sommerabend gewesen, über den Dächern hatte ein besonders roter Abendhimmel geglüht. Robert und er hatten bestimmt eine Viertelstunde am Geländer gelehnt, der Ratte zugesehen und über die Tiere gesprochen, die eines Tages den Erdball beherrschen würden: Ratten, Schaben, Kakerlaken.

Julie klappte die Blende zurück und zog ihre Zigarettenschachtel aus der Tasche. »Ich hab dich etwas gefragt, Jon. Stört's dich, wenn ich rauche?«

»Nein.« Noch nie war in seinem Wagen geraucht worden, aber nichts, was sie tat, konnte ihm jemals lästig sein. »Kinder? Doch. Früher mal. Aber es hat nicht geklappt.«

»Und woran hat es gelegen?«

Damals, auf der Brücke, waren zwei Frauen neben ihnen stehengeblieben. Sie hatten ein Kind dabeigehabt, dem sie geduldig klarzumachen versuchten, daß es unten am Ufer etwas zu sehen gab. Als das Kind, ein breitschultriges Wesen mit strubbeligen Haaren, endlich die Ratte entdeckt hatte, hatte es unartikulierte Laute von sich gegeben, herumgefuchtelt und auf das eiserne Geländer geschlagen. In unausgesprochener Übereinstimmung waren Jon und Robert noch einen kleinen Moment schweigend stehengeblieben, bevor sie weitergingen, sie hatten nicht unhöflich wirken wollen. Die ganze Szenerie mit der Ratte, diesem Kind und dem feuerfarbenen Himmel hatte etwas Bedrohliches gehabt.

»Einmal war sie schwanger«, sagte er. »Ganz zu Anfang, ungefähr ein Jahr nach unserer Hochzeit, aber sie hatte eine Fehlgeburt, im sechsten Monat. Den genauen Grund dafür wußten auch die Ärzte nicht. Und danach...« Er zuckte die Achseln.

Während der vergangenen Jahre hatte er selten an diese überschattete Zeit seines Lebens zurückgedacht. Der Verlust des Kindes hatte auch ihm damals zu schaffen gemacht, er war sich vorgekommen wie ein Versager, dessen Erbmaterial nicht qualifiziert war, ein lebensfähiges Kind zu erzeugen. Aber er hatte sich seinen Kummer nicht anmerken lassen, hatte geglaubt, eine Stütze für Charlotte sein zu müssen, die sich ganz in sich zurückgezogen hatte. Später hatte sie ihm vorgeworfen, nicht mit ihr zusammen getrauert zu haben.

»Hast du damit irgendwie ein Problem?« fragte Julie. »Ich meine, weil du niemanden hinterläßt, eines Tages.« Sie blies den Rauch mit vorgeschobener Unterlippe nach oben und fügte mit unüberhörbarem Spott hinzu: »Ich kenne Männer, die sehen den Sinn des Lebens in ihrer Fortpflanzung.«

»Vielleicht hinterlasse ich ja jemanden.« Er trat auf die Bremse, fast wäre er bei Rot über die Kreuzung gefahren. Genau wie damals, als er Evelyn abholen wollte. Ob sie wohl immer noch Französisch und Geschichte drüben im Helene-Lange-Gymnasium unterrichtete?

»Wie meinst du das«, sagte Julie. »Hast du sonstwo irgendwelche Kinder?«

»Nicht daß ich wüßte«, sagte er. »Aber ich hab ja keine Ahnung, wie du darüber denkst. Ob du ein Kind haben willst, irgendwann mal.«

»Kann ich nicht sagen«, sagte sie nach kurzem Zögern. »Im Moment ist das Thema nicht aktuell. Aber ich will mich da nicht festlegen.« Sie lächelte und legte ihre Hand auf seinen Oberschenkel.

Damals, nach Charlottes Fehlgeburt, hatte er das Thema hin und wieder angeschnitten, allerdings mit großer Vorsicht, weil er emotionale Ausbrüche und Tränenströme gefürchtet hatte. Ich bin noch nicht soweit, hatte sie jedesmal gesagt, und er hatte nicht weiter nachgefragt. Dann war ihr Vater gestorben, sie hatte den Betrieb übernommen und sich überfordert gefühlt, von einem Kind war nicht mehr die Rede gewesen. Nur einmal noch hatte sie davon gesprochen, an ihrem siebenunddreißigsten Geburtstag, als die Zeit langsam knapp für sie wurde. Er hatte sich längst mit ihrer Kinderlosigkeit abgefunden, sie war von seiner vagen Reaktion enttäuscht gewesen.

Bis heute hatte er gedacht, das Thema wäre für ihn ein für allemal erledigt. Merkwürdig, wie die Dinge sich änderten. Schon allein Julies Andeutung, daß sie vielleicht eines Tages ein Kind von ihm haben wollte, erfüllte ihn mit Freude. Oder war es Stolz? »Und dich würde nicht stören, daß ich ein ziemlich alter Vater wäre?« fragte er und bog in die Mansteinstraße ein. »Angenommen, du näherst dich dem Thema in sagen wir mal fünf Jahren, dann bin ich siebenundfünfzig.«

»Ich weiß, daß du gern mit deinem Alter kokettierst«, sagte sie. »Da kannst du übrigens parken.«

Er stellte den Wagen vor einem der hölzernen Fahrradhäuser ab, die in den Wohngegenden vor einigen Jahren wie Pilze aus dem Boden geschossen waren. Die Autos waren, soweit er die Mansteinstraße hinuntersehen konnte, in doppelter Reihe geparkt. Er mußte sich nach einem Garagenplatz umhören, wenn es mit der Wohnung klappte.

Das Gebäude lag auf der rechten Seite, kurz vor der nächsten Kreuzung, ein frisch gestrichenes, fünfstöckiges Doppelhaus mit sparsamen Jugendstilverzierungen, die winzigen Vorgärten mit altmodischen Buchsbaumhecken eingefaßt. Gleich um die Ecke lag der Eppendorfer Weg mit seinen Geschäften, Eisdielen, Friseursalons und Zeitungsläden. Und, nicht zu vergessen, ›Mamma Leone‹.

Jon blieb stehen und ließ seinen Blick über die fensterreiche Fassade schweifen. »Gefällt mir«, sagte er. »Ich hab das Gefühl, wir gehen guten Zeiten entgegen. Was sagst du dazu?«

Sie war schon an der Haustür und studierte die Klingelschilder. »Ich? Was willst du hören?«

Daß du mich liebst, dachte er, das will ich hören. Daß du mich toll findest und daß du am liebsten heute noch mit mir sonstwo hinfahren und das Frettchen zusammen mit dem gesamten Busch zum Mond schießen willst. Daß du ohne mich nicht leben kannst. Aber Frauen ihrer Generation waren nicht so schnell mit Liebesbezeugungen, diese Erfahrung hatte er oft genug gemacht. Jedenfalls nicht die ernstzunehmenden Frauen, und erst recht nicht Julie. So temperamentvoll sie auch war, so vorsichtig ging sie mit Worten um. Aber sie hatte gesagt, daß sie sich Kinder mit ihm vorstellen konnte, einen eindeutigeren Liebesbeweis konnte er sich nicht wünschen. Ob sie vielleicht gar nicht so unbürgerlich war, wie er gedacht hatte? Vielleicht fand sie seinen Vorschlag mit der Weltreise irgendwie abgedreht, vielleicht wollte sie viel lieber eine Familie mit ihm gründen. Auch das war ihm recht. Alles war ihm recht, was sie mit ihm vorhatte. »Was ich hören will?« sagte er. »Daß es dir gutgeht.«

»Besser, als du dir vorstellen kannst«, sagte sie, schickte ihm einen Luftkuß und drückte auf die Klingel.

Die Wohnung war für seine Zwecke perfekt. Drei schön eingerichtete Zimmer, Bad und Küche so gut wie neu, eine geräumige Terrasse, dahinter ein verwilderter Garten, an riesigen alten Bäumen kletterte Efeu empor. Hier würde er frei von Erinnerungen sein Leben neu ordnen können.

Höflich ließ er Frau Kriechbaums Erklärungen über Küchengeräte, Nachbarn und Einkaufsmöglichkeiten über sich ergehen. Julie ging derweil auf die Terrasse, ihr war eingefallen, daß ihre Mutter auf einen Anruf wartete. Jon schloß einen Vertrag für vorerst sechs Monate ab und stellte einen Scheck über die Kaution und die Miete für Mai aus, die Übergabe der Wohnung wurde auf Ende April festgelegt. Sein Angebot, Referenzen und auch eine Bankauskunft vorzulegen, wies Frau Kriechbaum von sich: »Doch nicht nötig, bei Ihrem Beruf.« Während Jon immer wieder zu Julie hinaussah, die offenbar niemanden erreicht hatte und eine SMS in ihr Handy tippte, erzählte Frau Kriechbaum vom Sohn einer ihrer Freundinnen, vor zwölf Jahren hatte er sein Abitur am Busch gemacht. Ob Jon sich an Kai-Frederik Johannsen erinnerte? Blond, schlaksig, mit Brille, ein

As in Naturwissenschaften? Und ob er und seine Bekannte nicht doch eine Tasse Tee?

Mit dem Hinweis auf eine Verabredung lehnte Jon ab, auch behauptete er, sich beim besten Willen nicht an einen Kai-Frederik Johannsen erinnern zu können, der Junge war in Latein alles andere als ein As gewesen. Die Wohnungssache war geklärt, jetzt wollte er schnellstens wieder mit Julie allein sein.

»Sag ich doch«, meinte sie, als die Haustür hinter ihnen zufiel. »Bei dir klappt alles, was du auch tust. Was glaubst du, wie lange ich rumgesucht habe, bis sich das mit Bens Wohnung ergeben hat. Sag mal, dein Freund? Wohnt der nicht auch hier irgendwo in der Nähe?«

»Nicht direkt«, sagte er. »Im Woldsenweg. Hast du Hunger?«

»Schweinemäßig«, sagte sie. »Ist er wieder aufgetaucht inzwischen?«

Zwischen Jons Schulterblättern entstand eine kalte Spannung, als preßte ihm jemand einen Eisbeutel auf den Rükken, nur für eine Sekunde. »Nein«, sagte er und räusperte sich. »Keine Ahnung, wo er so lange steckt. Auf irgendwelchen Golfplätzen im Süden wahrscheinlich. Pasta? Bei ›Mamma Leone‹? Zur Abwechslung?« Er legte den Arm um ihre Schultern und führte sie zum Eppendorfer Weg, ohne ihre Antwort abzuwarten.

»Wenn's dir nicht langweilig wird.« Sie ließ bei jedem Schritt ihre Hüfte mit leichtem Druck an seine stoßen. »Du machst dir also keine Sorgen mehr? Ich meine, weil du so lange nichts von ihm gehört hast.«

»Ich bin schließlich nicht mit ihm verheiratet«, sagte Jon.

»Vielleicht hat er ja eine neue Eroberung gemacht und ist mit ihr nach Gretna Green geflogen oder Las Vegas, um es ein viertes Mal zu probieren.«

»Ist er so ein Typ? So eine Art Ladykiller?«

»Wenn jemand dreimal heiratet? Und nebenher hatte er meistens auch so einiges laufen.« Charlotte zum Beispiel, aber daran wollte er jetzt nicht denken.

»Und du? Erzähl mir nicht, daß du nie irgendeine Affäre hattest. So wie du aussiehst. Am Busch bist du eindeutig der attraktivste Mann.«

»Dazu gehört ja wohl nicht viel.«

»Naja«, sagte sie und hob die Nase. »Schröder? Strunz? Und irgendwie auch der englische Meier, oder? Und Conzelmann hat auch was Nettes, wenn man ihn mal bißchen kommen läßt.«

»Ach. Conzelmann, unser Milchbubi. Und den nehmen wir mit auf Klassenreise? Das kann ja heiter werden. Du läßt ihn kommen, und ich guck zu, oder was.«

Sie lachte. »Dir ist er zu soft, ich weiß. Aber es gibt Frauen, die mögen das.«

»Du aber nicht«, sagte er.

»Stimmt«, sagte sie.

26

Natürlich war das ›Mamma Leone‹ um diese Zeit krachend voll. Aber heute schien wirklich sein Glückstag zu sein, ausgerechnet ihr traditioneller Tisch wurde gerade frei. Sie bestellten Wein und *pasta mista* für zwei. Am Nachbartisch saß vor einem aufgeklappten Laptop ein kahlgeschorener hagerer Mann, dessen Alter Jon nicht einschätzen konnte, vielleicht Ende Dreißig, vielleicht aber auch schon an die Fünfzig. Er mochte solche abgelebten, indifferenten Typen nicht, und schon gar nicht die Art, wie dieser Totenkopf Julie angaffte. Auch die beiden jungen Männer, die mit ihm am Tisch saßen, schauten immer wieder herüber, beide hatten die gleichen idiotischen Schnauzbärte unter der Nase hängen. Auf ihrem Tisch eine Grappaflasche, aus der sie sich großzügig bedienten.

Er bat Julie, sich umzusetzen, aber sie hatte keine Lust, mit dem Rücken zum Lokal zu sitzen, und lachte nur: »Ich denke nicht dran. Irgendwann wird es ihnen schon langweilig.«

Daraufhin setzte er sich neben sie und sah so lange zu den Männern hinüber, bis die ihre Blicke abwandten. Na also, es geht doch, dachte er. Julie zog wieder eine Zigarette aus ihrem Päckchen. Er gab ihr Feuer. »Du rauchst heute ziemlich viel.«

»Ja.« Sie lächelte und pustete die Flamme aus. »Stört es dich?«

Er dachte an seinen Besuch bei Kowalski, an das Horrorkabinett im Keller der Klinik. »Ich möchte nicht, daß du an Lungenkrebs stirbst«, sagte er.

Sie inhalierte und blies den Rauch aus der Nase. Zugleich preßte sie unterm Tisch ihren Schenkel an sein Bein. »Weißt du, woher ich diesen Satz kenne? Von meiner Mutter.«

»Entschuldige. Hast du sie übrigens erreicht?«

»Wieso?«

»Du wolltest sie doch anrufen vorhin.«

»Ach ja. Nein, war niemand zu Hause.«

Der Wein wurde gebracht. Sie tranken einen Schluck, dann fragte sie: »Was passiert jetzt eigentlich mit der Gärtnerei deiner Frau? Mußt du dich da nicht irgendwie kümmern? Ich meine nur, weil du doch ziemlich ab vom Schuß bist, wenn du hierher nach Eimsbüttel ziehst.«

Jon erzählte von Köhn. Sie fragte nach der Größe des Betriebs, und als sie hörte, wie viele Angestellte Charlotte hatte, machte sie große Augen. »Das ist ja irre«, sagte sie, »ich hab immer gedacht, sie hat da nur so eine kleine Gärtnerei. Aber das ist ja ein richtig dickes Unternehmen. Wie hat sie das geschafft?«

»Den Grundstein hat der alte Pustowka gelegt, ihr Vater«, sagte Jon. »Der hat wie ein Verrückter gerackert, 1920 geboren, eisenharter Jahrgang. Ziemliches Ekelpaket. Und geizig wie kein zweiter. Wenn er wüßte, was sein Grundbesitz in Niendorf heute wert ist, würde er glatt aus dem Grab springen.«

»Also das Haus im Bansgraben und die Gärtnerei?«

»Und das Haus, in dem die Alten gewohnt haben, auf einem riesigen Grundstück, seit Jahren vermietet. Und ein ganz anständiges Depot bei der Bank. Du kannst also guten Gewissens mit mir auf Weltreise gehen.«

Sie sah ihm in die Augen. »Vielleicht.«

Er stieß mit ihr an. »Laß uns nicht zu lange darauf warten, Julie.«

»Willst du jetzt wieder auf dein Alter anspielen?«

»Naja«, sagte er und bemerkte zugleich, daß der Kahlgeschorene am Nachbartisch wieder herüberschaute. »Laut Statistik bin ich in achtzehn Jahren dran.«

»Du kannst aber auch morgen schon von einem Auto überfahren werden, denk an vorhin auf der Elbchaussee. Oder ich. Was wissen wir schon.«

Sie hat recht, dachte er, während ihre Pasta serviert wurde. Oder hätte er vor einem Jahr geglaubt, daß er heute hier mit der großen Liebe seines Lebens sitzen würde, auf dem Sprung in ein anderes Leben? Ohne Charlotte, ohne das Haus in Niendorf, ohne Robert? Daß aus ihm ein neuer Mensch werden würde, mutig, entschlossen, skrupellos? Den Totenkopf da drüben würde er auch noch fertigmachen, wenn der nicht sofort seine schmierigen Augen von Julie nahm. Jetzt sahen sie wieder alle drei herüber, tuschelten und feixten.

»Ist auch gut so«, sagte Julie und füllte ihren Teller. »Wenn man alles vorher wüßte, wär's doch beschissen langweilig.«

»Wenn ich alles vorher gewußt hätte, hätte ich um ziemlich vieles einen großen Bogen gemacht«, sagte Jon und ließ den Totenkopf nicht aus den Augen. »Ich wäre zielsicher zu dir vorgestoßen.« Was zum Teufel gab es da drüben eigentlich so blöde zu lachen. »Kennen wir uns? Oder warum glotzen Sie so!« rief er hinüber und legte demonstrativ seinen Arm um Julie.

»Mensch, Jon, laß doch«, sagte sie.

Der Totenkopf grinste. »Seit wann ist es verboten, geile Frauen anzugucken, die einem vor der Nase sitzen?«

Jon sprang auf, sein Glas fiel um, Rotwein schwappte auf Julies weißen Pullover und floß über den Tisch. »Halten Sie gefälligst den Mund, ja?«

»Wieso? Sieht sie etwa nicht geil aus? Regen Sie sich ab, Mann.« Der Totenkopf lehnte sich mit aufreizendem Lächeln zurück und kreuzte seine Arme vor der Brust. Seine beiden Kollegen grinsten.

Juli streute Salz auf ihren Pullover. »Hör schon auf«, sagte sie, »beachte sie einfach nicht.«

Jon umklammerte die Tischkante. »Ich hab gesagt, Sie sollen Ihr verdammtes Maul halten!« Er war zu laut, ein paar Gäste schauten sich nach ihm um. Aber egal, solche Frechheiten konnte er nicht durchgehen lassen.

»Okay, okay. Sie ist für uns nicht mehr vorhanden«, sagte der Totenkopf spöttisch. »Wenn wir ganz zufällig mal rübergucken zu ihr: Wir sehen sie nicht, okay? Wir gucken auf die Wand. Nur auf die Wand.« Er wandte sich seinen Kollegen zu und machte Handbewegungen, als streichelte er über runde Formen. »Echt geile Wand, oder?«

Für den Bruchteil einer Sekunde verschwamm das feixende Gesicht vor Jons Augen, dann aber sah er es so gestochen scharf vor sich, als würde es von Scheinwerferlicht ausgeleuchtet. Er ließ die Tischkante los, machte einen ausholenden Schritt und stieß seine Faust nach vorne, zwischen die Augen mußte er treffen, dem Totenkopf eins überbraten, ihm einen Denkzettel verpassen, den er so schnell nicht vergessen würde.

»Bißchen übermütig heute, was?«

Jon hörte die Stimme wie durch eine Wattewand, ein abscheulicher Schmerz durchfuhr seine rechte Schulter. Die beiden Schnauzer hatten ihn in die Zange genommen, der eine drehte ihm den Arm so weit zurück, daß er fast aufgeschrien hätte.

»Setzt ihn wieder hin«, sagte der Totenkopf gelassen.

Die beiden Handlanger drückten Jon auf seinen Stuhl, neben ihm zog Julie einen Geldschein aus ihrem Portemonnaie. Er vermied es, in ihr Gesicht zu sehen. Von der Theke her rief der Wirt: »Alles okay da drüben?«

»Ich möchte zahlen«, sagte Julie.

Sie hatten die Pasta nicht angerührt.

Erst auf der Straße sprach sie wieder mit ihm, ihr Gesicht weiß vor Zorn. »Wie kann man sich so idiotisch aufführen, merkst du nicht, wie peinlich das für mich ist?«

Er massierte seine schmerzende Schulter und antwortete heftig: »Na hör mal, ich hab das deinetwegen gemacht. Diese Laus hat dich beleidigt. Seitdem wir da reingegangen sind, hat er dich doch permanent ausgezogen.«

»Ach du lieber Himmel«, sagte sie, »ausgezogen von einer Laus. Auch noch gepoppt oder was. Du hast sie doch nicht mehr alle.«

Noch nie hatte Jon sie so wütend gesehen. Mit langen Schritten ging sie neben ihm her und versetzte einer auf dem Gehweg liegenden Plastikflasche einen Tritt, die Flasche kollerte auf die Fahrbahn.

»Das waren doch Asoziale, miese kleine Stinker«, sagte er zornig. Daß er vor Julies Augen wie ein dummer Tölpel behandelt worden war, ohne jede Chance, sich zu wehren, nagte an seinem Selbstbewußtsein. Ein Gefühl, das er nicht kannte und nicht mochte. »Jedenfalls laß ich nicht zu, daß du öffentlich angemacht wirst. Wo kommen wir hin, wenn jeder Fatzke lauthals seine obszönen Bemerkungen machen darf.«

Julie blieb abrupt stehen. »Wir kommen dahin, daß ich jetzt irgendwo Spaghetti essen geh. Aber ohne dich. Klar? Mach's gut.« Sie winkte einem vorbeifahrenden Taxi, lief über die Straße und war im Auto verschwunden, bevor Jon sie zurückhalten konnte.

Zähneknirschend ging er zu seinem Wagen und beschloß, in die Schäferstraße zu fahren und auf sie zu warten, irgendwann mußte sie schließlich nach Hause kommen. Vielleicht war ihre Ankündigung, irgendwo allein essen zu gehen, auch gar nicht ernst zu nehmen, und sie ließ sich direkt zu ihrer Wohnung fahren. Wenn er sich beeilte, konnte er vor ihr dort sein und sie in Empfang nehmen. Sie würden ein bißchen reden und dann miteinander schlafen, und alles wäre wieder in Ordnung. Den ganzen Tag hatte er sich darauf gefreut, mit ihr im Bett zu liegen, Haut an Haut, seit dem letzten Mal war fast eine Woche vergangen.

Und natürlich hatte er sich ungeschickt verhalten, mit ein bißchen Abstand sah er es ein. Er hätte wissen müssen, daß die Schnauzbärte sich einmischen würden. Klar, daß sie zu zweit stärker waren als er. Äußerst ärgerlich, die ganze Geschichte. Peinlich vor allem. Kein Wunder, daß Julie sich so aufgeregt hatte; wie ein seniler Möchtegern mußte er ihr vorgekommen sein.

Die zur Straße gerichteten Fenster ihrer Wohnung in der dritten Etage waren dunkel. Aus einem Fenster im Parterre fiel Licht auf zwei Fahrräder, die nebeneinander vor der Haustür standen. Das eine alt und rostig, das andere ein schickes silbernes Alu-Rad mit Federgabel und rot umwikkeltem Lenker, nagelneu, vom Feinsten. Wie Julie und ich, dachte Jon deprimiert.

Er ging in den Hinterhof und sah hinauf zur Küche, aber auch dort brannte kein Licht. Er ging zurück zur Haustür und klingelte. Nichts. Zweimal lief er die kleine Straße auf und ab, dann setzte er sich in den Audi, schob die Gernhardt-CD in den Player und behielt die Haustür im Auge. Sie kam nicht. Nach einer halben Stunde merkte er, daß er den Ton nicht hochgedreht hatte. Er stellte den Player aus und rief auf ihrem Handy an, aber sie hatte es ausgeschaltet. Nach einer weiteren halben Stunde ging er um die Ecke zu einem Inder und aß ein Linsengericht. Es war zu scharf, er mußte ein zweites Bier trinken, um seine verbrannte Kehle zu spülen. Danach ging er wieder an ihrem Haus vorbei, das rostige Fahrrad war verschwunden, das schicke Alu-Rad stand noch da. Er ging in den Hinterhof, und er klingelte auch noch einmal. Sie war nicht da.

Niedergeschlagen fuhr er nach Hause. Er hätte sie nicht mit dem Taxi wegfahren lassen dürfen, er hätte sie festhalten und ihr ganz sachlich erklären müssen, daß er sich für sie verantwortlich fühlte, weil er sie liebte. Daß es das normalste auf der Welt war, wenn ein Mann es nicht ertragen konnte, daß seine Frau angepöbelt wurde. Sicher hätte sie ihn verstanden.

Im Bansgraben angekommen, versuchte er, sie über das Festnetz anzurufen, erreichte aber nur den Anrufbeantworter mit der energischen Männerstimme. Der englische Akzent war ihm vorher kaum aufgefallen, jetzt kam ihm der Tonfall affig vor, aufgesetzt, künstlich. Sollte wahrscheinlich Weltläufigkeit demonstrieren, Internationalität. Er schaltete sein Notebook ein, ging ins Internet und klickte Ben Miltons Biographie mit dem Foto an. Er starrte auf das markante Gesicht und empfand helle Eifersucht. Welcher Art war Julies Freundschaft mit diesem Schwulen? Wie weit ging sie? Immerhin hatte sie neulich ein ganzes Wochenende mit ihm verbracht. Vielleicht war er ja gerade wieder in Hamburg, und Julie hatte gar nicht ihre Mutter anzurufen versucht, sondern Milton. Hatte sich mit ihm verabredet und war jetzt mit ihm zusammen. Wenn sie alleine irgendwo gegessen hätte, müßte sie inzwischen längst wieder in der Schäferstraße sein. Vielleicht lagen sie seit Stunden dort im Dunkeln zusammen im Bett, schwul hin oder her, schließlich war Milton verheiratet und hatte Kinder. Wahrscheinlich einer, der auf allen Hochzeiten tanzte, weltläufig, international.

Natürlich würde Julie ihm nie sagen, was sich zwischen ihr und Milton tatsächlich abspielte, er selber hatte es mit Charlotte ja nicht anders gehalten. Nur zweimal hatte er die Dummheit begangen, ihr seine Affären zu gestehen, bei Simone und Kristina. Warum hatte er ihr diese unbedeutenden Geschichten überhaupt gebeichtet? Um sein Gewissen zu erleichtern, wie er es vor sich selbst deklariert hatte?

Um sie zu demütigen, wie Charlotte vermutet hatte? Oder um ein bißchen Drama in sein gleichförmiges Leben zu bringen, wie Robert ihm vorgeworfen hatte?

Seine Gedanken schweiften ab. Der schwarze See. Die flüsternden Gebüsche am Ufer. Das gurgelnde Geräusch, als das Wasser den Sack verschluckte. Er riß sich zusammen, stellte das Notebook aus und nahm sich, um weder an Charlotte und Robert noch an Julie und Ben Milton zu denken, die Klassenarbeiten der 10 a wieder vor, zwei Drittel waren noch übrig. Um sich zu motivieren, begann er mit der Arbeit des Klassenbesten, Simon Münchmeyer, er war seit Jahren auf eine Eins abonniert. Und auch diesmal enttäuschte er Jon nicht.

Er war fast fertig, als das Telefon klingelte. Er sah auf die Uhr, es war kurz nach Mitternacht.

»Bist du noch wach?«

Sofort das Gefühl. Bis unter die Schädeldecke, bis in die Kniekehlen. »Wo bist du?«

»Zu Hause«, sagte sie. »Hör mal, ich hab mich ziemlich blöd verhalten vorhin, irgendwie hab ich überreagiert. Ich war ein bißchen nervös heute, ich möchte mich entschuldigen.«

»Ich mich auch. Ich hab mich wie ein Trottel benommen. Ich bin froh, daß du anrufst. Soll ich schnell rüberkommen?«

»Jetzt noch? Ich muß um halb sieben aufstehen.«

»Ich kann in einer halben Stunde bei dir sein.«

»Du, ich schlaf schon fast. Morgen abend, okay? Ich hol uns was vom Inder.«

»Einverstanden. Schlaf gut. Und danke, daß du noch angerufen hast. Ich hab mir Sorgen gemacht.«

»Um mich? Warum denn das?«

»Weil du nicht erreichbar warst.«

»Ich war im Kino, Spätvorstellung.«

»Was hast du gesehen?«

Sie machte eine ihrer kleinen Pausen, dann sagte sie mit ihrer laszivsten Stimme: »Möchtest du vielleicht meine Eintrittskarte kontrollieren?« Es klang, als würde sie ihm einen Striptease anbieten.

Jon lachte erleichtert. »Ich möchte lieber was ganz anderes kontrollieren. Aber das mach ich morgen. Nach den indischen Linsen.«

»Linsen«, sagte sie. »Sind notiert. Träum was Schönes.«

Jon stellte das Telefon so behutsam zurück auf die Basis, als wäre es aus dünnstem Glas. Dann ging er hinunter in die Küche, holte sich ein Bier und legte sich, ohne Licht einzuschalten, auf den Deckchair im Wintergarten, der einzige Platz, den er vielleicht vermissen würde, wenn er das Haus verließ. Es war eine klare Nacht, über den Bäumen am Ende des Gartens stand der Mond.

Jetzt endlich konnte er sich entspannen, er spürte, wie sich der Druck in seiner Brust löste. Alle Angst fiel von ihm ab, die Hochstimmung, die ihn über den Tag getragen hatte, kehrte zurück. Sie hatten gestritten, aber sie hatten sich wieder versöhnt, alles war gut. Sie war ihm nicht mehr böse, sie hatte sich sogar bei ihm entschuldigt. Und morgen würden sie sich sehen.

27

Knapp vier Wochen später, am frühen Nachmittag des letzten Apriltages, wurden die Möbel abgeholt, die Jon mit in die Mansteinstraße nehmen wollte; mit Frau Kriechbaums Einverständnis hatte er schon in den letzten Tagen immer wieder Kartons mit seinen persönlichen Gegenständen hinübergeschafft.

Für den Möbeltransport hatte er unter den zahllosen Anzeigen im Branchenbuch die Firma »Alltrans« ausgewählt, weil ihr Name Grenzenlosigkeit versprach, Aufbruch zu den Sternen, Firmament und Sphärenklang. Julie hatte gelacht: »Ich hätte gedacht, du achtest eher auf den Preis als auf den Namen.«

Woraufhin er ihr erzählt hatte, wie fasziniert er schon immer von ihrem Vornamen gewesen war und wie er ihn, als Monatsnamen getarnt, in alle möglichen Gespräche eingeflochten hatte. Sie hatten zusammen Pausenaufsicht gehabt und waren im gebotenen Abstand über den Schulhof gegangen. Und Julie hatte ihm einen ihrer besonders leuchtenden Blicke zugeworfen und gesagt: »Wenn wir jetzt woanders wären, würde ich dir auf den Pelz rücken, daß dir Hören und Sehen vergeht.«

Seit dem Vorkommnis im ›Mamma Leone‹ und ihrer leidenschaftlichen Versöhnung am darauffolgenden Abend hatte es keine Differenz mehr zwischen ihnen gegeben. Im Gegenteil, Julie war charmanter und aufmerksamer denn je. Alle paar Tage unternahmen sie auf ihre Anregung hin etwas zusammen, Theater, Kino. Einmal liefen sie um die ganze Außenalster herum, aßen im Literaturhaus am Schwanenwik, stöberten anschließend in der kleinen Buchhandlung herum und schenkten sich gegenseitig Bücher. Sie bekam von ihm einen Roman mit dem Titel *Was ich liebte*, unter anderem ging es darin auch um Kunst, er hatte das Buch erst kürzlich mit Begeisterung gelesen. Sie schenkte ihm eine Biographie über Horst Janssen, dessen Zeichnungen sie liebte.

Danach gingen sie gemeinsam in die Schäferstraße, aber schon auf dem Weg dorthin bekam sie Kopfschmerzen, und dann schlug ihr auch noch der Wein auf den Magen. Sie wollte ihn fortschicken, am schnellsten käme sie wieder in Ordnung, wenn sie Ruhe hätte. Er blieb trotzdem, er mochte sie in diesem jämmerlichen Zustand nicht allein lassen. Er brachte sie ins Bett, setzte sich in den Wohnraum und schaute auf das Foto, das Ben Milton von ihr gemacht hatte. Dann hörte er, daß sie ins Bad ging und sich übergab. Als sie wieder herauskam, sagte sie mit matter Stimme: »Bitte, Jon. Ich will nicht, daß du mich so siehst. Also geh schon. Und nicht mehr telefonieren, ich nehm nicht ab.«

Er war nach Hause gefahren und hatte sich Sorgen gemacht. Aber am nächsten Tag war sie pünktlich und bester Laune im Busch erschienen und hatte ihr Unwohlsein vom Vortag als Lappalie abgetan. Er bewunderte sie dafür, Charlotte hatte aus jedem Zipperlein eine tagelange Katastophe gemacht, jedenfalls in den letzten Jahren.

Bevor er mit dem Einpacken begonnen hatte und noch nicht überall im Haus Kartons herumstanden, hatte er sie mehrfach eingeladen, zu ihm in den Bansgraben zu kommen. Er hätte wahnsinnig gerne noch eine Nacht mit ihr dort verbracht, aber sie hatte immer abgelehnt. Sie war aufgefordert worden, an einer Gruppenausstellung teilzunehmen, in einer Reinbeker Bankfiliale, irgendwann im Sommer. Sie experimentierte mit Materialien, über die sie noch nicht reden wollte, und abends und nachts konnte sie am besten an ihren Projekten arbeiten. Als er sie eines Tages erneut eingeladen hatte, war sie mit der Wahrheit herausgerückt: Im Revier seiner verstorbenen Frau fühle sie sich fehl am Platz, um nicht zu sagen »scheiße«. Wieso er das nicht verstehen könne.

Er hatte sich geärgert, so unsensibel gewesen zu sein. Natürlich, jeder Gegenstand, jedes Möbelstück und vor allem sein Bett im Bansgraben waren in Julies Augen von Charlotte besetzt. Wie sollte sie sich dort unbefangen fühlen. Ungeduldig hatte er seinem Umzug in die Mansteinstraße entgegengesehen. Um diese Wendung in seinem Leben auch für Julie zu einem besonderen Ereignis zu machen, hatte er eine Überraschung geplant, für die er die kleinen Maiferien nutzen wollte, erst am fünften ging die Schule wieder los.

Als er jetzt einen letzten Kontrollgang durch die Räume machte, in denen er über zwanzig Jahre mit Charlotte gelebt hatte, wartete er darauf, daß sich in ihm zu guter Letzt doch noch so etwas wie Sentimentalität einstellen würde. Aber nichts dergleichen passierte, er empfand nichts anderes als Vorfreude auf sein Leben mit Julie. Nach der »Alltrans«-Aktion waren heute auch gleich noch die Entrümpler gekommen, das Haus war so gut wie leer. In der Diele stand nur noch der rote Sessel, er wollte ihn Verena zum Abschied schenken. Alles, was er selbst vielleicht irgendwann wieder gebrauchen konnte, hatte er bei »Alltrans« auf unbestimmte Zeit eingelagert, fast alle Bücher und Bilder, Platten und CDs, ein paar wenige Möbelstücke, auch den Deckchair, zwei wertvolle Teppiche. Den größten Teil des Mobiliars hatte er im Lauf der letzten Wochen verkauft, Charlottes Kleiderschrank und den Eßzimmertisch mit den Stühlen wollten Mehrings übernehmen.

Einige Minuten lang stand er in der Tür zu seinem Arbeitszimmer. Es war völlig kahl, die Entrümpler hatten überall auch die Gardinen und Jalousien entfernt. Wo das Sofa gestanden hatte, waren die Dielen eine Spur heller. Wo er, an jenem Abend mit Robert und am Tag danach, Ewigkeiten herumgescheuert hatte, sah er keinen farblichen Unterschied zu dem übrigen Fußboden. Einen Moment lang war er versucht, hineinzugehen, sich hinzuknien und nach vielleicht doch noch vorhandenen minimalsten Spuren zu suchen, aber er hielt sich zurück. In der kommenden Woche würden die Böden abgeschliffen und versiegelt werden.

In Charlottes Zimmer warf er nur einen kurzen Blick, die Türen des Kleiderschranks standen offen. Kein weinroter Büstenhalter, kein quietschgelber Südwester. Das Ausmisten des Schranks hatte er den Entrümplern überlassen.

Als er die Treppe hinunterging, versuchte er, sich Charlotte vorzustellen, unten liegend, mit verdrehtem Kopf und offenem Mund. Aber er sah nur so etwas wie ein amorphes Bündel, ihre Gesichtszüge konnte er nicht zusammensetzen. Und je intensiver er es versuchte, je angestrengter er sich bemühte, sich an die Form ihrer Nase, die Farbe ihrer Haare zu erinnern, desto verschwommener wurde seine Vorstellung. Statt dessen drängte sich ihm das Bild ihres Vaters auf. Adolf Pustowka, wie er säbelbeinig in der Diele stand, untersetzt, mit rotem Gesicht, den Zeigefinger auf Jon gerichtet: Und daß das klar ist, mein lieber Steißtrommler. Dieses Haus hier schenken wir unserer Tochter. Weil du es ja zu nichts bringst.

»Wenn du wüßtest«, sagte Jon mit fester Stimme, lachte auf und ging durch die Diele in den hinteren Windfang. Die feuersichere Tür quietschte immer noch, sollten sich doch Mehrings darum kümmern.

Die Garage machte einen guten Eindruck. Wie besprochen hatte die Entrümplertruppe nur die Gartengeräte und den Rasenmäher zurückgelassen, sie hatten sogar gefegt. Charlottes Mercedes hatte Koch ihm abgekauft, Jon war mit seiner Forderung fünfhundert Euro unter dem Listenpreis geblieben. Alles in allem konnte er zufrieden mit sich sein, er hatte die ganze Hausangelegenheit zügig abgewickelt. Und kein schlechtes Geschäft gemacht.

Nur der Abschied von Emine hatte vorübergehend einen Wermutstropfen in seine Euphorie gemischt. An einem ihrer Putztage hatte er ihr einen Zettel mit der Bitte hinterlassen, eine halbe Stunde länger zu bleiben, er müsse mit ihr reden. Als er von der Schule gekommen war, hatte sie am Küchentisch gesessen und das Besteck blank gerieben. Er hatte sie aufgefordert, damit aufzuhören, er würde aus Niendorf fortziehen, und die silbernen Messer und Gabeln würden monatelang in einem Möbelcontainer lagern. Sie hatte ihm einen verständnislosen Blick zugeworfen und weitergeputzt. Er hatte sich zu ihr gesetzt und in möglichst einfachen Worten erklärt, daß er sie leider nicht weiter beschäftigen könne. Sie hatte schweigend zugehört, und er hatte nicht gewußt, ob sie ihn verstanden hatte. »Es tut mir leid«, hatte er schließlich gesagt und war wider Willen in eine lächerliche Primitivsprache verfallen. »Nur noch dieser Monat. Dann Schluß.«

»Deine Frau tot«, hatte Emine gemurmelt. »Du armer Mann. Glück ist vorbei.«

Hatte sie sein Glück gemeint? Oder ihr eigenes? Um sein Glück hatte er keine Angst gehabt, auf ihn wartete das Leben mit Julie und mit Charlottes Geld. Aber ob Emine jemals wieder einen so guten Job finden würde, stand in den Sternen. Sie hatte vier oder fünf Kinder, oder auch sechs, so genau hatte er nie hingehört. Bestimmt drei oder vier davon in der Ausbildung. Er war von Mitleid überwältigt worden und hatte kurz überlegt, ob er ihr das silberne Besteck, an dem sie herumrieb, einfach schenken sollte. Er hing nicht daran, Charlottes Eltern hatten es ausgesucht, das Muster war für seinen Geschmack zu verschnörkelt. Emine könnte es verkaufen. Aber dann hatte er sich gesagt, daß sie wahrscheinlich übers Ohr gehauen werden würde, und hatte sich damit begnügt, ihr den vorbereiteten Umschlag mit ihrem Gehalt und einem ansehnlichen Abschiedsbetrag zuzustekken, ihre Hand zu drücken und sich dafür zu bedanken, daß sie das Haus immer so gut in Schuß gehalten hatte. Vom Flurfenster oben hatte er ihr nachgesehen, wie sie mit hängenden Schultern die Straße hinunterging, es hatte ihm die Kehle zugeschnürt. Es war das einzige Mal während der letzten Monate, daß er aufrichtige, starke Trauer verspürt hatte, nicht einmal Columbus' Tod war ihm so nahegegangen wie der Abschied von Emine. Am Abend hatte er das frischgeputzte Silberbesteck zusammengepackt und am nächsten Tag nach der Schule zu einem Juwelier in der Poststraße gebracht, der auf antikes Silber spezialisiert war. Er hatte keine Lust zum Feilschen gehabt und sich mit neunhundertachtzig Euro zufriedengegeben.

Er nahm den roten Sessel, verließ das Haus und schloß ab. Blieb nur noch der Abschied von Glissmanns, dann war das Kapitel Bansgraben hoffentlich für immer beendet.

Verena öffnete ihm die Tür, es roch nach gebratenen Zwiebeln, aus dem Wohnzimmer drangen gurgelnde Geräusche. Als Jon ihr den Sessel übergab, schrie sie auf: »Den willst du loswerden? Bist du verrückt? Der rote Sessel, Manni, Charlottes roter Sessel! Er schenkt ihn mir!« Sie schleppte den Sessel ins Zimmer, wo Manni in seiner Arbeitskleidung mit Bierflasche und einem Teller Bratkartoffeln vorm Fernseher saß. Über den Bildschirm flirrten Unterwasserszenen.

»Laß dich nicht stören«, sagte Jon. »Ich will mich nur verabschieden.«

»Schade«, sagte Manni und stellte den Ton leise.

»Schade! Schade!« sagte Verena. »Schade ist gar kein Ausdruck. Also irgendwie bricht alles zusammen, finde ich.« Sie setzte sich auf den Sessel und strich zärtlich über die Armlehnen, jeder ihrer überlangen Fingernägel war in einer anderen Farbe angemalt. »Erst das mit meinem Job, dann das mit Charlotte und jetzt du. Aber sitzen tut er sich prima.«

Sie hatte den Stuhl schon immer bewundert. Als Charlotte ihn damals neu polstern und mit dem roten Samt beziehen ließ, hatte Verena gesagt: »Ich kann mir nicht helfen, aber ich finde ihn todschick.« Charlotte hatte es ihm erzählt, sie hatten beide gelacht. Der Sessel war plüschig, er hatte abscheuliche Dackelbeine, in Jons Augen war er immer ein Monstrum gewesen. Aber auch er stammte von den alten Pustowkas, mußte in Ehren gehalten werden und war nach dem Tod der Alten so fest in ihren Haushalt integriert, daß nie der Gedanke aufgekommen war, ihn abzuschaffen.

»Glaubst du, Charlotte wäre es recht, daß ich ihn jetzt habe?« fragte Verena.

»Bestimmt«, antwortete Jon. »Sie hat dich sehr gemocht. Und du hast uns oft geholfen. Allein daß du immer auf das Haus aufgepaßt hast, wenn wir verreist waren, Blumen gegossen, Columbus gefüttert und so weiter. Das war großartig.«

»Kein Problem«, sagte Manni.

»Als wenn du auch nur einen Finger gekrümmt hättest.« Verena sprang auf und zog den Sessel vors Fenster. »Hier kommt er am besten zur Geltung, oder? Wo steckt eigentlich die Lütte, die flippt garantiert aus, wenn sie ihn sieht.«

»Bei ihrem Gaul«, sagte Manni, »wo sonst.«

»Wenn ich bloß nicht heulen muß, jedesmal wenn ich ihn seh.« Verena schaute zwischen Jon und dem Sessel hin und her, ihre Mundwinkel sackten bedenklich nach unten.

Jon versuchte, die Unterhaltung auf ein anderes Terrain zu lenken. »Und was macht die Stellensuche?«

»Hör bloß auf«, sagte Manni, spießte eine Bratkartoffel auf und wandte sich dem Bildschirm zu. Die Kartoffel fiel auf den Teppichboden. Verena verdrehte die Augen.

»Ich drück dir jedenfalls die Daumen.« Jon riß seinen Blick von der fettigen Kartoffel; niemand machte Anstalten, sie aufzuheben. »Scheint ja eine spannende Sendung zu sein.«

»Lautlose Killer«, sagte Manni.

»Über die gefährlichsten Raubtiere in den Meeren«, erklärte Verena. »Manni steht ja auf so was. Du glaubst nicht, was da unten alles rumschwimmt. Wenn du das siehst, bist du froh, daß du ein Mensch bist. Was ist mit Charlottes Grab, sollen wir uns kümmern? Und wenn die Handwerker kommen, haben die einen Schlüssel? Jetzt setz dich doch einen Moment. Deine Handynummer behältst du doch, oder? Läßt du uns deine neue Adresse da?«

Jon rückte die Eimsbütteler Anschrift vorsichtshalber nicht heraus, sonst hatte er die Plage, die er loszuwerden hoffte, umgehend wieder am Hals. Natürlich war es für sie ein leichtes, seine Adresse herauszufinden, aber versuchen konnte er es ja mal. »Ich bin erst mal provisorisch untergekommen. Es kann noch dauern, bis ich wieder Boden unter den Füßen habe.« Er zögerte kurz, dann setzte er hinzu: »Ich melde mich bei euch.«

»Versprochen?« Verena riß ihre Puppenaugen so weit auf, daß Jon Angst bekam, sie würden herausfallen.

»Ich bin doch sowieso dauernd in der Gegend«, sagte er und wandte sich zum Gehen. Noch eine Minute, dann war er erlöst.

Verena nickte. »Klar, das Grab. So was bindet einen für immer.«

»Dann halt mal auch die Ohren steif«, sagte Manni und zwinkerte anzüglich.

»Und dir noch viel Vergnügen mit den lautlosen Killern.« Jon schwor sich im stillen, sich nie wieder in seinem Leben mit Menschen abzugeben, die ihn zu derartigen Dialogen zwangen.

Verena brachte ihn auf die Straße und ließ es sich nicht nehmen, ihm um den Hals zu fallen und dabei zu guter Letzt doch noch in Tränen auszubrechen: »Sie hätte doch hundert werden können. Oder wenigstens neunzig. Wenn sie nur die Finger vom Alkohol gelassen hätte. Ich bin nur froh, daß du deinen Freund hast, kümmert er sich um dich?«

»Mach dir um mich keine Sorgen«, sagte Jon. »Paß auf dich auf. Und alles Gute auch für eure Tochter.« Er setzte sich ins Auto und fuhr davon. Er brauchte gar nicht in den Rückspiegel zu schauen, er wußte auch so, daß Verena ihm tränenüberströmt nachwinkte, bestens sichtbar für alle Anwohner. Nie wieder würde er in den Bansgraben zurückkehren.

28

Am nächsten Morgen, als Jon in seinem neuen Arbeitszimmer gerade den Rauschenberg über dem Schreibtisch aufhängen wollte, kam Julie und brachte ihm ein Geschenk zum Einzug. Es war ein flaches, in Packpapier gehülltes und mit Bindfaden verschnürtes Objekt, gut vierzig mal dreißig Zentimeter groß. »Selbstgemacht«, sagte sie, »ich hoffe, es gefällt dir. Eine Weile jedenfalls.«

»Wieso nur eine Weile?«

»Pack aus.« Sie sah sich mit anerkennender Miene um. »Du bist ja schon fast fertig mit allem. Wo soll der Rauschenberg hin, über den Schreibtisch?«

»Ja«, sagte Jon und freute sich, daß auch sie diesen Platz für das Bild am besten fand.

»Klasse Handwerkskasten.« Sie kramte den Hammer heraus. »Der hat ja schon Museumsqualitäten.«

»Hast du mir was gemalt?« Durch das Papier konnte Jon einen Rahmen fühlen. »Der Haken liegt da schon.«

Sie schnappte sich den Haken und betrachtete mit einem zugekniffenen Auge die Wand. »Ich verrate überhaupt nichts«, sagte sie. Mit drei Schlägen trieb sie den Haken in die Wand.

Er schnitt den Faden durch und riß das Papier auseinander. Es war eine Collage, unter Glas, eingefaßt von einem in die Tiefe führenden, leicht gefleckten silbernen Rahmen. Auf weichem weißen Papier eine Waldlandschaft, ein Zwergenwald, ein geheimnisvolles Gebüsch oder eine Baumgruppe en miniature, aus Pflanzen zusammengesetzt, aus Teilen von Pflanzen, leuchtend grün. Zierliche Stengel mit fein verästelten Kronen. »Petersilie?« fragte er. »Ein Petersilienwald?«

»›Hamburger Schnitt‹ und ›Gärtnerstolz‹«, sagte sie. »›Hamburger Schnitt‹ ist die glatte, sie hat zwanzig Prozent mehr Vitamin C als die krause. Wußtest du das?«

»Wie bist du auf die Idee gekommen? Ich finde es wundervoll.«

»Ich hab halt herumexperimentiert, für die Ausstellung, weißt du doch. Und da bin ich auf die Petersilie gekommen. Sie hält nicht ewig, sie welkt, verstehst du? Und irgendwann zerkrümelt sie, wird Staub. Dieser Wald wird zerfallen. Ich mag das, wenn Sachen nicht für die Ewigkeit konzipiert sind. Wir sind schließlich auch nicht ewig da.« Sie hängte den Rauschenberg an den Haken, rückte ihn gerade, trat zwei Schritte zurück und verschränkte die Arme auf ihrem Rücken. Im Ausschnitt ihres orangefarbenen T-Shirts zeigte sich ein schmaler roter Träger.

»Du meinst, man kann zusehen, wie er verschwindet?« fragte Jon. »Das ist ja fast Christo.«

»Na mindestens«, sagte sie. »Wenn du ihn in die Sonne hängst, geht es ziemlich schnell. Ich hab ihn extra nicht so stramm gerahmt, je mehr Luft und Licht drankommen, desto schneller geht es natürlich.«

Jon drehte das Petersilienbild um, die Rückseite war sauber verklebt, die Klebstreifen wiesen winzige Löcher auf. In einer Ecke stand in Julies zierlicher, nach links geneigter Schrift: »Julies Eclipse für Jon.«

Er legte das Petersilienbild auf den Tisch, zog sie in seine Arme und schob einen Finger unter ihren roten Träger. »Ich hab auch was für dich. Aber du mußt es suchen.«

»Suchen? Das ist gemein, Jon.« Sie machte sich los und schaute sich um.

Er hatte erst vorgehabt, die Tickets im Schlafzimmer zu verstecken, unter seinem Kopfkissen, aber das hätte nach Bezahlung riechen können. Also hatte er sie, zusammen mit dem Prospekt, in der Küche neben die Espressomaschine gelegt. Er hatte sie ihr wie nebenbei hinschieben wollen, wenn sie kam und ihm beim Kaffeemachen zuguckte. »Hier ist es eiskalt«, sagte er.

»Verrat mir wenigstens, wie groß es ist.«

»Relativ klein. Flach. Gegen dein Petersilienbild kann es jedenfalls nicht anstinken.«

Die Bäumchen waren knackig grün, wie eben gepflückt. ›Gärtnerstolz‹ und ›Hamburger Schnitt‹, die Namen erinnerten ihn an Charlotte und Robert. Wieso Robert schon wieder. Weil es im übertragenen Sinn einen Schnitt gegeben hatte? Oder weil ihn der kleine Wald an das zugewachsene Ufer des Uklei-Sees denken ließ? Es konnte noch nicht lange her sein, daß sie die Petersilienstengel unter das Glas gelegt hatte. Vielleicht erst in der vergangenen Nacht. Sie hatte auf ihren Schlaf verzichtet, um ihm dieses Geschenk zu machen. »Ich danke dir«, sagte er. »Was meinst du, wo soll ich es hinhängen?«

»Kommt darauf an, wie schnell es zerbröseln soll.« Sie verschwand in seinem Schlafzimmer.

Jon freute sich, daß sie zuerst dort nachschaute. Er hatte das Schlafzimmer gestern noch, als ersten der Räume, nach seinen Vorstellungen hergerichtet, das neue breite Bett in die Mitte geschoben und eine wattierte chinesische Seidendecke darübergebreitet, die er nach dem Verkauf des Bestecks im Schaufenster des Asienhauses in den Alsterarkaden entdeckt hatte. Ein türkis-goldener Drache wand sich auf Purpurgrund. Er hatte an Julies Tattoo denken müssen, das chinesische Sehnsuchtszeichen unter ihrem linken Schulterblatt.

Er betrachtete den Petersilienwald und lauschte, ob er ein Rascheln hören konnte. Er stellte sich vor, sie würde alles ausziehen bis auf das Kleidungsstück mit dem schmalen roten Träger, eines ihrer kurzen, enganliegenden Hemdchen oder ein Büstenhalter. Sie würde sich auf die Drachendecke legen und ihn rufen.

»Schöne Decke. Aber auch eiskalt, oder?« Sie verließ das Schlafzimmer und lief in die Küche. »Ich mag nicht suchen«, rief sie. »Und hier sieht es aus, als wärst du noch gar nicht eingezogen. Hast du nicht mal deinen eigenen Kaffeebecher mitgebracht?«

»Nur die Espressomaschine«, sagte er und wartete auf ihren Schrei, wenn sie die Flugtickets und den Hotelprospekt entdecken würde. Le Pontet, ›Auberge des Agassins‹, fünf Sterne, azurblauer Pool, hundertjähriger Park. Dreihundertzwanzig Euro kostete die Suite pro Nacht, das Frühstück nicht inbegriffen. Für Julie wollte er es in den nächsten drei Tagen so richtig krachen lassen. Hoffentlich hatte sie sich das lange Wochenende nicht mit irgendwelchen Terminen oder Arbeiten für ihre Ausstellung vollgepackt. Aber selbst wenn: Sie konnte alles absagen. Seit ihrem Spaziergang an der Elbe war er sich sicher, daß sie eine Reise, die nur drei Tage dauerte und nicht ein ganzes Jahr oder mehr, nicht ausschlagen würde. Sie war unternehmungslustig, sie war neugierig, sie wollte die Welt sehen. Und sie würde nicht wie Charlotte eine Woche für das Kofferpacken brauchen.

Aus der Küche war kein Laut zu hören.

»Julie?«

Keine Antwort.

Er ging hinüber. Sie lehnte an der Fenstertür, die Tickets und den Prospekt in der Hand, und sah nach draußen.

»Sonntag abend sind wir zurück«, sagte er. »In der Provence ist Hochsommer, du brauchst nicht viel Gepäck, nur eine Tasche, die hast du in fünf Minuten gepackt.«

Sie wandte sich um. »Ich weiß nicht«, sagte sie, »ich müßte erst mal telefonieren. Meine Schwester wollte kommen.« Sie war merkwürdig verhalten, klang fast traurig.

»Hast du denn überhaupt Lust auf diese Reise?«

»Dumme Frage«, sagte sie. »Mich macht das nur irgendwie fertig. Du bist so großzügig.«

»Ich liebe dich«, sagte Jon.

Sie öffnete ihren Mund, als wollte sie etwas sagen, und schloß ihn wieder. Sie legte die Tickets und den Prospekt neben die Espressomaschine, kaute einen Moment auf ihrer Unterlippe und sagte dann: »Ich muß los, ich bin mit den Ausstellungsleuten verabredet. Ich ruf dich an. Zu neunundneunzig Prozent komm ich mit, okay? Kommt darauf an, ob ich meine Schwester erwische.« Sie küßte ihn flüchtig auf die Wange und lief zur Wohnungstür.

»Du kannst sie doch von hier aus anrufen«, rief Jon ihr nach, aber er hörte nur noch, wie die Tür ins Schloß gezogen wurde.

Schon nach einer knappen halben Stunde meldete sie sich: Sie war unterwegs zu ihrer Verabredung und hatte nicht viel Zeit zum Reden. Aber sie hatte ihre Schwester erreicht und ihren Besuch verschoben. Sie würde morgen früh am Flughafen sein.

»Um sechs«, sagte Jon. »Soll ich dich wecken?«

»Nicht nötig. Bis dann.«

Vor sich hin pfeifend lief er mit dem Petersilienbild durch die kleine Wohnung. Er hängte es schließlich ins Schlafzimmer, im rechten Winkel zum Fenster. Hier würde es bei gutem Wetter ein paar Stunden lang von der Sonne beschienen werden. Er war gespannt darauf, die Veränderungen zu beobachten. Beim Aufwachen würde sein erster Blick darauf fallen.

29

Atemlos erschien sie zwanzig vor sieben in der Abflughalle, ihr Flug ging um zehn nach und war längst aufgerufen worden. Jon hatte in wachsender Unruhe an der Kontrolle vor dem Zugang zu den Gates gewartet, dreimal hatte er vergeblich versucht, sie telefonisch zu erreichen. Als er sie nun sah, wie sie sich in ihrer roten Jacke und den roten Stiefeln, eine abgewetzte Reisetasche über die Schulter gehängt und die Locken zum Pferdeschwanz gebunden, zwischen den Reisenden und deren Gepäckstücken hindurchdrängte und wie die Männer ihr nachschauten, durchfuhr ihn wieder dieses spezielle Gefühl, das er vor Julie nicht gekannt hatte. Freude, Erregung, Energie, die seinen ganzen Körper erfaßten. Wenn sie nicht rechtzeitig gekommen wäre: Was hätte er getan? Auf keinen Fall wäre er ohne sie geflogen.

Sie hatte den Wecker überhört. Dann war das Taxi Ewigkeiten nicht gekommen, und fast hätte sie auch noch ihren Personalausweis nicht gefunden. Ja, und dann war ihr auch noch das Fitnesstraining heute abend eingefallen, und sie hatte Kerstin Schmidt-Weidenfeld eine Mail schicken müssen, daß sie nicht teilnehmen würde. »Ich hab gesagt, meine Schwester kommt«, sagte sie. »Sonst quetscht die mich doch garantiert am Montag endlos aus. Sie ist sowieso ziemlich neugierig, ich glaube, vor ihr müssen wir besonders aufpassen.«

Sie bestiegen als letzte das Flugzeug. Beim Start sagte sie: »Denkst du auch jedesmal, es könnte abstürzen?«

Jon griff nach ihrer Hand. »Uns kann überhaupt nichts passieren. Wir fangen doch erst an.«

Sie schaute aus dem Fenster. »Das Niendorfer Gehege«, rief sie. »Und da hinten, das Busch, ich glaube, ich seh es.«

»Ich bin froh, daß ich es drei Tage lang nicht sehen muß.« Jon betrachtete aus nächster Nähe ihr Ohr, das sonst meist unter den Locken versteckt war. Den zarten Haarflaum am Rand der Muschel, die rosigen inneren Höhlungen vor dem Gehörgang. Sie hatte es nicht gemocht, als er seine Zunge hineingeschoben hatte, in jener Nacht, als sie bei ihm im Bansgraben geblieben war. Seither hatte er nie wieder einen Versuch gemacht. Jetzt überfiel ihn erneut der Wunsch, sich durch diesen geheimen Gang in ihren Körper zu drängen. Er wußte, er würde es wieder tun. Er würde sie soweit bringen, daß sie es erregend fand. Merkwürdig, daß bei all ihrer Freizügigkeit in der Liebe ausgerechnet ihre Ohren eine Tabuzone waren. Aber wie verlockend, dieses Tabu demnächst zu brechen. Sie trug heute keinen Ohrschmuck, wahrscheinlich hatte sie es zu eilig gehabt. Vielleicht würden sie in Avignon Ohrringe finden, die ihr gefielen. Er freute sich darauf, mit ihr durch die Stadt zu bummeln und nach Geschenken zu suchen.

Als sie über der Wolkendecke waren, schloß sie die Augen. Sie schlief bis zum Zwischenstop in Paris, ihr Kopf lag an Jons Schulter, und er hielt still, um sie nicht zu wecken. In Paris mußten sie fast vier Stunden auf den Anschlußflug warten. Sie blieben im Flughafengebäude, kauften für Julie französische Zigaretten, tranken Kaffee und aßen warme Croissants. Jon fragte sie nach ihrem Treffen mit den Ausstellungsleuten gestern.

»Ausstellung? Die kann ich vergessen. Ganz plötzlich erzählen die mir, daß der Schalterraum umgebaut werden soll. Die Ausstellung wollen sie dann im Herbst machen, irgendwann, ich glaub denen kein Wort mehr. Und dafür hab ich mich jetzt wochenlang mit der Petersilie rumgeschlagen.«

»Aber so was wird doch monatelang vorher festgelegt«, sagte Jon. »Man organisiert Ausstellungen nicht aus dem Stegreif.«

»Diese Bankfuzzis schon.«

»Und was haben sie zu deinen Objekten gesagt? Waren sie nicht begeistert?«

Sie zog ihre kleine Grimasse. »Der eine hat gesagt, daß seine kleine Tochter auch schon mal Blumen gepreßt hat. Im Kindergarten. Ich glaube, die haben ganz einfach was anderes von mir erwartet. Riesige Farbschmierereien wahrscheinlich. Großformatige Superdeko, um von ihren zwielichtigen Geldgeschäften abzulenken.«

Jon mußte lachen. »Und du meinst, deine Petersilienwälder schärfen den Blick für finanzielle Transaktionen?«

»Geld verschwindet auch«, sagte sie.

Sie tat ihm leid. Bestimmt hatte sie große Hoffnungen in diese Ausstellung gesetzt, schließlich mußte sie auf irgendeine Weise zu Geld kommen, wenn ihr Schulvertrag demnächst auslief. Natürlich könnte er ihr helfen, mit Freude würde er ihr monatlich eine großzügige Summe überweisen, solange sie noch nicht zusammenlebten und dann sowieso alles aus einem Topf bezahlten. Aber nie und nimmer würde sie von ihm so eine Unterstützung annehmen, da brauchte er sie gar nicht erst zu fragen. Er mußte es irgendwie anders einfädeln, er wußte nur noch nicht, wie. Auf jeden Fall mußte er ihr sofort klarmachen, daß auf dieser Reise auch sämtliches Drum und Dran auf seine Rechnung ging, damit es gar nicht erst wieder zu Debatten kam wie vorhin beim Kauf der Zigaretten. »Hör mal«, sagte er. »Damit wir uns einig sind. In diesen drei Tagen bin ich der einzige, der bezahlt, okay? Die Reise war meine Idee, also bin ich auch dran.«

»Finde ich nicht so gut«, sagte sie.

»Ich aber«, sagte er. »Ich möchte auch nicht weiter darüber reden.«

»Und wenn ich mal eine Postkarte kaufen will oder so?«

Er grinste, schüttelte den Kopf und tippte auf seine Brust.

»Ich soll also nach Strich und Faden ausgehalten werden.«

»Drei Tage lang wirst du es vielleicht ertragen«, sagte Jon. »Betrachte es als Experiment. Vielleicht findest du ja Geschmack daran.«

Sie zeigte ihm einen Vogel.

Der Weiterflug nach Avignon dauerte fast genauso lange wie der Flug von Hamburg nach Paris. Wieder schlief Julie gleich nach dem Start ein. Jon hielt die ganze Zeit über ihre Hand und war glücklich. Die Reise war ein Vorgeschmack auf ihr gemeinsames Leben. Noch ein paar Monate, und sie würden sich im Busch nicht mehr verstellen müssen. Was das Frettchen wohl dazu sagen würde, wenn es erfuhr, daß sie ein Paar waren. Und Schröder. Genüßlich malte er sich aus, wie die einzelnen Kollegen reagieren und wie sie vor Neid erblassen würden, wenn er eines Tages vorzeitig seinen Hut nahm, um mit Julie auf Weltreise zu gehen.

Auf der Taxifahrt zum Hotel wurde sie wieder munter. Sie fuhren mit heruntergelassenen Fenstern, die warme Luft roch nach Blumen, und sie löste ihren Pferdeschwanz und ließ sich die Locken ums Gesicht wehen. Die blühenden Bäume, das Licht, die rosafarbenen Häuser begeisterten sie. »Kein Wunder, daß die Päpste hier hundert Jahre rumgelungert haben«, sagte sie. »Hier könnte ich es auch aushalten. Du warst schon mal mit deiner Frau hier, oder?«

»In Orange. Gut zwanzig Kilometer weiter nördlich.«

»Träumst du eigentlich von ihr?«

Jon schüttelte den Kopf.

»Ich denke oft an sie«, sagte Julie. »Seitdem ich euer Haus gesehen habe, stell ich mir vor, wie ihr zusammen...«

Jon legte seine Finger auf ihren Mund. »Nicht«, sagte er. »Es ist vorbei, Julie, ich bin weg von dort. Laß uns nicht das Früher mit dem Jetzt vermischen, bitte.«

Sie nahm seine Hand von ihrem Gesicht, drückte einen Kuß in die Handfläche und sagte: »Immerhin fährst du mit mir auch hierher. Du hättest mich ja auch nach Island einladen können. Oder nach Polen, was weiß ich. Vielleicht magst du mich ja nur, weil ich ihr ähnlich bin. Ich meine, weil ich jetzt so bin, wie sie irgendwann mal war.«

Jon lachte auf. »Ähnlich? Ihr seid so verschieden wie Tag und Nacht. Und wir sind hier, weil ich weiß, daß es dir gefallen wird. Weil es warm ist und hell. In Island kämst du doch Tag und Nacht aus den dicken Pullovern nicht raus.

Hier können wir schwimmen gehen. Nachts draußen sitzen und in den Himmel gucken.«

Das Bett in ihrer Suite hatte unübliche Dimensionen. Julie konnte mit ihrer Hand genau zwanzig Zentimeter greifen und nahm sofort Maß, sie kam auf zweimal zwei Meter zwanzig. Der Luxus gefiel ihr, die dezente Bedienung, das exquisite Abendessen mit den verschiedenen Weinsorten, die pfirsichfarbenen Fußbodenplatten, die Lilien- und Gladiolensträuße, die Fenstertüren mit dem Blick in den uralten Park.

Sie trank ein bißchen zuviel an diesem Abend, aber das lag an Jon, der immer wieder ihr Glas nachfüllen ließ. Der kleine Schwips stand ihr gut, sie war bezaubernd. Und sie aß mit einem Appetit, der schon fast komisch war: Nach dem Dessert unbedingt noch einmal die Vorspeise, eine getrüffelte Hasenpastete. Danach war sie so satt, daß sie einen Frigolet trinken mußte, und der schmeckte so gut, daß es noch einer sein mußte und noch einer. Auf dem Weg zu ihrer Suite war sie so müde, daß Jon sie die letzten Meter durch den Flur tragen mußte. Er kam sich vor wie in einem Hollywood-Liebesfilm, und es gefiel ihm. »Frühstück im Bett«, murmelte sie, als er ihr das Kleid auszog.

Am nächsten Morgen saß sie nackt in den Kissen, sah wie verzaubert hinaus in all das Grün und Blau und Rosa und krümelte hemmungslos mit dem frischen Gebäck herum. »So sollte es morgens immer sein«, sagte sie, als Jon aus der Dusche kam.

Er war bereits drei Runden um den Park gelaufen und

hatte zwanzig Bahnen im Pool hinter sich. Er legte sich neben sie, deckte sich nicht zu. Er konnte es sich leisten, er war blendend in Form. »Das kannst du haben«, sagte er. »Heirate mich.«

»Ist das ein Antrag?«

»Soll ich auf die Knie fallen?«

Sie warf einen Blick. »Hast du ›fallen‹ gesagt?«

Sie blieben bis mittags im Bett. Sie hörten das Klopfen nicht, nur ein erschrockenes »Excusez-moi«, und sahen, wie die Tür zugezogen wurde. Sie lachten. »Wir zeigen es den Franzosen«, sagte Julie. Als Jon seine Zunge in ihre Ohrmuschel schob, lief ein Zittern durch ihren Körper, sie stöhnte und grub ihre Fingernägel in seinen Rücken.

Nachmittags ließen sie sich mit einem Taxi in die Altstadt von Avignon bringen. Julie wollte die berühmte Brücke sehen, auf eine Führung durch den Papstpalast hatte sie keine Lust. »Ein andermal vielleicht«, sagte sie. »Wenn mehr Zeit ist.«

Jon mußte an Kowalski denken, den er so oft mit den gleichen Worten abgespeist hatte. Julie aber meinte es aufrichtig. Sie fühlte sich sichtlich wie ein Fisch im Wasser, lachte über seine Scherze, war mit allem einverstanden, was er vorschlug. Wenn er sie mitten auf der Straße in die Arme nahm und küßte, küßte sie ihn wieder. Keine Spur mehr von der Zurückhaltung, die sie in Hamburg an den Tag legte.

Ohne Widerstand ließ sie sich in ein Juweliergeschäft schleppen. Sie sollte sich Ohrringe aussuchen, aber sie verguckte sich in ein schweres Armband aus Silber. Daß es als Herrenschmuck gedacht war, störte sie nicht. Sie behielt es gleich am Arm und schlenkerte damit immer wieder vor Jons Nase herum. »Gib zu, daß es mir steht.«

Nach dem Armband landeten sie in einer Boutique und dann in einem Schuhladen, danach mußten sie ein Lederwarengeschäft suchen und einen schönen kleinen Koffer kaufen, weil all die neuen Sachen nicht in Julies Reisetasche gepaßt hätten. Er schärfte ihr ein, nicht auf irgendwelche Preisschilder zu gucken, aber dazu hätte sie kaum Gelegenheit gehabt, weil sie meist in solche Geschäfte gingen, in denen die Waren gar nicht ausgezeichnet waren. Noch nie hatte er mit solchem Vergnügen jemandem beim Einkaufen zugesehen. Mit sicherem Blick sortierte Julie in Windeseile Spreu von Weizen und probierte nur solche Dinge an, die ihr so gut standen, als seien sie für sie entworfen worden. Für ihre Schwester suchte sie ein rotes T-Shirt aus, auf dem in schwarzer Schrift »toujours« stand. »Weil ich sie seit Jahren immer nur versetze«, sagte sie. »Aber das bezahl ich selber, okay?«

»Seid ihr nicht neulich erst zusammen verreist?«

Sie sah ihn irritiert an. »Wie kommst du denn darauf?«

»Sylt«, sagte er. »In den Frühjahrsferien, drei Tage lang.«

»Ach das meinst du«, sagte sie. »Doch ewig her. Wir hängen aneinander, verstehst du das nicht? Sie ist wichtig für mich. Jedenfalls kriegt sie dieses Hemd von mir.«

Er bezahlte selbstverständlich auch das T-Shirt, schließlich hatte Julie ihre Schwester seinetwegen versetzt. Es machte ihm ein höllisches Vergnügen, seine Kreditkarte zu überreichen und ohne mit der Wimper zu zucken die Belege gegenzuzeichnen. Er gab an diesem Nachmittag Summen aus, mit denen Emine ihre Familie wahrscheinlich ein ganzes Jahr lang über Wasser hielt. Er fühlte sich großartig dabei.

Abends trug Julie ihr neues Kleid. Es war rot wie Klatschmohn und ließ die Schultern frei. Als einzigen Schmuck trug sie das schwere Armband. Als sie vom Maître durch den Speisesaal zu ihrem Tisch geführt wurden und Jon bemerkte, wie die anderen Gäste ihnen nachschauten, legte er seine Hand auf ihren entblößten Nacken. Gafft nur, dachte er. Sie gehört mir.

30

Am Sonntagnachmittag landeten sie planmäßig Viertel nach fünf wieder in Fuhlsbüttel. Als sie am Gepäckband standen und auf Julies neuen Koffer warteten, klingelte Jons Handy genau in dem Moment, als er es wieder einschaltete. »Schön, daß ich Sie erreiche«, sagte eine sanfte Frauenstimme.

Er konnte sie kaum verstehen, weil gerade eine dieser hallenden Lautsprecherdurchsagen einsetzte. »Mit wem spreche ich?«

»Gloria Esrom. Ich habe es schon ein paarmal versucht. Sagen Sie, ist Herr Bohn inzwischen wieder aufgetaucht?«

Er schob seine Schulterblätter zusammen, um das plötzliche Eisgefühl zu vertreiben, und trat ein paar Schritte beiseite. »Ich bin unterwegs. Keine Ahnung.«

»Ich mache mir allmählich ernsthafte Gedanken«, sagte Frau Esrom. »Daß er so überhaupt nichts von sich hören läßt?«

»Äußerst merkwürdig, Sie haben recht.« Aus den Augenwinkeln beobachtete er, wie Julie, einen Fuß auf der Kante des Laufbandes, etwas zu einem Jungen sagte, der neben ihr seinen Rucksack vom Band zerrte. Scheiße, Nico Begemann aus der 10 b. Ausgerechnet.

»Ich will Sie überhaupt nicht damit belämmern, daß ich

mein Geld für den April nicht bekommen habe«, sagte Frau Esrom. »Falls Sie das denken sollten. Ist schon okay so. Ich weiß, der Job ist beendet. Das Problem ist nur: Ich hab immer noch die Schlüssel. Für die Haustür und die Wohnung. Ich möchte sie loswerden.«

Gott sei Dank, doch nicht Nico Begemann. Jon konnte das Gesicht des Jungen jetzt deutlich sehen und atmete auf. Das wäre was gewesen, wenn einer von der Buschbande irgendwo hinter ihnen im Flieger gesessen und sie die ganze Zeit beobachtet hätte. Spätestens morgen mittag hätte auch das Frettchen Bescheid gewußt.

»Hören Sie mich noch?« fragte Frau Esrom.

»Ja. Die Schlüssel. Warum werfen Sie sie nicht einfach in seinen Briefkasten?«

»Weil der überquillt. Und für den Briefkasten habe ich keinen Schlüssel, den hat Herr Bohn mir nie gegeben, es bestand ja auch kein Anlaß. Wenn da einer irgendwas rauszieht, zieht er am Ende die Schlüssel mit raus.«

»Und wenn Sie sie beim Hausmeister lassen?«

»Oh, bei dem war ich neulich. Er findet überhaupt nichts dabei, daß Herr Bohn so lange verreist ist. Er hat gesagt, sobald er selber in Rente geht, kommt er nur noch zu seinem Geburtstag nach Hause, um die Geschenke zu kassieren. Er ist kein besonders angenehmer Mensch, Herr Bohn schätzt ihn übrigens auch nicht.«

»Verstehe«, sagte Jon. Julies Koffer war immer noch nicht auf dem Laufband. Sie unterhielt sich mit dem falschen Nico Begemann, der sich beim Aufsetzen und Festschnallen seines Rucksacks reichlich Zeit ließ. Klar, mit so einer schönen Frau quatschte man nicht alle Tage.

»Ich möchte jedenfalls nicht die Verantwortung dafür übernehmen, daß dieser Mann vielleicht in Herrn Bohns Wohnung geht und da rumstöbert«, sagte Frau Esrom. »Könnte ich die Schlüssel nicht bei Ihnen deponieren?«

Jon überlegte. Wenn es jemals zu Nachforschungen käme: Würden die Schlüssel ihn in irgendeiner Weise belasten? Andererseits: Wenn er die Schlüssel hatte, konnte er nachsehen, ob es in Roberts Wohnung etwas gab, was er besser entfernen sollte. Irgendwelche ekelhaften, intimen Briefe von Charlotte. Fotos. Oder Aufzeichnungen, die mit ihrem Tod zu tun hatten. Vielleicht hatte Robert ja sogar irgendwo seinen abartigen Verdacht formuliert, Jon könnte seine Hand im Spiel haben. »Also gut«, sagte er. »Sie können sie bei mir einwerfen, aber ich bin kürzlich umgezogen.« Er nannte ihr Straße und Hausnummer.

»Das mach ich sofort«, sagte Frau Esrom. »Ich muß sowieso in die Stadt. Haben Sie eigentlich mal bei der Polizei nachgefragt?«

»Schon vor Wochen. Die sagen, wir leben in einem freien Land, jeder kann tun und lassen, was er will, solange er niemanden beeinträchtigt. Also auch verreisen.« Jetzt erschien Julies Koffer. Hoffentlich kam Frau Esrom bald zum Schluß, er durfte auf keinen Fall nervös werden und das Gespräch abwürgen.

»Haben Sie eine Vermißtenanzeige erstattet?« fragte sie.

»Wollte ich. Aber die haben mir erzählt, daß hierzulande jedes Jahr rund hunderttausend Leute verschwinden, aber die meisten tauchen … also die meisten sind früher oder später wieder da. Wenn es keinen Hinweis auf ein Unglück oder eine Straftat gibt, wird einfach abgewartet. Entschuldigen Sie, aber ich bin hier auf dem Flughafen, Frau Esrom, ich...«

Sie unterbrach ihn mit ihrer sanften Stimme. »Wissen Sie, was ich schon gedacht habe? Daß er nicht mehr lebt.«

»Hören Sie doch auf«, sagte Jon. »Warum sollte er nicht mehr leben? Der sitzt irgendwo in der Sonne und amüsiert sich.«

»Sie kennen ihn natürlich besser als ich.« Ihre Stimme war so leise, daß Jon sie kaum verstehen konnte.

»Wenn ich was höre, geb ich Ihnen sofort Bescheid«, sagte er. »Sie können sich auf mich verlassen. Wiedersehen, Frau Esrom.« Er unterbrach die Verbindung, bevor sie noch etwas sagen konnte. Im gleichen Moment ärgerte er sich auch schon, er hatte das Gespräch nun doch zu schnell beendet. Er hätte sie noch zwei, drei Sätze reden lassen und auf sie eingehen müssen. Aber was sie da gesagt hatte, beunruhigte ihn. Ob er noch einmal an den Uklei-See fahren sollte? Sich davon überzeugen, daß dort alles in Ordnung war? Blödsinn, jetzt nur nicht hektisch werden. Ganz abgesehen von den Anglern waren bei dem schönen Wetter in der letzten Zeit unter Garantie Scharen von Ausflüglern dort unterwegs gewesen. Ein an der Oberfläche schwimmender Plastiksack wäre längst herausgefischt worden. Außerdem war es sowieso klüger, die Gegend generell zu meiden. Es war durchaus möglich, auch dort Bekannten aus Hamburg vor die Füße zu laufen. Vor vielen Jahren hatten Charlotte und er in Paris auf dem Eiffelturm ihren Zahnarzt getroffen und nur mit Mühe abschütteln können. Nirgendwo auf der Welt war man vor lästigen Begegnungen sicher.

Wirklich wichtig war Roberts Wohnung. Sobald er die

Schlüssel hatte, würde er hingehen. Mehr als vier Wochen nach Roberts letztem Lebenszeichen war es nur plausibel, wenn sein bester Freund intensiv nach ihm suchte und auch seine Wohnung betrat. Danach würde er zur Polizei gehen und auf eine Vermißtenanzeige drängen.

Er steckte das Handy in die Tasche und ging hinüber zu Julie. Der falsche Nico Begemann trollte sich mit einem Grinsen, das Jon etwas zu vertraulich fand. »Kennst du den?« fragte er, nahm ihr den Koffer ab und hoffte, sie würde nicht fragen, wer ihn angerufen hatte. Wenn doch, würde er sagen, daß es seine Mieter im Bansgraben gewesen waren, wegen irgendeiner Lappalie.

Aber Julie fragte nicht. »Er war auf dem Auguste-Hirsig«, sagte sie. »Netter Typ. Hat nach dem zweiten Oberstufensemester keinen Bock mehr gehabt und die Schule geschmissen, jetzt überführt er Autos, nach Spanien, Afrika, sonstwohin. Und auf der Rückreise guckt er sich die Welt an. Finde ich toll.«

»Naja«, sagte Jon. Für Schüler, die keinen Bock hatten, konnte er kein Verständnis aufbringen. Timo Voss und sein Spezi Luca della Mura waren solche Adepten, desinteressiert, dreist, eine einzige Plage.

Julie lachte. »Du hältst nichts davon, weiß ich. Aber selber auf Weltreise gehen wollen.«

»Das ist ja wohl etwas ziemlich anderes«, sagte Jon. »Ich kann es mir leisten, in jeder Hinsicht. Wie ist es überhaupt. Kommst du mit?«

»Auf Weltreise? Ich überlege es mir.« Sie machte einen schnellen Schritt in das vorbeifahrende Abteil der großen Drehtür, die aus dem Ankunftsgebäude nach draußen führte, wandte sich zurück zu Jon, der das nächste Abteil benutzte, und schrie durch die Glaswand: »Mit äußerstem Wohlwollen.«

Es war sonnig in Hamburg, der Flugkapitän hatte etwas von achtzehn Grad gesagt. Sie konnten bestimmt noch eine Stunde auf der Terrasse sitzen und den mitgebrachten Wein trinken. »In die Mansteinstraße«, sagte Jon zum Fahrer, als sie im Taxi saßen. Und zu Julie: »Entschuldige, ich hab dich nicht gefragt.«

»Macht nichts«, sagte sie. »Ich fahr dann gleich weiter. Der Elternabend am Dienstag sitzt mir ein bißchen im Genick, ich muß mich vorbereiten.«

»Nicht mal eine kleine Stunde?«

Sie schaute auf ihre Uhr. »Nein«, sagte sie, »das ist jetzt nicht wahr.« Sie blickte Jon verstört an. »Das Armband. Ich hab es angehabt, du hast es gesehen. Weg!« Sie hielt ihm beide Arme hin, schob die Jackenärmel hoch. An ihrem linken Handgelenk nur ihre Uhr mit dem roten Lederband.

»Beim Frühstück hast du es noch gehabt«, sagte Jon. »Warst du unterwegs auf dem Klo, hast du es da vielleicht...?«

»Ich war nur einmal, im Flugzeug nach Paris, und ich bin sicher, da hatte ich es noch. Und warum sollte ich auf dem Klo das Armband ausziehen, kannst du mir das mal sagen?« Sie wühlte in ihrer Handtasche herum. »Es kann nur irgendwie über die Hand gerutscht sein. Aber wie? Der Verschluß ist stabil wie sonst was, ich kann es mir überhaupt nicht erklären.«

»Ärgerlich«, sagte Jon, »aber jetzt mach dich nicht verrückt. Wir rufen gleich mal an, vielleicht hat es jemand gefunden.«

»Wo«, sagte sie, »im Flugzeug? Im Flughafen? In Paris? Oder noch in Avignon? Das kannst du doch vergessen. Außerdem: Wenn das jemand findet, der freut sich und steckt es ein.«

»Es gibt auch ehrliche Leute, Julie.«

»Das glaubst du«, sagte sie. Sie war zornig, der Verlust ging ihr sichtlich nahe.

»Ich schenk dir ein neues«, sagte er. Das Armband hatte dreihundertfünfundneunzig Euro gekostet, ein bißchen viel für ein Vergnügen, das nicht länger als einen Tag gedauert hatte. Aber in Anbetracht der gesamten Kosten für ihren Provencetrip ein läppischer Betrag.

»Ich will kein neues, ich will dieses.« Sie warf ihre Tasche neben sich, starrte aus dem Fenster und kaute auf ihrer Unterlippe. »Wieso verstehst du das nicht«, sagte sie nach einer Weile.

Es rührte ihn, daß sie unter dem Verlust so litt. Natürlich war das Armband etwas Besonderes, es hatte eine Bedeutung, die über seinen materiellen Wert weit hinausging. Das erste Schmuckstück, das er ihr geschenkt hatte. Auf ihrer ersten Reise. Fast so etwas wie ein Verlobungsring. Aber er wollte ihren Frust nicht noch verstärken. »Es ist nur ein Armband«, sagte er. »Wir sollten uns jetzt nicht den Abend verderben, weil es weg ist.«

Sie beugte sich zum Fahrer vor. »Würden Sie bitte an der Bushaltestelle halten?« Und zu Jon: »Entschuldige, aber ich fürchte, ich bin für den Rest des Tages ungenießbar. Ich mach mir so schreckliche Vorwürfe, ich hätte aufpassen müssen. Sei mir nicht böse, aber ich nehm lieber den Bus. Und danke für alles, es war wunderschön, bis auf das jetzt.«

Er stieg mit ihr aus und versuchte, sie zu besänftigen. Sie ließ nicht mit sich reden, es hatte ihr so richtig die Petersilie verhagelt. Sie wollte allein sein und in Ruhe noch einmal darüber nachdenken, wo und wie das Armband von ihrem Handgelenk verschwunden sein konnte. Sie wollte auch beim Flughafen und im Hotel in Le Pontet anrufen, obwohl sie sich nichts davon versprach. »Du unternimmst nichts«, sagte sie zu Jon, »das ist mein Job, ich bin schließlich die Schlampe. Wir sehen uns morgen im Busch.«

Der Bus kam. Der Taxifahrer hupte, er konnte an dieser Stelle nicht stehenbleiben.

»Wenn ich doch noch kommen soll«, sagte Jon. »Ruf mich an.« Er setzte sich wieder ins Taxi. Beim Davonfahren versuchte er, noch einen Blick auf Julie zu werfen, aber der Bus versperrte ihm die Sicht.

In seinem Briefkasten fand er zwischen der Post vom Samstag Roberts Schlüssel. Gloria Esrom mußte sie vor wenigen Minuten eingeworfen haben. Sie hatte sie in einen leuchtend orangefarbenen Umschlag gesteckt und einen Zettel beigefügt: »Wenn es etwas Neues gibt, rufen Sie mich bitte unbedingt an. Ich mache mir Sorgen. G. E.«

Da mußt du leider bis in alle Ewigkeit warten, dachte Jon. Er fühlte sich plötzlich erschöpft. Die Schlüssel setzten ihn unter Druck. Das Hotel in Le Pontet, die beiden berauschenden Liebesnächte, Julie in ihrem schulterfreien roten Kleid, ihr Gelächter, ihre Hingabe – alles schien mit einemmal so unwirklich zu sein, als hätte er es nur geträumt.

Er legte den orangefarbenen Umschlag mit den Schlüsseln auf den Tisch im Wohnzimmer. Er nahm seine Sachen aus der Reisetasche, verstaute den mitgebrachten Wein, den er eigentlich jetzt mit Julie hatte trinken wollen, setzte die Waschmaschine in Gang und kontrollierte noch einmal seine schon am Donnerstag gepackte Mappe mit den Schulsachen für morgen. Er überlegte, ob er zum Niendorfer Gehege rausfahren und seine Runde laufen sollte, aber dann fiel sein Blick wieder auf den Umschlag. Er könnte jetzt sofort in den Woldsenweg fahren. Es war noch hell, er müßte in den Zimmern kein Licht anschalten, was unnötig auffallen würde.

Aber vielleicht würde Julie noch anrufen, vielleicht würde sie sogar noch kommen. Vielleicht fand sich das Armband ja doch noch, vielleicht hatte sie ihre Tasche nicht gründlich genug durchsucht. Er würde ihr die Tür öffnen, und sie würde ihm strahlend ihren Arm entgegenstrecken: »Rate mal, wo es sich verkrochen hatte!« Er würde hierbleiben und abwarten.

Er legte sich auf sein neues Bett, auf die chinesische Decke, und schaute auf Julies Petersilienwald. Das kräftige leuchtende Grün hatte sich bereits in ein mattes Grün verwandelt. Ein stumpfes Grün, ähnlich wie der Einband der Vokabelsammlung für die Mittelstufe. Je länger er darauf schaute, desto geheimnisvoller erschien ihm der kleine Wald. Charlotte hatte ihm einmal erzählt, als Kind hätte sie sich manchmal vorgestellt, klein wie ein Däumling zu sein und durch eine Wiese zu gehen, die für sie natürlich ein unüberschaubares Urwalddickicht war, voller Gefahren, aber auch voller Wunder. Ameisen, groß wie Schäferhunde.

Grashalme, hoch wie Straßenlaternen, beim leisesten Lüftchen gerieten sie in peitschende Bewegung. Unter die Klaue einer Kuh zu geraten war tödlich.

Ob sie sich ihren eigenen Tod jemals wirklich vorgestellt hatte?

Der Betrieb fiel ihm ein. Köhn. Und daß er ihm versprochen hatte, bis Ende April Bescheid zu geben. Er wäre gern liegengeblieben, aber er wollte das Telefonat nicht noch länger hinausschieben.

Köhn meldete sich sofort, im Hintergrund verlas eine Frauenstimme die Nachrichten. Jon entschuldigte sich für die Störung am Sonntagabend.

»Moment, ich stell mal den Kasten leise«, sagte Köhn.

Jon hörte, wie jemand »Wer?« fragte, Köhns Frau wahrscheinlich, und wie Köhn »Ewermann« sagte. Die Nachrichtensprecherin verstummte, Köhn hustete ein paarmal und sagte dann: »Da bin ich wieder.«

Jon kam ohne Umschweife zur Sache und teilte Köhn mit, er könne den Betrieb erwerben, sobald der Erbschein ausgestellt wäre.

»Ist das jetzt eine verbindliche Zusage? Vielleicht sollten wir das irgendwie schriftlich festhalten.«

»Sie können sich auf mich verlassen«, sagte Jon. Gleichzeitig wurde ihm bewußt, daß er diese Formulierung heute schon einmal benutzt, aber nicht ernst gemeint hatte. »Sobald ich den Erbschein habe, können wir einen Termin beim Notar machen«, fügte er hinzu.

»Abgemacht«, sagte Köhn. »Freut mich, daß Sie sich zu dieser Entscheidung durchgerungen haben.«

Jon hatte in all den Wochen nicht eine Sekunde lang ernsthaft darüber nachgedacht, ob er den Betrieb nicht doch lieber behalten und verpachten sollte. »Es ist mir natürlich nicht ganz leichtgefallen«, sagte er. »Aber ich denke, daß Sie die Geschäfte ganz im Sinn meiner Frau und auch meines Schwiegervaters weiterführen werden. Im Klartext gesprochen: An einen anderen als Sie würde ich nicht verkaufen wollen.«

»Freut mich«, wiederholte Köhn. »Dann sollten wir wohl mal über die finanzielle Seite reden. Aber vielleicht nicht unbedingt am Telefon. Kommen Sie vorbei?«

»Mach ich. Irgendwann in den nächsten Tagen.«

»Na bestens. Wobei mir einfällt: das Grab. Ich hätte ja gerne die Pflege übernommen. Aber Sie haben die Friedhofsgärtnerei beauftragt, oder wie seh ich das.«

»Ich wollte Sie damit nicht belasten«, sagte Jon. »Es bleibt Ihnen unbenommen, darüber hinaus noch tätig zu werden. Ich möchte da jetzt nichts mehr ändern.«

»Wie Sie meinen«, sagte Köhn. »Dann bis bald. Und danke für den Anruf.«

Jon öffnete eine der beiden mitgebrachten Weinflaschen. Er nahm Flasche und Glas mit ins Schlafzimmer und legte sich wieder auf die chinesische Decke. Trank, starrte auf den Petersilienwald, der sich im dämmerigen Licht allmählich zu einem vagen Schatten zusammenzog. Nicht an Roberts Schlüssel denken, nicht an Köhn, nicht an Charlotte. Nur an Julie. Vor vierundzwanzig Stunden war sie in ihrem schulterfreien roten Kleid an seiner Seite durch den Speisesaal gegangen, und alle hatten geguckt.

31

Am nächsten Tag, kurz vor drei, schloß Jon die Wohnung im Woldsenweg auf. »Robert?« Laut rief er den Namen, vielleicht etwas zu laut, aber es war schließlich möglich, daß er von einem der Nachbarn beobachtet oder belauscht wurde.

Er zog die Tür hinter sich zu, blieb einen Moment stehen und atmete aus. Der Flur war angenehm kühl. Als er nach der sechsten Stunde vom Busch losgefahren war, hatte das Display im Wagen eine Außentemperatur von neunundzwanzig Grad angezeigt. Wilde war schon nach der vierten Stunde von Angela Struwe, der Schulsprecherin, auf hitzefrei für die unteren Klassen angesprochen worden, hatte beim Frettchen aber natürlich nichts erreichen können. Das Thermometer am Fenster des Sekretariats war um zehn Uhr, dem kritischen Zeitpunkt, gerade mal bei fünfundzwanzig Grad gewesen. Und schließlich lagen vier freie Tage hinter ihnen.

Vor dem Betreten des Hauses hatte Jon bei drei Parteien geklingelt, um sein Erscheinen möglichst offiziell zu machen, auch bei Frau Kolberg im Erdgeschoß, aber niemand hatte reagiert. Wie Gloria Esrom gesagt hatte, war Roberts Briefkasten im Hausflur bis obenhin voll. Ein dicker Stapel Zeitungen lag neben dem Papierkorb unter den Briefkästen.

Die Wohnung war in tadellosem Zustand. Gloria Esrom hatte gut gearbeitet für das Geld, das sie nie erhalten würde. Die große Küche war aufgeräumt und sauber, die Kochbuchsammlung in Reih und Glied, die Edelstahlgeräte flekkenlos an ihren Haken, der Messerblock im rechten Winkel zur Kante der polierten Arbeitsfläche, die unzähligen Gewürzdosen säuberlich im Regal, mit der Beschriftung nach vorne. Robert hatte da ein heiliges System, wehe, wenn man den Zimt versehentlich neben die Lorbeerblätter stellte.

Den einzig störenden Anblick boten zwei angefaulte Äpfel in einer Schale, die von Obstfliegen umschwirrt wurde. Jon überlegte einen Moment, ob er das Obst wegwerfen sollte, oder vielmehr mitnehmen, um es nicht im Mülleimer verfaulen zu lassen. Es wäre eine normale Reaktion gewesen. Andererseits konnte man ihm dann eventuell unterstellen, daß er nicht mehr an Roberts Rückkehr glaubte, und daraus folgern, daß er etwas mit seinem Verschwinden zu tun hatte. Das beste war, alles unangetastet zu lassen, auch im Kühlraum und in den Schränken nicht nach Verderblichem zu suchen.

Auf der Fensterbank vier Tontöpfe mit Kräutern. Salbei und Minze, die beiden anderen konnte er nicht identifizieren. Keine Petersilie dabei. Die Pflanzen hatten noch nicht unter Wassermangel gelitten. Er nahm eine der Edelstahlkannen vom Haken und benutzte sie als Gießkanne. Anschließend wischte er sorgfältig das Spülbecken trocken.

Und dann öffnete er doch noch die schwere Tür zum Kühlraum, wobei sich automatisch die Beleuchtung einschaltete. Gemeinsam mit Barbara hatte Robert vor vielen Jahren ein Viertel der geräumigen Altbauküche abtrennen, isolieren und mit einem starken Kühlaggregat versehen lassen, auf diese Weise war ein überdimensionaler Kühlschrank entstanden, begehbar und übersichtlich. »Das Herz der Wohnung«, hatte Barbara einmal theatralisch gesagt. So spartanisch die übrigen Räume auch eingerichtet waren, hier herrschte die Fülle.

Jon atmete weiße Wölkchen aus. Er fragte sich, wie er mit einem Menschen befreundet gewesen sein konnte, der derartig viele Vorräte anhäufte, der sich so maßlos mit dem Essen und dem Trinken beschäftigte. Einer, dem das Kulinarische soviel wichtiger war als geistige Nahrung, hatte doch eindeutig nicht alle Tassen im Schrank. Wieso war ihm das nicht früher klargeworden. Was hier alles rumstand! In Plastikdosen, in Klarsichtbeuteln, in Gläsern. In tagelangem Aufwand ausgesucht und eingekauft, kleingehäckselt und gekocht, gepreßt, gemischt und abgeschmeckt. Und noch einmal gemischt und noch einmal abgeschmeckt. Das Ergebnis ein Töpfchen mit irgendeinem »Jus«, wie Robert es genannt hatte. »Jus Wildente«, »Jus Fasan«, »Jus Kaninchen«, »Jus Zander«. Insgesamt war hier mindestens ein Dutzend dieser blödsinnigen »Jus« versammelt.

Diese kleinen Töpfe machten Jon noch wütender als die Unmenge an anderen Vorräten. Diese elende Wichtigkeit, die Robert seinem »Jus« zugemessen hatte. Als »die Brillanten der Küche« hatte er sie bezeichnet. Manchmal, wenn er zum Kochen zu ihnen in den Bansgraben gekommen war, hatte er einen oder zwei dieser Brillanten mitgebracht und Charlotte erklärt, wie sie zusammengesetzt waren. Charlotte hatte mit großen Augen zugehört. Hatte ihn bewundert. Weil er kochen konnte. Kochen!

Jon schlug die schwere Tür heftig zu. Einen Moment lang hatte er das Gefühl, sein Denkvermögen setzte aus. Er ging zum Wasserhahn, trank einen Schluck aus der Hand und wischte das Becken trocken.

Nach kurzem Blick in die Toilette ging er ins Bad. Blitzende Sauberkeit auch hier, auf den ersten Blick ließ sich unmöglich feststellen, ob etwas fehlte. Das Eßzimmer war ebenso tipptopp geputzt wie der große Wohnraum. Dessen sparsame, unpersönliche Möblierung hatte Charlotte einmal »wahnsinnig männlich« genannt: Schwarze Designer-Ledersofas, eingebaute Bücherregale, ein riesiger TV-Apparat und eine gigantische Stereoanlage von Bang & Olufsen. Keine Pflanzen, keine Kissen, keine Erinnerungsfotos, kein Nippes. Ein einziges großformatiges Ölgemälde an der Wand zwischen den Sofas, eine eher abstrakte Häuserlandschaft in Gelb und Grau, scheußlich, von Lilo zum ersten Hochzeitstag. Auf dem Lacktisch gleich neben der Tür blinkte der Anrufbeantworter. Die rhythmisch rot aufleuchtende Diode machte Jon nervös, aber er widerstand dem Impuls, das Gerät abzuschalten.

Im Schlafzimmer war das Bett frisch bezogen. Auf dem Nachttisch lag, akkurat gefaltet, die *Financial Times* vom dritten April. Die zartrosa Seiten waren im Lauf der Wochen verblaßt, Jon mußte an das Petersilienbild denken. In den Kleiderschränken, die die ganze Breite des Raumes einnahmen, herrschte so mustergültige Ordnung wie im Prospekt eines Möbelhauses, die Anzüge aufgereiht, die Oberhemden Kante auf Kante und noch mit den Papierbanderolen der Wäscherei versehen. Ob dem Personal dort aufgefallen war, daß Herr Bohn nicht mehr kam?

Am liebsten hätte er die Wohnung auf der Stelle wieder verlassen. Er fühlte sich deprimiert und fehl am Platz. Die so teuer möblierten und penibel aufgeräumten Zimmer strahlten eine Kälte und Leblosigkeit aus, die ihm bei seinen zahlreichen Besuchen zuvor nie aufgefallen war. Robert hatte jahrelang hier gelebt, er hatte gekocht und gegessen und geraucht, geschlafen, Frauen geliebt, unter anderen auch Charlotte. Er hatte Besuch empfangen, geredet, gelacht. Und dennoch war in diesen Räumen nichts von seiner Persönlichkeit übriggeblieben. Er schien sich in Luft aufgelöst zu haben. Und nicht einmal das. Er war das pure Nichts.

Er nahm sich zusammen und betrat das große Zimmer am Ende des Flurs, das Robert als Arbeitsraum genutzt hatte. Sein Blick fiel sofort auf den Filofax mit dem schwarzen Ledereinband. Er lag mitten auf der ansonsten leeren, polierten Schreibtischplatte.

Er ging zum Fenster und ließ die Jalousien herunter. Sollte ihn jemand aus den gegenüberliegenden Häusern dabei beobachten, konnte er sagen, er hätte es der Hitze wegen getan.

Danach nahm er sich den Filofax vor, blätterte Seite für Seite um, seine Finger hinterließen Schweißspuren. Er hatte überlegt, Handschuhe mitzubringen, aber daß er aus Sorge die gesamte Wohnung gründlich absuchte und auch vor Roberts Kalender nicht haltmachte, würde im Fall des Falles weniger verdächtig erscheinen als das Fehlen seiner Fingerabdrücke.

Zu seiner Verwunderung hatte Robert kaum private Termine notiert. Sämtliche Squash- und Tennis-Verabredungen mit Jon waren vermerkt, nicht aber die Treffen in der Stadt oder die Einladungen zum Essen nach Niendorf. Der letzte Eintrag, der eine Verbindung zu Jon herstellte, stand unter dem zweiten April: »14 Uhr Beerdigung C«. Am dritten April hatte er um elf Uhr einen Arzttermin gehabt. Davon hatte er nichts erzählt, Jon kannte auch keinen Dr. Obenaus.

Er blätterte weiter. Am zwanzigsten April war »Abgabe Steuer 2002«, am fünfundzwanzigsten »Geburtstag Hans« notiert. Im Mai war ein Golfturnier in Oberbayern eingetragen. Danach nichts mehr.

In den Schränken und Regalen des Arbeitszimmers herrschte ebensolche Ordnung wie in der übrigen Wohnung. Alle Papiere und geschäftlichen Unterlagen waren in Aktenordnern abgeheftet, »Wohnung«, »Immobilien«, »Kanzlei«, »Bank«, »Finanzamt«, »Privates«. Den letzten Ordner sah Jon besonders aufmerksam durch, aber er enthielt nur Roberts Geburtsurkunde, seine diversen Heiratsurkunden, Eheverträge und Scheidungsurteile sowie die Geburts-, Heirats- und Sterbeurkunden seiner Eltern.

Im Fach darunter, neben einem zwölfbändigen Brockhaus und steuerrechtlicher Fachliteratur, fand Jon drei dicke Fotoalben. Das erste, offenbar noch von Roberts Mutter angelegt, dokumentierte die Zeit von Roberts Geburt bis zum Alter von etwa siebzehn, achtzehn. Auf einer der Aufnahmen entdeckte Jon sich selber, bei der Einschulung, ein spilleriger Blondschopf mit Zahnlücke. Ein paar Seiten weiter Jutta mit Mireille-Mathieu-Pagenkopf und unförmigem Schottenrock unter einem Baum, so unattraktiv wie eine erkaltete Scheibe Toast.

Die beiden anderen Alben umfaßten die Zeit bis zum Jahr

2000. Robert neben Jon bei der Abiturfeier. Ein paar Jahre später beim Segeln, die Haare reichten ihnen beiden damals bis auf die Schultern. Bilder von einer gemeinsamen Londonreise, mit einem miniberockten Mädchen, an das Jon sich nicht erinnern konnte. Roberts erste Hochzeit mit Lilo, als einzige seiner Frauen ganz in Weiß, Jon als Trauzeuge in einem schlechtsitzenden Zweireiher. Die Wohnung in Ottensen. Die zweite Hochzeit mit Marlene, Charlotte noch gertenschlank. Die Nordkap-Fahrt, die Woche in Schweden, Marlene mit einer toten Schlange, er selber mit Charlotte in blau und gelb gestreiften Liegestühlen. Marlene im Bikini auf dem Balkon der Wohnung an der Rothenbaumchaussee. Dann die dritte Hochzeit mit Barbara. Flitterwochen auf einem Kreuzfahrtschiff, Silvesterfeier 1986, Skifahren in Gstaad 1987. Kochseminar im ›Landhaus Scherrer‹, Robert Arm in Arm mit Barbara vorm Herd, beide mit diesen dämlichen turmförmigen Kopfbedeckungen.

Danach eine Lücke bis '91. Was dann noch folgte, waren unbedeutende Schnappschüsse von Golfturnieren, diversen Frauen, Reisen nach Schottland, Istanbul, Jamaica. Nichts Bemerkenswertes, nichts Auffälliges. Nicht das, was er suchte.

Er ging zurück zum Schreibtisch. An der linken Seite wurde die Platte von einem Container mit vier Schubfächern gestützt. Die letzte Möglichkeit.

In der obersten Schublade Briefumschläge, Marken, Büroklammern, Stempelkissen, ein Sammelsurium von Stiften. In der zweiten Bankauszüge und eine Schachtel mit Quittungen und Rechnungen aus Roberts letzten Wochen. Die dritte enthielt seine alte Lesebrille und einige CD-Roms mit

Software. Als er sie wieder zuschob, spürte Jon seinen Magen, er hatte seit dem Morgen nichts gegessen.

Er setzte sich für einen Augenblick auf Roberts Drehstuhl und dehnte seinen Rücken. Irgend etwas befand sich in dieser Wohnung, das er nicht übersehen durfte. Es mußte etwas geben, irgendeinen gefährlichen Hinweis auf ihn selber. Oder zumindest auf Charlotte, was auf dasselbe hinauslief. Sie hatten eine Affäre gehabt, die sich aller Wahrscheinlichkeit nach über einen längeren Zeitraum hingezogen hatte, vielleicht sogar über Jahrzehnte. Möglicherweise hatten sie sich Briefe geschrieben, schmachtende intime Ergüsse in Roberts steiler und Charlottes flusiger Handschrift. Allein der Gedanke daran war widerwärtig. Aber er durfte jetzt nicht kneifen. Was er hier auf sich nahm, tat er schließlich für Julie. Für sie hatte er Robert umgebracht, den Rest würde er ja wohl auch noch hinkriegen. Er zog die unterste Schublade auf.

Er hatte es gewußt. Ein ungeordneter Haufen Briefe. Dahinter, ebenfalls unsortiert, Fotos. Jons Magen entspannte sich. Behutsam nahm er die Briefe heraus und legte sie vor sich auf den Tisch.

Dreimal kontrollierte er sämtliche Umschläge und deren Inhalt, bevor er davon überzeugt war, daß nichts von Charlotte stammte. Einer der Briefe war von Britta, Roberts letzter Affäre. Jon verzichtete auf die Lektüre, die affektierte Kleinmädchenschrift mit den schnörkeligen Unterlängen widerte ihn an. Der Rest von irgendwelchen Freunden oder Bekannten, Jon kannte sie alle nicht. Einer aus New York. Einer aus Grenoble, dort war Robert des öfteren zum Skilaufen gewesen.

Blieben die Fotos. Jon wappnete sich innerlich, bevor er sie herausnahm. Mehr als einmal hatte er sich eindeutige Bilder ausgemalt, eines davon hatte sich in seine Netzhaut eingebrannt, als hätte er es tatsächlich schon in Händen gehalten und hundertmal betrachtet: Charlotte nach erschöpfendem Liebesspiel auf Roberts Bett. Auf dem Rücken liegend. Die Schenkel lasziv gespreizt, die Brüste zur Seite gesackt. Ihre Hände auf dem Bauch, knapp oberhalb des drahtigen Haarbuschs. Sie lächelte in die Kamera, anzüglich, obszön, ekelerregend.

Er konnte nicht glauben, daß dieses Bild nicht vorhanden war. Daß er nur harmlose Momentaufnahmen vorfand, Robert beim Golfen, Robert mit Britta, Robert mit Sektglas im Gespräch mit einem anderen Mann, offensichtlich bei einer privaten Einladung. Das Foto existierte, er war sich sicher. Er konnte es nur übersehen haben, er mußte es finden und vernichten.

Er kniete sich vor den Schreibtisch, riß die Schublade ganz heraus und spähte in das dunkle Innere des Containers. Tatsächlich, ganz hinten hatte sich ein Bild verklemmt. Mit der weißen Rückseite nach vorne hing es schräg an der Rückwand des Containers. Vorsichtig zog er es heraus. Drehte es um und spürte, wie ihm die Hitze in den Kopf schoß. Eine Großaufnahme. Sein eigenes Gesicht. Strahlend, sorglos, ohne jeden Arg.

Er hatte das Gefühl zu ersticken. Er stopfte die Bilder und Briefe zurück in das Schubfach, schob das Fach in den Container, knallte es zu. Ohne sich noch einmal umzusehen, stürzte er aus der Wohnung. Das Foto nahm er mit.

32

Die Aufnahme war vor über zwei Jahren entstanden, an seinem fünfzigsten Geburtstag, das Datum war in kaum lesbarer Bleistiftschrift auf der Rückseite vermerkt. Von wem? Jon konnte sich nicht erinnern, es beschriftet zu haben. Robert hatte Zahlen steiler geschrieben, Charlotte nicht so ordentlich.

Er hatte das Bild auf den Beifahrersitz gelegt und warf, während er in die Mansteinstraße fuhr, hin und wieder einen Blick darauf. Ein ausgesprochen gutaussehender Mann. Schmaler Kopf, volle Haare. Die Nase keineswegs zu klein, das Kinn energisch, die Zähne tadellos, der Mund wohlproportioniert. Eine gehörige Portion Lachfältchen um die Augen, die Andeutung einer senkrechten Intelligenzfalte über der Nasenwurzel. Auch die Ohren waren nicht schlecht. Warum um alles in der Welt hatte das Foto ihn so erschreckt?

Vor einer roten Ampel bog er den Rückspiegel herunter und kontrollierte sein Gesicht. Er wischte die Schweißperlen von seiner Stirn, fuhr sich über den Mund und produzierte ein Lächeln. Klar, daß in den beiden Jahren ein paar Fältchen dazugekommen waren, die Stirn war jetzt vielleicht einen Tick höher. Aber im Grunde hatte er sich nicht verändert, sah immer noch blendend aus. Vielleicht sogar noch besser als mit fünfzig, das bißchen Grau an den Schläfen stand ihm hervorragend. Und schließlich war er nicht dümmer geworden, und schon gar nicht langsamer, weder körperlich noch geistig. So was zeigte sich auch im Gesicht. Als hinter ihm gehupt wurde, klappte er den Spiegel zurück, drehte das Foto um und trat aufs Gas.

In der Mansteinstraße fand er eine Benachrichtigung für ein Einschreiben vor, wahrscheinlich der Erbschein. Na endlich. Da konnte er mit Köhn gleich Nägel mit Köpfen machen, am besten noch in dieser Woche.

Er verbrannte das Foto in der Küche im Spülbecken und ließ so lange das Wasser laufen, bis das letzte Ascheflöckchen verschwunden war. Er ging unter die Dusche, rasierte sich, zog den hellen Leinenanzug an, aß zwei Scheiben Knäckebrot, um seinen Magen zu beruhigen, und ging zu Fuß in den Heußweg zur Postfiliale.

Eine halbe Stunde später konnte er den Erbschein bei seiner Bankfiliale in der Osterstraße vorlegen. Man versprach ihm, die Umschreibung sofort vorzunehmen. Spätestens in vierzehn Tagen würde er über den gesamten Besitz seiner verstorbenen Frau verfügen können. Er verließ die Bank mit dem Gefühl, einen Marathon gewonnen zu haben.

Er bummelte die belebte Osterstraße entlang. Die Leute drängten sich vor den Eisdielen. Die jungen Frauen trugen dreiviertellange Hosen oder Miniröcke und tief ausgeschnittene, bauchfreie Oberteile, er mochte das. In Le Pontet hatte Julie bei ihrem Stadtbummel auch so einen knappen Rock getragen, die Haut ihrer Beine hatte die gleiche Farbe wie der Milchkaffee, den sie so gerne trank. Wenig starker Kaffee, viel heiße Milch.

Er überlegte, ob er sich auf die Suche nach einem Juwelier machen sollte, um vielleicht ein ähnliches Armband zu finden. Er hatte Julie heute im Busch nur kurz sprechen können, sie hatte ihr Gepäck mehrfach durchsucht und Ewigkeiten herumtelefoniert, ohne Ergebnis. Das Schmuckstück mußte ihr tatsächlich irgendwo vom Handgelenk gefallen sein. Sie hatte ihm zugeflüstert, daß ihr selten im Leben etwas so leid getan habe, und Jon hätte sie am liebsten in die Arme genommen. Aber sie hatten sich im Flur vor der offenen Lehrerbücherei getroffen, direkt in Kerstin Schmidt-Weidenfelds Blickfeld.

Die Martinshörner eines Polizeiwagen-Konvois erinnerten ihn daran, daß er eine Vermißtenanzeige aufgeben wollte. Der Verkehr stockte für einen Augenblick, aber kaum einer der Fußgänger nahm Notiz von den durchdringenden Geräuschen und den fünf weißgrünen Autos, die hintereinander die Straße entlangrasten. Neben Jon war eine junge Frau mit einem kleinen Jungen stehengeblieben, der mit offenem Mund und ausgestreckter Hand den Autos nachsah und »Polente« rief. Jon mußte lachen, er hatte dieses Wort seit Jahren nicht gehört. Er fragte die Frau nach der nächsten Polizeidienststelle. Sie schickte ihn in die Troplowitzstraße.

Dort mußte er warten. Zwei junge britische Rucksacktouristinnen hatten den Verlust ihres gesamten Bargeldes angezeigt, die eine schluchzte die ganze Zeit vor sich hin. Beide sprachen kein Wort Deutsch. Sie hatten den Diebstahl in der U-Bahn bemerkt und waren am Schlump ausgestiegen. Der diensthabende Polizist, ein junger Mann mit Aknenarben, quälte die beiden Mädchen, Jon und sich selber gut zwanzig Minuten lang mit unvollkommenen Englischkenntnissen. Fast hätte Jon sich als Dolmetscher angeboten, aber dann erschien es ihm klüger, nicht gleich den Lehrer heraushängen und den Polizisten seine intellektuelle Unterlegenheit spüren zu lassen.

Als die beiden Mädchen sich endlich auf den Weg zum englischen Konsulat am Harvestehuder Weg machten, konnte Jon sein Anliegen vorbringen. Er bemühte sich, seine Angaben so knapp und sachlich wie möglich zu halten, ohne dabei den emotionalen Aspekt zu vernachlässigen. Er erzählte von Roberts letztem Besuch am vierten April, von seinen vielfachen Versuchen, seinen Freund zu erreichen, von seinen Telefonaten mit Frau Esrom und schließlich auch von seinem heutigen Besuch in Roberts Wohnung.

Der junge Mann füllte ein Formular aus. Wie damals die Spitzmaus schrieb er mit links und hielt die Hand so verkrampft, daß Jon fast etwas gesagt hätte. »Also keinerlei Hinweis auf ein Verbrechen? Einbruchdiebstahl, so was in der Art?«

»Glaube ich nicht«, sagte Jon. »Die Wohnung ist in tadellosem Zustand. Und sein Auto steht vor der Tür. Aber der Briefkasten ist randvoll. Und sein Anrufbeantworter. Natürlich könnte er theoretisch einfach nur verreist sein, aber vier Wochen lang? Ich hab da ein ungutes Gefühl.«

»Besteht Suizidgefahr?« Der junge Mann warf einen Blick auf die Wanduhr, offenbar sehnte er das Ende seiner Schicht herbei.

Jon zog seine Stirn in Falten und zählte innerlich bis drei. Er hatte diese Unterhaltung fast wörtlich schon einmal geführt, als er auf dem Polizeipräsidium angerufen hatte, vor mehr als vier Wochen, in Julies Gegenwart. »Kann ich mir nicht vorstellen«, sagte er und legte eine weitere Pause ein. »Vielleicht war er in letzter Zeit ein bißchen deprimiert, kann sein. Aber dafür kann es tausend Gründe geben, man steckt ja nicht drin in einem anderen Menschen. Trotzdem. Ich halte es für unwahrscheinlich.«

Der junge Polizist versuchte Jon auf eine Weise zu beruhigen, die deutlich machte, daß er nicht zum erstenmal mit so einem Fall befaßt war. Mit unbeteiligter Stimme, die Augen immer wieder auf der Uhr, schnurrte er seine Argumente herunter. Jon kannte sie alle. Freier Mensch, tun und lassen, sofern keine strafbare Handlung etcetera etcetera. Jon ließ ihn reden, unterschrieb seine Anzeige und hätte fast vergessen, die letzte Frage zu stellen. »Und was passiert jetzt?«

»Wir kümmern uns. Von eventuellen Erkenntnissen werden wir Sie selbstverständlich in Kenntnis setzen.«

Eine besonders schöne Blüte der Behördensprache. Jon bedankte sich und hakte innerlich den Punkt »Polizei« auf seiner Liste ab.

Wieder in der Mansteinstraße, legte er sich mit dem Handy auf sein Bett und rief bei Julie an.

Sie nahm sofort ab. »Ich hab es schon ein paarmal versucht«, sagte sie. »Wo warst du den ganzen Nachmittag? Bist du gelaufen?«

»Von wegen«, sagte er. »Ich mußte zur Post und zur Bank und so weiter. Der Erbschein ist gekommen, ich hab gleich alles in die Wege geleitet. Und du?«

»Ich sitze zwischen Bergen von Bildbänden«, sagte sie.

»Weserrenaissance, Sandstein, Rattenfänger, du weißt schon.«

»Der Elternabend, verstehe. Hast du vielleicht trotzdem Zeit heute abend?«

»Eigentlich nicht.«

»Und uneigentlich?«

»Wir könnten uns ganz kurz beim Inder treffen, bei mir um die Ecke, wenn du magst. Aber nur für eine Stunde«, sagte sie. »Ich möchte wirklich gut vorbereitet sein morgen. Ich schüttle solche Vorträge nicht aus dem Ärmel wie du.«

Jon lachte. »Das sagst gerade du.«

»Du weißt genau, daß du ein glänzender Redner bist«, sagte sie. »Du bist einer, der immer zum Punkt kommt. Wenn ich mal anfange, bin ich nach drei Minuten im Wald.«

Er sah hinüber zum Petersilienbild. »Dein Wald wird übrigens schon blaß. Erstaunlich, daß das so schnell geht.«

»Weil ich Luft dazwischen gelassen habe«, sagte sie. »Wo hast du das Bild hingehängt?«

»Ins Schlafzimmer. Du solltest es dir ansehen.«

»Mach ich demnächst«, sagte sie. »Um acht beim Inder?«

»Um acht. Ich küsse dich.«

»Ich dich auch«, sagte sie.

Sie kam eine Viertelstunde zu spät, blieb dafür aber eine halbe Stunde länger, als sie angekündigt hatte. Amüsiert hörte Jon sich an, was sie über den Rattenfänger von Hameln herausgefunden hatte. Es gab sogar ein Rattenfänger-Musical, sie hatte sich das Rattenfängerlied im Internet angehört und sang es ihm vor.

»Schöne Stimme, einfältiger Text«, sagte Jon.

»Was Brecht aus der Story gemacht hat, ist auch nicht viel besser«, sagte sie. »Kennst du das Gedicht? *Aus der Stadt wollt er sie retten, daß die Kindlein einen bessern Ort zum Größerwerden hätten.* Der und seine Moral immer.« Sie zog ihre Grimasse. »Weißt du, in wie viele Sprachen die Sage übersetzt ist? Über dreißig, mußt du dir mal vorstellen. Auf italienisch heißt sie *Il Pifferaio Magico,* hübsch, oder? Ich hab gelesen, daß mehr als eine Milliarde Menschen auf der Welt die Geschichte kennen.«

»Also jeder sechste«, sagte Jon.

Sie lächelte. »Ich wußte, du bist auch ein brillanter Rechner. Ach übrigens: Heute bezahle ich.«

Irgendwann in der Nacht wurde Jon von einem ungewohnten Geräusch geweckt. Vielleicht die Haustür, die hinter einem spät heimkehrenden Mitbewohner zugefallen war. Er hatte gerade von Julie geträumt, etwas Wunderbares, Erleichterndes, konnte sich aber nicht mehr genau erinnern. Auf jeden Fall hatte sie einen bunten Anzug angehabt, wie ein Harlekin. Oder, wie ihm einfiel, wie der Rattenfänger von Hameln, dessen auffallend farbige Kleidung in der Sage und in allen Bearbeitungen des Stoffs erwähnt wurde, wie Julie erzählt hatte. Er stand auf, ging in die Küche und trank ein Glas Wasser.

An der hell gefliesten Wand über dem Wasserhahn hing ein Ascheflöckchen, er wischte es fort. Und dabei kam es ihm wieder in den Sinn: Sein Traum hatte in der Polizeidienststelle in der Troplowitzstraße gespielt. Er selber hatte am Platz des Polizisten gesessen, er sollte ein umfangreiches Formular ausfüllen und Fragen beantworten, die er nicht verstand, ja nicht einmal lesen konnte. Dann ging die Tür auf, eine bis zum Fußboden reichende Fenstertür wie in ihrer Suite in Le Pontet, und Julie kam herein, in ihrem bunten Anzug. Hinter ihr konnte er den Wald sehen. Sie griff in die hintere Tasche ihres Anzugs, zog das Armband heraus und überreichte es ihm. Und sagte: »Für immer. Toujours.«

33

Am nächsten Vormittag nahm Jon gegen Ende des Unterrichts in der 10 a noch einmal den Ablativus absolutus durch, in der kommenden Woche wollte er einen Grammatiktest schreiben lassen. Unangekündigt. Er schrieb den Satz *me victo tibi pax non erit* an die Tafel und wandte sich der Klasse zu. Sein Blick fiel auf Luca della Mura. Der Junge hatte sein Kinn auf die verschränkten Arme gelegt. Seine schulterlangen Haare fielen über die Augen, die er hinter diesem Vorhang höchstwahrscheinlich geschlossen hatte. Schon lange hatte Jon den Verdacht, daß Lucas Frisur rein schulischen Zwecken diente. Neben ihm blätterte Timo Voss unter dem Tisch in irgendeiner Lektüre, die mit hundertprozentiger Sicherheit nichts mit dem Unterricht zu tun hatte.

»Wenn du uns freundlicherweise diesen Satz übersetzen möchtest, Luca.«

Timo sah nicht von seinem Buch auf. Luca hob langsam sein Gesicht, unterdrückte immerhin sein Gähnen und strich in Zeitlupentempo den Vorhang zur Seite.

»Bona nox«, sagte Jon. »Timo? Bist du so gütig?«

Jetzt sah Timo endlich auf. Er lehnte sich zurück, legte seine großen Hände auf den Tisch und streckte die Beine von sich. Er betrachtete die an die Tafel geschriebenen

Worte mit einer Miene, als klebte dort ein ausgelutschtes Kaugummi. Nora Schindler wandte sich um und zischte ihm etwas zu. Nora war die Einfalt in Person, aber sie gehörte zu denen, die stur die Vokabeln lernten und zuverlässig ihre Hausaufgaben machten und auf diese Weise immer ihre knappe Drei halten konnten.

»Danke, Nora«, sagte Jon, ehe Timo ihre Übersetzung wiederholen konnte. »Wir haben es alle gehört. Und was fällt uns auf? Richtig. Die Eleganz der knappen lateinischen Sprachform im Gegensatz zu unserer umständlichen deutschen Übersetzung. Sogar Timo und Luca fällt diese Eleganz auf.«

Janina Petersen kicherte.

»Wenn ich besiegt bin, wirst du keinen Frieden haben«, sagte Jon. »Oder auch: Wenn du mich besiegt hast. Im Deutschen müssen wir einen temporalen oder auch einen modalen oder kausalen Nebensatz bauen, während der Lateiner hier mit einem Pronomen und einem Partizip auskommt. *Me victo.*«

Luca hörte ihm mit vorgetäuschtem Interesse zu, Timo blätterte wieder unter dem Tisch herum.

»Viel Inhalt in wenige Worte verpackt«, sagte Jon, »das müßte dir doch entgegenkommen, Timo. Das Lateinische ist eine zeitsparende Sprache.«

»Ha ha«, sagte Timo. »Ich möchte mal wissen, seit wann ich in dem Saftladen hier irgendwelche Zeit spare.«

Jon hatte Lust, dem Jungen vor versammelter Mannschaft eine scharfe Antwort zu geben. Ihn an seinen miserablen Zensurenstand zu erinnern, der sich eher der Sechs als der Fünf zuneigte. Ihm zu erzählen, daß er seit Schuljahrsbeginn die Klasse am Vorankommen hinderte, einen ausgesprochen schlechten Einfluß auf Luca hatte und darüber hinaus sein eigenes Leben verplemperte. Aus Faulheit, aus Dummheit und aus fehlendem Respekt vor seinen Mitmenschen.

Für Sekundenbruchteile starrte er Timo wütend in die Augen. Timo erwiderte seinen Blick, ohne mit der Wimper zu zucken. Grinste der etwa? Meinte der, er hätte irgendwelche Sonderrechte, nur weil er damals zufällig dabeigewesen war, als Charlotte gestürzt war?

»Hausaufgabe«, sagte Jon und schlug das Klassenbuch auf. Timos unverschämter Blick ärgerte ihn noch mehr als die freche Bemerkung zuvor. Er mußte aufpassen, er durfte jetzt nicht die ganze Klasse abstrafen, weil einer von ihnen ihm ein Dorn im Auge war. »Ihr sucht mir bis zur nächsten Stunde sämtliche Ablativi absoluti aus den letzten drei Plinius-Briefen heraus. Die ganzen Sätze bitte, lesbar ins Heft, samt Satzteilbestimmung. Ebenfalls lesbar, wenn ich bitten darf. Das war's für heute.«

Das Pausenklingeln setzte während seines letzten Satzes ein. Wie immer fühlte er Befriedigung, weil seine innere Uhr so exakt funktionierte. Doch der Ärger über Timo fraß an ihm. Er hätte ihm Paroli bieten müssen, er hätte vor allem seinen Blick nicht abwenden dürfen. Die Bemerkung an sich fiel zwar nicht aus dem Rahmen der üblichen Sottisen, aber der Ton machte die Musik. Die Körperhaltung. Das anzügliche Grinsen. Hoffentlich würde der Junge den Grammatiktest in der nächsten Woche dermaßen in den Sand setzen, daß er eine schwungvolle rote Sechs daruntermalen konnte.

In der Hoffnung, Julie zu treffen, ging er hinauf in den

zweiten Stock. Die Tür zum Zeichensaal stand offen, niemand war dort.

Er schaute in den Materialraum, wo er Valerie Kuhlmann aus der 9 c vorfand. Sie hockte heulend auf dem Fußboden, die Arme um die Knie gelegt. Er sagte »Entschuldigung« und machte die Tür schnell wieder zu. Um weinende Mädchen aus der Mittelstufe machte er von jeher einen großen Bogen. Ihre Kümmernisse waren, soweit er das während seiner Jahre als Vertrauenslehrer mitbekommen hatte, irrelevant und außerdem so zahlreich, daß jeder Trostversuch ein Tropfen auf den heißen Stein war.

Auf der Treppe kam ihm Conzelmann entgegen. »Ach, wo ich Sie gerade sehe«, sagte der Referendar und blieb stehen. »Wegen heute abend. Sollten wir nicht das Reiseprogramm noch kopieren? Damit wir den Eltern etwas in die Hand drücken können.«

»Tun Sie sich um Himmels willen keinen Zwang an«, sagte Jon und ging weiter. Mit Conzelmann würde er sich demnächst auf der Klassenreise noch oft genug unterhalten müssen. »Aber das müssen Sie dann schon aus eigener Tasche bezahlen«, rief er über seine Schulter. »Nicht auf den Unterricht bezogene Kopien sind kostenpflichtig. Wissen Sie doch.«

Ein Zettel mit diesem Hinweis hing im Sekretariat über dem Kopierer. Irgendein Scherzbold klebte immer wieder einen dieser kindischen Smileys über das Wort »nicht«. Frau Sonnich lag seit Monaten auf der Lauer, um den Täter in flagranti zu erwischen, war aber bislang erfolglos geblieben. Auf keinen Fall könne es sich um einen Schüler handeln, hatte sie Jon kürzlich anvertraut und ihm gestanden, daß sie den Kollegen Kowalski in Verdacht gehabt hatte. Aber der konnte es ja nun nicht gewesen sein.

Im Lehrerzimmer saßen die Zwillinge vorm *Spiegel* von gestern und bedienten sich abwechselnd aus einer Keksdose. Sie hatten beide eine Freistunde vor sich. Die anderen Kollegen waren im Aufbruch zur nächsten Stunde, Julie war nicht da. Pro forma schaute Jon in sein Fach und verließ mit dem Klingelzeichen den Raum. Als er an den Zwillingen vorbeiging, schaute Kerstin Schmidt-Weidenfeld auf: »Suchst du jemanden?«

»Wieso?«

»Du siehst so aus«, sagte sie und hielt ihm die Dose hin.

Jon grinste. »Stimmt«, sagte er. »Ich bin auf der Suche nach dem süßesten Keks aller Zeiten.« Er schnappte sich ein Plätzchen, steckte es in den Mund und verließ den Raum. Er wußte, daß beide ihm nachsahen. Ob sie etwas ahnten, von Julie und ihm? Julie war ja der Meinung, daß die Schmidt-Weidenfeld ein bißchen zu neugierig war. Und wenn die etwas herausbekam, wußte es auch Per Strunz.

Wie lange war Charlotte jetzt tot? Wieder mußte er nachrechnen und kam auf nicht mehr als fünf Wochen. Es war wirklich nicht gut, wenn seine Beziehung zu Julie jetzt schon publik würde. Immer noch wurde er auf seinen Verlust angesprochen. Gestern erst hatte ihn Uli Koch in der Pause gefragt, wie er zurechtkäme ohne Charlotte. Jon war ausgewichen und hatte gesagt, daß der Umzug in die Stadt ihm gutgetan hatte.

Er bog in den Korridor ein, an dessen Ende sein Deutsch-LK auf ihn wartete. Er verspürte Zugluft, ein Flurfenster war zerschlagen, auf den Fliesen lagen die Scherben und ein

Stein. Er schob die Glasstücke mit dem Fuß an die Wand unter dem Fenster und schaute hinaus. Das heiße Sommerwetter hatte sich über Nacht verflüchtigt. Der Himmel war bedeckt, es sah nach Regen aus, der Wind trieb einen leeren Joghurtbecher über den Pausenhof. Er hatte Sehnsucht nach Julie, seit der Provence-Reise wurde es immer schlimmer. Wenn er sie wenigstens in den Pausen treffen würde. Ihr Lächeln. Ihre wilden Locken. Ihre roten Stiefel. Einen Blick auffangen, der ihm sagte, daß auch sie ständig an das überdimensionale Bett in Le Pontet dachte.

Aus dem Klassenraum war Gelächter zu hören. Ein Junge rief mit überschnappender Stimme: »Ein Sixpack? Zwei Sixpack, Mann.«

Jon riß sich zusammen und betrat den Klassenraum. Spätestens am Abend würde er Julie sehen.

34

Wegen des Regens war es fast schon dunkel, als er kurz vor acht den A6 einparkte. Neben ihm stieg ausgerechnet Timos Mutter aus ihrem Porsche. Sie zog eine Plastiktüte aus ihrer Handtasche und hielt sie über ihren perfekt frisierten Kopf. Blond mit Strähnchen, Ohrläppchenlänge, hamburgisch. Anstandshalber mußte er ihr Schutz unter seinem Schirm anbieten.

Während sie auf das Schulgebäude zugingen, nahm sie seinen Arm und hielt sich eng an ihn, um den Pfützen auszuweichen, machte Trippelschritte in ihren hochhackigen Schuhen. »Wie gut, daß ich Sie treffe, Herr Ewermann, ich wollte ohnehin mit Ihnen reden.«

»Wegen Timos Lateinleistungen?« fragte Jon. »Die könnten um einiges besser sein, aber damit sage ich Ihnen ja wohl nichts Neues.« Wieder kam ihm Timos Gesichtsausdruck in den Sinn, wieder verspürte er Ärger. Und daß Frau Voss sich so vertraulich bei ihm einhängte, war ihm unangenehm. Er hatte immer darauf geachtet, den Müttern der Schüler in möglichst keiner Hinsicht zu nahe zu kommen.

»Er will abgehen«, sagte Frau Voss. »Stellen Sie sich das mal vor. Er sagt, er hat keine Lust mehr.«

Jons Ärger verflog schlagartig. Zu schön, wenn der Junge am Ende des Schuljahrs aus seinem Gesichtsfeld verschwinden würde. Der falsche Nico Begemann fiel ihm ein, mit dem Julie auf dem Flughafen gesprochen hatte. Juckelte durch die Welt, hatte seinen Spaß und verdiente dabei wahrscheinlich gar nicht mal so schlecht. Es gab zahllose Schüler, die nach der Zehnten die Schule verließen, und die meisten taten gut daran. Immer wieder gingen auch Schüler mitten in der Oberstufe ab, ohne ersichtlichen Grund, meistens Jungen. Sollten sie doch. Wenn sie keinen Wert auf das Abitur legten? Bitte schön. Je kleiner die Gruppen, desto effektiver die Arbeit. Das Problem waren in der Regel die Eltern, die für ihren Nachwuchs etwas Besseres geplant hatten.

»Mein Mann ist völlig aus dem Häuschen«, sagte Frau Voss. Jons Gedanken hakten sich vorübergehend an dem »Häuschen« fest, das immerhin aus acht einträglichen Schlachtereifilialen bestand. Ganz zu schweigen von ihrem Privathaus, nördlich vom Busch am Rande des Niendorfer Geheges gelegen, in einer der besseren Wohnstraßen. Eine Protzvilla auf deutsch. Auf einem ihrer gemeinsamen Spaziergänge vor Urzeiten war Charlotte vor der Baustelle stehengeblieben und hatte gesagt: Hier baut unser Schlachter, an der Ostsee soll er übrigens auch ein Haus haben, irgendwo bei Laboe an der Förde. Alles von den Steaks, die wir bei ihm kaufen. Damals hatte er nicht geahnt, daß er sich eines Tages mit dem Sohn dieses Schlachters herumplagen mußte.

»Wenn er das tut, ich meine, wenn er die Schule schmeißt«, sagte Frau Voss, »dann sieht er keinen Pfennig von uns, sagt mein Mann. Er soll das Abitur machen und Betriebswirtschaft studieren. Er hat doch das Zeug dazu. Und wir haben nur diesen einen Sohn.«

»Und was hat er vor?« In der Eingangstür sah Jon Conzelmann auftauchen und an einem Knirps herumfummeln. Wollte der sich etwa verdrücken?

»Das ist es ja«, sagte Frau Voss. »Die puren Hirngespinste. Er hat einen Freund in Berlin, bei dem will er wohnen. Und dann auflegen. Professionell.«

»Er will was?«

»Die Dschäi«, sagte sie. »Diskjockey. Platten auflegen. Ist das nicht Wahnsinn? Bei seiner Begabung? In Clubs! Nachts! In diesen entsetzlichen Discos. Er macht es jetzt ja auch schon hin und wieder, wie nennt er sich noch gleich, die geben sich ja alle so verrückte Namen. Die Dschäi nochwas, irgendwas Einsilbiges, Mix, Fix, ich komm jetzt nicht darauf.«

»Vielleicht fängt er sich ja noch«, sagte Jon und dachte: Hoffentlich nicht. Platten auflegen in Clubs, genau das richtige für diesen Faulpelz. Tagsüber schlafen und nachts Hullygully. Dafür brauchte er wirklich kein Latein.

»Ehrlich gesagt, setzen wir unsere ganze Hoffnung auf Sie, Herr Ewermann«, sagte Frau Voss. »Könnten Sie nicht mal mit Timo reden? Wenn wir was sagen, hört er gar nicht erst hin, es ist grauenvoll. Die Familie zerbricht, wissen Sie? Mein Mann wird nämlich nicht nachgeben, das ist sicher. Vielleicht ergibt sich ja eine Gelegenheit auf der Klassenreise.«

»Ich weiß nicht, ob das besonders geschickt wäre.« Jon nickte dem Vater von Matthias Frielinghaus zu, natürlich hatte er vergeblich gehofft, dieser unangenehme Schwätzer würde ausnahmsweise mal zu Hause bleiben. »Ehrlich gesagt, sind wir nicht die dicksten Freunde«, sagte er. »Aber auch damit sage ich Ihnen sicher nichts Neues. Warum wenden Sie sich nicht an den Klassenlehrer, Herrn Schröder.«

»Ganz offen gesagt, weil Sie mir sympathischer sind.« Frau Voss warf ihm einen glitzernden Blick zu. »Und weil ich weiß, daß Sie das Leben nicht auf die leichte Schulter nehmen, gerade jetzt, nachdem das mit Ihrer lieben Frau passiert ist. Es geht wirklich um die Wurst bei uns.« Sie machte Anstalten, wenige Meter vor dem Eingang stehenzubleiben.

Jon entzog sich vorsichtig ihrem Arm. Er würde sich auf gar keinen Fall dafür einspannen lassen, Timo zum Bleiben zu überreden. »Vielleicht ist es ja nur so eine vorübergehende Laune«, sagte er und steuerte Conzelmann an. »In dem Alter ganz normal. Ich würde da einfach mal abwarten.«

»Meinen Sie wirklich?«

»Selbstverständlich«, sagte Jon. »Entschuldigen Sie mich.« Er hielt ihr die Tür auf und wandte sich an Conzelmann, der mit dem Knirps immer noch nicht zurechtkam. »Was ist, wollen Sie wieder gehen?« Er schüttelte seinen Schirm aus und ließ ihn per Knopfdruck vor Conzelmanns Nase zusammenschnurren.

»Julie ist noch nicht da«, sagte Conzelmann und zerrte ungeschickt an den Stäben des Knirpses. »Ich dachte, ich warte auf dem Parkplatz. Sie hat doch die vielen Bücher dabei.«

»Gute Idee«, sagte Jon. »Ausgesprochen fürsorglich, lieber Conzelmann. Machen Sie das.«

Conzelmann warf ihm einen gepeinigten Blick zu. »Ob Sie mir wohl Ihren Schirm...?«

»Aber gerne«, sagte Jon.

Sie tauschten die Schirme. Jon beobachtete, wie Conzelmann wie ein Hase über die Pfützen zum Parkplatz sprang. Und sah, wie jetzt Julies Golf in die Einfahrt fuhr. Ein warmes Gefühl breitete sich in ihm aus. Auch wenn sie von dem Milchbubi abgeholt wurde, so würde sie doch unter seinem Schirm ins Haus kommen.

Elternabende waren ausnahmslos quälend öde, Jon hatte Jahrzehnte leidvoller Erfahrungen auf diesem Gebiet hinter sich. Wenn es nach ihm ginge, konnten solche Veranstaltungen in Zukunft ersatzlos gestrichen werden. Nach dem neuen Arbeitszeitmodell würden sie immerhin im dafür vorgesehenen »Arbeitszeitrahmen« stattfinden, wie der neue Terminus technicus lautete, also bis spätestens zwanzig Uhr beendet sein. Mit den Klassenreisen wäre es dann sowieso mehr oder weniger vorbei.

Zu viert, in einer Reihe, saßen sie den Eltern gegenüber, Jon am einen Ende, Julie am anderen, so daß er gar nicht erst in Versuchung kommen konnte, sie – zufällig oder nicht – zu berühren. Conzelmann hatte sich ungefragt neben sie plaziert, was Schröder sofort registriert hatte. Er hatte Jon zugeblinzelt, Jon hatte nur die Brauen gehoben.

Er überließ Schröder die Erläuterungen zur Reiseplanung, Julie reichte ihre Bildbände herum. Am zweiten Juni würden sie morgens mit dem Bus nach Hameln fahren und dort Quartier in der Jugendherberge nehmen. Für die folgenden Tage waren unter anderem eine Stadtführung, ein Museumsbesuch, Ausflüge nach Schloß Hämelschenburg und ins Wesergebirge sowie eine Wanderung im Hamelner

Stadtforst vorgesehen. Conzelmann bat an dieser Stelle um festes Schuhwerk, sein erster Beitrag an diesem Abend.

Eine Mutter erkundigte sich nach der Länge der Wanderstrecke, die laut Schröder zwölf Kilometer betrug. Die Mutter riß entsetzt die Augen auf. »Meinen Sie denn, die Kinder schaffen das?«

Glucke, dachte Jon. Seit langem teilte er das Gros der Schülereltern in drei Arten ein, Papageien, Glucken und Muränen. Jeder einzelne Vertreter dieser Gruppen war imstande, einem innerhalb kürzester Zeit den letzten Nerv zu rauben. Glucken witterten bei jedem Badeausflug, jeder Stadtbesichtigung ungeahnte Gefahren für Leib und Leben ihrer Kinder und waren nur mit Mühe davon abzuhalten, sich als Reisebegleitung aufzudrängen.

Die Mutter von Nora Schindler hatte bezüglich der Wanderung keinerlei Sorge. Ihre Nora hatte schon als Vierjährige einen mehrstündigen Marsch durchgestanden, im Bayerischen Wald, wegen des unwegsamen Geländes hatten sie den Buggy zu Hause lassen müssen. Und ein Jahr später, im Siebengebirge...

Warum griff Schröder nicht ein? Frau Schindler gehörte zweifellos zur Gruppe der Papageien, die mit ihrem ausufernden Geschwalle die Elternabende unerträglich in die Länge zogen. Jede noch so offensichtliche Tatsache wurde von allen Seiten beleuchtet, ausführlich kommentiert und mit privaten Episoden angereichert. Jetzt war Frau Schindler bei der Besteigung der Zugspitze angekommen, die Nora im Alter von elf Jahren unternommen hatte.

Jon richtete sich auf. »Sie haben völlig recht, Frau Schindler«, sagte er mit verbindlichem Lächeln. »Die Wanderung wird sicherlich kein Problem sein, nicht nur für Nora. Ich denke, wir sollten jetzt zum nächsten Punkt kommen.«

Er lehnte sich zurück und hörte sich Julies kleines Referat über den Kulturraum Weserbergland an. Sie hatte sich blendend vorbereitet, sprach nicht zu lang, nicht zu kurz, erzielte hin und wieder einen Lacher bei den Eltern und übergab nach genau fünfzehn Minuten das Wort an Conzelmann, der vor der Reise in beiden Klassen die französische Version der Rattenfängersage durchnehmen wollte. Übrigens eine Idee der Kollegin Schwertfeger, wie er betonte.

Ob sich dieser farblose Wicht mit seinem Bürstenhaarschnitt etwa tatsächlich Chancen bei Julie ausrechnete? Obwohl nicht einmal der ausgewiesene Frauenheld Schröder bei ihr Erfolg gehabt hatte? Conzelmanns einzige Trumpfkarte war seine Jugend, aber diese Karte spielte er nicht einmal aus, selbst dazu war er zu dämlich. Er sollte dringend etwas für seine Figur tun, unter seinem Pullover wölbte es sich bereits. Julie war viel zu sehr Ästhetin, als daß ihr dieser Warmduscher gefährlich werden konnte, mochte er so nett und soft sein, wie er wollte. Nur – wenn er scharf auf Julie war, mußten sie auf der Reise in seiner Anwesenheit aufpassen, er würde sie auf Schritt und Tritt beobachten und damit jede Vertraulichkeit verhindern.

Nach einer enervierenden Debatte über die Höhe des Taschengeldes erreichten sie endlich den letzten Ordnungspunkt, »Allgemeines Verhalten der Schüler«. Schröder, dem die letztjährige Pragreise noch in den Knochen saß, zählte auf, was verboten war: Alkohol, Zigaretten, Drogen, nächtliche Eskapaden in den Zimmern sowie ungenehmigte Ausflüge in Kneipen und Discotheken. Die Schüler dürften abends die Jugendherberge verlassen, aber nur in Gruppen und nur bis halb zehn. Wer sich nicht daran hielt, würde umgehend nach Hause geschickt, auf eigene Kosten.

Das Thema war normalerweise schnell abgehandelt. Jeder wußte, daß diese rigiden Verbote nicht in letzter Konsequenz durchzusetzen waren, geraucht wurde ohnehin, getrunken ebenfalls. Kluge Lehrer übersahen derlei Übertretungen, solange sie diskret und in vertretbarem Maß geschahen. Was die nächtlichen Eskapaden betraf, mußte allerdings hart durchgegriffen werden. Vor Jahren war eine Schülerin auf der Abiturreise schwanger geworden, praktisch unter den Augen von Bio-Meier und Eva Geschonnek. Das Nachspiel war unerfreulich gewesen.

»Halb zehn? Ist das Ihr Ernst?«

Frielinghaus. Natürlich. Während alle anderen schon zum Aufbruch rüsteten, mußte er jetzt Zähne zeigen. Muräne.

»Wir halten das für angemessen«, sagte Schröder und steckte seinen Kugelschreiber in die Brusttasche. »Außerdem gibt es auch von Seiten der Jugendherberge feste Zeiten.«

Muränen waren durchweg männlich und kamen entsprechend selten vor. Väter, die weder in den Sprechstunden noch bei sonstigen wichtigen Terminen auftauchten, bei Elternabenden aber gerne das große Wort führten. Ihre Kinder gehörten ausnahmslos zu den schlechtesten Schülern, Frielinghaus machte da keine Ausnahme. »Finden Sie das nicht selber ein bißchen lächerlich?« sagte er. »Kids in dem Alter dermaßen zu kujonieren? Bißchen Spaß muß doch auch sein.«

Jon haßte das Wort »Kids« wie die Pest. Der ganze Frielinghaus war ihm zuwider mit seinem Dreitagebart, den nach hinten gegelten Haaren, seiner Art, breitbeinig am Tisch zu lümmeln. Er setzte zu einer brüsken Antwort an, aber Conzelmann kam ihm zuvor.

»In der Jugendherberge gibt es viele Möglichkeiten zur Freizeitgestaltung«, sagte er, »Billard, Kicker, einen Basketballplatz, wir haben auch ein Volleyballturnier eingeplant. Und für die, die Klavier spielen, gibt es sogar einen Flügel. Der Spaß wird nicht zu kurz kommen, keine Sorge.«

»Flügel. Hört sich ja wahnsinnig aufregend an.« Frielinghaus klang verächtlich. »Ich würde sowieso gerne mal wissen, wie Sie ausgerechnet auf das Weserbergland gekommen sind. Die letzten Zehnten waren immerhin in Prag.«

Jon hörte Schröder leise aufstöhnen.

»Die Erfahrung hat gezeigt, daß der Erfolg von Klassenreisen nicht in erster Linie vom Zielort abhängt«, sagte Julie.

»Welche Erfahrung denn.« Frielinghaus reckte angriffslustig sein stoppeliges Kinn. »Soviel ich weiß, sind Sie erst seit Februar am Busch.«

Jons Blick fiel auf den Kalender, der aufgeschlagen vor Frielinghaus lag, ein schwarzer Filofax im Chef-Format. In seinen Fingerspitzen prickelte es. »Es handelt sich bei dieser Reise um eine Veranstaltung unserer Schule, Herr Frielinghaus.« Er sprach betont langsam. »Es geht dabei in erster Linie um die Klassengemeinschaft, nicht um möglichst viel Rambazamba.«

Von den Glucken zustimmendes Gemurmel. Frielinghaus schob seinen Brustkorb vor: »Hab ich was von Rambazamba gesagt? Jetzt drehen Sie mir mal nicht das Wort im Mund um. Tagelange Wanderungen und Museumsbesuche finde ich jedenfalls nicht gerade altersgerecht.«

»Und was halten Sie für angemessen?« sagte Jon. »Feten? Diskobesuche? Saufereien bis zum Umfallen?«

Schröder hielt mit einem kleinen Schnaufer die Luft an.

»Jedenfalls finde ich ein Bier bei einem Sechzehnjährigen kein Drama«, sagte Frielinghaus, eine Spur von Unsicherheit schlich sich in seine Stimme. »Oder auch mal eine Zigarette. Durch Verbote macht man die Kids doch erst scharf.«

Nicht nachlassen jetzt, dachte Jon, und vor allem keine Diskussion. Nicht den gleichen Fehler machen wie bei Timo heute vormittag. »Wenn Sie dieser Ansicht sind, sollte Ihr Sohn zu Hause bleiben«, sagte er kühl. »Es wird auch für ihn keine Ausnahme von den Regeln geben.«

Frielinghaus kniff seine Augen zusammen. Jon erwiderte den Blick mit ausdrucksloser Miene, bis sein Gegenüber wegschaute. In seine Schranken verwiesen, gedemütigt, besiegt.

Schröder stieß die Luft aus. »Schließlich übertragen Sie uns die Verantwortung für Ihre Kinder«, sagte er in besänftigendem Ton. »Und da es in der Vergangenheit einige ungute Vorkommnisse gegeben hat, bitten wir um Ihr Verständnis, daß wir konsequent sein müssen, im Interesse aller. Falls es keine Fragen mehr gibt, wünsche ich Ihnen noch einen schönen Abend.«

»Du warst ja ganz schön giftig vorhin«, sagte Schröder, als sie kurz darauf die Tische wieder zurechtrückten und die

Stühle darunterschoben. Am Lehrertisch sortierte Julie, assistiert von Conzelmann, die Bildbände.

»Dir ging der doch auch auf die Nerven mit seinem pseudoliberalen Geschwätz.« Jon bückte sich nach einem zerfledderten Biologiebuch, das aus der Ablage unter einem der Tische gerutscht war. »Was glauben diese Leute eigentlich. Daß es ein Vergnügen ist, mit zweiundfünfzig Pubertierenden unterwegs zu sein?«

Schröder grinste. »Der denkt, wir machen eine Erholungsreise. Und werden dafür auch noch fürstlich bezahlt. Übrigens sind es nur einundfünfzig, Bilge Uzun darf definitiv nicht mit, ich hab auf ihren Vater eingeredet wie auf einen lahmen Gaul, aber nichts zu machen. Weißt ja, wie die Türken sind. Gehst du noch mit zum Thailänder?«

Jon schaute hinüber zu Julie. Mappe und Schlüsselbund in der Hand, stand sie schon an der Tür, Conzelmann hatte sich mit den Büchern beladen. »Eigentlich habe ich keinen Hunger.«

»Dann trinkst du eben nur was. Komm schon, Julie und das Conzelmännchen gehen auch mit.«

Vielleicht würde es ja ganz prickelnd sein, neben Julie im Lokal zu sitzen und sie vor den ahnungslosen Kollegen freundlich und sachlich als Kollegin zu behandeln. Er durfte nur nicht vergessen, sie zu siezen. Oder noch besser: Er konnte ihr im Beisein der beiden anderen das Du anbieten, ganz offiziell. Und dem tumben Conzelmännchen würde er coram publico mal das simple Prinzip eines Knirpses erklären. »Okay«, sagte er.

35

Anfang Juni hatte sich zu Jons Erleichterung über ganz Europa ein stabiles Hoch ausgebreitet. Nach seiner Erfahrung benahmen sich Schüler auf langen Busfahrten bei Regenwetter besonders aufmüpfig, speziell bei den Pinkelpausen ließen sie sich kaum bändigen. Noch frustrierender waren Schlechtwettertage, die mit der ganzen Horde in der Jugendherberge überstanden werden mußten. Unweigerlich kam es dann zu Streitereien, zum Hüttenkoller. Aber der Wetterdienst hatte eine anhaltende Hitzeperiode prognostiziert, das mit Wanderungen und Besichtigungen gespickte Programm der Klassenreise konnte also, zumindest was das Wetter anging, reibungslos durchgeführt werden.

Der Aufbruch vom Busch gestaltete sich wie immer langwierig. Dieses Mal hatte Bruno Kaltenbach sein Asthma-Spray zu Hause vergessen, wodurch sich die Abfahrt um eine Dreiviertelstunde verzögerte. Zeit für die Glucken, mehrfach ihre Litaneien an Ermahnungen herunterzubeten. Frau Schindler tat sich besonders hervor, unentwegt schwallte sie auf Nora ein und widersetzte sich allen Versuchen ihrer Tochter, sie nach Hause zu schicken. Beim endgültigen Abschied brachte sie Nora in peinlichste Verlegenheit, indem sie ihr gerührt um den Hals fiel. Jon dachte an Verena Glissmann und hatte fast Mitleid mit Nora.

Ihre Methode, von dieser Blamage abzulenken, war allerdings perfekt. Kaum hatte der Bus sich in Bewegung gesetzt, begann sie in der letzten Sitzreihe mit Moritz Jankowski aus der 10 b zu knutschen. Die ganze Schule wußte, daß Moritz seit langem mit Sybille Zott aus der 9 c ging, offensichtlich war er aber entschlossen, diese Tatsache für die Dauer der Klassenreise zu ignorieren. In den folgenden Tagen waren Nora und Moritz unzertrennlich, kaum eine Minute ließen sie die Finger voneinander. Immer wieder mußte Jon mit ansehen, wie sie sich küßten und betatschten, und jedesmal wünschte er sich, er könnte Julie ebenso unbefangen und öffentlich in seine Arme nehmen.

Am dritten Tag kehrten sie am späten Nachmittag von der Wanderung durch den Hamelner Forst zurück, aufgrund der Hitze und der extrem hohen Luftfeuchtigkeit war es für alle eine anstrengende Tour gewesen. Jon wartete vor der Eingangstür der Jugendherberge auf Julie. Sie stieg als letzte aus dem Bus und trieb Janina Petersen und Tine Zulley vor sich her, die bei jeder Unternehmung das Schlußlicht der Gruppe bildeten. Tine hatte sich bei ihrer Freundin eingehängt und hinkte mit schmerzverzerrtem Gesicht an Jon vorbei. Er grinste sie spöttisch an: »So schlimm? Man könnte meinen, du hättest einen Achttausender bestiegen.«

Tine verzog angewidert die Mundwinkel, rollte die dick mit Kajal umrandeten Augen und schleppte sich ins Foyer. »Trinken«, hörte Jon sie noch stöhnen. »Dusche.«

Sie hatten für den großen Rundweg durch den Hamelner Forst mehr als eine Stunde länger gebraucht, als im Wanderführer veranschlagt. Schon beim Anstieg zum Klütturm hatte es das erste Gejammer gegeben, Klagen über die

Hitze, Blasen an den Füßen, Hunger und Durst, Mückenstiche, Steine im Schuh. Jon hatte viel Geduld aufbringen müssen, um den unlustig zockelnden Haufen immer wieder zum Durchhalten zu ermuntern. Dann hatte sich der Aufbruch nach der Rast im Forsthaus Finkenborn auch noch dadurch verzögert, daß eine Gruppe von Schülern, darunter natürlich auch Luca und Timo, plötzlich unauffindbar war. Jon hatte sie schließlich im Männerklo entdeckt, wo sie auf seine Frage hin »nichts« gemacht hatten, dies aber eine Viertelstunde lang. In der Toilette hatte es verdächtig nach Rauch gerochen, was Jon ignoriert hatte. Mit Julie hatte er auf der ganzen Strecke nur zwei oder drei banale Sätze wechseln können. Jetzt mußte er sie unbedingt für sich allein haben, wenigstens für ein paar Minuten.

Im Gegensatz zu den Schülern wirkte sie keineswegs erschöpft. Wenn sie nicht Erdspuren an den nackten Knien und einen frischen Dornenkratzer am Oberam gehabt hätte, hätte man meinen können, sie hätte sich den ganzen Tag nur ausgeruht. »Na?« Sie blieb vor ihm stehen und pustete sich eine Locke aus dem Gesicht. »Auch so fertig wie der Rest der Truppe?«

»Seh ich so aus?« Er wußte genau, daß er nicht so aussah. Der kurze Blick in den Spiegel vorhin auf der Toilette im Forsthaus Finkenborn hatte ihm ein gebräuntes, entspanntes Gesicht gezeigt. Der kürzere Haarschnitt, den er sich vor der Reise zugelegt hatte, stand ihm hervorragend. Machte ihn jünger. Und was seine Kondition anging, hätte er mit Leichtigkeit die Strecke noch einmal zurücklegen können, ohne zu ermüden. Und zwar in einem flotteren Tempo.

Julie öffnete ihren kleinen roten Rucksack und holte ihre

Wasserflasche heraus. Dabei fiel die Locke wieder zurück, warf einen zarten Schatten auf ihre Wange. Jon mußte sich beherrschen, sie ihr nicht aus dem Gesicht zu streichen. Seit wieviel Tagen hatte er sie nicht mehr berühren können? Er sehnte den Freitag herbei, den Tag der Rückreise.

Sie erriet seine Gedanken. »Nur noch zwei Tage«, sagte sie, »die kriegen wir auch noch rum. Und läuft doch ganz gut, oder? Ich hab's mir schlimmer vorgestellt.« Sie hielt ihm ihre Wasserflasche hin.

Jon lehnte ab. »Noch haben wir's nicht hinter uns.« Er warf einen Blick in die Eingangshalle. Conzelmann pflegte mit unschöner Regelmäßigkeit immer genau dann aufzutauchen, wenn er ein paar ungestörte Takte mit Julie zu reden versuchte. »Denk an die beiden Nächte. Katastrophen passieren vorzugsweise nach Sonnenuntergang.«

»Beschrei es nicht«, sagte sie.

Die Haut an ihrer Kehle war einen Hauch heller als ihr Gesicht. Er sah zu, wie sie schluckte, wie sie sich den Mund abwischte und die leere Flasche wieder verstaute. »Wie war dein Abend gestern?« fragte er. »Ihr seid ein bißchen versackt, oder?«

»Wieso? Wir waren kurz vor zwölf zurück.«

Sie war mit Conzelmann in die Stadt gegangen, während Schröder und Jon nach dem Abendessen ein Kicker-Turnier veranstaltet hatten. Schon vor der Abreise hatten sie sich darauf geeinigt, daß je zwei Lehrer als abendliche Aufsicht in der Jugendherberge genügten, so daß die anderen beiden Gelegenheit hatten, sich von den Strapazen des Tages zu erholen. Am Montag war Jon mit Schröder in einer Altstadtkneipe gewesen und hatte sich sämtliche Details aus dessen Liaison mit der rothaarigen Ethikreferendarin anhören müssen. Sie sollte zum nächsten Schuljahr an ein anderes Gymnasium versetzt werden, was Schröder nur recht war, sie begann zu klammern und Forderungen zu stellen. »Ich bin nun mal nicht der Typ für was Festes«, hatte er beim dritten Bier gesagt. »Nicht wie du, mit deiner Charlotte. Wie lange wart ihr verheiratet? Über zwanzig Jahre, oder? Ich bewundere so was, Jon, ehrlich. Könnte ich nie.« Jon hatte keinen Kommentar abgegeben. Der Abend war verschenkt, sein einziger Trost war die Aussicht auf die heutige Freizeit zusammen mit Julie gewesen.

»Ist unser softer Markus wenigstens ein amüsanter Unterhalter?« fragte er. Seit dem Thailänder nach dem Elternabend war der Milchbubi nicht nur »Markus«, sondern leider auch noch anhänglicher als zuvor.

»Jetzt hack nicht ewig auf ihm herum«, sagte sie. »Er ist wirklich sehr nett. Und er tut mir leid. Er hat ein bißchen erzählt, von seiner Familie und so. Er hat eine ziemlich stressige Kindheit gehabt.«

»Ach Gott.« Jon verdrehte die Augen. »Hatten wir das nicht alle?«

Aus einem der Fenster im ersten Stock war ein spitzer Mädchenschrei zu hören, gefolgt von kreischendem Gelächter. Musik setzte ein, der übliche Rap.

»Ich hätte jetzt gedacht, die sind total platt«, sagte Julie. »Die haben doch alle aus dem letzten Loch gepfiffen, eben noch.«

Jon legte den Kopf in den Nacken. »Zimmerlautstärke, ja?!«

Oben hockten die üppige Ludmilla Nevuda und Tamara

Grassmann kichernd auf der Fensterbank, zwischen ihnen Timo. Was zum Kuckuck machte der Junge in einem der Mädchenzimmer. Spuckte der etwa runter? War der nicht ganz bei Trost?

Jon trat einen Schritt zu Seite. Ein gräulich glänzender kleiner Klumpen fiel neben ihm auf den Kies. Als er wieder nach oben schaute, war niemand mehr zu sehen, weder die Mädchen noch Timo. »Das geht jetzt zu weit«, sagte er. »Den mach ich zur Schnecke.«

»Bloß kein Drama jetzt«, sagte Julie. »Das war bestimmt keine Absicht, wahrscheinlich hat er dich gar nicht gesehen.«

Sie folgte ihm ins Haus, im Speisesaal wurden die Tische gedeckt. Es roch nach Gulasch, im Partyraum spielte jemand den unverwüstlichen Flohwalzer auf dem Flügel. »Egal, ob er mich gesehen hat oder nicht«, sagte Jon. »Man spuckt keine alten Kaugummis in die Gegend. Aber du hast recht, es lohnt sich nicht, Timo jetzt noch irgendwas beizubringen. Ich bin heilfroh, daß er demnächst verschwindet.«

»Ach. Hat er dir das erzählt?«

»Seine Mutter. Im Gegensatz zu ihr hoffe ich, daß er es sich nicht noch anders überlegt. Ich kann auf ihn verzichten. Daß du so gut mit ihm zurechtkommst, kapier ich nicht, ehrlich gesagt.«

»Was heißt gut. Bei mir ist er eher unauffällig. Gehen wir gleich nach dem Abendessen?«

»Vielleicht gibt es hier in Hameln ja ein nettes kleines Hotel«, sagte er leise. »Was hältst du davon?«

Sie lächelte, winkte ihm zu und verschwand in ihrem Flur.

»Wo warst du denn noch so lange?« Schröder zog sich gerade das T-Shirt über den Kopf, als Jon ihr gemeinsames Zimmer betrat. Noch in Hamburg hatte Schröder diese Aufteilung vorgeschlagen. Man hatte ihnen insgesamt drei Doppelzimmer zugestanden, von denen eins natürlich Julie haben mußte. Mit Conzelmann muß ich nicht unbedingt zusammen pennen, hatte Schröder gesagt, und wir beide sind doch ein gutes Gespann.

Jon hatte selbstverständlich zugestimmt. Auf nächtliche Treffen mit Julie konnte er in Anwesenheit von einundfünfzig Schülern nicht hoffen. Und Schröder war ein angenehmer Zimmergenosse, er legte Wert auf Hygiene, schnarchte nicht und konnte auch mal den Mund halten, eine Fähigkeit, die nicht jedem Kollegen gegeben war. Vor Jahren hatte Jon ein Zimmer mit Bio-Meier teilen müssen, stundenlang hatte der ihn mit Anekdoten und Fotos seiner damals zweijährigen Enkeltochter traktiert.

»Ich hab noch mit Julie geredet«, sagte er. »Was wir heute abend unternehmen wollen.« Er setzte sich aufs Bett, schnürte die Wanderschuhe auf und versuchte, die allmählich verblassenden Kratzspuren auf Schröders Rücken zu übersehen. Er hatte sie schon am ersten Abend entdeckt und Neid verspürt, weniger auf die ethische Referendarin als vielmehr darauf, daß Schröders Sexleben so rege war. Er selber hatte mit Julie seit geraumer Zeit nicht mehr geschlafen. Erst war ihre Schwester ein paar Tage zu Besuch gewesen, und dann hatte es mal ihr, mal ihm aus diversen Gründen nicht gepaßt. Seit ihrer Reise nach Le Pontet hatten sie viermal Sex gehabt, entschieden zuwenig für einen ganzen Monat.

»Julie. Aha.« Schröder tappte barfuß zum Schrank und stopfte das Hemd in einen Wäschesack. »Sag mal, irre ich mich, oder bahnt sich da was an zwischen euch?«

»Wie meinst du?«

»Na komm.« Schröder stieg aus seinen Jeans. Seine Unterhosen waren allesamt maritim gestreift, zum Glück wechselte er sie täglich. »So, wie du sie anguckst? Da husten doch die Flöhe. Und daß sie auf dich steht, sieht auch ein Blinder.« Er grinste Jon vertraulich an und schlug ihm auf die Schulter. »Glückwünsch, Alter. Tolle Frau hast du dir da geangelt.«

»Von geangelt kann keine Rede sein.«

»Du weißt, wie ich's meine. Ich finde, ihr paßt klasse zusammen. Echt.«

»Sie ist fast zwanzig Jahre jünger als ich«, sagte Jon und legte Bedenken in seine Stimme. Für ein Outing war es immer noch zu früh, auch Julie wollte auf keinen Fall, daß ihre Beziehung öffentlich wurde. Andererseits war es vielleicht gar nicht so dumm, wenn sie den Anschein erweckten, daß sie sich jetzt auf der Klassenreise näherkamen. Die plausibelste Erklärung.

»Na und?« sagte Schröder. »Du bist doch klasse in Form für dein Alter.«

»Danke, wieder mal sehr charmant.« Jon holte die Laufschuhe und eine kurze Hose aus dem Schrank. »Irgendwie bin ich selber total überrascht. Ich hätte nie gedacht, daß ich noch mal ... du weißt schon. Ich hab sie vorher ja nie so genau angesehen. Aber jetzt, auf der Reise? Ich glaube, ich fang an, mich ernsthaft für sie zu interessieren.«

»Und warum nicht? Ist doch okay.«

»Weil Charlotte noch nicht einmal ein Vierteljahr tot ist. Ich finde es nicht richtig, wenn man so schnell eine neue Beziehung eingeht.«

Schröder suchte am Waschbecken Shampoo, Duschgel und Handtuch zusammen. »Du bist ja verrückt«, sagte er. »Was Besseres kann dir doch gar nicht passieren. Ich kann mir vorstellen, daß es dir ziemlich scheiße gegangen ist nach Charlottes Unfall. Jetzt kriegst du die Chance, noch mal neu anzufangen. Sag nicht, du gehst noch joggen.«

»Nur eine Stunde. Am Fluß.«

»Eine Stunde? Nach dem Marsch? Deine Kondition möchte ich haben. Ich muß erst mal duschen. Und was Julie betrifft: Ich gönn sie dir, ehrlich.« Schröder bleckte seine Zähne. »Ich hab ja leider nicht landen können.«

»Hast du es versucht?«

»Bei so einer Wahnsinnsfrau? Kennst mich doch.« Mit einem bescheuerten Zwinkern verließ Schröder das Zimmer.

Jon wäre ihm am liebsten nachgelaufen und hätte ihm ins Gesicht geschlagen, um diese Selbstgefälligkeit und das Zwinkern aus der Welt zu schaffen. Was bildete sich dieser Blödmann eigentlich ein mit seinen Macho-Allüren. Seinem zur Schau gestellten zerkratzten Rücken. Wie konnte er es wagen, eine Frau wie Julie seiner Betthasensammlung einverleiben zu wollen. Um sie dann, nach ein paar Monaten oder auch nur Wochen, fallenzulassen wie alle übrigen.

Er band seine Laufschuhe zu und stand einen Moment am offenen Fenster. Zwang sich, bewußt zu atmen. Auf keinen Fall durfte er sich Schröders Annäherungsversuche an

Julie plastisch ausmalen, nie würde er diese Bilder wieder loswerden.

Von hier oben konnte er die Weser sehen. Das Wasser blinkte in der Abendsonne wie ein silbernes Band. Wie Julies Armband aus Avignon, das sie nicht wiederbekommen hatte. Sie mochte nicht mehr darüber sprechen, ihre Schusseligkeit war ihr peinlich. Aber während der letzten Zeit hatte sie immer wieder Le Pontet erwähnt, das überdimensionale Bett, das amouröse Frühstück. Nachher, bei ihrem Bummel durch Hameln, würde er nach dem schönsten Hotel Ausschau halten. Drei oder vier Stunden allein mit ihr sein, ganz allein. Sie lieben.

36

Als sie sich gegen halb acht auf den Weg in die Stadt machten, zeigte das Thermometer am Eingang der Jugendherberge immer noch achtundzwanzig Grad. Die Luft stand. In der Ferne, jenseits der Weser, hatte sich eine diesige, violettgraue Wolkenbank zusammengeschoben, die aber nicht herüberzukommen schien. Jon hatte sie schon vorhin beim Joggen bemerkt, seither hatte sie sich nicht verändert.

Julie hatte einen schwingenden rotseidenen Rock angezogen, den sie in Avignon gekauft hatten. Dazu trug sie eine ärmellose weiße Bluse, die sie so weit aufgeknöpft hatte, daß Jon den Ansatz ihrer Brüste sehen konnte. Das Weiß und Rot ihrer Kleidung ließ ihn an Erdbeeren mit Schlagsahne denken.

Solange sie auf der Weserpromenade und in Sichtweite der Jugendherberge waren, gingen sie wortlos im Laufschritt nebeneinander her, auf Abstand bedacht. Als sie bei einem kleinen Platz nach links in die Altstadt abbogen, legte Jon seine Hand auf ihre Schulter, drängte sie an eine Hausmauer und wollte sie küssen.

»Die stromern jetzt hier alle rum«, sagte Julie. »Vielleicht sollten wir das nicht gerade hier machen.«

Jon öffnete einen weiteren Knopf an ihrer Bluse und

schob seine Hand unter den Stoff. »Schröder ahnt was«, murmelte er. Ihre Brüste waren kühl.

»Und? Was hast du ihm gesagt?«

»Daß ich auf dem besten Weg bin, mich in dich zu verlieben, mehr nicht. Ich will mit dir schlafen, Julie.«

Sie stemmte ihre Hände gegen seinen Oberkörper. »Und was heißt das? Daß wir demnächst mit offenen Karten spielen können?«

»Ich denke schon. Schröder hat jedenfalls positiv reagiert. Er hat gesagt, mir könnte nichts Besseres passieren.«

»Hat er was von deiner Frau gesagt? Ich meine, daß irgend jemand Anstoß nehmen könnte, weil du nicht jahrelang trauerst?«

Jon schüttelte den Kopf. »Er findet es total okay. Komm, laß uns ein Hotel suchen.« Er nahm sie an der Hand und zog sie weiter.

»Mich erleichtert das«, sagte sie. »Heute auf der Wanderung wär ich fast verrückt geworden. Kennst du das? Man denkt, man stirbt, wenn man den anderen nicht auf der Stelle haben kann. Ich hätte es wahnsinnig gern da oben im Wald gemacht. Da gab es ein paar Stellen, die waren ziemlich einladend.«

»Mir ging's genauso«, sagte er.

Auf dem Markt drängten sich die Touristen, jeder wollte sich an diesem schwülen Abend im Freien aufhalten. Der Platz war erfüllt von Rufen und Gelächter, dazu die Glokken der Marktkirche, Viertel vor acht. Am Dienstag hatten sie die Kirche besichtigt, Julies Erklärungen zur gotischen Architektur waren bei den Schülern auf wenig Interesse gestoßen. Einzig ein Glasfenster hatte die Aufmerksamkeit vor allem der Mädchen erregt, die Nachbildung eines historischen Fensters aus der Zeit um 1300: der buntgekleidete Pfeifer mit den Kindern, allesamt in weißen Hemden. Totenhemden, hatte Leonie Pfotenhauer gesagt und sich geschüttelt. Und Tine Zulley hatte wissen wollen, was denn nun wirklich mit den Kindern passiert war. Bei der Erinnerung an Conzelmann, vielmehr »Markus«, der sofort seine Chance ergriffen und in pastoralem Tonfall die verschiedenen Theorien dargelegt hatte, wurde Jon nachträglich noch übel. Diese gedämpfte Stimme, diese hündischen Blicke immer wieder zu Julie hinüber, die sich neben die Mädchen in eine der Kirchenbänke gesetzt hatte. Diese Wichtigtuerei, dieses Gebausche, und dazu dieser schwabbelige vorzeitige Bauch.

Julie dachte in die gleiche Richtung. »Eine fiese Geschichte, mit den verschwundenen Kindern«, sagte sie und schaute einem kleinen Mädchen nach, das gerade einer Teigratte den Kopf abbiß. »Ein einziger Alptraum.«

»Für Hameln ein ausgesprochen lukrativer Alptraum«, sagte Jon. »Die verdienen sich doch dumm und dämlich daran. Die leben davon. Wie Mistkäfer, Aale, Aasfresser. Alles wird verwertet.«

»Ist das jetzt eine moralische Verurteilung?« Sie blieb stehen, legte eine Hand auf Jons Arm und zog mit der anderen den Fersenriemen ihrer Sandale hoch.

Hinter ihr die Fassade des aufwendig verzierten Hochzeitshauses. Für seinen Geschmack waren die Bauten der Weserrenaissance zu überladen, zu viele Schmuckleisten, zuviel Fachwerk, zuviel Gedöns. Auch die Gebäude aus den früheren Zeiten mißfielen ihm, überhaupt das ganze

Ambiente. Von allem zuviel, vor allem hier in der Altstadt. Die Gassen zu eng, die Häuser zu geputzt, die Touristen zu laut und zu gierig. Die norddeutschen Städte mit ihrer zurückhaltenden Backsteinarchitektur entsprachen ihm eher. Mehr Sein als Schein.

»Moralisches Urteil? Gar nicht«, sagte er. Er selber verhielt sich schließlich nicht anders, er nahm ohne jegliche Bedenken das an sich, was Charlotte gehört hatte. Auch eine Art Aasfresserei. »Wer überleben will, nimmt, was er kriegen kann.«

»Und wenn man mehr nimmt, als man zum Überleben braucht?«

Er schaute ihr in die Augen. Was konnte sie damit meinen? Daß er Charlottes Erbe hätte ausschlagen sollen? Aber warum? *Quisquis habet nummos, secura naviget aura.* Und immerhin hatte auch sie davon profitiert, ohne die Aussicht auf das viele Geld hätte er sie nie und nimmer nach Le Pontet eingeladen, ganz zu schweigen von ihrem Einkaufsbummel in Avignon. Von seinem Konto waren für den Kurztrip in die Provence alles in allem gut fünftausend Euro abgebucht worden. Finanziert von Charlotte. »Ich möchte alles mit dir teilen«, sagte er. »Alles, was ich habe. Und auf die Gefahr hin, daß ich mich wiederhole: Ich möchte dich heiraten.«

Sie machte ihre kleine Grimasse und wies mit dem Daumen über ihre Schulter. »Weil wir gerade hier stehen, oder was? Dir fällt doch bestimmt ein etwas originellerer Ort ein. Da kommen übrigens unsere Freunde.«

Jon drehte sich um. Ein Trupp Schüler schlenderte über den Platz. Der kleine Simon Münchmeyer mit irgendeinem

Backwerk, Luca della Mura und Timo Voss mit blaugetönter Sonnenbrille, beide zwei Köpfe größer als Simon und mit Zigaretten im Mundwinkel. Jasmin Kolle, Tine Zulley und Matthias Frielinghaus mit Eistüten. Dahinter, eng umschlungen wie immer, Nora und Moritz, mit zwei Strohhalmen aus einer Flasche trinkend. Cola wahrscheinlich. Oder eins von diesen aufputschenden Powergetränken.

»Ich hab einen Wahnsinnsdurst«, sagte Julie. »Oder vielleicht Eis? Bißchen sitzen, bißchen gucken?« Dabei winkte sie zu den Schülern hinüber, nur der kleine Simon und die Mädchen winkten zurück.

»Kein Hotelzimmer?«

»Du weißt genau, daß wir einundfünfzig Spione auf den Fersen haben«, sagte sie. »Wißt ihr schon das Neueste? Ewermann und Schwertfeger sind bumsen gegangen, im Hotel Sowieso.« Sie imitierte eine hysterische Mädchenstimme. Dann legte sie wieder ihre Hand auf Jons Schulter und sagte in normalem Ton: »Hier wäre es wirklich mehr als ungeschickt. Wenn wir wieder in Hamburg sind, okay? Und in ein paar Wochen brauchen wir uns auch im Busch nicht mehr zu verstellen.«

»Liebst du mich?« fragte er. Wenigstens das wollte er von ihr hören, wenn schon sein Traum vom Hotel zerplatzt war.

»Ja«, sagte sie und zog ihn weiter. »Das weißt du doch.«

Auf der Suche nach zwei Sitzplätzen im Freien folgten sie den Ratten, die mit weißer Farbe auf das Pflaster gemalt waren und die offizielle Besichtigungstour markierten. Vor dem Stiftsherrenhaus blieb Julie stehen und wies hinauf zu einer der geschnitzten Masken. »Na? An wen erinnert uns der?«

Das feiste Holzgesicht glänzte im Licht der tiefstehenden Sonne. »Krawallski«, sagte Jon. »Wie er leibt und lebt. Gleich brüllt er los.«

Wie bestellt war ein fernes Donnergrummeln zu hören.

Julie lachte. »Als wenn er uns hier sehen könnte.«

»Der sieht nur noch Fahrradrechnungen.«

»Der arme Sack«, sagte sie.

Jon zuckte zusammen, zum Glück merkte sie es nicht.

Gleich neben dem Stiftsherrenhaus fanden sie vor einer Pizzeria einen freien Tisch. Jon schob zwei abgegessene, mit einem rötlichen Fettfilm überzogene Teller zur Seite. Die Tischdecke aus Plastik war klebrig. Er hätte sich eine andere Umgebung gewünscht, aber Julie war am Verdursten.

Während er die Karte aufschlug, schob sie unter dem Tisch ein nacktes Bein zwischen seine Beine. »Erst mal ganz viel Wasser. Suchst du einen Wein aus?«

Sie lehnte sich zurück und sah sich um. Jemand schien ihr Interesse zu erregen, Jon folgte ihrem Blick. Ein paar Tische weiter verschlangen zwei Jungen mit Raspelhaarschnitt und gepiercten Augenbrauen in atemberaubender Geschwindigkeit Spaghetti. Zwillinge. Beide wickelten die Nudeln mit der linken Hand auf die Gabel und schaufelten sie in sich hinein, ohne hochzusehen. Zwei hübsche Jungen, nur keine Eßmanieren. Sie erinnerten Jon an Timo Voss.

Julie beugte sich vor. »Möchtest du immer jemanden neben dir haben, der genauso ist wie du?« flüsterte sie.

»Ist oder ißt?« sagte Jon und winkte dem Kellner.

Julie hielt ihre Hand vor den Mund, um sich zu beherrschen.

Der Kellner zog seinen Block aus der Gesäßtasche und blieb dicht neben ihr stehen: »Buona sera, die Herrschaften. Sie wünschen?« Seine Stimme tief, seine schwarzen Haare nach hinten gegelt, an seinem Hals eine Goldkette mit Kreuz. Von Kopf bis Fuß das Klischee eines Italieners. Wahrscheinlich nicht älter als Mitte Zwanzig, aber dennoch ein ausgewachsener Gockel. Jon mochte solche Typen nicht. Schon gar nicht diesen Schweißgeruch.

»Ein Wasser«, sagte Julie, »San Pellegrino, wenn Sie das haben.«

»Subito, Signora. Kleine Flasche? Große Flasche?«

»Eine große, bitte.«

»Natürlich. Groß ist immer besser als klein, hab ich recht, Signora?«

Jon hob gerade noch rechtzeitig den Blick von der Karte, um mitzubekommen, wie der Kerl ihr unmißverständlich zublinzelte. Ein hundertprozentiger Schmierlappen.

Julie ignorierte die Bemerkung, sie wandte sich an Jon. »Hast du was gefunden?«

»Wir nehmen den Pinot Grigio. Einen halben Liter.«

Der Schmierlappen notierte die Bestellung, was ihn aber nicht daran hinderte, seinen Blick in Julies Ausschnitt wandern zu lassen. »Alles?« Seine Stimme war jetzt womöglich noch tiefer.

»Ja«, sagte Jon ungeduldig. »Und nehmen Sie das Geschirr mit.«

»Selbstverständlich.« Aufreizend langsam beugte sich der Mann über den Tisch. Am kleinen Finger der linken Hand hatte er einen geschmacklosen Siegelring. Ein hundertfünfzigprozentiger Schmierlappen.

Jon wartete, bis der Kerl mit dem Geschirr im Lokal verschwunden war. Dann sagte er: »Vielleicht solltest du dich ein bißchen zuknöpfen.«

Julie sah an sich herunter. »Oh«, sagte sie und schloß den Knopf, den Jon vorhin geöffnet hatte. »Deswegen hat der so geglotzt.«

»Du hast ihm offensichtlich gefallen.«

»Na und? Weibliche Gäste anzumachen gehört doch zum Standardprogramm. Weißt du, was ich überhaupt nicht glauben kann? Daß diese Kinder so eine Art Schüttellähmung hatten, diese Tanzwut mein ich. Und die soll auch noch ansteckend gewesen sein.«

»Welche Kinder?« Jon war mit seinen Gedanken noch bei den übergriffigen Blicken des Kellners.

»Na, die hundertdreißig Würmchen, die der Rattenfänger verschwinden ließ. Haben die alle den Veitstanz bekommen, nur weil der geflötet hat? Warum nicht die Erwachsenen.«

Der Tisch wackelte. Jon nahm einen Bierdeckel und schob ihn unter eins der Beine. »Vielleicht wurden sie ja nach Transsylvanien verschleppt und wurden lauter kleine Vampire. Diese Theorie gibt's schließlich auch, wenn ich Conzelmann richtig verstanden habe. Ich meine, Markus.«

»Besser, als wenn sie die Pest hatten und deswegen aus der Stadt gescheucht wurden«, sagte Julie. »Stell dir das mal vor. Und hinterher verbrämt man so ein schweinisches Verhalten mit einem Wust von Legenden. Was hab ich dir gesagt? Unsere Spione sind überall.«

Sie winkte wieder jemandem zu, während Jon den Kellner ins Auge faßte, der mit den Getränken kam. Er setzte das Tablett so ungeschickt vor Julie ab, daß der Wein aus der Karaffe auf das genoppte Plastiktuch schwappte.

»Scusi, Signora.«

Die gemurmelte Entschuldigung wurde von einem neuerlichen Blick in Julies Ausschnitt begleitet. Dann ein breites Grinsen. Jon konnte nur mühsam an sich halten. Der Kellner zog eine Papierserviette aus dem Ständer und tupfte nachlässig die Flüssigkeit auf. Als sein Blick dabei wieder zu Julie schweifte, hatte Jon genug. »Sie sollten aufpassen, wo Sie Ihre Augen haben«, sagte er scharf. »Und hören Sie schon auf mit diesem Rumgewische. Wenn Sie uns jetzt allein lassen könnten.«

Der junge Mann warf Jon einen ausdruckslosen Blick zu. Als er ging, streifte sein Schenkel in der schwarzen Hose Julies nackten Arm. Jon klammerte seine Hände um die Armlehnen, um nicht aufzuspringen und den Kerl zu packen.

Julie schien die Berührung nicht wahrgenommen zu haben, sie stürzte ein Glas Wasser hinunter. »Am besten gefällt mir noch die Theorie, daß er der leibhaftige Teufel war«, sagte sie. »Dieser Flötist. Wenn man an ihn glaubt, ist alles wunderbar zu erklären.«

»Und du glaubst an ihn?« Beim Gehen wiegte sich der Schmierlappen in den Hüften. Ob er annahm, Julie würde ihm nachschauen?

»Ich bin noch nicht entschieden«, sagte sie und lachte. »Bisher hab ich ihn jedenfalls noch nicht getroffen. Du?«

Vor Jons innerem Auge tauchte der nachtschwarze Uklei-See auf. Wenn er je in Versuchung gewesen war, an den Teufel zu glauben, dann dort. Er zwang sich, für Julie eine vielsagende Grimasse zu ziehen. Griff zum Glas, nahm argwöhnisch einen kleinen Schluck. Wenn der Wein schlecht war, würde er den Schmierlappen zusammenfalten, nach allen Regeln der Kunst. Doch der Pinot schmeckte überraschend gut und hatte sogar die richtige Temperatur. Kein Grund für eine Reklamation.

»Wenn etwas verschwindet und wir können uns nicht erklären, wie und warum es verschwindet«, sagte Julie, »dann irritiert einen das doch. Ludmilla hat mir erzählt, gestern auf der Wanderung, daß sie von den Kindern geträumt hat. Daß sie alle vor ihren Augen irgendwie weggeschmolzen sind, und es waren welche vom Busch dabei. Sie hat eine Schwester in der sechsten, die ist auch geschmolzen.«

»Apropos Busch«, sagte Jon. »Dein Vertrag, du hast doch Verlängerung beantragt. Haben die sich eigentlich inzwischen gemeldet?«

»Die Schulbehörde?« Sie verzog ihren Mund. »Ich bin auf der Warteliste. Weißt du, wie lang die ist?«

»Und was willst du machen, wenn du keine Stelle kriegst?«

»Was schon. Arbeitsamt.« Sie sah den gepiercten Zwillingen nach, die einen Schein auf den Tisch gelegt hatten und im Gleichschritt davongingen, vier extrem lange Beine in ledernen Röhrenhosen. Die Straßenbeleuchtung wurde in diesem Moment eingeschaltet, das Licht der Laternen ließ ihre blonden Stoppelhaare aufleuchten.

»Willst du es nicht mit deinen Bildern und Objekten versuchen?«

»Weiß nicht«, sagte sie. »Hamburg ist dafür auf jeden Fall

das falsche Pflaster, hab ich ja gemerkt. Vielleicht sollte ich es mal in München probieren. Oder Berlin.«

Sie schwiegen eine Weile. Im Geist sah Jon sie mit dem neuen Koffer und einer großen Mappe in einen Zug steigen. »Das hieße, du wärst viel unterwegs«, sagte er schließlich. »Das gefällt mir nicht.«

Sie reckte sich und gähnte. »Es kommt, wie es kommt«, sagte sie. »Im Moment mag ich überhaupt nicht darüber reden. Ich könnte auf der Stelle einschlafen. Außerdem muß ich mal.« Sie stand auf und verschwand im Lokal. Sie hatte die ganze Wasserflasche leer getrunken.

Jon goß den Rest des Weins in sein Glas und hielt Ausschau nach dem Kellner. Natürlich tauchte der Schmierlappen nicht auf, wenn man ihn brauchte. Er fixierte den Eingang und versuchte, die Ursache seines Unbehagens zu ergründen. Ob das Gespräch über das Verschwinden der hundertdreißig Kinder daran schuld war? Auch Robert war verschwunden. Oder war es seine Angst, Julie könnte in eine andere Stadt ziehen, wenn sie in Hamburg keine neue Anstellung fand?

Als sie wieder aus dem Lokal kam, wurde sie vom Schmierlappen begleitet, mehrere Nuancen zu dicht. Während sie ihr Portemonnaie in ihrer Tasche verstaute, redete er auf sie ein, gestikulierte übertrieben. Sie lachte, warf die Locken zurück, schüttelte den Kopf. Jon kniff die Augen zusammen. Hatte der Kerl sie etwa gerade angefaßt? Er konnte es nicht genau erkennen.

Sie kam an den Tisch. »Wir können«, sagte sie, »ich hab schon bezahlt.«

Jon stand auf und warf dem Kellner, der breitbeinig und

mit gekreuzten Armen in der Tür stand, einen Blick zu. Unverwandt glotzte der Schmierlappen zurück. »Du hast ihm hoffentlich kein Trinkgeld gegeben«, sagte er. »Der Service war sub omne canone.«

Sie hängte sich bei ihm ein. »Möchtest du Kellner sein? Zehn Stunden täglich auf den Beinen?«

»Bin ich auch«, sagte er, »mindestens. Hat er dich wieder angebaggert?« Er mußte aufpassen, er durfte sich seine Wut nicht anmerken lassen. Er hatte den Vorfall damals im ›Mamma Leone‹ und ihre Reaktion nicht vergessen. Aber zu gern hätte er gewußt, ob der Schmierlappen sie berührt hatte oder nicht.

»Der wollte sich mit mir verabreden, stell dir vor.« Sie wechselte den Schritt, um sich seinem anzupassen. »Für morgen abend, da hat er nämlich frei. Er wollte mir das Nachtleben von Hameln zeigen.« Sie lachte.

»Gibt es so was?« Jon schlug einen möglichst neutralen Ton an.

»Keine Ahnung.« Sie drückte ihr Gesicht gegen seine Schulter, um ihr Gähnen zu verbergen. »Ich will es auch gar nicht wissen.«

37

Viertel vor elf waren sie wieder in der Jugendherberge. Vor der Tür lief Schröder auf und ab und konsultierte im 10-Sekunden-Takt seine Uhr, er hatte die Ausgangsfrist ausnahmsweise verlängert. »Die Zimmer oben waren die reinen Brutkästen«, sagte er. »Bis kurz vor neun hat da die Sonne immer noch reingeknallt. Aber ich hab halb elf gesagt, nicht Mitternacht. Liegen wahrscheinlich irgendwo am Fluß rum und saufen. Oder knutschen. Oder Schlimmeres.« Er fuhr sich durch die Haare, sah erschöpft aus. »Morgen bleiben sie hier, alle, das schwör ich. Schönen Abend gehabt?«

Bevor einer von ihnen antworten konnte, grinste er: »Saublöde Frage, hm? Klar habt ihr einen schönen Abend gehabt. Ich beneide euch, ehrlich. Gibt nichts Prickelnderes als diese Anfangsphase. Dann träumt mal was Hübsches, ihr beiden.«

»Danke gleichfalls«, sagte Julie und tauschte, während sie das Haus betraten, mit Jon einen Blick. Sie hielt von Schröders dummem Gerede ebensowenig wie er.

Im Foyer saßen Nora und Moritz, sie so gut wie auf seinem Schoß. Neben ihnen Matthias Frielinghaus, er rief ihnen ein *bona nox* nach, eindeutig ein Nachäffen von Jons Lieblingsfloskel, wenn jemand im Unterricht nicht aufpaßte. Darüber hinaus klang es, als hätte der Junge getrunken. Conzelmann und Schröder hatten es mit ihrer Aufsichtspflicht wohl in keiner Beziehung besonders genau genommen. Aber egal. Jon verspürte nicht die geringste Lust, jetzt den Pädagogen hervorzukehren. Schließlich waren er und Julie heute abend von diesen Pflichten befreit.

Auf der Treppe kam ihnen Timo entgegen. Ohne von Jon Notiz zu nehmen, sah er Julie ins Gesicht und sagte im Vorbeigehen: »Hallo, Frau Schwertfeger.« Es hörte sich provozierend an.

»Hallo«, erwiderte Julie gelassen.

Jon blieb verärgert stehen. »Jetzt keine Ausflüge mehr, Timo, okay? Und auch ihr da unten, Nora, Moritz, Matthias. Zapfenstreich.«

Weder Timo noch die anderen reagierten auf seine Ermahnung. Sie sahen nicht einmal in seine Richtung.

»Habt ihr mich gehört?« rief Jon.

»Ja! Strapsenzeich«, schrie Matthias Frielinghaus mit kicksender Stimme. Nora ließ für eine Sekunde von Moritz ab und schlug Matthias auf den Kopf. »Was weißt 'n du schon von Strapsen.«

»Jetzt laß das doch Philipp machen«, sagte Julie und zog Jon weiter. »Du mußt nicht immer die ganze Welt in Ordnung halten.«

»Will ich auch gar nicht«, sagte er. »Ich will nur eine Weltreise mit dir machen und für den Rest meines Lebens mit dir zusammenbleiben. Das ist alles.«

Vor der Abbiegung zu ihrem Flur blieb sie stehen und küßte ihn auf die Wange. »Schlaf gut«, flüsterte sie. »Und vergiß mich nicht.«

»Nie«, sagte er und schaute ihr nach. Der rote Rock schwang um ihre nackten Beine. Als sie sich an ihrer Tür noch einmal umwandte, warf er ihr eine Kußhand zu. Es war das erste Mal in seinem Leben, daß er diese Geste, die er bei Männern immer albern gefunden hatte, selber machte.

Als er eine halbe Stunde später im Bademantel aus dem Duschraum kam, sah er Jasmin Kolle vor seiner Zimmertür stehen und anklopfen. »Na? Was gibt's denn jetzt noch?«

»Tamara geht es irgendwie total mies«, sagte Jasmin aufgeregt. »Und Frau Schwertfeger ist nicht da, oder sie schläft, jedenfalls macht sie ihre Tür nicht auf. Vielleicht hat sie ja Blinddarm, Tamara meine ich, und wenn der jetzt durchbricht?«

»Wo ist sie?«

»Weiß ich nicht, sag ich doch.«

»Ich rede von Tamara«, sagte Jon. »Liegt sie im Bett?« Ein durchbrechender Blinddarm war das letzte, was sie gebrauchen konnten. Notarzt, Krankenhaus, die Eltern benachrichtigen, eventuell auch Komplikationen bei der Operation – er sah einen Rattenschwanz von unangenehmen Konsequenzen auf sich zukommen.

Jasmin nickte. »Vielleicht ist es ja auch gar nicht so schlimm, sie hat nur so wahnsinnige Bauchschmerzen, aber man weiß ja nie. Einer von meinen Cousins ist mal fast am Blinddarm gestorben.«

Jon warf sein Handtuch ins Zimmer. Schröder war immer noch nicht da, also waren auch noch nicht alle Schüler wieder im Haus. »Könnten ihre Schmerzen vielleicht einen ganz natürlichen Grund haben?« fragte er, während er neben Jasmin den Flur hinunterging. Wahrscheinlich hatte Tamara nur ihre Tage.

Jasmin warf ihm einen pikierten Seitenblick zu. Vermutlich fand sie es peinlich, daß er so direkt auf die Sache zu sprechen kam.

»Also? Ja oder nein?«

»Eigentlich noch nicht, aber ... Sie möchte auch lieber, daß Frau Schwertfeger kommt.«

»Eben.« Jon blieb stehen. Der Blinddarmdurchbruch schien sich Gott sei Dank zu verflüchtigen. »Jetzt paß mal auf. Du gehst zurück zu Tamara und sagst ihr, sie soll sich entspannen. Ich weck Frau Schwertfeger und schick sie zu euch. Okay?«

Er bog in Julies Flur ein, klopfte an ihre Tür. »Julie?« Sie antwortete nicht. Er drückte die Klinke herunter, rüttelte. Die Tür war verschlossen. So tief konnte sie gar nicht schlafen, daß sie sein Pochen und Rufen nicht hören würde.

Aus dem benachbarten Zimmer schaute eine der grauhaarigen Radwanderinnen heraus, die gestern angekommen waren. »Muß das sein«, sagte sie. Sie trug einen gestreiften Herrenpyjama.

»Entschuldigen Sie«, sagte Jon. »Ich suche meine Kollegin. Ein Notfall.«

»Natürlich«, sagte die Grauhaarige. »Es sind immer Notfälle. Das ganze Leben ist ein einziger Notfall.«

Frustrierte Zicke, dachte Jon und rannte zurück zu seinem Zimmer. Er mußte diesen Bademantel ausziehen, wie ein Opa kam er sich darin vor. Unmöglich, in diesem Aufzug in den Mädchenzimmern zu erscheinen. Er stieg in seine Jeans, streifte ein T-Shirt über und steckte sein Handy in die Tasche, für alle Fälle. Es war heiß im Zimmer. Er schaltete das Licht aus und stieß beide Fensterflügel auf. Von draußen hörte er eine zornige Stimme: »Also so geht das nicht, Leute, ja? Wir hatten eine feste Abmachung.« Unten trieb Schröder eine kleine Gruppe von Schülern vor sich her ins Haus. Wenigstens dieses Problem hatte sich erledigt. Morgen, nach der unvermeidlichen Party, würden sie verstärkt darauf achten müssen, daß alle zusammenblieben. Jetzt mußte bloß noch Tamara beruhigt werden, vielleicht brauchte sie nur eine Schmerztablette. Aber hatten die Mädchen so was nicht immer bei sich? Wo zum Teufel steckte Julie.

Er lief die Treppe hinunter. Im Foyer hatte Schröder die Nachzügler um sich versammelt und hielt ihnen in gedämpftem Ton eine Standpauke. Jon nahm ihn beiseite und fragte, ob er Julie gesehen hatte.

»Vielleicht ist sie unter der Dusche«, grinste Schröder. »Geh doch mal nachgucken.«

Jon ließ ihn kommentarlos stehen, lief hinauf in den Mädchentrakt und schickte Leonie Pfotenhauer los, sie sollte in allen Waschräumen nach Julie suchen. Tamara lag zusammengekrümmt in ihrem Bett, ihr Gesicht war blaß. Jasmin, Ludmilla Nevuda und Tine Zulley, die mit ihr das Zimmer teilten, hockten auf ihrer Bettkante. Ohne Schminke sah Tine Zulley verblüffend anders aus, Jon mußte zweimal hingucken, um sie zu erkennen. Sie hatte Tamara zwei Aspirin gegeben, obwohl Ludmilla gesagt hatte, daß Aspirin die Magenschleimhäute verätze.

Jon fragte, ob er Tamaras Puls fühlen dürfte. Sie ließ es

zu. Er konnte keinen erhöhten Pulsschlag feststellen. Er fühlte sich unbehaglich in dieser Situation, er mußte unentwegt darauf achten, die nackten Beine der Mädchen zu übersehen, sie hatten alle irgendwelche kurzen Flatterhosen und kleinen Hemden an. Klar, bei der Hitze. Und vor allem Ludmilla Nevuda hatte einen ziemlichen Busen, zum Glück hingen meistens ihre langen Haare darüber.

»Wo genau tut es dir denn weh?« fragte er.

»Im Bauch«, flüsterte Tamara.

Sehr aufschlußreich, Jon hätte aus der Haut fahren können. »Ist dir auch übel? Hast du mal auf die Stelle genau zwischen Bauchnabel und rechtem Hüftknochen gedrückt? Da sitzt nämlich der Blinddarm. Meinst du, wir sollen einen Arzt holen?«

»Ich glaube, es wird schon besser«, flüsterte Tamara.

»Was ist denn los?« Julie. In ihrem roten Rock und der weißen Bluse kam sie herein, schob Jon beiseite und setzte sich zu Tamara. »Leonie sagt, du hast Bauchweh?«

»Wo hast du gesteckt?« fragte Jon.

»Ich war nur ein paar Minuten an der Luft. Läßt du uns allein, bitte?«

»Gib mir Bescheid, wenn es irgendwas Ernstes ist.« Er zog die Tür hinter sich zu. Wahrscheinlich war es auch in ihrem Zimmer immer noch unerträglich heiß. Eigentlich eine gute Idee, noch mal kurz vors Haus zu gehen und frische Luft zu schnappen.

Im Foyer heftete der Herbergsvater die neuesten Veranstaltungstips ans Schwarze Brett. In einer halben Stunde wollte er abschließen. Eine Ausnahme, daß die Haustür so lange offen war. Aber bei der Hitze? Außerdem war jetzt, wo alle in der Falle lagen, die beste Gelegenheit, überall mal einen anständigen Durchzug zu veranstalten.

Jon versprach, rechtzeitig zurück zu sein. Draußen schaute er zu seinem Fenster hoch. Das Licht brannte und die beiden Flügel standen weit offen. Schröder war natürlich zu beschränkt, um an die Mücken zu denken. Nebenan bei Conzelmann war alles dicht und dunkel.

Er ging hinüber zum Spielfeld. Morgen sollte das Volleyballspiel stattfinden, hoffentlich wurde es nicht wieder so heiß. Er blieb stehen und zog seine Schulterblätter auseinander. Sein Rücken war verspannt. Höchste Zeit, daß diese Reise zu Ende ging. Irgendwo in den Bäumen piepte ein Vogel, fast ein Seufzen. Dann knirschten schnelle Schritte auf dem Kiesweg, Jon wandte sich um. Timo Voss. Wieso war dieser Teufelsbraten immer noch unterwegs, der meinte wohl, er konnte sich alles erlauben, nur weil er demnächst seinen Abschied nehmen wollte.

Jon sprintete los, erreichte Timo wenige Meter vor der Eingangstür, stellte sich ihm in den Weg. »Jetzt bin ich mal gespannt auf deine Erklärung«, sagte er.

»Wieso?«

»Für halb elf war Feierabend angesagt. Vielleicht erinnerst du dich noch, daß ich dich kurz vor elf aufs Zimmer geschickt habe.«

»Kann sein«, sagte Timo nachlässig. »Ich hab nicht so auf die Uhr geguckt.« Er vergrub seine Hände in den Hosentaschen und nahm eine lockere Standbein-Spielbein-Haltung ein. Seine Augen waren genau in der Höhe von Jons Augen. Im Foyer saß der Herbergsvater, rauchte und blätterte in einer Zeitung.

»Wo warst du?«

»Bißchen rumgelaufen. Wieso?«

»Ich verbitte mir diese unverschämten Gegenfragen«, sagte Jon. »Ich frage hier, und niemand sonst. Also?«

»Ich weiß echt nicht, was Sie wollen.« Mit ausdrucksloser Miene starrte Timo ihn an. »Sie laufen doch auch hier rum. Kann ich jetzt gehen?«

»Du wirst einen Vermerk in deinem Zeugnis entdecken«, sagte Jon leise. »Und der wird dir keine Freude machen, das kann ich dir versprechen.«

»Ja ja.« Aufreizend langsam schlenderte Timo ins Haus. Die Drohung machte nicht den geringsten Eindruck auf ihn.

Um sich wieder zu beruhigen, ging Jon ein paarmal vor dem Haus auf und ab. Natürlich war dem Jungen ein Vermerk im Zeugnis so egal wie der Sack Reis, der irgendwo in China umfiel. Diskjockey konnte man schließlich auch als Sonderschüler werden. Er hätte ihm anders beikommen müssen. Aber wie?

Das klügste war wahrscheinlich, gute Miene zum bösen Spiel zu machen. Den Vorfall von eben zu verdrängen und Timo Voss ab sofort nur noch zu übersehen, das Schuljahr dauerte zum Glück nicht mehr lange.

Er ging hinauf in sein Zimmer, wo Schröder in seinen gestreifen Boxershorts wie ein Verrückter herumsprang und Mücken totschlug. Jon legte sich aufs Bett und las. Er hatte den erst halb gelesenen Philip Roth mit auf die Reise genommen, hatte aber Mühe, sich zu konzentrieren. Kurz nach eins zählte Schröder zwei Dutzend Leichen zusammen und gab endlich Ruhe.

38

Gleich nach dem Frühstück rief Conzelmann zum Volleyballturnier auf. Als einziger wirkte er frisch und ausgeschlafen. Er schlug vor, die 10 b zusammen mit Schröder und Jon gegen die 10 a mit ihm selber und Julie antreten zu lassen. Als unter den Schülern Widerspruch gegen diese Einteilung laut wurde, verbat sich Schröder jede Diskussion. Er war ausgesprochen schlecht drauf an diesem Morgen. Er hatte so gut wie kein Auge zugetan, hatte er Jon erzählt. Irgendwie mußte er eine von diesen fiesen Mücken übersehen haben.

Der gesamte Vormittag wurde auf dem Spielfeld zugebracht. Es war laut Thermometer zwar nicht ganz so heiß wie am Tag zuvor, dafür aber um so schwüler. Der Himmel von Schleierwolken bezogen, nicht der kleinste Windhauch. Die Schüler spielten ohne besonderen Elan, wer nicht im Einsatz war, lagerte faul am Rand im Gras. Bruno Kaltenbach und Tamara Grassmann waren vom Spiel befreit, Bruno wegen seines Asthmas. Tamara hatte, wie Julie sagte, nur »das Übliche«.

Gegen Mittag, als es um die Entscheidung ging, steigerte sich die Stimmung. Im letzten der Sätze, für die er eingeteilt war, brachte Jon seiner Mannschaft sieben der erforderlichen fünfzehn Punkte ein. Als er vom Spielfeld ging, rief

Simon Münchmeyer ihm »große Klasse, Herr Ewermann« nach. Jon freute sich über das Lob und noch mehr darüber, daß Conzelmann auf der Gegenseite zweimal den Aufschlag versaut hatte.

Er setzte sich etwas abseits von den Schülern unter einen Baum und beobachtete, wie Julie in tomatenroten Shorts und rosa Hemd nach dem Ball sprang, sich reckte, ihren glatten gebräunten Bauch zeigte und aufschrie, wenn sie es schaffte, das andere Team auszutricksen.

Sie spielte gut, mit erstaunlichem taktischen Geschick. Wie sie den Ball blitzschnell an Luca della Mura abgab, obwohl es erst so aussah, als wollte sie ihn Timo Voss zuspielen, war perfekt. Und auch Timo war hervorragend, er legte einen Hechtbagger hin, der sich gewaschen hatte. So teilnahmslos der Junge sich im Lateinunterricht verhielt, so schnell und raffiniert war er auf dem Spielfeld. Was hatte seine Mutter gesagt? Wie nannte er sich als Diskjockey? Fix? Naja, wenn er beim Auflegen genauso gezielt vorging wie beim Volleyball, warum nicht.

Julie war wieder mit einem Smash dran. »Jetzt zieht euch mal warm an«, schrie sie und schlug den Ball so flach über das Netz, daß er es fast streifte. Auf der anderen Seite machte Nico Begemann einen vergeblichen Hechtsprung und landete im Sand, der Ball rollte ins Aus. Julie und Timo schlugen ihre flachen Hände gegeneinander.

Vielleicht hatte sie ja Lust, in Hamburg hin und wieder Squash mit ihm zu spielen, sobald es in der Schule etwas ruhiger zuging. Nach dem Pfingstwochenende mußte am kommenden Dienstag erst einmal die Semesterkonferenz überstanden werden, in der über die Zulassung zum mündlichen Abitur entschieden wurde. Für Mittwoch war die Zensurenkonferenz für die übrigen Klassen anberaumt, in der darauffolgenden Woche fanden die Abiturprüfungen statt, von Montag bis Freitag. Vierzehn Tage später dann die Romreise mit der Geschonnek und dem Latein-Leistungskurs. Die nächste Zeit würde anstrengend werden. Aber wenigstens lag noch ein langes Wochenende zwischen ihrer Rückkehr und dem Schulstreß.

Er lehnte sich zurück an den Baumstamm, streckte die Beine aus und überlegte, wie er die drei freien Tage am schönsten mit Julie verbringen könnte. Vielleicht an die Ostsee fahren?

Er mußte eingenickt sein. Als er zu sich kam, stand Conzelmann vor ihm, griente unverschämt und sagte: »Na? Erledigt?« Seine Haare waren noch feucht, er hatte jetzt ein blau gepaspeltes Hemd mit verdeckter Knopfleiste an.

Jon verachtete verdeckte Knopfleisten und Paspeln an Männerhemden. Außerdem peinigte ihn der Gedanke, der Milchbubi könnte ihn schon eine Zeitlang betrachtet haben, ohne daß er etwas davon gemerkt hatte. Er brummelte etwas Unverständliches und rappelte sich auf. Das Spielfeld war leer, aus den offenen Fenstern des Hauses war Stimmengewirr und Geschirrgeklapper zu hören.

»Julie hat gesagt, wir sollen dich erst zum Essen wecken«, sagte Conzelmann. »Aber daß du bei dem Krach schlafen kannst? Beneidenswert.«

»Wer hat gewonnen?« Jon ging hinüber zum Haus, dabei achtete er darauf, daß er Conzelmann immer einen Schritt voraus war.

»Wir natürlich«, sagte Conzelmann. »Julie hat euch zum Schluß noch entscheidend in die Miesen gebracht.«

Ja ja, dachte Jon, du mit deinen Paspeln, mach dir bloß keine Hoffnungen. Im Speisesaal wurden Löffel auf Teller geschlagen, es klang wie im Gefängnis.

»Schade, daß du das nicht mitgekriegt hast«, sagte Conzelmann. »Aber sie hat gesagt, wir sollen dich erst zum...«

»Das sagtest du bereits. Ist ja auch okay.« Jon unterbrach ihn ungeduldig und durchquerte mit langen Schritten das Foyer. Durch die offene Tür des Speiseraums erblickte er Julie, sie ließ sich von Luca den Teller füllen. Als würde sie Jons Blick spüren, wandte sie den Kopf, schaute in seine Richtung und lächelte. Jons Kehle verengte sich. Ihm fiel ein, wie er an der Elbchaussee gestanden hatte und nicht über die Straße konnte. Sie auf der anderen Seite in ihrer roten Jacke, den Stiefeln, Wind in den Locken. Wie ihm bewußt geworden war, daß sie die Frau seines Lebens war. Daß es nie eine andere geben würde, daß alle anderen nur mehr oder weniger unwichtige Episoden gewesen waren. Auch Charlotte.

»Du willst doch nicht etwa noch duschen«, sagte Conzelmann. »Heute nachmittag geht's ins Schwimmbad. Wir sollen schließlich Wasser sparen.«

»Das wußte ich noch nicht. Danke für den erhellenden Hinweis«, sagte Jon und klopfte Conzelmann auf die Schulter, obwohl er ihm lieber eine Ohrfeige gegeben hätte. »Übrigens todschickes Hemd. Neu? Damit wirst du bestimmt jede Menge Eindruck schinden.« Er ließ ihn stehen, lief, jede zweite Stufe überspringend, die Treppe hinauf und hoffte, daß der Milchbubi ihm nachsah.

Als er sich in seinem Zimmer das Hemd über den Kopf zog, kam ihm unvermittelt Charlottes Frage in den Sinn, an ihrem Todestag, ob sein Pullover neu sei. Er hielt inne, mit erhobenen Armen, das Hemd halb ausgezogen, und stellte verwundert fest, daß er eben, als er Julie im Speiseraum gesehen hatte, seit Tagen zum ersten Mal wieder an seine Frau gedacht hatte. Zehn Wochen war es jetzt her, fast ein Vierteljahr. Sie war nicht mehr wichtig, auch ihr Tod war nicht mehr wichtig, er verblaßte wie Julies Petersilienwald. Vielleicht noch ein Vierteljahr, und er würde nur noch sporadisch an sie denken. So sporadisch wie an ihren Vater, den säbelbeinigen Pustowka, und seine entsetzliche Trudi.

In einem überwältigenden Glücksgefühl schleuderte er sein Hemd in die Ecke und beeilte sich, unter die Dusche zu kommen.

Den letzten Nachmittag im Südbad zu verbringen war eine weise Entscheidung. Die Schüler waren zufrieden und benahmen sich entsprechend. Alle waren heilfroh, ins Wasser zu können, bis auf Tamara, die sich einen Liebesroman vor die Nase klemmte. Und Luca und Timo, die stundenlang über einem Kartenspiel hockten, Timo hatte nicht einmal sein T-Shirt ausgezogen. Nora Schindler glänzte mit Saltosprüngen vom Dreimeterbrett, Conzelmann überspielte einen garantiert schmerzhaften Bauchplatscher mit der Bemerkung, er hätte nur zeigen wollen, wie man es nicht machen durfte. Schröder schlief. Jon legte unzählige Male die 50-Meter-Bahn zurück, in wechselndem Stil. Dabei beobachtete er Julie, die in einem glatten Schwimmdreß, der Brust und Rücken vollständig bedeckte, meistens am Bekkenrand hing, Wasser trat und sich kaputtlachte über die neueste Version von »Stadt, Land, Fluß«, die ein paar von den Mädchen neben ihr spielten. Statt der Rubriken Tier, Beruf und Name waren Alkoholsorten, Zigarettenmarken, Krankheiten, Popgrößen und Schimpfwörter gefragt.

Das Abendessen verlief ungewöhnlich friedlich und leise. Julie hatte sich neben Tamara gesetzt, sie unterhielten sich über Tamaras Lektüre. Es gab Kartoffelsalat und Würstchen, niemand meckerte herum. »Die Ruhe vor dem Sturm«, flüsterte Schröder Jon zu.

Sie hatten angesagt, daß die Schüler bis acht Uhr Freizeit hatten, aber das Gelände der Jugendherberge nicht verlassen durften. Danach Party, mit Rücksicht auf die übrigen Hausbewohner nur bis zehn, ohne jede Chance auf Verlängerung. Viertel vor elf absolute Ruhe auf den Zimmern, Abfahrt nach Hamburg am nächsten Morgen Punkt neun.

»Soll ich dir mal erzählen, was sie in Prag angestellt haben, in der letzten Nacht?« fragte Schröder.

»Lieber nicht«, sagte Jon. »Du weißt, auf wen wir besonders aufpassen müssen?«

»Luca, Timo, Nora, Moritz.« Schröder schnurrte die Namen wie auf Knopfdruck herunter. »Unsere stille Janina hab ich übrigens auch im Verdacht, daß sie ganz gern mal was Besonderes inhaliert. Dann natürlich die ganze Clique um Frielinghaus. Und auch für Nico Begemann würde ich nur ungern meine Hand ins Feuer legen, was das angeht.«

»Also unentwegt durchzählen«, mischte sich Conzelmann ein. »Und einer sollte die Tür im Auge behalten. Ich meine die Eingangstür. Ich könnte mich unauffällig im Foyer postieren.«

Man merkte, es war Milchbubis erste Klassenreise.

Als Jon kurz nach acht in den Partyraum kam, war noch nichts los. Nora und Moritz klimperten auf dem Flügel. Timo und Luca bastelten an der Musikanlage herum, irgendein Verbindungsstecker fehlte, berichtete Julie. Sie trug wieder ihren roten Rock, dazu ein schwarzes, weit ausgeschnittenes Oberteil, der Schwimmdreß hatte zwei breite helle Streifen auf ihren Schultern hinterlassen. Sie war sehr braun geworden in den letzten Tagen, ihre Locken hatten an den Spitzen einen hellen Schimmer bekommen.

Conzelmann in seinem kindischen Paspelhemd wich ihr nicht von den Fersen, es hatte ihn wohl tatsächlich gründlich gepackt. Armer Tölpel. *Dum cum faciunt idem, non est idem.* Amüsiert verfolgte Jon, wie er nach Julies Anweisung Tüten mit Chips und Erdnüssen verteilte und die Getränkekisten in eine Ecke schleppte. Als sie vors Haus gehen wollte, um eine Zigarette zu rauchen, und ihn ausdrücklich bat, sie nicht zu begleiten, irrte er ziellos zwischen den Schülern herum, die trüppchenweise hereinkamen. Schließlich setzte er sich zu Jon und Simon Münchmeyer, der nach den Sommerferien für ein Jahr als Austauschschüler nach Bologna gehen würde. Simon war ein guter Schüler, Jon bot ihm an, ihm den Lehrstoff der Elften zu besorgen. Wenn Simon in Bologna hin und wieder in die Schulbücher guckte, würde er kein Schuljahr verlieren.

»Bologna?« fragte Conzelmann. »Hast du den Kontakt durch Frau Schwertfeger?«

»Nee, YFU.« Simon mußte schreien, in ohrenbetäubender Lautstärke setzte die Musik ein, wieder so ein dumpf dröhnender Rap. Jon hielt sich die Ohren zu.

Simon schnappte sich eine Handvoll Chips und verkrümelte sich mit einer halb bedauernden, halb komischen Miene, die Jon zu verstehen gab, daß der Junge sich gerne noch länger mit ihm unterhalten hätte. Aber nicht in Conzelmanns Gegenwart.

Schröder sorgte zum Glück dafür, daß Timo den Krach umgehend auf eine erträgliche Stärke zurückfuhr. Jon nahm seine Hände von den Ohren.

»Seit wann vermittelt Frau Schwertfeger Austauschreisen?« Es widerstrebte ihm, vor dem Milchbubi ihren Vornamen auszusprechen.

»Hätte doch sein können«, meinte Conzelmann. »Bologna ist eine ihrer Lieblingsstädte, in den Sommerferien fährt sie hin. Sie hat da irgendwelche Verwandte, bei denen ist ihre Mutter damals gestorben, Gehirnschlag, ganz plötzlich. Muß schlimm gewesen sein. Fahren zusammen in den Urlaub und... naja.«

»Ihre Mutter?«

Conzelmann nickte. »Schaff du mal offiziell eine Leiche über die Grenzen, damals war's ja noch viel komplizierter als heute.«

Jon starrte ihn an. In Conzelmanns linker Braue war eine weiße Stelle, ein Stückchen Albino-Haarwuchs, nicht breiter als sechs oder sieben Millimeter. Wieso hatte er diese kleine Unregelmäßigkeit vorher nie bemerkt?

»Hast du das nicht gewußt?« Aus Conzelmanns Stimme klang Triumph.

»Doch, doch. Natürlich«, beeilte sich Jon zu sagen. »Ich glaube, ich hol mir mal was zu trinken.« Er stand auf und wollte hinüber zu den Getränkekisten gehen, blieb dann aber stehen. Der Raum hatte sich inzwischen gefüllt, zwischen den Tänzern entdeckte er Nora und Moritz, sie zappelten wie zwei Wahnsinnige herum. Das erste Mal, daß er sie nicht in Tuchfühlung sah auf dieser Reise. Wieso nannten sie das eigentlich tanzen, was sie da taten. Veitstanz im besten Fall. Ihre Mutter lebte also gar nicht mehr. Und nach Bologna wollte sie fahren.

Die üppige Ludmilla Nevuda wogte mit wehenden Haaren an ihm vorbei. »Na los, Herr Ewermann. Keine Müdigkeit vortäuschen.«

Er machte auf dem Absatz kehrt.

Er fand sie vorm Haus. Sie saß mit Tamara Grassmann auf den Stufen. Beide rauchten. »Kann ich dich einen Moment sprechen?«

Sie klopfte neben sich auf die Stufe und sagte zu Tamara: »Wir reden später weiter, ja?«

»Nicht hier«, sagte Jon. »Laß uns ein paar Schritte gehen.«

»Ist irgendwas?« Sie stand auf und steckte ihre Zigarettenschachtel und das Feuerzeug in die Rocktasche.

Ohne auf sie zu warten, ging er den Kiesweg hinunter, vorbei an den beiden grauhaarigen Radwanderinnen, die auf dem Rasen saßen, Kirschen aus einer Tüte aßen und ihn mit giftigen Blicken bedachten. Er hätte nicht sagen können, welche von ihnen in der letzten Nacht aus ihrem Zimmer geschaut und gesagt hatte, das ganze Leben sei ein einziger Notfall.

Kurz vor der Weserpromenade blieb er stehen. Als Julie ihn erreicht hatte, sagte er: »Wieso muß ich von Conzelmann erfahren, daß du in den großen Ferien nach Italien willst?«

»Von Markus?« Sie lachte. »Die alte Plaudertasche. Und? Warum machst du so ein Gesicht?« Sie lachte weiter, nein, sie kicherte, fast wie der weibliche Zwilling. Sie war aufgedreht.

»Seit wann ist deine Mutter tot?«

»Was?«

»Sie ist in Bologna gestorben. Warum machst du mir vor, daß sie noch lebt? Ich versteh dich nicht.«

Sie sah ihn an und lächelte übertrieben. »Ach, der Platzhirsch versteht mich nicht. Und daß ich dem kleinen Markus sonstwas erzähle, versteht er auch nicht.«

Ihm blieb die Luft weg. Das war nicht seine Julie, das war eine bekiffte junge Frau, die nicht wußte, was sie sagte. »Stimmt«, sagte er mühsam. »Vielleicht erklärst du es mir.«

Sie steckte ihre Hände in die Rocktaschen und schob die Hüften vor. »Du kannst nie aus deiner Haut raus, oder? Einmal Lehrer, immer Lehrer.«

Es hatte wenig Sinn, sich mit ihr zu unterhalten, solange sie in diesem Zustand war, aber er mußte es loswerden. »Ich weiß nicht, warum du lügen mußt«, sagte er. »Ob du nun mir die Unwahrheit sagst oder dem Milchbubi. Und deine Reisepläne. Wir haben gestern noch darüber gesprochen, was du tun willst, wenn dein Vertrag ausgelaufen ist.«

»Steht überhaupt noch nicht fest, ob ich nach Italien fahre. Ich hab nur so rumgesponnen, wo ich billig unterkommen kann. Jetzt krieg dich wieder ein, ja?«

»Tut mir leid, aber mich kränkt das«, sagte er. »Ich zerbrech mir den Kopf, was ich mit dir unternehmen kann, um es dir so schön wie möglich zu machen, und du...«

Sie legte ihre flache Hand auf seine Brust. »Stop, Jon. Nicht diese Tour. Jetzt hör mir mal gut zu. Die Idee mit Italien ist mir vorhin erst gekommen, okay? Weil Markus gefragt hat, was ich in den Ferien mache. Und das mit meiner Mutter hab ich ihm erzählt, weil...« Sie hielt inne, verstärkte den Druck ihrer Hand, schob Jon von sich und sagte: »Vergiß es. Du kapierst es ja sowieso nicht.«

»Danke«, sagte Jon. »Äußerst angenehm, so was von dir zu hören.« Conzelmanns triumphale Miene tauchte vor seinem inneren Auge auf. »Wir lieben uns, Julie. Und wenn man sich liebt, bespricht man wichtige Dinge nicht zuerst mit irgendwelchen Milchbubis. Verstehst du das nicht?«

»Und ich mag nicht, wenn du Markus immer Milchbubi nennst«, sagte sie. »Mir ist das zu arrogant, weißt du?« Sie zog Zigarettenschachtel und Feuerzeug aus der Tasche.

Jon merkte, wie da, wo eben noch ihre Hand auf seiner Brust gelegen hatte, ein Flattern entstand, innen, tief unter der Haut. Er wollte antworten und konnte es nicht. Sah ihr zu, wie sie mit ihren schönen Bewegungen die letzte Zigarette aus der Schachtel zog, das Feuerzeug betätigte und einen ersten tiefen Zug nahm. Der Rauch war hellblau und blieb eine Weile über ihnen in der Luft hängen, bevor er sich auflöste. Sie sah ihn nicht an. Die leere Schachtel behielt sie in der Hand. Als er glaubte, seine Stimme wieder im Zaum zu haben, sagte er: »Ist da was zwischen dem Milchbubi und dir?«

Sie lachte schallend. Dann sagte sie: »Darauf antworte ich nicht.«

»Wie du meinst. Aber vielleicht denkst du noch mal darüber nach. Vielleicht versuchst du, dich in meine Lage zu versetzen. Ich laß mich nicht gern demütigen.« Damit ließ er sie stehen und ging hinunter zum Fluß.

Sie kam ihm nicht nach.

39

Er saß eine Zeitlang am Flußufer und schaute auf die tanzenden Reflexe der untergehenden Sonne auf dem Wasser, bis ihm die Augen weh taten. Er fragte sich, ob sie vielleicht recht hatte. Ob er wirklich so arrogant war. Und ob nicht diese Arroganz ihren Ursprung vielleicht in seiner Empfindlichkeit hatte, also nur eine Schutzmaßnahme war. Aber Schutz wovor? Gab es etwas, wovor er Angst hatte? Ihm fiel nichts ein außer seiner Angst, Julie zu verlieren. Sie waren zu selten zusammen, sie hatten zuwenig Gelegenheit, ungestört miteinander zu reden, natürlich kam es da zu Mißverständnissen. Vor allem dieses aufreibende Verbergen ihrer Gefühle vor den anderen verkomplizierte alles. Was sie Conzelmann über ihre Mutter erzählt hatte, war vielleicht nur eine Notlüge, aus Zusammenhängen entstanden, die er nicht kannte.

Dennoch mußte sie einsehen, daß sie ihn vor Conzelmann, ausgerechnet vor Conzelmann, in eine peinliche Lage gebracht hatte. Daß sie etwas mit ihm hatte, glaubte er nicht im Ernst. Aber daß sie ihn ständig in Schutz nahm, gefiel ihm trotzdem nicht. Jedes ihrer Worte für Conzelmann war ein Wort gegen ihn, Jon. Wieso kapierte sie das nicht.

Als er wieder in den Partyraum schaute, tanzte sie mit

Nico Begemann, Schröder mit der üppigen Ludmilla Nevuda. Die Luft war zum Schneiden. Ein rotes Band um den Kopf, wie ein Indianer, hockte Timo Voss hinter der Anlage. Er sah zu Jon herüber und zog das Mikrophon an seinen Mund: »So, Leute, jetzt was für die andere Generation. Wir sind hier schließlich nicht alleine.«

Tom Waits. Jon kannte das Lied, er hatte es früher oft gehört. Timo stand auf, breitete die Arme aus, wedelte mit den Händen hin und her, schwang die Hüften, sang mit.

It's too early for the circus, it's too late for the bars,
no one's sleepin' but the paperboys,
and no one in this town is makin' any noise,
but the dogs and the milkmen and me.

Auch Julie sang mit. Sogar Conzelmann kannte den Text, er hockte in einer Ecke und tippte mit dem Fuß den Takt, mit seinen Augen war er natürlich bei Julie. Sang, grinste, selbstvergessen und bescheuert.

Jon ging hinauf in sein Zimmer und wartete ab, bis der Song zu Ende war, er konnte die Musik in der Ferne hören. *Saving all my love for you* hieß das Lied. Er nahm sein Buch mit und setzte sich ins Foyer.

Irgendwann kam Schröder vorbei. »Hey. Spielst du hier Conzelmännchens Wachparade oder was?«

»Mir ist es da drinnen zu laut und zu stickig«, sagte Jon.

»Stimmt was nicht mit Julie und dir?«

»Wie kommst du darauf.«

»Na hör mal. Ich an deiner Stelle würde nicht freiwillig darauf verzichten, sie mal bißchen anzufassen. So beim

Tanzen kann man doch mal...« Schröder ließ seine Finger wackeln und machte unappetitliche Schnalzgeräusche.

Jon schaute wieder in sein Buch und blätterte die Seite um, obwohl er sie noch nicht zu Ende gelesen hatte. »Laß mal.«

»Also ein paar von den Schülern sind da nicht so zurückhaltend«, grinste Schröder. »Aber keine Sorge, ich paß schon auf.« Pfeifend ging er weiter zu den Toiletten.

Die Buchstaben hüpften vor Jons Augen. Er kniff ein paarmal seine Lider zusammen. Die Knöchel seiner Daumen waren weiß, er entspannte seinen Griff. Schaute auf seine Uhr. Noch eine Stunde. Sie würde hier vorbeikommen, bei ihm stehenbleiben und sich entschuldigen. Und er würde ihr erläutern, was es mit seiner scheinbaren Arroganz auf sich hatte. Er war sogar bereit, den Milchbubi nie wieder Milchbubi zu nennen.

Wer vorbeikam und sich zu ihm setzte, war Janina Petersen, mit abgekauten Fingernägeln, schwarzen Jeans und schlammfarbenem T-Shirt. Sie druckste eine Weile herum, fand es im Partyraum zu hot, die Klassenreise ganz okay, das Wetter gigantisch, das Baden am Nachmittag ziemlich super. Endlich rückte sie damit heraus, daß sie Nachhilfe in Latein nehmen wollte. Ob Jon ihr jemanden empfehlen könnte. Dabei versteckte sie ihre Finger zwischen ihren Oberschenkeln und sah auf ihre ausgelatschten Turnschuhe.

»Du stehst auf einer glatten Vier«, sagte Jon und wünschte sie innerlich zum Teufel. »Du brauchst niemanden, der dir hilft. Du mußt nur mehr tun.« Aus dem Partyraum war Gekreische zu hören. Er sah auf die Uhr, Gott sei Dank, Ende der Vorstellung.

»Allein kann ich so schlecht lernen«, sagte Janina. »Ich hab gedacht, vielleicht könnten Sie...« Sie sprach den Satz nicht zu Ende und kreuzte ihre Füße. An beiden Außenseiten der Schuhe waren die Nähte aufgerissen.

Es war nicht das erste Mal, daß eine Schülerin mit diesem Anliegen zu Jon kam. Er hatte gelernt, daß es nicht ausreichte, wenn er diesen Mädchen die Vorschriften erklärte, Lehrer durften ihren eigenen Schülern grundsätzlich keine Nachhilfe geben. Er mußte darüber hinaus klarmachen, jetzt, auf der Stelle, daß er auch sonst in keiner Weise zur Verfügung stand. Weder als Vaterersatz noch als guter Freund, noch als Objekt verquaster erotischer Träume.

Während er noch nach Worten suchte, sah er Julie ins Foyer kommen. Sie sah zu ihm herüber. Sein Herzschlag wurde schneller.

»Hilfst du beim Aufräumen, Janina?« Sie rief nur kurz herüber und ging ins Büro des Herbergsvaters.

Janina erhob sich zögernd.

»Ich kann es nicht machen«, sagte Jon, »ich darf es gar nicht. Aber wir können gern noch mal darüber reden. Vielleicht morgen, auf der Rückreise. Einverstanden?« Sobald Janina verschwunden war, würde Julie sich zu ihm setzen.

Janina nickte. Sie hatte schöne Augen. Ob es stimmte, was Schröder angedeutet hatte? Daß sie Drogen nahm? Julie hatte ihm mal erzählt, daß sie in diesem Alter so gut wie alles ausprobiert hatte, daß sie es ganz normal fand, wenn man alles ausprobierte. Eine Frage der Offenheit, hatte sie gesagt. Auf ihre Offenheit vorhin hätte er gerne verzichtet.

Sie verließ das Büro des Herbergsvaters, ohne einen einzigen Blick in seine Richtung zu schicken. Ging die Treppe hinauf. Der rote Rock schwang um ihre Beine.

Jon klappte sein Buch zu und ging in den Partyraum, in kleinen Trupps kamen die Schüler ihm entgegen. Er überhörte ihre Fragen, ob man nicht doch noch eine halbe Stunde weitermachen könnte. Er wünschte ihnen nachdrücklich eine gute Nacht.

Conzelmann fegte zertretene Chips zusammen, Luca und Timo waren noch bei der Musikanlage zugange. Schröder hielt ihnen seine Armbanduhr unter die Nase: »Jetzt mal zackig, Freunde.« Er drückte Jon einen Karton mit den restlichen Tüten in die Arme. »Alles im grünen Bereich«, sagte er. »Das Zeug hier verteilen wir morgen im Bus. Und du? Buch durch?«

»Fast.« Er hatte keine drei Seiten mit Verstand gelesen. »Glaubst du, die geben jetzt Ruhe?« fragte er.

Schröder hob die Schultern. »Der Schüler als solcher ist unberechenbar«, sagte er. »Morgen erzähl ich dir mal, was sie in der letzten Nacht in Prag angestellt haben, ob du willst oder nicht. Julie hat sich übrigens schon verzogen, falls du sie suchst. Sie hat Kopfschmerzen. Du siehst auch ziemlich scheiße aus, wenn ich das mal so sagen darf.«

»Zuwenig Schlaf«, sagte Jon. »Du hast ja mindestens zwei Stunden nachgeholt, vorhin im Schwimmbad.«

»Während du dich in Julies jugendfreien Badeanzug vertieft hast«, grinste Schröder. »Glaub nicht, ich hab das nicht mitgekriegt. Außerdem hast du schon schlappgemacht, als wir Volleyball gespielt haben. Wir sind eben beide nicht mehr die Jüngsten.« Er ließ Timo und Luca durch die Tür vorausgehen, Timo schwenkte ein neongrünes Köfferchen, mit seinen privaten CDs und Kassetten wahrscheinlich.

»Schlaft gut«, sagte Schröder. »War übrigens eins a, die Musik, ehrlich. Aber jetzt keinen Unsinn mehr, daß das klar ist.«

Timo verzog spöttisch das Gesicht. »Gleichfalls.«

»Wir doch nicht«, sagte Luca.

Sie warteten an der Tür, bis Conzelmann endlich alle Krümel aufgefegt und in den Abfalleimer geschüttet hatte.

»Setzen wir uns noch einen Moment vors Haus?« fragte Schröder, als sie zu dritt durchs Foyer gingen.

»Ich hätte da noch einen Whiskey auf meinem Zimmer«, sagte Conzelmann.

Schröder pfiff durch die Zähne. »Und das sagst du erst jetzt? Scotch oder Bourbon?«

»Irish Malt«, sagte Conzelmann. »Schade, daß Julie schon schlafen gegangen ist.«

Schröder stieß im Gehen seine Schulter an die von Jon. »Da sagst du was, Markus. Ohne unsere Julie schmeckt so ein Irish Malt natürlich nur halb so gut.«

»Nehmt es mir nicht übel«, sagte Jon, »aber ich würde lieber noch ein bißchen lesen. Und vergeßt nicht: letzte Nacht. Also sauft nicht soviel.«

»Mensch, Jon.« Schröder blieb vor ihrer Zimmertür stehen. »Das kannst du nicht machen. Ein Glas. Ein halbes.«

»Andermal gern.« Er drückte mit dem Ellenbogen die Klinke hinunter, stellte den Karton drinnen neben der Tür ab und zog sie zu. Wartete einen Moment, ob Schröder hinterherkam, um ihn zu bequatschen, ließ sich dann auf sein Bett fallen.

Sie hatte also Kopfschmerzen. Garantiert nur ein Vorwand. Wahrscheinlich quälte sie sich genauso herum wie er selber. Nach dem Vorfall im ›Mamma Leone‹ hatte sie Stunden gebraucht, bis sie zum Einlenken bereit war. Er könnte sie anrufen. Fragen, ob sie sich nicht wieder vertragen wollten.

Sein Handy steckte noch in der Hose, die er nachmittags angehabt hatte. Er rief ihre Nummer auf und drückte auf die grüne Taste. Wartete. »Der gewünschte Gesprächspartner ist vorübergehend nicht zu erreichen.«

Er warf das Handy auf den Tisch. Es schlidderte über die Platte und fiel zu Boden. Er hob es nicht auf.

Er ließ sich zurückfallen und schloß die Augen.

40

Vom durchdringenden Gesirre einer Mücke wurde er wach, schaltete das Bettlicht an und sah auf seine Uhr: fünf vor zwei. Schröder lag in seinem Bett und schlief, den zerkratzten nackten Rücken Jon zugewandt.

Er machte das Licht wieder aus und lag einen Moment reglos da. Beide Fensterflügel waren weit geöffnet, die Luft hatte sich nicht abgekühlt. Es roch nach Whiskey. Die Mücke sirrte hinüber zu Schröder. Gut so, der zerkratzte Rücken bot reichlich Angriffsfläche.

Er mußte seine Schlafsachen anziehen. Vielleicht vorher noch mal unter die Dusche, sein Hemd war verschwitzt. Der alte Pustowka hatte einmal behauptet, daß eines Morgens in der schlechten Zeit seine Haare am Kopfkissen festgefroren waren. Nichts zu beißen, nichts zu brennen. Hatte sich ganz schön gemausert, das alte Säbelbein. Haare alle ausgefallen, aber jede Menge Kohle gescheffelt.

Ob Julie schlafen konnte? Und ob bei den Schülern Ruhe war? Vielleicht sollte er noch einen Kontrollgang machen.

Er stand leise auf, hängte sein Handtuch um den Hals und nahm sein Duschgel. In einem plötzlichem Impuls legte er beides wieder hin, holte seine Laufschuhe aus dem Schrank, ging auf Socken hinaus auf den Flur und zog dort die Schuhe an. Dann ging er hinüber zum Mädchenflur. Irgendwer hustete, dann war alles wieder still. Er sah auf seinen Sekundenzeiger und wartete genau zwei Minuten ab, bevor er in den Flur mit den Zimmern der Jungen ging. Es kam ihm so vor, als würde im Raum, in dem sich Matthias Frielinghaus und seine engste Clique einquartiert hatten, geflüstert und gekichert. Er trat dicht an die Tür und lauschte, hörte aber nichts mehr. Einen Moment lang erwog er, die Tür zu öffnen und nachzuschauen. Aber dann ließ er es sein. Sie waren nicht beim Militär.

Er ging die Treppe hinunter ins Foyer. Zwei Wandlampen warfen kaltes Licht auf den Steinfußboden. Die Eingangstür war verschlossen. Er durchquerte den Speiseraum, ging in der Küche an dem großen Herd vorbei und öffnete eins der Fenster. Er brauchte nirgendwo Licht zu machen. Der Mond war dreiviertel voll, der Himmel jetzt fast wolkenlos.

Auf dem Gras neben dem Kiesweg lief er hinunter zur Weserpromenade. Gestern war er auf diesem Weg bis zur großen Straßenbrücke gejoggt, wieder zurück und anschließend nach Westen bis zu einem Klärwerk. Der erste Teil war eine besonders angenehme, völlig ebene Strecke, immer am Fluß entlang.

Nach kurzer Zeit hatten sich seine Augen an die Dunkelheit gewöhnt, er steigerte sein Tempo. Die Leinenhosen waren die falsche Bekleidung, aber egal, Hauptsache Bewegung. Füße abrollen, kontrolliert atmen, die Arme locker angewinkelt. Nicht an Julie denken. Morgen würden sie sich versöhnen.

Im Laufen legte er beide Hände an sein Gesicht. Er hatte sich nicht getäuscht, seine rechte Wange war kühler als die linke, vom Fluß stieg frische Luft herauf. Sein Schatten wuchs und verkleinerte sich zwischen den Laternen, die in Abständen am Rand des Weges standen. Vor ihm, irgendwo im Schatten der großen, mit Lampen bestückten Brücke, rief jemand: *»Buona notte, Eduardo, a domani.«* Die Antwort war unverständlich, ein Brei von Vokalen. Wenig später erschien eine torkelnde Gestalt im Licht einer Laterne. Der Mann blieb stehen, fummelte an seinem Hosenschlitz herum und pinkelte gegen den Laternenmast. Jon sah den Urinbogen im Licht glitzern.

Er lief genau in der Mitte der Promenade weiter, er hatte keinen Anlaß, für den Pinkler vom Weg abzuweichen. Es war Platz genug für sechs oder sieben, die aneinander vorbeiwollten. Als der Pinkler merkte, daß jemand kam, stopfte er seinen Schwanz ohne jede Sorgfalt zurück in die Hose und torkelte los, im Zickzack, Jon entgegen.

Jon war achtsam und lief jetzt nicht mehr so schnell, um dem Mann nicht versehentlich in die Quere zu kommen. Aber seine Vorsicht war die falsche Methode. Als sie beinahe auf einer Höhe waren, in der Nähe der nächsten Laterne, vollzog der Pinkler eine unvorhersehbare Wendung, streckte die Arme aus, rief: *»Que bella notte, e?«* und warf sich gegen Jon, der sich unwillkürlich an ihn klammerte, um nicht zu Boden zu gehen.

»Sie sind ja betrunken«, sagte Jon ärgerlich.

Jetzt klammerte der Pinkler. Mit beiden Händen hielt er sich an Jons Arm fest. *»Scusi«*, lallte er.

Jon versuchte, den Kerl abzuschütteln. »Lassen Sie mich los, verdammt noch mal. Hauen Sie ab. Gehen Sie nach Hause.«

Der besoffene Pinkler ließ nicht locker. *»Tourista«*, sagte er, ohne seine Hände von Jons Arm zu lösen. »Jugendherberge. Ein schönes Haus. Eine schöne Nacht.« Er stieß auf. Ein säuerlich riechender Schwall drang in Jons Nase.

Jon riß mit aller Macht seinen Arm los, zugleich erkannte er den Mann wieder. Die gegelten Haare. Das Kreuz am feisten Hals, es glänzte matt im Licht der Laterne. Der Schmierlappen aus der Pizzeria in der Altstadt. Der Julie angetatscht hatte und ihr das Nachtleben zeigen wollte. »Sie sind das«, sagte er. »Sie miese Laus.«

Der Schmierlappen starrte ihn mit offenem Mund an. Dann trat ein tückisches Lächeln auf sein Gesicht. »Ich weiß wieder. Schöne Frau. Großes Wasser. Gestern. Viele Haare. Solche Titten.« Er hielt beide Hände vor seinen Körper, als trüge er zwei Fußbälle vor sich her.

»Halt dein dreckiges Maul«, sagte Jon laut. »Verpiß dich.« Ob er umkehren und zur Jugendherberge zurücklaufen sollte? Er konnte nicht abschätzen, wie schnell der Schmierlappen war, er war ein muskulöser Typ. Und jung. Vielleicht kam der noch auf die Idee und wollte eine Prügelei anfangen oder so was.

Er zögerte eine Sekunde zu lange. Der Schmierlappen stellte sich breitbeinig vor ihn hin, griff sich zwischen die Beine, rüttelte dort herum und sagte: »Jugendherberge. Es gibt eine Tür hinten, e? Ich gehe direkt zu schöne Frau.«

Jon sprang ihm an die Kehle, schlug ihm gleichzeitig sein Knie in den Leib. Griff ihm mit den Fingern in die Augen, biß in seine Schulter, boxte ihm in den Magen. Schleifte ihn zum Laternenmast und schlug den gegelten Kopf mit aller

Kraft gegen das Metall. Dreimal oder viermal. Vielleicht auch fünfmal.

Der Schmierlappen wehrte sich keine Sekunde lang. Aber das wurde Jon erst klar, als er ihn zum Wasser schleppte und hineinzog. Der Körper trieb sofort ab, drehte sich im Kreis, sackte dabei immer tiefer und verschwand. Mit ein bißchen Glück würde er die Nordsee erreichen.

Jon nahm sich nicht die Zeit, wieder zu Atem zu kommen, er lief gleich weiter. Links das Krankenhaus. In einigen Fenstern Licht. Wenn nun jemand zufällig hinausgesehen hatte? Schlaflos, vielleicht sogar mit einem Feldstecher? Alte Leute kamen nachts auf die verrücktesten Ideen, der alte Pustowka hatte Vogelkästen gebaut, wenn er nicht schlafen konnte. Im Geschäft verkauft, das Stück für fünfundzwanzig Mark damals. Hatte sogar seine Schlaflosigkeit zu Kohle gemacht.

Seine Schuhe waren naß, auch die Leinenhose bis zu den Knien, der Stoff klebte an seinen Schienbeinen wie ein kühlender Wickel. Eigentlich ganz angenehm. Die Schuhe machten bei jedem Schritt ein quietschendes Geräusch. Es verlor sich, als er vor der großen Brücke auf den kleinen Platz und dann wieder nach links abbog. Ein Radfahrer überholte ihn, klingelte und rief: »Immer schön durchhalten.« Jon hob seine Hand. Invalidenstraße las er auf dem Straßenschild. Wieder zu seiner Linken das Krankenhaus, das Portal hell beleuchtet. Kein Mensch zu sehen. Der Schmierlappen jetzt vielleicht schon fünf Flußmeilen weiter, die Weser hatte eine beträchtliche Strömung. Durch den Hintereingang, hatte er gesagt. Und wie er Julie beschrieben hatte, wie eine Nutte. So einer war zu allem fähig.

Mußte ausgeschaltet werden. Laufen. Füße abrollen. Abbiegen, nächste Straße links. Atmen.

Niemand hatte das Küchenfenster verriegelt. Als er losgelaufen war, hatte er es angelehnt hinterlassen. Seine Hosenbeine waren fast trocken. Er duschte, schlich sich ins Zimmer, zog im Dunkeln leise seine Schlafsachen an und steckte die nassen Laufschuhe in seine Reisetasche. Schröder atmete gleichmäßig weiter.

Als er im Bett lag, merkte er, daß seine Beine zitterten. Irgendwo wurde eine Wasserspülung betätigt, dann klappte eine Tür. Im Zimmer roch es immer noch nach Whiskey.

41

Sein Reisewecker klingelte um sieben, aber er schlief weiter, bis Schröder ihn eine halbe Stunde später wachrüttelte. Er verzichtete auf das Frühstück, ging noch einmal unter die Dusche und packte seine Reisetasche. Die feuchten Laufschuhe wickelte er in sein Badetuch.

Obwohl Conzelmann ihr ganz vorne einen Platz freihielt, setzte sich Julie auf der Rückfahrt im Bus neben Jon. Sie waren ungestört, die Sitze hinter ihnen waren frei. Sie konnten ausführlich über ihr kleines Zerwürfnis reden, sie entschuldigten sich beide und versprachen sich, in Zukunft aufmerksamer miteinander umzugehen.

»Ich hätte auf diesen Joint verzichten sollen«, flüsterte sie. »Ich hab Markus wahrscheinlich den letzten Blödsinn erzählt. Natürlich lebt meine Mutter noch.«

»Das freut mich«, sagte Jon. »Ich möchte sie gern kennenlernen. Und auch deine Schwester.«

»Klar.«

»Wir brauchen mehr Zeit füreinander.« Er hätte gern ihre Hand genommen, aber um sie herum saßen einundfünfzig Schüler. »Wir kennen uns einfach noch nicht gut genug.«

»Das wird sich ändern, verlaß dich darauf.« Sie warf ihm einen tiefen Blick zu, der ihm sagte, daß sie sich nach ihm ebenso sehnte wie er sich nach ihr. Daß sie ihn liebte.

Als sie die Autobahn erreichten, waren fast alle Schüler eingeschlafen. Julie setzte sich auf den freien Platz hinter Jon, zog die Beine auf den Nebensitz und machte die Augen zu. Er schaute sich hin und wieder nach ihr um, als könnte sie verschwinden, wenn er nicht auf sie aufpaßte. Janina Petersen, die zu ihm kam, um noch mal über ihre Nachhilfe zu sprechen, fertigte er kurz und bündig ab, ohne sie zum Sitzen aufzufordern.

Am Dreieck Walsrode, wo die Autobahn nach Bremen abzweigte, staute sich der Verkehr. Julie wachte auf, tippte an seine Schulter: »Übrigens Bremen. Da hab ich eine Freundin, die kennt einen Galeristen. Ich hab gedacht, ich besuch sie übers Wochenende. Vielleicht ergibt sich da ja was.«

»Aber wir haben Pfingsten.«

»Na und? Möchtest du mitkommen?«

Zu seiner eigenen Überraschung hatte er wenig Lust dazu. Er fühlte sich ausgelaugt, sehnte sich nach der Ordnung und der Stille seiner Wohnung. Er verließ seinen Platz und setzte sich zu ihr. »Nur wenn du seelischen Beistand brauchst«, sagte er.

»Wird vielleicht ein bißchen langweilig für dich«, sagte sie. »Wenn ich schon mal dort bin, sollte ich die Gelegenheit nutzen und noch ein paar andere Galerien besuchen. Am besten fahr ich gleich heute noch.«

Zwischen ihren Augenbrauen entdeckte er eine kleine Falte. »Du machst dir Sorgen um deine Zukunft.«

»Ich muß mir langsam was einfallen lassen«, sagte sie. »Und ich weiß, was du jetzt sagen willst. Daß du mir unter die Arme greifen kannst. Aber ich möchte unabhängig bleiben, Jon. Kannst du das verstehen?«

»Natürlich.« Er schob seinen Fuß so dicht an ihren, daß sie sich berührten. »Das ist ja einer der Gründe, warum ich dich liebe.«

Sie stellte ihren Fuß auf seinen. »Also kommst du mit?«

»Lieber nicht«, sagte er. »Bestimmt auch für dich besser, wenn du keine Rücksicht nehmen mußt. Wir erholen uns von dieser Tortur und treffen uns spätestens Dienstag im Busch. Mach dich übrigens darauf gefaßt, daß Schröder ein paar Andeutungen loslassen wird, im Kollegium. Der kann doch nie den Mund halten.«

»Mir egal«, sagte sie. »Wenn's dich nicht stört?«

Ihr Lächeln war hinreißend. Um ein Haar hätte er sich zu ihr geneigt und sie geküßt. Vor allen Schülern und vor Schröder. Und vor allem vor Conzelmann.

Vor der Schule verabschiedeten sie sich in aller Form, dann fuhr er auf direktem Weg in die Mansteinstraße.

Zum Auspacken war er zu müde, er holte nur die feuchten Joggingschuhe aus der Tasche und stopfte sie mit Zeitungspapier aus, er wollte am Wochenende laufen. Dann ging er ins Schlafzimmer, legte sich ins Bett und betrachtete Julies Petersilienbild. Der kleine Wald hatte sich während der letzten Tage golden gefärbt. Ein Herbstwald. Ein kleiner Krümel hatte sich schon gelöst, er hing etwa einen Zentimeter unter den Kronen der Petersilienbäume. Wie ein fallendes goldenes Blatt. Schwerelos.

Mit kurzen Unterbrechungen schlief er bis zum späten Samstagvormittag. Als er neben der laufenden Waschmaschine eine Einkaufsliste schrieb, rief Julie an. Sie hatte noch gestern abend den Galeristen getroffen, der Mann war an ihren Sachen interessiert, und überhaupt war ihr Besuch in Bremen goldrichtig, sagte sie. Sie hätte sogar Aussicht auf einen festen Job dort. Nach ihrer Rückkehr wollte sie ihm alles haarklein erzählen.

Jon war erleichtert. In Bremen war man von Hamburg aus in einer Stunde. Sie würde nicht wegziehen müssen, wenn sich dort für sie eine Geldquelle auftat.

Im Eppendorfer Weg erledigte er seine Einkäufe, vor allem Gemüse und Obst. Nach dem Jugendherbergsessen sehnte er sich nach Frischem. Vor dem Blumenladen leuchteten ihm aus einem Kübel tomatenrote Rosen entgegen, sie erinnerten ihn an Julies Seidenrock. Er kaufte drei Bunde.

Mit seinen Tüten und den Blumen im Arm schlenderte er zurück zur Mansteinstraße. Die Sonne strahlte vom wolkenlosen Himmel, ein leichter Wind machte die Hitze erträglich, er hatte keine Lust, gleich wieder nach Hause zu gehen. Er setzte sich vor eine Eisdiele und hatte eben einen doppelten Espresso bestellt, als sich zwei Hände von hinten vor seine Augen legten.

»Na, so ein Zufall. Jon Ewermann!«

Verena Glissmann, ausgerechnet, die Stimme war nicht zu verwechseln. Unwillig schob Jon ihre Hände von seinem Gesicht, er haßte es, wenn man ihn auf diese Weise überraschte. Wenn er nicht schon seine Bestellung aufgegeben hätte, wäre er aufgestanden und gegangen.

Natürlich fiel es Verena nicht auf, daß er sie nicht zum Platznehmen aufforderte. In ihren getigerten Leggins und einem rosa Samtjäckchen ließ sie sich auf dem Stuhl neben ihm nieder und überschüttete ihn mit einem Redeschwall.

»Du wohnst jetzt hier in der Nähe, stimmt's? Und wie geht's dir so? Ich hab gedacht, du kommst mal vorbei, aber wahrscheinlich bist du noch nicht soweit, die Erinnerungen, was? Ich denk ja auch immerzu an Charlotte, und wie schön das wär, wenn sie noch unter uns weilen würde, diese Mehrings in euerm Haus sind echt nicht das Gelbe vom Ei, kaum daß die einen grüßen, kannst du dir so was vorstellen? Ich mein, als Nachbarn ist man doch aufeinander angewiesen.«

Die Bedienung brachte Jons Espresso, Verena bestellte einen Eisbecher und ließ Jon wissen, daß sie mindestens einmal in der Woche auf den Friedhof ging. »Und immer sind da wieder neue Blumen. Das ist Liebe, sag ich immer zur Lütten, wenn du jemals so einen Mann findest, kannst du froh sein. Solange jemand an uns denkt, sind wir nicht wirklich tot, sag ich immer.« Sie schaute auf Jons eingewickelten Strauß, der neben ihm auf einem Stuhl lag. »Du bist gerade auf dem Weg, oder? Nimmst du mich mit? Kannst mich einfach am Niendorfer Markt rauskippen.«

Jon hatte bisher noch nicht ein einziges Wort gesprochen. Verenas Bericht von den vielen Blumen auf Charlottes Grab hatte ihn für eine Sekunde verwirrt, Robert, hatte er gedacht, als wäre der noch am Leben. Aber dann hatte er sich gesagt, daß es wohl Köhn war, der das Grab schmückte, mit Blumen aus der Gärtnerei. Ob er den Mann mal wieder anrufen mußte? Aber wozu. Der Verkauf des Betriebs war längst über die Bühne, er hatte mit dem Laden nichts mehr zu tun.

Er leerte seine Tasse, bevor er antwortete. »Tut mir leid,

ich muß woandershin. Und zwar sofort.« Er zog seine Börse aus der Tasche und suchte Münzen heraus.

»Zu schade«, sagte Verena, »wir hätten uns unterhalten können unterwegs, ich hab immer gern mit dir geredet, weißt du das eigentlich? Du hast so was.« Sie gackerte und schlug ein getigertes Bein über das andere. »Du siehst übrigens gut aus. So braun. Warst du verreist?«

»Klassenreise. Bis gestern.«

»Und wohin?«

»Weserbergland.« Den Namen Hameln mochte er nicht aussprechen, überhaupt an die letzte Woche nicht denken. »Ich muß los«, sagte er.

»Nur eine Frage noch. Dein Freund, dieser Bohn. Der ist doch Steuerberater. Nimmt der noch Kunden an? Manni braucht dringend einen mit bißchen Pfiff, sonst kann er demnächst einpacken.« Sie senkte ihre Stimme und bohrte den Löffel in ihren Eisbecher. »Ehrlich gesagt, der Lütten haben wir schon ihre Reitstunden gestrichen. Die absolute Katastrophe, kann ich dir sagen.«

Jon zögerte. Wäre es klug, ihr zu sagen, daß Robert verschwunden war und daß er sich Sorgen um ihn machte? Daß er eine Vermißtenanzeige erstattet hatte? So, wie er es jedem anderen Menschen sagen würde, der sich nach Robert erkundigte? Er entschied sich dagegen, zu genau kannte er Verenas penetrante Neugier, sie würde nicht lockerlassen und pausenlos nachfragen. Vor allem würde sie mit der Geschichte nicht nur in ganz Niendorf hausieren gehen und makabre Gerüchte in die Welt setzen, sondern die Story allen Bekannten auftischen, die sie irgendwo in der Stadt hatte: Stell dir vor, erst stürzt sich seine betrunkene Frau zu Tode, direkt vor seinen Augen, und dann verschwindet auch noch sein bester Freund. »Er praktiziert schon seit Jahren nicht mehr«, sagte er, »Manni braucht es gar nicht erst zu versuchen.« Er stand auf, griff nach seinen Tüten, zwang sich zu einem freundlichen Lächeln und ging davon.

»Deine Blumen, Jon!«

Er biß die Zähne zusammen und kehrte noch einmal um. Sie hielt ihm den Strauß entgegen und sagte: »Geht mich ja nichts an, aber meine Schwester hat erzählt, daß sie dich mit einer Frau gesehen hat, irgendwo an der Elbe. Sie hat gesagt, ihr seid Hand in Hand gegangen. Hast du was laufen? Kannst du schon wieder? Ich mein, wegen Charlotte? Nicht, daß ich dir das nicht gönnen würde.« Sie plinkerte mit ihren Puppenaugen.

Jon hätte ihr ins Gesicht spucken mögen. »Grüß Manni«, sagte er. »Wiedersehen.« Und sah für den Bruchteil einer Sekunde Manni vor sich, wie er vom Sofa aufsprang und Verena eine schallerte, im Hintergrund die *Lautlosen Killer.*

Er ging eilig zurück zur Hoheluftchaussee. Lieber machte er einen großen Umweg, als zu riskieren, daß Verena ihren Eisbecher im Stich ließ, ihm folgte und seine neue Adresse ausfindig machte. Er wählte einen komplizierten Weg durch halb Eimsbüttel und vergewisserte sich immer wieder, daß sie nicht hinter ihm her war. Von diesem Weib würde er sich das schöne lange Pfingstwochenende nicht versauen lassen.

42

Am Dienstag verließ Jon erst lange nach Unterrichtsende das Schulgebäude. Er hatte mit den Fachkollegen eine kleine Vorbesprechung gehabt, damit es am Nachmittag bei der Semesterkonferenz keine langen Diskussionen gab. Um vier mußte er wieder im Busch sein. Am Niendorfer Markt wollte er jetzt eine Kleinigkeit essen und vor allem einen anständigen Kaffee trinken.

Auf der Treppe ins Erdgeschoß kam ihm das Frettchen entgegen. »Herr Ewermann!« Die gefaltete Stirn glättete sich, als hätte eine gute Fee über sie gewischt. »Auch noch fleißig?«

Jon lächelte verbindlich. »Und selbst?«

»Gott, fragen Sie nicht.« Die Mundwinkel sackten nach unten. »Mein Schreibtisch bordet mal wieder über. Allein diese Flut von der Behörde wegen des Arbeitszeitmodells. Und die Prüfungen. Aber ich will Ihnen nichts vorjammern. Was sagen Sie dazu, daß der Kollege Kowalski wiederkommt?«

Jon behielt sein Lächeln bei. »Eine echte Überraschung«, sagte er diplomatisch. Kowalski war ihm in der ersten großen Pause über den Weg gelaufen, auf dem Weg ins Sekretariat, dünner geworden, in einem neuen, fliederfarbenen Baumwolljackett. Er hatte es sich nun doch anders überlegt, nach den großen Ferien würde er wieder am Busch sein. Vorher zur Kur in die Lüneburger Heide, Heike konnte mitkommen, die Nachbarn kümmerten sich um die Kinder. »Das hättest du jetzt nicht gedacht«, hatte er gesagt, und Jon hatte die Schüler bedauert. Bis zu Krawallskis regulärer Pensionierung waren es noch fast zwanzig Jahre.

»Und die Klassenreise erfreulich verlaufen, hab ich gehört?« Das Lächeln des Frettchens war eine Spur zu breit. Die Neuigkeit war also inzwischen auch zu ihm vorgedrungen.

Als Jon morgens im Lehrerzimmer erschienen war, hatte er in grinsende Gesichter geblickt. Sämtliche anwesenden Kollegen waren von Schröder informiert worden, daß sich zwischen Julie und ihm etwas angebahnt hatte. Bio-Meier hatte ihm freundlich vor die Brust geboxt, die Geschonnek hatte über den Rand ihrer Brille hinweg milde gelächelt, und die Schmidt-Weidenfeld hatte gesäuselt: »Ich hab's doch geahnt.«

»Wir hatten eine durchgehend angenehme Woche«, sagte er zum Frettchen. »Aber bei dem Wetter ja auch kein Wunder.«

»Sehr schön. Keine unangenehmen Vorkommnisse?«

Für den Bruchteil einer Sekunde tauchte ein Gesicht vor Jon auf, die nach hinten gegelten Haare, der feiste Hals, das ordinäre Goldkreuz. »Absolut nichts.«

»Das hört man gern. Selten, aber gern. Wir sehen uns dann um vier.« Das Frettchen setzte einen seiner kleinen Füße auf die nächste Stufe, hielt aber noch mal inne. »Ach übrigens. Herzlichen Glückwunsch.«

»Wozu?« Falls die Rede jetzt auf Julie kam, mußte er betonen, daß sich ihr Verhältnis erst im Entwicklungsstadium befand. Schließlich hatte das Frettchen Charlotte immer ganz besonders geschätzt.

»Das Abschneiden Ihrer Schüler bei den schriftlichen Abiturprüfungen«, sagte von Sell. »Sehr erfreulich, Herr Ewermann. Mein Kompliment. Aber ich habe natürlich nichts anderes erwartet. Wenn wir Sie nicht hätten!«

»Ich bin eine Säule«, sagte Jon, »ich weiß.« Die Szene an seinem Geburtstag fiel ihm ein, als Julie zum ersten Mal vor ihm gestanden und die Worte des Frettchens wiederholt hatte: Sie sind also eine Säule. Er mußte lächeln. Eine Säule war etwas Tragendes, etwas, woran man sich anlehnen und was man umschlingen konnte.

»Hab ich das gesagt?« Das Frettchen legte seinen Kopf schief und zeigte seine neuen Zähne. »Dann muß es ja stimmen.« Und eilte weiter.

In der Eingangshalle standen zwei Reinmachefrauen mit Eimern in den Händen und unterhielten sich über Spargelrezepte. Er mußte unbedingt noch etwas zu essen einkaufen für den Abend mit Julie. Vielleicht Erdbeeren, dann konnte er ihr demonstrieren, wie sie in ihrem roten Rock mit der weißen Bluse aussah.

Auch am Sonntag hatte sie aus Bremen angerufen, um ihm frohe Pfingsten zu wünschen, und am Montag hatte sie eine lange SMS geschickt: Sie werde erst spät am Abend zurückkommen. Sie vermisse ihn. Sie freue sich schon auf das Wiedersehen.

Er hatte ihr eine kurze SMS zurückgeschickt, aber nicht angerufen. Sie sollte sich frei fühlen, er durfte keinen Druck ausüben, sie würde darauf nur mit Abwehr reagieren. Er hatte das lange Wochenende allein durchaus genossen, hatte jeden Tag bis Mittag geschlafen und lange auf der Terrasse beim Frühstück gesessen. Der *Menschliche Makel* war endlich ausgelesen, er hatte die von Julie geschenkte Janssen-Biographie begonnen. Zweimal war er am Isebekkanal gejoggt und hatte beide Male schon nach wenigen Schritten die Gedanken an die nächtliche Weser verscheuchen können. Sich Julie vorzustellen war das beste Mittel gegen fatale Erinnerungen.

Auf dem Parkplatz standen außer seinem Wagen nur noch von Sells Mercedes und der wie immer frisch gewaschene Opel des Hausmeisters. Auf der Bank im Schatten der großen Kastanie saß mit seiner blaugetönten Sonnenbrille Timo Voss, beide Arme auf der Rückenlehne ausgestreckt. Am Ende der Bank lehnte ein schickes Aluminiumrad mit Federgabel, der Lenker war rot umwickelt. Irgendwo hatte Jon so ein Rad schon einmal gesehen.

Er öffnete per Fernbedienung den Audi und sagte: »Wartest du etwa auf mich?«

Timo schob die Sonnenbrille in die Haare. »Yep.«

Jon öffnete die hintere Wagentür und warf seine Mappe auf den Rücksitz. »Und was gibt's?«

Timo nahm die Arme von der Lehne und rutschte ein Stück zur Seite, wo das Rad stand. »Dauert nur ein paar Minuten. Wollen Sie sich setzen?«

»Im Moment hab ich's ziemlich eilig. Vielleicht morgen in der großen Pause«, sagte Jon und schlug die Tür zu.

»Ich hab gedacht, Ihnen ist es bestimmt auch lieber, wenn wir nicht in der Schule miteinander reden«, sagte Timo. »Privat sozusagen.«

Wie immer, wenn er mit Timo sprach, stieg Ungeduld in Jon auf. »Privat? Ich wüßte nicht, worum es da gehen könnte.«

»Seh ich anders.«

Jon öffnete die Fahrertür. »Könntest du mal zur Sache kommen?«

»Okay«, sagte Timo und verschränkte seine Arme vor der Brust. »Hameln. Pizzeria. Kellner.«

Jon ließ die drei Worte durch sein Gehirn ziehen. Hameln und alles, was dort passiert war, war inzwischen so weit entfernt, er konnte sich kaum noch erinnern. »Was für ein Kellner?«

»Na gut«, sagte Timo. »Dann eben Weserpromenade. Die Nacht auf Freitag. Zwanzig nach zwei. Gluck gluck, weg war er.«

Timos Stimme kam wie aus einem entfernten, hallenden Raum. Der letzte Satz erzeugte in Jons Kopf ein Echo, es wiederholte sich endlos, keine Hoffnung auf Stille.

Timos Augen waren schwarze Schlitze. »Ich hab Sie gesehen. Ich war ganz zufällig in der Gegend. Hat ganz schön gekracht, da am Laternenpfahl. Und hinterher waren Ihre Schuhe naß. Sie sind hinterm Krankenhaus zurückgelaufen. Naja, und dann durchs Küchenfenster.«

Jon lehnte seinen Rücken gegen das Auto. Die Sonne hatte das Metall aufgeheizt, die Wärme drang durch sein Hemd. Das Echo in seinem Schädel verstummte. Sein Kopf war so klar wie nie zuvor. »Du warst also unterwegs«, sagte er. »Und? Alkohol? Drogen? Da kann man sich schon so manches einbilden. Im Rausch.«

Timo fuhr sich mit der Zunge über die Unterlippe. »Ich

wette, an dem Laternenmast lassen sich jede Menge Blutspuren finden.«

»Du willst also allen Ernstes behaupten, ich hätte jemanden umgebracht. Du tickst doch nicht richtig.«

»Ich war keine zwanzig Meter von Ihnen entfernt«, sagte Timo. »Da gibt's so'n Gebüsch, wissen Sie.«

»Und was hast du da gemacht? Zeug geraucht?«

»Brauchte ich nicht. War spannend genug, Ihnen zuzugucken.« Timo kramte aus der Tasche seiner Jeans eine zerdrückte Zigarettenpackung. »Hin und wieder muß ich übrigens an Ihre Frau denken. Wie sie dagelegen hat, vor der Treppe. Sah irgendwie komisch aus, finde ich.«

»Was willst du damit sagen?«

»Nichts. Wieso?« Timo leckte des Ende der Zigarette an. Ließ sich Zeit dabei. Dann sagte er: »Man macht sich nur so seine Gedanken. Plötzlich fällt Ihre Frau die Treppe runter und ist auch noch auf der Stelle tot.« Die Zigarette sah selbstgedreht aus. Er machte keine Anstalten, sie anzuzünden, drehte sie nur zwischen seinen langen Fingern hin und her. »Ich denk nur laut nach. Sie wollen doch sonst immer, daß man logisch denkt.«

Charlotte. Ihre Sauferei, ihr Geschrei, ihre ordinären Anschuldigungen, ihr idiotischer, völlig überflüssiger Sturz. Und er hatte gedacht, das Kapitel wäre abgeschlossen. Seine einzige Chance bestand darin, sich taub zu stellen und Timos Anschuldigungen als Hirngespinste abzutun. »Ich fahr jetzt los«, sagte er. »Ich werde diese Unterhaltung ganz schnell vergessen. Dir zuliebe.«

Er setzte sich hinters Steuer und steckte den Schlüssel ins Zündschloß. Wenn Timo zur Polizei ging und von der Sache an der Weser erzählte, würde nicht nur Charlottes Tod erneut untersucht werden. Auch seine Vermißtenanzeige wegen Robert würde eine Rolle spielen, die Polizei würde ihr nachgehen müssen, mit allen nur möglichen Methoden. Sie würden ihn kriegen. Er zog den Schlüssel wieder ab, stieg aus. »Was willst du von mir?«

Wieder ließ Timo sich Zeit. Er fummelte ein Feuerzeug heraus und steckte die Zigarette an. »Fünfhunderttausend«, sagte er, betrachtete nachdenklich die Flamme, blies sie aus, klickte das Feuerzeug zu. »Cash.« Blies den Rauch in Jons Richtung. Perfekt wie in einem Western.

»Das ist nicht dein Ernst.« Er würde Charlottes Wertpapierdepot flüssigmachen müssen, die Sparguthaben kündigen, eine Hypothek auf eins der Häuser aufnehmen. Das Geld von Köhn für den Betrieb hatte er noch nicht, der Kaufvertrag war noch nicht beurkundet.

»Wenn Sie wollen, können Sie mir auch gerne noch eine bessere Note in Latein drauflegen«, sagte Timo. »Daran hab ich noch gar nicht gedacht, klasse Idee. Würde sich in meinem Abgangszeugnis gar nicht so schlecht machen.« Er fand das komisch, er warf den Kopf nach hinten und lachte.

Jons Blick verfing sich an Timos Kehle, an der Stelle, wo man die Finger ansetzen mußte, um das Lachen zu beenden. »Okay. Wann?«

Timo ließ den Kopf im Nacken liegen, mit geschlossenen Augen zog er an seiner Zigarette. »Sagen wir morgen? Das kriegen Sie doch mit Leichtigkeit hin, oder? Kohle haben Sie jetzt ja genug, wie man so hört. Gleiche Zeit, gleicher Ort.«

Jon sah auf seine Uhr. Fünf nach drei. In einer knappen

Stunde ging die Konferenz los. »Und welche Sicherheit habe ich, daß du in drei Tagen nicht wieder auf der Matte stehst?«

Timo hob drei Finger, zwischen Mittel- und Zeigefinger klemmte die Zigarette. »Ich hau ab nach Berlin«, sagte er. »Betrachten Sie's als einmaliges Startkapital. Im Prinzip find ich ja selber scheiße, was ich hier veranstalte. Aber wenn Sie uns die Kohle so vor die Füße legen?« Sein Gesichtsausdruck war heiter.

Wieder fiel Jon auf, wie hübsch der Junge war. »Uns?« fragte er. Wenn Luca della Mura mit Timo unter einer Decke steckte, würde es kaum einen Ausweg geben.

Timo wischte einen Tabakkrümel von seinem weißen T-Shirt. »Hab ich ›uns‹ gesagt? Wie nennt man das noch? *Pluralis majestatis,* oder? Ob Sie's glauben oder nicht, manchmal hab ich aufgepaßt.«

»Wie beruhigend«, sagte Jon. Hinter seinen Rippen das Flattern.

»Nee, jetzt mal im Ernst«, sagte Timo. »Sie können sich echt darauf verlassen, daß ich nicht rumquatsche, weil ...« Er unterbrach sich und hustete. »Ich hab Sie noch nie leiden können«, sagte er dann. »Das wissen Sie ja selber. Aber verdammt clever sind Sie. Echt.«

Jon schluckte das unangebrachte Kompliment schweigend hinunter.

»Sie tun immer so nett und harmlos«, sagte Timo. »In Wirklichkeit sind Sie richtig cool. Wissen Sie, an wen Sie mich erinnern? Da gab's doch mal so einen Typen, in Venedig oder so, eine Art Politiker, der so eine Theorie über Macht entwickelt hat. Wie hieß der noch mal.«

»Machiavelli«, sagte Jon und öffnete die Autotür.

»Genau«, sagte Timo und schnippte die Zigarette fort. »Den hab ich mir immer so vorgestellt wie Sie.«

»Florenz«, sagte Jon. »Venedig ist falsch.«

Als er vom Parkplatz fuhr, sah er Timo für einen flüchtigen Moment noch einmal im Rückspiegel. Er saß immer noch auf der Bank, die langen Beine weit von sich gestreckt, das Gesicht zum Himmel gewandt, als nähme er ein Sonnenbad.

43

Bis morgen um drei. Nicht viel Zeit, das war das einzige, was er denken konnte. Trotz der hochstehenden Sonne hatte er das Gefühl, eine nicht endende Nebelwand zu durchqueren. Als sein Hintermann ihn durch wildes Hupen darauf aufmerksam machte, daß er eine rote Ampel überfahren hatte, lenkte er den Audi in eine Parkbucht am Straßenrand, ließ die Fensterscheibe herunter und schaltete den Motor ab. Seine Hände waren naß, er wischte sie an seinen Hosenbeinen ab.

In seinen Schläfen ein zunehmend stechender Schmerz. Er legte beide Hände an die Stirn, seine Finger waren kalt und ohne Gefühl. Er schloß die Augen. Als er sie öffnete, hatte er ihn wieder im Rückspiegel.

Er fuhr nicht sehr schnell, einhändig, mit der anderen Hand hielt er sein Handy ans Ohr. Er sprach, lachte, sah sich um und wurde von einem silbernen BMW überholt. Die Sonnenbrille thronte wie ein Diadem auf seinen blonden Haaren, die blauen Gläser blitzten auf. Er fuhr an Jon vorbei, ohne ihn zu bemerken.

Wohin wollte er jetzt? Nicht nach Hause, die Voss'sche Protzvilla lag in der entgegengesetzten Richtung, an der anderen Seite des Niendorfer Geheges. Und wen rief er an? Seinen Kumpel, die andere Hälfte von »uns«? Berichtete von seinem Triumph? Stell dir vor, der Ewermann hat's gefressen. Morgen haben wir die Kohle.

Jon schaltete den Motor ein.

Timo hatte das Handy weggesteckt und trat kräftig in die Pedale. Er hatte eindeutig ein Ziel. Wollte schnell dort sein. Kurz vorm Niendorfer Markt flitzte er nach rechts ins Gehege, fast wäre Jon an der Abbiegung vorbeigefahren.

Er setzte den Rechtsblinker und wartete, bis Timo hinter der einzigen Biegung verschwunden war, die die Straße machte, bevor sie auf den Bondenwald stieß, die Sackgasse, an deren Ende die ehemalige Försterei und die Schrebergärten lagen. Nachdem ein halbes Dutzend Autos an ihm vorbei waren, fuhr er im zweiten Gang hinterher. Hielt Ausschau nach dem weißen Shirt.

Im April war er das letzte Mal hier gelaufen, an einem Sonntag. Nachmittags waren sie an der Elbe gewesen. Abends im ›Mamma Leone‹. Julie hatte sich im Kino verkrochen nach ihrem Streit. Daß ihnen beiden das Einlenken so schwerfiel. Aber das würden sie noch üben. Vorher mußte er nur noch diese Sache erledigen. Für dich, Julie, dachte er.

An der Kreuzung angekommen, sah er das weiße Hemd links auf der Teerstraße, gute fünfzig Meter entfernt. Der Abenteuerspielplatz fiel ihm ein. Die Blockhütten. Ein beliebter Treffpunkt bei den Jugendlichen. Mit dem Rad kein Problem, für Autos unerreichbar. Es mußte vorher sein.

Er zog das Lenkrad herum, dann stemmte er seinen Fuß aufs Gaspedal. Der Wagen machte so etwas wie einen Sprung, schoß nach vorne. Jon überhörte das Geräusch des gepeinigten Motors und vermied den Blick auf den Tacho. Nur das weiße Hemd war wichtig.

Er erreichte es etwa zweihundert Meter vor der Einfahrt zum Parkplatz vor der ehemaligen Försterei. Der Aufprall war heftiger, als er erwartet hatte. Schlimmer war das Geräusch. Zu laut. Und von einer Art, die er nicht kannte, ein dumpfes, aber zugleich scharfes Krachen und Kratzen. Vielleicht hatte es die Kühlerhaube zerstört, das Weiße, das wie mit ausgebreiteten Flügeln aufgeschlagen, aber gleich schon nicht mehr zu sehen gewesen war. Es mußte irgendwo liegen.

Er brachte den Wagen einen Meter vor der Schrebergartenhecke zum Stehen. Schräg. Er war aus der Spur gekommen. Legte den Rückwärtsgang ein, auf dem Parkplatz konnte er wenden. Weg, bevor jemand kam.

Irgend jemand kreischte. Eine Frau. Nicht darauf achten, nur weg. Frauen merkten sich keine Nummernschilder, er konnte es austauschen, er konnte...

Er hatte nur einen schnellen Blick zurückwerfen wollen. Die Frau lief aus der Parkplatzeinfahrt, sie schrie. Er konnte sie nur von hinten sehen, sie rannte die Straße entlang. Mit fliegenden Locken. Einem Rock, der ihr um die Beine schwang. Rot.

Er wollte seinen Kopf wieder nach vorne wenden und konnte es nicht. Er wollte seine Augen schließen. Auch das gelang ihm nicht. Er mußte sehen, wie sie sich auf den Asphalt kniete und sich über etwas neigte, ihr Gesicht an etwas legte, etwas Weißes. Vielleicht auch Rotes, die Farben veränderten sich. Sie hörte nicht auf zu schreien.

Er wollte es nicht hören und nicht sehen und nicht wissen.

Irgendwann hörte sie auf zu schreien. Schluchzte nur noch und zog, kniend, ihr Handy aus der Rocktasche, wählte eine Nummer.

Jon brauchte endlos, um aus seinem Auto zu steigen. Seine Beine, seine Arme, sein Kopf, sein ganzer Leib waren ohne Gefühl. Schritt für Schritt ging er zu ihr. Eine Ewigkeit.

Ein Handy lag auf der Straße. Eine blaugetönte Sonnenbrille. Ein in sich verschlungenes Metallding, der rot umwickelte Lenker auseinandergezerrt zu einer absurden Geweihform. Jetzt wußte er wieder, wo er das Fahrrad schon einmal gesehen hatte. Timo lag auf der Straße, auf dem Bauch. Ein Bein im falschen Winkel abgeknickt, am Knie quoll Blut durch zerrissenen Stoff. Rote, größer werdende Flecke auch auf seiner Schulter, seinem Rücken. So rot wie das Shirt aus der Provence, »toujours«. Ihre Hände an seinem Gesicht, Blut auch dort, seine Augen geschlossen. Das weiße Hemd hochgerutscht bis zu den Schulterblättern. Unter dem linken Schulterblatt ein schwarz-rotes Tattoo. Das chinesische Zeichen für Sehnsucht. Und nicht für ein langes glückliches Leben.

Jon spürte es nicht, als sie mit ihren Fäusten gegen seine Beine schlug. Er verstand nicht, was sie schrie. Verstand auch nicht, was all die Leute sagten, die plötzlich auftauchten. Jemand ging zu seinem Wagen und stellte den Motor ab, kam zurück und schmiß ihm die Schlüssel vor die Füße. Der Schlüsselring so silbern wie das Armband, das er Julie in Le Pontet geschenkt hatte wie einen Verlobungsring. Das Armband, das sie am nächsten Tag verloren hatte. Schwer und glatt war es gewesen, für einen Mann gedacht. Oder für einen Jungen. Für DJ FOX.

Er hob seinen Blick und schaute hinauf in die Bäume. Alles so grün, so kräftig und strotzend, ein einzelnes Blatt löste sich, irgendwo quäkten Polizeisirenen. Sie hat mich gebraucht, dachte er staunend, ich war ihr Feigenblatt. Das köstliche Gefühl breitete sich in ihm aus, das er vor Julie nicht gekannt hatte. Helligkeit, Wärme bis unter die Schädeldecke, bis in die Kniekehlen. Andächtig sah er dem Blatt beim Fallen zu.

Sie hat mich die ganze Zeit gebraucht. Und ich habe sie beschützt.

Vorzeitig verwelkt, segelte das Blatt sanft durch die warme Luft, drehte sich, schwebte, tanzte und sank zu Boden, ein goldener Krümel. Dabei war es erst Juni.

Herzlichen Dank an Dörte Hausbeck in Hamburg, die uns erlaubt hat, ihre Petersilienbilder für unser Buch zu verwenden.

Martina Borger
Maria Elisabeth Straub

Martina Borger & Maria Elisabeth Straub im Diogenes Verlag

Katzenzungen

Roman

Was als heiterer Ausflug beginnt, entpuppt sich für die langjährigen Freundinnen Dodo, Nora und Claire als Reise in eine Vergangenheit, die alles andere als unbelastet war. *Katzenzungen* erzählt die Geschichte dreier eng miteinander verbundener Frauen, aus jeweils wechselnder Perspektive. Aus den verschiedenen Sichtweisen setzt sich allmählich ein Bild zusammen, das so vielschichtig ist wie das Leben und die drei Protagonistinnen selbst – mal witzig, mal traurig, mal verletzend kaltschnäuzig, mal überraschend liebevoll.

»Was zwei italienische Herren konnten, gelingt auch zwei deutschen Damen. Und wie! Borger & Straub wohnen an die tausend Kilometer voneinander entfernt und schreiben dennoch aus einem Guß.«
Ditta Rudle/Buchkultur, Wien

Kleine Schwester

Erzählung

Wir sind nur irgendwie ins Unglück geraten, alle zusammen. Wir haben nie etwas Böses gewollt, wir wollten nur eine glückliche Familie sein, sonst nichts.
Die zwölfjährige Lilly sitzt vor einer Polizeibeamtin und schweigt. Sämtliche Versuche, sie zum Reden zu bringen, scheitern. Lilly kann die unerbittliche Chronologie der Ereignisse, die ihre Familie ins Unglück gestürzt haben, nicht erklären, sie kann sich nur erinnern: An ihre Kindheit, die überschattet ist von verstörenden Ereignissen, aber auch schönste Glücksmomente bereithält, an ihre Eltern, »die besten auf der

Welt« – und an ihre Pflegeschwester Lotta, die aus dem Heim geholt wird, um aus ihnen allen endlich eine ›richtige‹ Familie zu machen – und die eine Katastrophe ins Rollen bringt, die nicht mehr aufzuhalten scheint, bis Lilly den schwersten Entschluß ihres Lebens faßt…

»Eindringlich schildern Borger & Straub in *Kleine Schwester* den Zerfall einer Familienidylle. Die scheinbar heile Welt gerät bei ihnen unerbittlich aus den Fugen.« *Günter Keil / Frankfurter Allgemeine Zeitung*

»Das Buch geht unter die Haut und beschäftigt einen lange.« *Young Miss, Hamburg*

Ingrid Noll im Diogenes Verlag

»Sie ist voller Lebensklugheit, Menschenkenntnis und verarbeiteter Erfahrung. Sie will eine gute Geschichte gut erzählen und das kann sie.«
Georg Hensel/Frankfurter Allgemeine Zeitung

»Wer einmal anfängt, ihre Romane zu lesen, hört nicht mehr auf, ja wird süchtig nach mehr. Sie erzählt temporeich und spannend und immer mit Ironie.«
Christa Spatz/Frankfurter Rundschau

»Weit mehr als für Leichen interessiert sich die Autorin für die psychologischen Verstrickungen ihrer Figuren, für die Motive und Zwangsmechanismen, die zu den Dramen des Alltags führen.«
Klaus Reitz/Mannheimer Morgen

»Eine fesselnd formulierende, mit viel schwarzem Humor ausgestattete Neurosen-Spezialistin in Patricia-Highsmith-Format.«
Markus Vanhoefer/Münchner Merkur

Der Hahn ist tot
Roman

Die Häupter meiner Lieben
Roman

Die Apothekerin
Roman

Der Schweinepascha
in 15 Bildern. Illustriert von der Autorin

Kalt ist der Abendhauch
Roman

Röslein rot
Roman

Selige Witwen
Roman

Rabenbrüder
Roman

Falsche Zungen
Gesammelte Geschichten

Ladylike
Roman

Sibylle Mulot im Diogenes Verlag

»Willkommen! Eine deutsche Autorin, die über Scherz, Satire, Ironie und Selbstironie verfügt: Qualitäten, die nahezu angelsächsisch anmuten.«
Kyra Stromberg / Süddeutsche Zeitung, München

»Nicht selten hört man die Klage, daß die deutsche Gegenwartsliteratur besonders arm sei an gut geschriebenen und unterhaltsamen Büchern, die gedanklich gleichwohl nicht ›unter Niveau‹ gehen. Wenn dem so sein sollte, dann wäre dies ein Grund mehr, auf Sibylle Mulot aufmerksam zu machen.«
Helmuth Kiesel / Frankfurter Allgemeine Zeitung

»Die Autorin erzählt in einer Sprache, die glänzt und glitzert wie das Meer zur Hochsommerzeit.«
Nicole Hess / Tages-Anzeiger, Zürich

»Mulots Prosa wird von Buch zu Buch immer knapper, dichter und geschliffener.«
Martin Ebel / Neue Zürcher Zeitung

Liebeserklärungen
Roman

Nachbarn
Roman

Das Horoskop
Erzählung

Die unschuldigen Jahre
Roman

Das ganze Glück
Eine Liebesgeschichte
Mit einem Hafis-Orakel im Anhang

Die Fabrikanten
Roman einer Familie